DANIEL DOUGLAS WISSMANN

LE DIRIGEABLE DE DILLINGER

roman

TRADUIT DE L'ALLEMAND
PAR CLAIRE DE OLIVEIRA

ÉDITIONS DU SEUIL
*27, rue Jacob, Paris VIe*

Ce livre est édité par Anne Freyer-Mauthner

Titre original : *Dillingers Luftschiff*
Éditeur original : Rowohlt Verlag, Reinbeck bei Hamburg
ISBN original : 3-498-07335-4

ISBN 2-02-025816-1

Aucune vie ne doit être gâchée, aucune mort non plus.
Puissions-nous rester des êtres lumineux pour l'éternité.

DONA CORAJOSA

GRAAL
Vase sacré d'origine mystérieuse qui confère le bonheur éternel à son détenteur, un être pur et prédestiné.

LE ROBERT

Toutes choses sont liées.

HOUDINI

A Claudia

... On sait de source sûre que cette préparation est encore effectuée de nos jours malgré les lourdes peines qu'elle entraîne. Les raisons motivant cette pratique ne sont cependant plus le culte des crânes ni la soif de prestige au sein de la communauté. Étant donné que les collectionneurs et les touristes sont prêts à payer des sommes considérables pour une vraie tête réduite, les indigènes sont toujours tentés d'en préparer [...]. Il n'est donc pas rare de trouver des têtes réduites aux cheveux blonds et aux yeux bleus provenant manifestement de cadavres européens.

HEINRICH HARRER, *Mythes et Contes.*

L'auteur lui-même en possède un spécimen. Comme bien des choses en ce bas monde, cette tête a sa légende :

PREMIER LIVRE

Le cadeau sur le pas de la porte

C'était l'hiver. A une époque où il y avait encore de la neige l'hiver. Il en était tombé une grande quantité : elle recouvrait le pays entier, la ville et la maison de brique rouge au bout de la rue. Tout était propre, lisse et blanc, même la nuit. Cette nuit-là, il gelait. On ne mettait pas le pied dehors sans avoir une bonne raison de le faire.

Le vent avait formé d'étranges amas de neige autour des voitures et des haies. La neige avait un drôle de scintillement à la lumière des réverbères. Les étoiles luisaient dans le ciel noir, pures, froides. Elles paraissaient plus hautes, plus lointaines que d'habitude, or leur dimension et leur luminosité n'avaient pas changé. Elles n'étincelaient pas. Elles avaient l'air de considérer cette planète avec dédain, sans cligner de l'œil et sans la moindre compassion.

Dans sa maison de brique rouge, par la fenêtre du séjour, Alfred Dillinger regardait son jardin sous la neige. C'était un homme de trente-cinq ans, grand et solide. Il portait la barbe, et, au-dessus de sa ceinture, un ventre imposant s'arrondissait vers le monde extérieur. Ce qui ne l'empêchait pas d'avoir une certaine allure : on aurait pu le prendre pour un ténor italien.

Il s'approcha de la vitre. Il avait l'impression d'avoir vu un mouvement au-dehors, mais rien ne bougeait. Son souffle embua la vitre. Les contours de la buée lui rappelaient la France. Alfred et Hannah Dillinger avaient passé leur lune de miel à Paris. Pensif, il se gratta le ventre. Vraiment, cela faisait déjà huit ans ? Difficile à croire. Après avoir tiré un poil de barbe à la commissure de ses lèvres, son doigt traça sur la vitre un point à l'endroit où se trouvait Paris.

Il se replongea dans son fauteuil favori, un monstre antédiluvien capitonné de vert, saisit son verre sur la table basse et but une gorgée de vin. Il prit ensuite sa lecture du moment, *Pour qui sonne le glas* d'Hemingway.

Mais les caractères imprimés ne le captivaient pas. Il reposa le livre en soupirant, maussade. Il n'avait pas l'habitude d'être seul. C'était peut-être ça. Hannah, sa femme, était chez sa mère. Elle avait téléphoné. Elles étaient toutes les deux bloquées par la neige et Hannah reviendrait le lendemain. Enfin, si c'était possible. A la radio, on parlait déjà de catastrophe. Le regard d'Alfred Dillinger se remit à errer du côté de la fenêtre et se perdit au loin, dans les cimes enneigées des sapins.

Un froid comme celui-là, on n'en avait pas vu depuis la guerre. Il avait neigé abondamment toute la journée, or il n'y avait pas de nuages au-dessus de la ville. Le froid s'emparait de tout ce qu'il trouvait ; chaque être vivant qui n'était pas calfeutré dans son foyer se recroquevillait dans une forteresse bien chaude à l'intérieur de son propre corps et espérait un lendemain.

La Grande Ourse est une constellation composée de sept étoiles qui, à l'inconcevable distance de trois cent mille années-lumière, allument leur feu nucléaire très loin, dans le néant de l'univers. La lumière qui nous parvient enfin, après un voyage de trois cent mille ans, est la lumière du passé. Nous voyons ce qui s'y est produit il y a une éternité.

Or, cette nuit-là, le monde du passé qu'était la Grande Ourse se mirait dans un monde de l'avenir : dans les yeux d'un nouveau-né.

L'enfant était couché à la porte de la maison en brique rouge. Ursa Major brillait dans ses yeux bleus si clairs. Il avait le regard fixe. Était-il déjà mort de froid malgré les couvertures qui l'emmitouflaient ? Il ne criait pas. Il était étendu là, tout simplement, et le froid de l'univers l'envahissait de toutes parts, des milliards d'années-lumière.

Mais soudain, un signe de vie. Il cligna des yeux. Une faible toux sèche. Un nuage de souffle gelé étincela à la lumière des étoiles. Des milliers de mondes inconnus se reflétaient maintenant dans ses grands yeux bleus. Sur les côtés, son champ visuel était délimité par du noir. Il gisait dans un cercueil. Un petit cercueil d'enfant.

Une bonne douzaine de cercueils de ce genre s'empilaient près de la maison, contre le mur, à l'abri du vent. La couche de neige qui recouvrait le tas de cercueils était un peu effacée sur le devant. Dans la neige, on distinguait des empreintes fraîches. Quelqu'un avait dû prendre ce cercueil parmi les autres et le poser à la porte avec l'enfant dedans. Quant à savoir qui l'avait pris, c'était en tout cas quelqu'un de très silencieux, car personne n'avait rien entendu. Le bébé n'avait pas dû faire de bruit, lui non plus.

Si quelqu'un s'était donné la peine de suivre dans la neige les traces qui s'éloignaient de l'enfant d'abord prudemment, avec des empreintes rapprochées et bien nettes, puis à grands pas estompés, il serait arrivé à une cabine téléphonique au début de la rue. Peut-être aurait-il décroché le combiné, comme avait dû le faire la personne dont il suivait les traces. Il aurait constaté que le téléphone restait muet. Hors service.

Les empreintes s'éparpillaient ensuite en désordre autour de la cabine et partaient, indécises, tantôt vers la droite, tantôt, prises de panique, vers la gauche. Jusqu'à ce que la nouvelle direction se dessine : à droite. Là-bas, quelques rues plus loin, la cabine suivante brillait dans la nuit. Les traces qui indiquaient le chemin dans la neige fraîche étaient écartées les unes des autres, et, sur chaque empreinte, seule la pointe du pied était enfoncée dans la neige.

En suivant ces traces, on aurait pu voir dans la cabine

une personne qui composait un numéro en tremblant.

« Pitié, murmurait-elle d'une voix suppliante en entendant la tonalité. Pitié ! »

Le téléphone sonna dans la maison de brique rouge. Alfred Dillinger décrocha et se présenta. « Allô ? » Sa voix était calme et sonore. « Qui est-ce ? »

Son interlocuteur fut bref. « Il y a un cadeau pour vous, dit-il en haletant. A votre porte. » Puis on raccrocha.

Alfred Dillinger observa le combiné en fronçant les sourcils. Il le secoua comme pour en faire tomber d'autres mots. Il se gratta la barbe et se dirigea vers la porte d'entrée pour voir ce que pouvait bien être ce cadeau.

Alfred Dillinger était entrepreneur de pompes funèbres. Il lui était déjà arrivé plusieurs fois de trouver un cadavre déposé à sa porte. Par exemple, une victime de la route qu'un survivant encore sous le choc de l'accident avait traînée jusque chez lui. Ou bien un poivrot déjà raide abandonné sur son paillasson par des collègues ivres morts.

Il ne fut donc pas surpris outre mesure d'apercevoir un petit cercueil sur le pas de sa porte. Ce qui l'étonnait davantage, c'était que quelque chose bouge encore à l'intérieur.

« Voyons, qui es-tu, toi ? » demanda-t-il en se penchant sur le bébé, les sourcils froncés.

Le bébé le regarda, inspira profondément avec ses petits poumons et se mit à brailler de toutes ses forces. La vapeur de son souffle brouilla la vue d'Alfred Dillinger et ses hurlements lui déchirèrent les tympans. « Oh là », grogna-t-il en se dépêchant de faire entrer ce petit être dans la chaleur de sa maison. Tiraillé par des sentiments contradictoires, il pressentait que cet acte serait irrévocable. Il manipulait souvent des morts. Il était habitué à la chair en putréfaction, à la peau froide, rêche comme du cuir. Et voilà qu'il caressait du bout des doigts la joue de cet enfant inconnu. Plus il le touchait, moins il lui semblait inconnu. Cette peau vivait. Cette chair était chaude. Cet enfant était en vie. Il grandissait et ne cesserait de grandir. Et c'est lui qui devrait en prendre soin.

Le lendemain, quand Hannah Dillinger revint à la maison, elle trouva sur le sol une trace de pétales de roses qui conduisait en haut de l'escalier.

« Alfred ? » cria-t-elle, encore dans l'embrasure de la porte.

C'était une belle femme aux seins lourds mais insolents et aux pommettes saillantes. Sa taille n'était plus vraiment aussi fine que celle d'une jeune fille ; elle avait dû prendre quelques kilos ces derniers temps. Ce qui ne l'empêchait pas d'être désirable avec ses cheveux auburn et ses yeux verts si chaleureux. Son mari avait de quoi être fier d'elle. Cela dit, ces pétales de roses étaient un élément nouveau, et elle ne savait pas trop ce qu'il fallait en penser.

« Alfred ? »

Pas de réponse.

« Fred ? »

Elle ferma la porte d'entrée. Les pétales tourbillonnèrent un instant dans le courant d'air glacé puis retombèrent quelques centimètres plus loin.

« Tu es là ? » demanda-t-elle en retirant ses gants et son écharpe qu'elle jeta sur la console devant le miroir. Bien visé. Bon présage. Elle se regarda dans la glace. Son visage était rougi par le froid. De la couperose sur les joues.

Elle accrocha son manteau à la patère, puis monta d'un pas hésitant l'escalier qui grinçait, comme si elle avait traversé un pont suspendu prêt à céder sous elle. (« Ne regardez pas vers le bas, miss. » Elle ne put s'en empêcher et aperçut les crocodiles.)

Les pétales conduisaient à la chambre à coucher. Derrière la porte qu'elle ouvrit du bout des doigts, elle aperçut son mari couché sur le lit, un paquet sur le ventre. Près du lit se trouvait un des cercueils pour enfants qui étaient empilés dehors contre le mur.

« Mais qu'est-ce qu'il fait là, ce cercueil ? » demanda Hannah Dillinger à son mari qui lui renvoya un sourire matois. Elle s'approcha avec précaution, comme si elle avait craint que quelque chose ne lui saute à la figure. Elle montra du doigt le ventre d'Alfred : « Et qu'est-ce que tu as là sur le ventre ?

– Hannah, grogna la voix de basse de son mari, voici notre fils. » Un rire sonore s'échappa de son corps puissant. « Je nous ai donné un fils. » Il hennissait en voyant le visage perplexe de sa femme. Le bébé était ballotté en tous sens sur sa bedaine. La chaude main de l'entrepreneur de pompes funèbres qui retenait le petit corps le recouvrait presque entièrement.

Hannah tomba à genoux devant le lit. Seigneur Dieu ! Au même moment, l'enfant se réveilla. Il pompa de l'air dans ses poumons, crispa son visage comme un poing rouge et cria.

« Petit braillard », articula Hannah Dillinger. Elle prit tendrement l'enfant dans ses bras et le plongea dans son amour qui montait comme le flot jaillissant de ses seins.

Hannah Dillinger avait toujours voulu avoir un enfant, mais n'y était jamais arrivée. Son mari et elle avaient consulté des médecins qui avaient haussé les épaules. A vingt-huit ans, Hannah était sur le point de se résigner à une vie sans enfants. Et brusquement, voilà.

« C'est un miracle ! s'écria-t-elle avec une dévotion enthousiaste.

– C'est un cadeau », corrigea Alfred.

Il lui parla du coup de téléphone. « Il était sur le point de mourir de froid quand je l'ai trouvé. Il était couché dans le cercueil. Dans un “Romulus”. »

Le « Romulus » était un modèle en sapin qui mesurait quatre-vingts centimètres.

« Dans un cercueil ! » Hannah frissonna.

« Quoi, tu as quelque chose contre les cercueils ? » demanda Alfred qui était fier de son métier.

Elle jeta un coup d'œil dans sa direction.

« Oui, parce que, dans un cercueil, on est tous égaux.

– Ah bon, tu crois qu'on l'est ? » Son mari fronça les sourcils. « Et pourtant, une fois mis en bière, on *n'est plus.*

– Très drôle. » Elle connaissait ses blagues. « Tous les gens sont bien égaux dans la mort, enfin, quand ils ne sont plus, comme tu dis. Mais pas dans la vie, même s'il leur est arrivé de dormir dans un cercueil. » Elle posa le nourrisson sur le lit et défit les couvertures qui l'emmaillotaient. « C'est pour ça que la vie existe, en fin de compte. Dans la vie, il y a des différences. Des petites et des grandes. » Avec une légère moue, elle s'efforçait d'arranger ce qu'elle avait sous les yeux. « Celle-là est, disons, de taille moyenne. »

Le garçon se mit à hurler.

« Bon, bon. » Elle roula les yeux et chatouilla le ventre du bébé. « Pour ton âge, on peut même dire qu'elle est énorme. »

Mais les hurlements ne diminuaient pas de volume.

« Vououin !

– Je crains fort qu'il n'ait envie d'aller dans son cercueil, dit Alfred.

– Voyons !

– VOUOUIN !

– Oui, oui, oui. » Elle le prit sur sa poitrine. « Le prochain cercueil dans lequel mon garçon dormira devra être au moins un “Président”. »

Le « Président » était un cercueil en acajou de deux mètres de long, capitonné de velours. Très onéreux, il convenait surtout à des hommes politiques ou à des industriels, bref à des gens à l'abri du besoin.

« Chaque chose en son temps ! » Alfred s'efforçait de couvrir les hurlements du petit.

« VOUOUIN !

– Quoi ?

– Mets-le dans le cercueil, ça le calmera !

– Quoi !

– DANS LE CERCUEIL ! J'ai essayé, ça marche ! »

Elle fit à contrecœur ce que son mari proposait.

« VOU-hmm. »

Les parents novices échangèrent un regard. Cela marchait.

Hannah Dillinger haussa les épaules. « Ma foi, tant qu'il n'est pas sous terre… »

Le petit Roberto, ainsi qu'on le baptiserait par la suite, dormit pendant plusieurs années dans ce cercueil. Il s'y était habitué, et quand on voulut le transférer dans un lit normal, il cria jusqu'à ce qu'il se retrouve entre les hautes parois qui lui étaient familières. Le cercueil limitait son champ visuel sur les côtés ; quand il était couché, il ne voyait qu'un fragment de ciel ou de plafond. Dans un vrai lit d'enfant avec des barreaux entre lesquels on pouvait regarder, le monde extérieur semblait déferler sur lui avec trop de violence.

« Ce qu'il aime, notre petit Romulus, c'est pouvoir tout embrasser d'un seul coup d'œil, dit sa mère.

– Il a peut-être envie d'aller voir les taupes, aussi ?

– Ne dis pas de bêtises, Alfred. »

Ensuite, pour simplifier, ils trouvèrent le diminutif Ro, puis ils reconnurent qu'il n'était guère respectueux de donner à son fils le nom d'un cercueil. C'est ainsi que Ro devint Robert et enfin Roberto. Mais ceci est une autre histoire.

Ce qui disparaît et pourtant demeure

L'image la plus ancienne que Roberto Dillinger avait de son enfance était celle d'une camionnette rouge qui s'arrêta brusquement devant lui en klaxonnant, avec des crissements de pneus. Il devait avoir à peu près quatre ans. Un petit bonhomme qui regardait tout autour de lui, stupéfait et effrayé.

La scène se passait dans la rue, juste devant la maison de ses parents, mais il avait l'impression d'avoir été arraché au néant et propulsé dans ce monde inconnu et plein de dangers. Un oiseau gazouillait, une radio résonnait quelque part. Devant lui, le moteur ronflait en diffusant une chaleur brûlante. Au-dessus du petit garçon se dressait la grille d'un refroidisseur flambant neuf, surplombée par un ciel très haut d'un bleu délavé. Cela sentait l'huile, le printemps et le caoutchouc brûlé des pneus.

« Il est dingue, ce p'tit ! »

Le chauffeur.

« T'es dégoûté de la vie, ou quoi ? » Son bras s'agitait par la fenêtre. « Reste pas sur la route ! »

Roberto leva vers lui ses grands yeux d'enfant. Des insectes morts étaient collés sur le pare-brise. Le chauffeur se pencha, un bout de jaune d'œuf sec était resté accroché à sa barbe. Pendant un instant, sans rien dire, il lança à Roberto un regard accusateur. Il avait les yeux noirs. Puis il appuya sur son klaxon. « Dégage ! »

Roberto finit par s'exécuter. Il trottina un peu plus loin,

les jambes flageolantes et le cœur battant. Il se sentait coupable. Le premier sentiment que Roberto retiendrait de son enfance serait la culpabilité.

« Dégoûté de la vie », fulmina encore le chauffeur en accélérant. Une secousse parcourut la camionnette qui dépassa Roberto en pétaradant. C'était une camionnette ouverte ; dans la benne, trois petites filles blondes avec des nattes étaient assises sur des caisses. Roberto venait à peine de les remarquer. Ces filles étaient blondes comme les blés avec des visages hâlés ; leurs nattes bien serrées dansèrent sur leurs épaules quand la voiture démarra. Elles regardaient Roberto en souriant. Peut-être n'avaient-elles pas compris ce qui s'était passé, ou peut-être se réjouissaient-elles qu'il ne lui soit rien arrivé de plus grave. Elles s'en allèrent, assises sur leurs caisses.

Même plus tard, en repensant à cette scène, Roberto ne pourrait jamais s'expliquer ce que faisaient ces enfants à l'arrière, dans la benne. Elles n'étaient pas vraiment à leur place. De filles de ce genre avec des nattes comme ça, Roberto n'en avait encore jamais vu et n'en reverrait pas de sitôt. Mais sur le moment, tandis qu'il les suivait du regard, lui qui venait de risquer sa vie, elles furent pour lui comme une révélation. Elles étaient comme la lumière du monde.

Elles n'en continuèrent pas moins leur route.

« Attendez », murmura Roberto. Il suivit quelque temps le grondement de la camionnette en clopinant et en agitant les bras : « Stop ! » criait-il en vain.

« Attendez ! »

Les nattes dansaient. Les filles étaient de plus en plus petites. La camionnette clignota, tourna au coin de la rue. Elle avait disparu, elle n'était plus là. A croire qu'elle n'avait jamais existé, car même le nuage bleuté des gaz d'échappement monta jusqu'au ciel et s'y évanouit.

Resté seul sur la route, Roberto traversa lentement les pavés et grimpa sur le trottoir pour y être en sécurité. Il ne comprenait pas vraiment le sens de l'expression « dégoûté de la vie », mais elle se fixa mieux que toute autre dans son jeune cerveau.

Cela sentait le printemps. Les lilas. Les beignets de sa mère. De l'autre côté de la rue, une rue bien tranquille, un oiseau se posa sur une branche qui ploya sous son poids léger. Un autre oiseau arriva, se posa à côté du premier ; la branche ploya encore davantage et tous deux s'envolèrent à tire-d'aile en poussant un cri rauque. Roberto tâta l'intérieur de sa bouche avec sa langue. Rien, hormis les traces noires de freins sur le pavé, ne trahissait l'entrée solennelle de Roberto dans cette vie, ni le danger auquel il avait été exposé.

En sécurité sur son trottoir, Roberto regardait les pavés à côté de ses pieds, des centaines, des milliers de pierres de formes et de couleurs variées. Un petit insecte rouge se promenait sur une d'entre elles. Il avait des points jaunes sur le dos. Peut-être que de minuscules filles étaient assises dessus, avec des nattes blondes qui dansaient sur leurs épaules. Roberto s'approcha de l'insecte pour s'en assurer, mais celui-ci s'envola. Roberto le suivit des yeux jusqu'à ce qu'il ne soit plus qu'un petit point dans le ciel et disparaisse tout à fait.

« Les choses disparaissent », se dit Roberto. Ce fut l'une de ses premières leçons. « Les choses disparaissent, les voitures disparaissent, les odeurs disparaissent, et les filles avec des nattes blondes disparaissent. » Il savait pourtant que les filles aux nattes blondes n'avaient pas vraiment disparu. Il les avait capturées dans son cœur.

L'odeur des beignets attirait Roberto qui leva le nez et la suivit le long de la haie jusqu'à la porte de la maison, à travers le portail et les dalles du jardin. Il s'était passé beaucoup de choses, et il avait faim.

« Venir au monde, disait le père de Roberto, est toujours dangereux. » Roberto avait cinq ans. Il suivait les lignes du tapis avec une petite voiture. La famille était assise dans le séjour. Dehors le soleil se couchait, allongeait et affinait les ombres. Le parfum de l'herbe fraîchement coupée entrait par les fenêtres ouvertes.

« C'est une entreprise qui se termine inévitablement par la mort. » Son père se redressa dans son fauteuil favori et pointa l'index. Roberto leva les yeux vers lui et contempla, fasciné, les poils bruns hérissés sur son doigt comme une touffe sur la tête d'un bébé éléphant. Son père était grand et fort. Fort comme dix éléphants. Des muscles puissants jouaient sous la fine couche de graisse de ses bras. Il se leva et s'accroupit devant Roberto. Ses chaussures qui avaient la taille de canots de sauvetage dérangèrent les franges du tapis. Il attrapa Roberto sous les bras. « Hop ?

– Hop », fit Roberto, enchanté.

Son père le souleva sans effort et l'installa sur ses épaules. Sa mère était assise à table et épluchait des pommes. Il y aurait des pommes mixées avec du lait et du sucre. Elle souriait. Roberto discernait derrière l'éclat de ses yeux verts une vigilance prête à bondir. Elle aussi était forte, même si on ne s'en rendait pas compte à première vue.

« Pour nous, c'est une bonne affaire », poursuivit son père. Roberto sentait les voyelles résonner à l'intérieur de ses cuisses. Son père marchait dans la pièce, sur le tapis qui était très loin en dessous de Roberto. D'en bas, la mère de Roberto lui faisait des signes comme à un pilote. Il répondit à ses signes.

« Car la mort nous nourrit... »

Un rire sardonique. Les mains de Roberto le sentirent. La peau velue des joues se couvrit de grands plis.

« ... comme des hyènes. » Puis le père de Roberto poussa un rire strident à la manière des hyènes. Roberto frissonna. Il sentait dans ses jambes les cabrioles claires et dures de ce rire. Déconcerté, il regarda sa mère qui détournait les yeux en souriant : tout allait bien. Roberto esquissa un sourire timide. L'humour des adultes lui était encore trop étranger. Ou du moins celui des entrepreneurs de pompes funèbres.

« J'veux descendre, Papa, dit-il.

– Tes désirs sont des ordres. »

Deux grandes mains le saisirent, infaillibles, et deux bras semblables à des grues le déposèrent sain et sauf sur le sol.

« Rira bien qui rira le dernier », apprit Alfred Dillinger à son fils. Il parlait en connaissance de cause : son métier lui donnait le privilège de pouvoir se dilater la rate quand celle de ses clients nourrissait déjà les asticots.

Voyelle de sauvetage et saluts de grenouilles

« Mais enfin, pourquoi est-ce que je m'appelle Roberto et pas Robert, comme tout le monde ? » demanda Roberto à son père. Il avait sept ans et appuyait une côtelette crue sur son premier œil au beurre noir.

Son autre main triturait le mouchoir que lui avait offert sa grand-mère. Ce mouchoir était devenu doux et moelleux à force de rester au fond de la poche de Roberto ou d'être tendrement frotté contre sa joue.

Un jour qu'il avait un rhume terrible, il était allé avec sa mère chez sa Mamie et avait sali la nappe en éternuant. « Tiens, prends ça », lui avait dit sa grand-mère en lui donnant ce mouchoir et un caramel polonais. (Elle avait toujours sur elle des bonbons polonais, ces délicieuses choses au caramel dans un papier à rayures blanches et jaunes. Elle avait apparemment une provision inépuisable de caramels, car elle en offrait à tous les enfants et en proposait même aux parents.) Ce caramel, Roberto l'avait tout de suite mangé, mais il voulait rendre le mouchoir après usage. « Garde-le, je te le donne, avait-elle dit.

– Pour de vrai ? » avait demandé Roberto.

Elle avait acquiescé.

« Mais qu'est-ce que je vais en faire ?

– Ce que tu veux. Tu pourrais le garder à côté de toi quand tu dors, non ? Comme ça, tu auras des rêves avec des anges.

– Hein ? fit Roberto.

– Ou bien tu pourrais lui faire des câlins.

– Des câlins ? Comme Linus ? » Roberto aimait les *Peanuts*. Depuis qu'il savait lire, il dévorait régulièrement ces bandes dessinées dans un hebdomadaire.

« Ma foi, oui, comme ton Linus. »

Roberto s'était attaché à ce mouchoir et l'avait pétri dans ses petites mains parce qu'il était doux au toucher et qu'il avait une structure très particulière. Il était violet, gris et vert, mais quand on ne le regardait pas de trop près, il présentait une sorte de mélange de toutes ces couleurs.

Roberto aimait beaucoup sa grand-mère, et il aimait ce mouchoir. Il le suçotait la nuit quand il était couché tout seul dans son cercueil, et il le pétrissait quand il était nerveux. Il se caressait les joues avec quand, étendu sur le gazon, il contemplait le ciel. Ce mouchoir lui servait de consolation et de protection, de refuge et de promesse.

Mais ce jour-là, le mouchoir ne lui avait été d'aucun secours. Les enfants à l'école l'avaient énervé ; d'habitude, ils ne s'attaquaient qu'à la grosse Birte Bohnacker qui mangeait des sucreries à longueur de journée et qui puait. (« Comme son nom l'indique, disait-on. Elle pète à longueur de journée parce qu'elle bouffe tout le temps des fayots. » D'où son nom, Bohnacker, qui voulait dire « champ de pois ». Birte s'évertuait en vain à lui trouver des racines latines qui auraient signifié « bonne eau » – « Bon Aqua ».) Quant à Roberto, il avait trituré son mouchoir dans sa poche, ce qui ne l'avait pas empêché de se sentir terriblement seul, entouré de camarades qui riaient avec mépris.

« Hé, vieux, c'est quoi ce nom-là, Roberto ? » lui avait demandé Schillo Wienholz en lui flanquant un bon coup sur la poitrine qui avait manqué de le faire tomber à la renverse. « T'es rital ou quoi ? » Schillo Wienholz était plus vieux que Roberto et il avait beaucoup grandi en très peu de temps, d'où sa réputation de dur. Il essayait d'en remontrer à Frank Oesterberg, le chef de la cour de récréation, et mobilisait pour cela ses deux traits de caractère les plus marquants : la vulgarité et la brutalité.

Schillo Wienholz était un parfait trou du cul. Mais depuis que cet enfant pâlot et timide était devenu un géant tranquille, personne n'osait plus le lui rappeler.

« A quoi ça ressemble, hein, dis donc, Roberto ? » Nouvelle bourrade. Du coin de l'œil, Schillo s'assura que Frank Oesterberg observait la scène d'un air blasé. « Hein ? Hein ? Réponds !

– Et le o à la fin de ton nom, il veut dire quoi ? » rétorqua Roberto avec courage, pour se retrouver le dos au mur. Il ne lui restait plus qu'à espérer une intervention de Frank.

« On est insolent, par-dessus le marché ? » Une claque sur la joue. Frank ne bougeait pas.

« Laisse-moi, trouduc !

– Qu'est-ce que tu viens de dire, là ? »

Roberto lorgna du côté de Frank, dont les yeux d'un bleu délavé ne manifestaient aucune émotion. Il avait l'air de regarder à travers Roberto.

« Rien, fit Roberto tout penaud.

– Rien ? Ah bon. T'as vu ce poing ? » Schillo montrait son poing à Roberto. « Tu vas voir, lui non plus, il va rien te faire du tout. »

« Tu t'appelles Roberto comme Roberto, dit le père de Roberto.

– Comment ? » Roberto retourna la côtelette qui s'était déjà réchauffée au contact de sa peau. Il posa le côté froid sur son œil au beurre noir. « Quel Roberto ?

– N'importe lequel.

– J'en connais pas, de Roberto. Y en a pas.

– Moi, j'en connais un. Il y en a au moins un.

– Pour de vrai ? Qui ça ?

– Ben, toi. » Le père de Roberto se mit à rire bêtement.

Roberto avait appris à comprendre les plaisanteries, et savait distinguer une bonne blague d'une mauvaise. Adoptant la tactique de sa mère dans ce genre de situation, il leva au ciel son œil valide.

« Comment ça ? » Roberto n'avait pas envie de rire. La prochaine fois qu'ils lui tomberaient dessus à l'école, il voulait leur donner une réponse qui leur rabattrait le caquet. « Qu'est-ce qu'il veut dire, le o de la fin ?

– Bon. » Son père posa son journal. Roberto connaissait l'homme en première page. C'était Willy Brandt. Brandt était bien. Il y avait aussi un méchant qui s'appelait Barzel.

Le père de Roberto dit : « Noël s'écrit avec un tréma, n'est-ce pas ? »

Roberto opina de la tête. Il était en cours élémentaire. Il y avait longtemps que ses yeux bleus de bébé étaient devenus bruns. Après son premier cercueil-berceau, le « Romulus », il était passé à un « Häääuunnen » ou quelque chose de ce genre, le modèle à succès d'une menuiserie finlandaise, pour finir dans un confortable « Pierre de nuages ».

« OK, dit Roberto. Un tréma.

– Exact. Et le h de... voyons, "handicap"... est un h aspiré, OK ?

– Moui.

– Bien. » Le père de Roberto rayonnait. « Le o à la fin de ton nom est une voyelle de sauvetage.

– Une voyelle de sauvetage ?

– Une voyelle de sauvetage.

– Mais une voyelle de sauvetage, qu'est-ce que c'est ?

– Quelque chose qui ressemble assez à une bouée de sauvetage.

– Hein ?

– Une bouée de sauvetage a la forme d'un o, n'est-ce pas ?

– Sûrement, mais quel est le rapport ?

– Je vais t'expliquer quel est le rapport avec ton nom. »

Et le père de Roberto raconta l'histoire du miraculeux sauvetage de Roberto par la voyelle o.

C'était le jour du baptême de Roberto, ou plutôt d'un vermisseau sans nom (car les bébés ont tout des larves), à peine plus gros qu'une marionnette. Ce dimanche-là, plusieurs enfants attendaient d'être baptisés à l'église Saint-Paul ; quand le couple Dillinger fit son arrivée et que le père de Roberto se gara en face de la nef, un murmure consterné parcourut la foule. Une demi-douzaine d'enfants étaient déjà là, souvent dans les bras de leur mère et entourés de tous les parents possibles et imaginables.

Les Dillinger avaient bien sûr pris le corbillard. Une Opel break dont les longues vitres teintées reflétaient obscurément les invités du baptême derrière l'inscription « Dillinger – Pompes Funèbres ».

Les Dillinger n'avaient pas d'autre voiture. Ils ne pouvaient s'offrir que celle-là. « On ne meurt pas assez, dans le coin, avait coutume de dire Alfred Dillinger. D'après mes calculs, beaucoup plus de gens devraient mourir ici. » Il soupçonnait les mourants de se traîner ailleurs, dans la sphère d'influence d'entreprises concurrentes, voire en des lieux bien plus irréels. « Au fond de la forêt, il y a une cascade, aimait-il raconter à Roberto, depuis qu'il le jugeait suffisamment grand pour une telle conversation. Pour y aller, les personnes âgées traversent la forêt par un chemin secret. Un chemin qu'aucun mortel ne connaît avant de sentir que sa dernière heure est venue.

– Comment est-ce qu'il le sait ?

– Un ange plane au-dessus de lui et lui montre le chemin. Les vieux suivent lentement ce chemin parmi les arbres, parce qu'ils sont très âgés et affaiblis ; la lumière du soleil passe à travers les feuilles, des champignons poussent sur les troncs d'arbres, et il y a partout de la mousse verte. Les gens respirent profondément l'odeur de la mousse, des champignons et des rayons du soleil parce qu'ils savent que cette odeur, ils la sentent pour la dernière fois.

– Pour de vrai ? Ils sentent les rayons du soleil ?

– Bien sûr. »

Le père de Roberto, comme son fils, était un rêveur. Tant que tout allait bien, il prenait la vie avec insouciance et optimisme. Tant que tout allait bien. Quand des difficultés apparaissaient, il avait tendance à tout envoyer promener et à se renfrogner. Dans ces moments-là, il se sentait dupé par tout le monde et amèrement déçu par les hommes.

C'était toujours la mère de Roberto qui lui remontait le moral. Hannah Dillinger avait toujours su ce qu'elle voulait. Elle n'abandonnait jamais le combat. Elle fendait la banquise de la vie comme un brise-glace, même dans ces moments-là.

La mère de Roberto leva le nez de ses papiers ; son regard enveloppa ses deux hommes dans un cocon rassurant. Elle planchait sur la comptabilité de l'entreprise de pompes funèbres.

« Tout ça, c'est rien que des calembredaines », s'indigna Roberto. Il affectionnait les mots très longs comme « dorénavant » ou « anticonstitutionnellement ».

Alfred toussota et lança un regard interrogateur à sa femme qui acquiesça discrètement. Elle aimait l'imagination débordante de son mari.

« C'est la stricte vérité, affirma celui-ci. C'est à ce moment précis qu'ils sentent l'odeur des rayons du soleil. Eh oui. Ils continuent leur chemin, puis ils entendent très doucement le murmure de la cascade, qui, au début, est presque inaudible. Ils se disent d'abord que c'est l'autoroute, mais au fur et à mesure qu'ils avancent, ils comprennent que ce n'est pas le même murmure. C'est la cascade. Le murmure devient de plus en plus fort, et ils se rendent compte que la végétation, c'est-à-dire les plantes, que la végétation est de plus en plus verte, parce que de fines gouttelettes d'eau, toujours en suspension dans l'air, abreuvent les plantes. Et ils continuent à marcher en direction de ce grondement, de cette rumeur qui les fait chanceler, oui, car elle perturbe leur sens de l'équilibre. Ils écartent enfin une dernière branche et se trouvent devant la cascade qui gronde, haute et blanche, comme si ses trombes d'eau tombaient tout droit du ciel. Un arc-en-ciel permanent se dessine au-dessus de la fine pluie qui bruine éternellement à l'endroit où l'eau tombe dans le lit de la rivière. Cet arc-en-ciel luit même la nuit, à travers la lumière des étoiles. Sauf qu'il est très fin, il faut savoir qu'il est là et le chercher pour l'apercevoir. Au bord de l'eau, les herbes tremblent au vent que fait toute cette eau en tombant. Et il y a des grenouilles qui se font des signes entre elles avec leurs pieds palmés.

– Ça, je n'y crois pas.

– Si, c'est vrai. Le bruit de la cascade est si fort qu'on ne les entendrait pas coasser. Alors, pour communiquer entre elles, elles doivent se faire des signes. »

Le père de Roberto mima un salut de grenouille.

« Ah bon.

– Oui. Et les agonisants voient tout cela, ils en ont les larmes aux yeux.

– Ils pleurent.

– Oui, mais de joie. Bon, ils sont un peu tristes aussi, mais en fait ils pleurent de joie en voyant toutes ces choses ; puis ils s'approchent de la cascade, ils passent derrière, ils disparaissent, et on ne les revoit plus jamais.

– C'est qu'il y a une grotte derrière la cascade, dit Roberto qui se souvenait d'un film de Tarzan.

– Qui sait… »

Sa mère mit son grain de sel : « Un cimetière d'éléphants avec des défenses. » Elle posa à côté d'elle une pile de papiers.

« Eh oui, fit vaguement son père. Allez savoir… Faudrait poser la question aux éléphants !

– Pourquoi est-ce que les gens pleurent de joie, avant ? insista Roberto.

– Parce qu'ils savent que leurs héritiers ne nous verseront pas d'argent pour les obsèques.

– Hein ?

– Eh ben, non. Et tu sais ce que ça veut dire ?

– Quoi ? »

Sa mère fit une addition et la souligna deux fois. « Qu'il n'y aura pas de glace pour le dessert », dit-elle. Elle passa les papiers à son mari en lui montrant les chiffres.

« Ta mère a raison, dit le père de Roberto. Nous n'avons pas assez d'argent. » Il rit, mais son rire avait une fêlure. « Heureusement que nous n'avons pas de deuxième enfant, dit Alfred Dillinger à Hannah. Sinon, il faudrait que je trouve plus de clients à enterrer. Et où trouver de l'argent sans voler ?

– On s'en sortira toujours, dit Hannah tranquillement.

– Oui, soupira le père de Roberto. Oui, bien sûr. Qu'est-ce que tu regardes comme ça, Roberto ? »

Roberto regardait à travers son père. Il suivait des yeux le rire qui s'éloignait de lui à la vitesse du son. Il voyait la fêlure du rire qui laissait passer une sorte de froid, de saleté et de pauvreté. Une sorte de peur. Roberto comprit brusquement que la vie qu'ils menaient était plus fragile qu'il ne l'avait cru. Pendant une fraction de seconde, son père lui avait montré ce que les pères ne devraient jamais montrer à leurs fils : la peur.

Or ce jour-là, quand les Dillinger arrivèrent à l'église dans leur corbillard, ils ne voulaient envoyer personne dans l'autre monde. Ils voulaient simplement baptiser l'enfant qui leur avait été offert. Cela, les gens qui étaient devant l'église ne pouvaient pas le deviner, et ils se disaient que le sacristain était peut-être mort, qu'en sonnant les cloches il avait peut-être oublié de protéger sa tête et qu'il avait été réduit en bouillie (selon l'hypothèse très spontanée d'un fidèle âgé de dix ans).

« Mais non, ce serait une ambulance qui arriverait.

– Une ambulance ? Une ambulance, c'est pour les malades, pas pour les morts.

– Malade ou mort, ça revient au même, dans ce genre de situation. »

Ces gens imaginaient donc le pire ; lorsque rien de tout cela ne se produisit et qu'une petite famille sortit en souriant de ce véhicule de mauvais augure, un brave père, une mère charmante et un nourrisson hurlant, on fut quelque peu déçu.

Certes, on était loin de se douter que le pire essaierait encore de se produire.

Mais on se mit tout de même à le craindre quand le pasteur Marms fit son entrée devant ses fidèles. Il avait manifestement forcé sur le Sang du Seigneur, et ce dès le matin.

Au cours de la cérémonie, on remarqua que le pasteur, entre chaque baptême, se retirait un bref instant derrière l'autel dans un coin sombre, sans doute pour y puiser des forces et deviser avec le Seigneur. Sa spiritualité augmentait à vue d'œil.

Quand ce fut le tour du fils Dillinger, sa mère hésita un peu à confier ce fragile petit mortel au serviteur du Très Haut, car elle voyait que ses mains tremblaient déjà de ferveur religieuse. « Allez-y doucement », souffla-t-elle.

Le pasteur, lui, souffla comme un phoque en recevant le paquet.

« Comment doit-il s'appeler ? murmura-t-il en expirant de manière substantielle, ce qui manqua de faire défaillir Mme Dillinger.

– Robert, chuchota-t-elle en toussotant.

– Pardon ?

– Robert. Robert.

– Ah.

Le pasteur tenait l'enfant sur un bras tout en puisant de l'eau bénite dans les fonts baptismaux. « Au nom du Père. » Il arrosa d'eau la tête de l'enfant. « Du Fils. » L'eau perla sur le bout de nez. « Et du Saint-Esprit, je te baptise… » Le pasteur Marms lança à la cantonade un regard empreint d'une grande solennité. « Du nom de… » Il regarda les Dillinger qui lui souriaient, très sérieux.

Le pasteur, qui tenait l'enfant sur son bras droit, fit quelques gestes liturgiques en direction des parents. « Je te baptise du nom de… »

M. et Mme Dillinger comprirent en même temps que le pasteur avait oublié le nom.

« Robert », firent-ils d'une seule voix, tout en remarquant que l'enfant commençait à glisser sur le bras du pasteur aviné. « Oh ! » s'écria Hannah Dillinger, effrayée.

« Roberto », proclama le pasteur Marms en rattrapant la chute de la main gauche. Sa tête cramoisie gratifia le petit chrétien d'une bénédiction.

Les parents se regardèrent, livides, et firent eux aussi un signe de tête. Roberto. Soit. Puisque ce o avait sauvé la vie du petit Robert, il ornerait désormais son nom comme une décoration. Une « voyelle de sauvetage » à laquelle on pourrait se raccrocher comme à une bouée, si l'enfant devait encore tomber.

Comment on donne la vie

Roberto avait huit ans quand il fut initié aux choses de la vie. Cette fille venait de s'installer dans sa rue ; elle avait l'âge de Roberto, mais elle avait l'air d'être la grande sœur de tout le monde. Elle avait les cheveux blonds et mâchait constamment du chewing-gum ; quand elle n'en avait pas, elle faisait semblant d'en mâcher.

(Elle mâchonnait des mouchoirs, comme Roberto le détermina plus tard, ou des boules de coton qu'elle avait d'abord fait tremper dans l'eau ; il lui arriva même une fois de mâcher du trèfle. Une seule fois. Le lendemain, elle prétendit qu'elle avait failli mourir pendant la nuit, comme la jument Flicka ; elle avait eu la colique. Comme toutes les filles, Sonia avait souvent le comportement d'un cheval. C'est-à-dire qu'elle jouait au cheval tout en étant la cavalière qui le chevauchait.

« Un hermaphrodite, constata le père de Roberto qui avait tendance à tout confondre.

– C'est quoi, ce singe-là ? demanda Roberto.

– Ou plutôt : une hermaphrodite.

– N'importe quoi », dit la mère de Roberto. Elle interrompit sa lecture et leva les yeux au ciel. « Un centaure. Moitié homme, moitié cheval. »

« Je suis un cheval, disait souvent Sonia qui passait au galop près de Roberto en hennissant.

– N'importe quoi, rétorquait Roberto. Mon père dit que tu es un singe.

– Ton père est un con. »

Fermez la parenthèse.)

Quoi qu'il en soit, la nouvelle s'appelait donc Sonia, elle vivait avec ses parents dans la maison à la clôture jaune et des ragots circulaient déjà sur ces nouveaux voisins. Son père était un nabot court sur pattes, costaud mais tellement trapu que sa femme, la mère de Sonia, le dépassait d'une tête. A l'époque, ce n'était guère fréquent et c'était presque une honte. Dans la rue Kramerkoppel, les grandes personnes supposaient que des pratiques suspectes se déroulaient nuitamment dans la maison à la clôture jaune.

« C'est quoi, des praquetiques ? demandait Roberto.

– Ton déjeuner va refroidir. »

Les enfants se contentaient de faire des plaisanteries lourdes mais franchement blessantes. Il arriva plus d'une fois qu'un enfant hurle une histoire sur le « nain » juste au moment où ledit nain sortait de chez lui pour prendre sa voiture. L'air navré du père de Sonia montrait clairement qu'il avait entendu ces mots et qu'il était vexé.

Sonia avait beau être fille de nain, les enfants ne s'en prenaient pas à elle. Elle avait trop d'autorité. D'ailleurs, elle n'était pas petite, loin de là. Elle tenait plutôt de sa mère, une belle femme blonde qui passait son temps à s'agiter dans son jardin, à désherber, arroser ses fleurs ou tailler le pommier – en dépit du bon sens, selon le père de Roberto. Elle levait très rarement la tête pour surveiller les enfants en train de jouer dans la rue, à croire que le contact visuel avec les gens était au-dessus de ses forces ou qu'elle avait peur de regarder quelqu'un trop longtemps et de devoir enfin échanger quelques mots, même si la personne en question était un enfant.

La mère de Sonia avait beau être belle, grande et blonde, elle donnait l'impression de ne jamais savoir quoi dire. Quand le facteur passait, elle se frottait les mains sur ses jeans (elle avait été la première femme de la rue à en porter), toujours un peu nerveuse.

« Il fait beau aujourd'hui », disait-elle par exemple en fixant la pomme d'Adam du facteur pendant que des rafales secouaient les arbres. Le facteur était un grand escogriffe avec une énorme pomme d'Adam. Roberto imaginait que, grâce à sa taille hors du commun, il avait volé dans le jardin des parents de Sonia une pomme qui lui était restée en travers du gosier. Les pommes des jardins voisins étaient interdites, c'était une loi d'airain. Des fruits défendus.

Un beau jour, la nouvelle fonça droit sur Roberto. Elle avait de longues jambes minces et des genoux saillants comme ceux des marionnettes en bois.

« Salut, je m'appelle Sonia, dit-elle. Et toi ?

– Roberto, fit Roberto.

– Salut, Roberto. » Elle lui tendit une main qu'il saisit en hésitant. Elle était toute collante, il n'osa pas demander pourquoi.

« Tu sais d'où viennent les bébés ? demanda ensuite Sonia.

– Quoi ?

– Tu crois à la cigogne et à ces trucs-là ?

– A la cigogne ?

– Celle qui apporte les bébés.

– La cigogne ? N'importe quoi ! » Les parents de Roberto n'avaient jamais essayé de lui faire accroire ce genre de choses. Ils ne lui avaient d'ailleurs rien appris du tout. Lui-même n'avait pas posé la question. Et voilà que cette nouvelle aux mains collantes se mettait à en parler.

« Tu t'es déjà demandé pourquoi les garçons ont une bitte et les filles un vagin ? »

Roberto cligna des yeux, pas très sûr de lui. « Ben, pour pisser, tiens, à quoi ça servirait, sinon ? » Il fit mine d'essuyer ses mains sur son pantalon. Cette situation le mettait assez mal à l'aise.

La dénommée Sonia éclata d'un rire moqueur. « Pour

pisser ! » cria-t-elle. Puis elle le considéra d'un air grave et déclara : « T'es qu'une andouille. »

Et elle le planta là, sans doute pour aller chercher d'autres enfants qui sauraient mieux répondre à cette question. C'était la première fois que Roberto recevait le label d'andouille, et, les semaines suivantes, il ne vit Sonia que de loin, souvent entourée d'une bande d'enfants ébahis.

Déconcerté par cette première rencontre, il restait sur place à la suivre des yeux. Elle avait de grands cheveux blonds tout emmêlés. Il l'observait bouche bée, l'air passablement abruti, en essayant de s'imaginer comment elle serait avec des nattes.

« Hé, lui cria un jour Sonia alors qu'à distance respectueuse il la regardait ordonner à une ribambelle d'enfants d'exécuter quelques mouvements compliqués qui faisaient partie d'un jeu bizarre. Tu veux jouer ? »

Roberto hésita.

« Si tu veux jouer, tu dois choisir entre deux noms », cria Sonia. Elle réfléchit en fronçant les sourcils puis tout le visage.

« Euh, fit Roberto, désarmé. Lesquels ? »

Sonia le regarda en relevant le menton. « Pénis, claironna-t-elle. Ou champ de colza. »

Sa bouche frémissait.

Roberto ne trouva rien à répondre.

Sonia mit sa main devant sa bouche, tomba à genoux en se tordant de rire par terre. « Pénis ! hurlait-elle de joie. Pénis ! »

Les enfants braillaient : « Pénis ! Pénis ! »

« Champ de colza ! » faisait-elle à bout de souffle, en gémissant : « Champ de colza ! »

« Champ de colza ! Champ de colza ! » braillaient les enfants.

Roberto rentra chez lui au pas de course.

« D'ailleurs est-ce que t'en as un, de pénis ? lui lança Sonia hors d'haleine.

– Non, il a un champ de colza, braillaient les enfants.

– Il sait même pas ce que c'est, un pénis ! »

(Sur ce point, ils avaient raison. Il connaissait « bitte ». Et sa mère disait toujours « membre ».)

« Il sait même pas comment on fait des enfants ! »

Humilié, Roberto se recroquevilla derrière sa haie et bouda.

Le soir, il demanda à ses parents d'où venaient les enfants, les pénis, et caetera.

Ils passèrent aux aveux.

« Beurk », fit Roberto.

Son père haussa les épaules. « Bah, ce n'est pas si dégoûtant que ça, mon petit.

– C'est très beau, tu sais, Roberto. » Sa mère baissa les yeux en souriant. « Tu t'en rendras compte un de ces jours.

– Chaque chose en son temps, grogna son père.

– Et maintenant, ouste, au lit. »

Cette nuit-là, Roberto rêva qu'il était un boudin noir emballé dans un film plastique. Il était couché dans un nid de cigogne, et les petits cigogneaux le trouvaient dégoûtant parce qu'il était poisseux et que leurs ailes restaient collées au plastique.

Il avait tout confondu.

Aux yeux de Roberto, l'acte sexuel n'était pas une besogne bien tentante. Il avait maintenant huit ans et, à ce qu'on lui racontait, il lui restait encore soixante-quatre ans à vivre (d'un point de vue purement statistique, avait précisé son père). Ces années recelaient des dangers imprévus dont beaucoup avaient trait aux filles ou à ce qu'elles deviendraient, c'est-à-dire des femmes. On attendait probablement de lui qu'il devienne un homme. Dans les livres et les films, les hommes portaient des pistolets, des chapeaux, et sortaient vainqueurs de nombreuses aventures. Jusque-là, tout allait bien. Mais le reste, alors ? Il frissonnait à l'idée de devoir… son… non, non. A côté de ça, gagner le Tour de

France devait être un jeu d'enfant. (Il venait de recevoir une bicyclette beaucoup trop grande pour lui. Son père prétendait qu'il avait l'air d'un singe sur une meule de rémouleur quand il était dessus. Il représentait un danger permanent pour toutes les colonnes d'affichage des environs, et avait mal aux parties à force de tomber de la selle sur le cadre.)

Ou bien il serait soldat et tuerait tout le monde. Ces alternatives lui paraissaient moins dangereuses que de mettre son sexe dans celui d'une fille. Car, il l'avait appris de source sûre par un garçon qui était bien placé pour le savoir puisqu'il avait une sœur : « Elles ont des dents à l'intérieur. »

Le garçon en question était Frank Oesterberg, et ils étaient assis à l'entrée de la cave de ses parents, qui avaient la maison du coin avec un jardin à l'abandon. Frank, Coquelet, et lui. Frank était le caïd. Il était plus vieux et plus grand que les deux autres. Plus tard, il serait délinquant. « La plupart du temps, ils sont bourrés de fric », expliquait-il. « Du coup, poursuivait-il, vous pouvez vous estimer heureux que j'accepte de vous fréquenter. » Roberto et Georg l'étaient en effet, car Frank avait une sacrée réputation à l'école.

Coquelet, en revanche, était considéré comme un moins que rien. On l'appelait Coquelet parce qu'il avait une voix incroyablement stridente. En fait, il s'appelait Georg, mais personne, pas même ses parents, ne tenait compte de ce nom.

Frank avait apporté des cigarettes qu'il avait roulées lui-même dans du vrai papier à cigarettes. Sauf qu'il y avait du coton dedans à la place du tabac. « Le tabac nuit gravement à la santé. C'est écrit sur chaque paquet, mon vieux. » Frank s'y connaissait ; il avait dix ans au bas mot et parlait les trois quarts du temps de son permis de conduire qu'il passerait bientôt. Il avait en outre l'habitude de manger ses croûtes de nez. Il donna à Roberto et à Coquelet une cigarette au coton, se fourra les doigts dans le nez et grignota une croûte. « Quelqu'un a du feu ? » demanda-t-il.

Les deux plus jeunes hochèrent la tête en signe de dénégation. Le regard de Roberto gravissait un escalier de pierre, tout en haut dans le ciel gris. Il redoutait l'arrivée d'un adulte qui leur aurait sonné les cloches.

« Ah, je l'savais bien, dit Frank en tirant triomphalement une boîte d'allumettes de sa poche. Heureusement que je pense à tout. » Il frotta une allumette, mais elle était manifestement humide et ne voulait pas brûler. « Punaise. »

Pendant ce temps, Roberto considérait la cigarette qu'il tenait maladroitement entre le majeur et l'index. Elle était correctement roulée, le coton se terminait juste au même endroit que le papier.

« Où t'as appris ça ? demanda-t-il.

– Quoi ? »

Frank en était à sa quatrième allumette.

« Merde !

– A rouler des cigarettes.

– C'est le copain de ma sœur qui m'a appris. » La sœur de Frank avait quinze ans ; elle avait déjà de vrais roberts. Quant à son copain, il avait une mobylette et une vraie toux de fumeur. « Mais il ne m'a pas donné de tabac. Déjà, pour le papier et les explications, j'ai dû lui tirer les vers du nez. »

Roberto voyait déjà le papier qui sortait du nez du copain de la sœur de Frank et Frank qui tirait dessus. (« Attention, tu vas encore le déchirer. Vas-y doucement, oui, c'est ça. ») Frank mangea une croûte de nez.

« Ils font ça ensemble ? » demanda Coquelet de sa petite voix haut perchée et stridente. Il n'avait rien dit de toute la journée, ou plutôt, les autres ne l'avaient jamais écouté ; là, Frank tendit l'oreille et considéra le gamin d'un air narquois.

« Qu'est-ce que tu crois ?

– Ben oui, dit Roberto, et toi, qu'est-ce que tu crois ? » Là-dessus, il fourra lui aussi les doigts dans son nez, attrapa quelque chose qu'il se mit dans la bouche. Il s'imaginait la sœur de Frank et son copain en train de faire ça. Ils commençaient par retirer de leur nez du papier à cigarettes, le rouler en petites boules et le manger.

Frank grimaça en regardant fixement les yeux écarquillés des deux petits. « Si vous voulez que j'vous donne mon avis, c'est complètement nul. » Il hocha la tête, scruta la boîte d'allumettes et se mit à souffler dessus pour la faire sécher. « Peut-être que ça va marcher. » Il soufflait, et Roberto sentait son haleine âcre. « Vous voulez que j'vous dise ? Ouais, c'est vrai, les femmes, c'est mignon, c'est bien gentil. Quand elles font la cuisine ou qu'on leur flanque des claques. Mais jamais j'leur mettrais mon truc dedans, alors là, jamais ! Vous savez pourquoi ? »

Roberto mit une cigarette de coton au coin de sa bouche et bava copieusement dessus. Il haussa le sourcil comme les hommes à la télévision, et marmonna : « Aucune idée.

– Pourquoi ça ? » fit Coquelet en poussant un cocorico.

Le regard de Frank s'assombrit, il haussa les épaules, brusquement saisi par un froid glacial.

« Elles ont des dents à l'intérieur.

– Quoi ? » hurla Coquelet.

Les yeux bleu délavé de Frank se posèrent sur lui avec mépris.

« Ah, parce que vous n'étiez pas au courant ?

– Si, bien sûr, affirma Roberto en essuyant du revers de la main la bave qu'il avait sur le menton.

– Je l'ai vu, chuchota Frank avec des allures de conspirateur. Je l'ai vu lui fourrer son machin, sans blague. »

Roberto et Coquelet se rapprochèrent. Roberto toussa. Frank, soudain plus pressé, fit un signe de tête affirmatif. « J'ai regardé par le trou de la serrure. » Son émoi se lisait dans ses yeux. « Le mec faisait des mouvements de baise, vous voyez ce que je veux dire. »

Roberto approuva d'un air entendu. Il ne voyait pas du tout.

« Et juste après, il s'est mis à crier, à pousser des gémissements. Et quand il l'a retiré, tout était plein de sang. Tout. Le drap était bourré de sang. Et son truc alors ! Ah, mon vieux, on aurait dit qu'il était passé dans un hachoir à viande ! »

Roberto sentit ses couilles se ratatiner.

« Toutes les femmes ont des dents à l'intérieur de la chatte », résuma Frank en hochant la tête, renversé par ce monde effarant qui venait de s'ouvrir à eux dans toute son horreur.

Il recommença à frotter des allumettes. « Ah, c'est pas trop tôt ! » Il était arrivé à en allumer une. Sa main la protégea du vent pendant qu'il l'approchait de la cigarette de Roberto. « Faut tirer dessus, eh, au lieu de souffler ! »

Roberto inspira. La fumée du coton brûlant lui picota la trachée-artère. Il tituba et se vomit copieusement dessus.

Comment on donne la mort

Pour Noël, Roberto eut un hamster. Depuis un an, il avait envie d'un animal dont il pourrait s'occuper. A force de négociations, ses parents avaient obtenu qu'il renonce au cheval pour un chien, puis pour un chat, et finalement pour un hamster. En fait, son père avait proposé une tortue, car : « Tu peux la mettre n'importe où, tu es tranquille. Ça ne bouge pas, ça mange de la salade fanée et ça vit cent ans. Tandis que les hamsters, eux, n'arrêtent pas de mourir. Ils prennent froid, on leur marche dessus parce qu'ils trottinent dans toute la maison, et ils finissent dans la chasse d'eau.

– Je pourrais le laisser dans sa cage, objectait Roberto.

– C'est ça, pour qu'il fasse grincer sa roue toute la nuit. Ces bestioles dorment pendant le jour et font du bruit la nuit.

– Je pourrais mettre de l'huile sur sa roue.

– Allez, laisse-le, ce garçon, s'il veut son hamster. » La mère de Roberto secoua la tête avec impatience. « Moi aussi, j'en ai eu un, autrefois.

– Moi aussi, justement. » Son père soupira. « Bon Dieu, je ne sais même plus ce que ça mange, un hamster !

– Des croquettes de poisson, par exemple ? proposa sa femme.

– Oh oui ! exulta Roberto, on va lui donner nos croquettes.

– Les croquettes de poisson ? Bon, d'accord. Tu l'auras, ton hamster. »

Si Roberto avait eu le dessus grâce à ce détail, c'est parce que la cave regorgeait de croquettes de poisson en train de se périmer dans le congélateur. L'épicier qui les vendait avait été emporté par une forte fièvre. Après son incinération par les Pompes Funèbres Dillinger, on avait découvert qu'il n'avait pas laissé un centime à sa veuve ; cette forte femme était arrivée un beau jour avec une brouette devant la maison des Dillinger où elle avait déchargé une montagne de bâtonnets de poisson surgelés. « L'argent n'a pas d'odeur, avait-elle dit. Nos croquettes de poisson non plus. Vu leur prix de vente, cela fait même plus que ce qu'aurait coûté l'incinération de mon mari ! »

M. et Mme Dillinger, sur le perron, avaient des surgelés jusqu'aux chevilles. « Surtout, ne me remerciez pas, avait dit la veuve, acceptez-les sans hésiter. Le poisson, c'est bon pour la santé, c'est la nourriture du cerveau. » Sur ces mots, elle était partie avec sa brouette qui grinçait.

« Faut croire qu'elle l'a mis au régime sec, son cerveau, pour nous apporter tout ça », avait conclu le père de Roberto.

Les semaines suivantes, les Dillinger mangèrent tellement de croquettes de poisson qu'elles leur sortaient par les trous de nez.

« Alors, est-ce que les premiers effets se font déjà sentir ? demandait régulièrement le père Dillinger.

– Je ne sais pas trop, répondait Bobonne. Tu n'as qu'à me faire un test.

– Bon. Racine carrée de 73 ? »

Hannah Dillinger mâchait d'un air pensif, puis disait : « Aucune idée.

– Hum. Roberto ! Trois fois quatre ?

– Dix-sept ?

– Aïe ! Une île à l'est de l'Afrique ?

– Féroé ? »

Le père hochait la tête. « Mangez du poisson, les enfants, mangez du poisson. »

Ils en mangèrent tellement qu'un jour, au déjeuner, Roberto vomit tout sur la nappe.

« Regardez, s'écria son père, enchanté. Ça marche ! Il a vomi sur la table les contours de l'île de Madagascar ! »

Toujours est-il que le visage d'Alfred Dillinger se mit à rayonner à l'idée qu'un croquettivore pourrait entrer dans le cercle de famille. « C'est affreux de jeter de la nourriture quand des gens meurent de faim en Afrique.

– Les entrepreneurs de pompes funèbres, ils sont très riches en Afrique ?

– Non, ils ne peuvent rien acheter avec leur salaire. Là-bas, avec la chaleur qu'il fait, les croquettes surgelées ne résistent pas longtemps.

– Et ce hamster, je vais l'avoir, oui ou non ?

– A Noël, d'accord ?

– Ouaiiis, hurla Roberto. Ce sera le hamster doré le plus intelligent du monde !

– C'est ça, on fixera son vomi sur des plaques en verre organique, et on le vendra aux enchères chez Sotheby's.

– Ouaiiis », hurla Roberto.

Le soir de Noël, une brume de neige poudreuse tomba sur la ville, recouvrant les toits et les jardins d'une fine pellicule qui ressemblait à du sucre en poudre. Roberto passait les trois quarts de son temps au grenier dans un vieux fauteuil moisi à regarder la neige tomber. S'il continuait à neiger sérieusement, il irait peut-être faire de la luge avec son père et sa mère. Il aimait bien faire de la luge, avec ses amis aussi, mais c'était autre chose d'être sur une luge avec son père qui était grand et fort. Quelques années auparavant, Roberto avait eu pour Noël une belle luge. Même l'été, il s'était souvent risqué à la cave pour huiler et cirer ses lames. Roberto aimait la neige, le ciel bleu en hiver, et la vapeur qui sortait de la bouche des gens. Il aimait le bleu limpide des yeux de son père qui brillaient dans son visage rougi par le froid, et il aimait les yeux verts et mystérieux de sa mère.

Tout en suçotant un coin de son mouchoir à câlins, il contemplait les flocons qui semblaient de plus en plus gros, de plus en plus lourds. Sous la couche de neige, à quelques maisons de là, même le terrain à construire, dont le gazon avait été retourné à la pelleteuse et le bel arbre abattu, paraissait virginal et pur. La pureté de cette neige qui s'était posée comme par enchantement sur un monde imparfait remplissait Roberto d'un vague sentiment de remords et d'étonnement.

Quand il se mit à faire noir, sa mère l'appela d'en bas pour lui demander s'il voulait l'aider à décorer l'arbre de Noël.

« Oui, oui !

– Alors viens !

– Tralalaïtou ! cria Roberto en dévalant l'escalier grinçant.

– Bon sang, fais donc attention, dit son père qui sortait de sa chambre. Tu vas te casser la colonne vertébrale. » En secouant la tête, il referma la porte derrière lui, car les cadeaux étaient cachés dans la chambre des parents. Roberto savait d'ailleurs très bien à quel endroit : il avait dûment fouillé les paquets du placard à vêtements. (Il avait « fouiné partout », comme disaient les Dillinger, et son cœur avait battu la chamade en faisant cette chose interdite.) Car il s'était aperçu que la clé de la salle de bains entrait parfaitement dans la serrure de la chambre à coucher.

Roberto fit du toboggan sur la rampe de l'escalier qui descendait au rez-de-chaussée.

Sa mère eut un petit sourire. « On dirait Tarzan, fit-elle avec une admiration un peu forcée. Ou Beckenbauer ? » (Cette année-là, l'Allemagne avait fini troisième de la coupe du monde à Mexico, et, pendant un match, Beckenbauer avait couru avec un bras en écharpe. Depuis, il était un héros.)

« Hop là, fit son père une fois que Roberto se fut remis debout. Il n'a peur de rien, celui-là ! » Il essaya de l'imiter en riant, mais la rampe eut un grincement menaçant quand il s'assit dessus. « Je suis trop lourd, dit-il.

– C'est parce que t'es le père Noël. Un père Noël, ça doit être gros et lourd.

– Tiens, tiens. »

Dans le séjour, Roberto était chargé de placer les bougies sur l'arbre. Il devait éviter que la flamme des bougies ne mette le feu aux branches et vérifier que les pinces des petits bougeoirs étaient bien fixées.

« Mets celle-là un peu plus à l'extérieur, dit sa mère en montrant une pince.

– OK.

– Voilà, c'est mieux. Enfin, en cas de besoin, on aura toujours le seau d'eau. »

Le père Dillinger apparut avec son écharpe et son manteau. « Bon, les enfants, dit-il. Je prends la voiture pour faire une petite course.

– Oui, chéri.

– J'reviens dans une demi-heure.

– OK. »

Roberto fit un sourire malin. Il savait où allait son père : à l'animalerie, acheter le hamster qu'il n'avait pas trouvé dans le placard à vêtements.

Quand toutes les bougies furent en place, la mère de Roberto demanda : « Tout est prêt ? »

Roberto fit « oui » de la tête. Il contemplait son œuvre.

« Bon, alors tu peux allumer. »

Roberto alluma les bougies avant de remonter dans sa chambre, car le moment de mettre les cadeaux sous l'arbre était venu. Dans sa chambre, Roberto avait du mal à supporter le suspense. Il faisait passer son mouchoir à câlins d'une main dans l'autre et vice versa. Ensuite, il retira même ses chaussettes et ses chaussures pour faire coulisser le mouchoir entre ses orteils. Il attendait avec délices le retour de son père et l'instant où la cloche sonnerait en bas pour annoncer la distribution des cadeaux. Il remit ses chaussures et se caressa les joues avec son mouchoir. Puis il se coucha sur le dos et posa le mouchoir sur sa tête ; en soufflant dessus, il le fit monter en l'air où il resta quelques secondes avant de retomber, moelleux et doux, sur son visage rougi par l'excitation.

Quand on sonna à la porte, Roberto bondit de sa chaise à la verticale et se cogna la tête sur une étagère. Mon hamster, pensa-t-il, et après avoir refermé la porte de sa chambre, il se dit qu'il voyait mal son père, le maître de céans, sonner à sa propre porte.

Il devait s'agir d'une autre distribution de cadeaux. C'était peut-être quelque chose de merveilleux, d'inattendu, une surprise que ses parents voulaient lui faire. Un cadeau si énorme qu'il fallait le livrer. Roberto savait qu'il n'avait pas le droit de regarder les cadeaux à l'avance et que ce n'était pas bien de « fouiner ». Mais il ne pouvait pas s'en empêcher.

Tapi entre les balustres de l'escalier, il observa d'en haut sa mère qui, les sourcils froncés, se dépêchait d'aller ouvrir.

L'homme qui était dans l'embrasure de la porte hésitait à en franchir le seuil. Il tenait son chapeau à la main ; il n'était pas grand, mais d'une constitution athlétique, avec des yeux sombres, presque noirs. Une balafre lui barrait la joue droite. Il avait l'air d'un homme que l'on voit sur un écran de cinéma, pas dans la réalité. Et pourtant, il était étrangement familier à Roberto.

L'étranger regardait la mère de Roberto de ses yeux ténébreux ; Roberto eut peur qu'il ne lui fît du mal. Mais il avait déjà tourné les talons, et elle referma la porte derrière lui. Roberto entendit les pas de l'homme qui s'éloignait.

La mère de Roberto avait le front appuyé sur la porte. Elle serrait le poing droit, on aurait dit qu'elle tenait un objet de petite dimension. Il ne l'avait jamais vue comme cela. Elle leva soudain les yeux vers son fils, qui recula en tremblant, conscient de sa faute. Après tout, il était censé attendre dans sa chambre. Vite, il s'élança sans bruit et y retourna en courant. Il avait envie de crier joyeusement : « J'ai pas fouiné ! » Mais le regard de sa mère avait une expression qui étouffait cette joie dans l'œuf. Une expression que Roberto ne comprenait pas. En fait, il aurait dû se sentir coupable. Et curieusement, le sentiment qu'il avait surpris dans les yeux de sa mère était justement de la culpabilité.

Quand il entendit son père arriver en voiture, l'inconnu était déjà oublié. Roberto se mordit les lèvres de joie en entendant ses parents chuchoter dans le couloir. Ensuite, le bruit caractéristique du manteau qui, posé sur la rampe, glissait et tombait dans l'escalier de la cave. « Ah, zut ! dit son père. L'année prochaine, c'est un portemanteau que je vais demander au père Noël. »

C'était enfin l'heure. La cloche sonna, et ses parents crièrent en chœur : « Les cadeaux ! »

Dans le séjour, Roberto repéra aussitôt sous le sapin le grand paquet tout neuf qu'il n'avait pas vu dans le placard à vêtements. C'était une boîte à chaussures emballée comme un paquet cadeau, avec des trous pour l'aération. Et n'entendait-il pas un léger crissement ? Il se précipita aussitôt sur le sapin.

« Doucement, jeune homme ! » Son père, affectant d'être sérieux, l'attrapa par le bras. « Il faut d'abord chanter. Il n'y a rien de meilleur que la joie de l'attente », prêcha-t-il. Et sa mère distribua en souriant trois livres de cantiques.

Plus tard, Roberto ne se souviendrait plus exactement quand il avait vu les flammes, si c'était une seconde avant les cris ou juste après. Car il entendit des cris, des bruits étranges, pitoyables et apeurés comme seul un petit animal peut en produire. Un petit animal en train de brûler vif.

« Vite, le seau ! » cria la mère de Roberto pendant que son père était déjà en train de verser des trombes d'eau sur les flammes. Roberto se jeta sur le paquet à moitié brûlé et écarta le papier calciné.

« Ne regarde pas », murmura son père en essayant mollement d'en empêcher son fils. Mais Roberto repoussa la grande main chaude, déchira le papier en petits bouts et vit le hamster couché dans sa boîte. Le pire, c'était qu'il vivait encore. Un faible couinement s'échappa de son gosier ; on voyait ses petits poumons respirer à une cadence effrénée sous sa peau nue et carbonisée. Une légère toux. Les Dillinger n'avaient encore jamais entendu un hamster tousser. L'animal finit par s'immobiliser.

Effaré, Roberto se leva d'un bond et monta l'escalier à toutes jambes ; il fit volte-face à mi-chemin, passa près de ses parents pétrifiés, prit le petit cadavre brûlé dans sa main et courut au grenier. En pleurant à chaudes larmes, il retira l'échelle et ferma l'œil-de-bœuf du grenier.

Roberto s'affala dans le fauteuil près de la fenêtre. « S'il te plaît, sanglotait-il en regardant le cadavre carbonisé qui gisait dans sa main. S'il te plaît, ne sois pas mort ! S'il te plaît, Seigneur, empêche-le de mourir ! » Mais il sentait que le petit corps refroidissait au creux de sa main. Il était maintenant tout froid. Roberto regarda fixement par la fenêtre. Les toits enneigés contrastaient durement avec le ciel noir. Aux fenêtres brillaient des bougies, des sapins. Aucun d'eux ne prenait feu. Rien ne brûlait, sauf l'âme de Roberto Dillinger.

« Roberto », fit à un moment donné la voix de sa mère qui devait être sous l'œil-de-bœuf dans le couloir. « Allez, viens, descends, suppliait-elle. C'est ma faute, tu entends ? Je ne t'ai pas fait confiance, j'ai changé les bougies de place. J'ai dû en mettre une au mauvais endroit. Descends, Roberto, s'il te plaît ! Je suis désolée, c'est ma faute. »

Roberto trouvait sa mère très gentille d'avoir dit ces mots, mais il savait qu'elle avait menti. Elle n'avait plus touché aux bougies après les avoir allumées. Il savait qu'elle lui avait fait confiance, il savait que le hamster s'était lui aussi fié à son destin, dans son carton sombre où si peu de lumière filtrait par les trous d'aération. Le hamster avait déjà une place dans son cœur. Roberto sentait que cette partie de son cœur pourrissait comme de la viande avariée. Ses larmes se tarirent, cédant la place à un sentiment de vide infini. Lui, Roberto, avait donné la mort.

Roberto comprit alors que du paradis à l'enfer, il n'y avait qu'un pas.

Abracadabra : rêves de rongeurs

« Alors je me suis décidée, et voilà le résultat. » La grand-mère de Roberto émettait un rayonnement violet sous le plafonnier de la cuisine. C'était son visage qui rayonnait. Quant au violet, il venait de ses cheveux. Elle se campa devant le réfrigérateur et rajusta coquettement sa coiffure. « Et puis c'est assorti à mon nom. » Elle s'appelait Anna Viola. « Qu'est-ce que vous en dites ? »

Sa fille, la mère de Roberto, était assise sur la table de la cuisine. Ses doigts indécis tambourinaient sur une boîte de bonbons Quality Street. Elle hochait la tête. « C'est marrant, dit-elle enfin en descendant de la table. Tu veux du café ou autre chose ?

– Marrant ? Ah bon. Et toi, petit bonhomme ? Comment trouves-tu cette couleur ?

– Chouette. » Avec un petit sourire malin, Roberto arrangea son slip à travers le tissu de son short.

« Ah, merci. » Sa grand-mère lui fit un signe d'approbation. « Me voilà rassurée. Résumons la situation : ma coloration est chouette.

– Du café ? Du thé ?

– Non, rien. » Elle refusa d'un geste. « Vous savez, je me suis dit qu'étant une vieille mocheté, ça me donnerait peut-être un p'tit coup de jeune. »

Roberto lui jeta d'en bas un regard plein de reproche. « Mais tu es tout sauf une vieille mocheté, Anna Viola.

– Merci. Dis donc, Hannah, il est rudement galant, ton

fils. Cela dit, tu peux continuer à m'appeler Mamie, je préfère, OK ? » Elle disait toujours « OK ». Elle avait appris ça avec les GI, après la guerre. Son deuxième gendre était GI, il s'appelait Gordon. Il avait épousé Gilda, sa fille cadette, et l'avait emmenée en Amérique. D'après les photos que Gilda envoyait certaines années, elle passait son temps à faire de la moto et des rodéos.

« A part ça, je suis allée chez le dentiste. Et laissez-moi vous dire que ces crèmes de fixation pour dentier, c'est de la blague. Quand je mâche du chewing-gum, mes dents restent collées au chewing-gum, pas à la crème. Autant se coller les dents avec du chewing-gum et mâcher de la crème pour dentier. Mais pour tout vous dire, la crème a un goût infect. On ne peut même pas faire de bulles avec. »

Roberto et sa mère éclatèrent de rire.

Une vibration imperceptible parcourut la maison.

« Oh, dit la mère de Roberto. Il faut que je mette son costume au nettoyage.

– C'est Fred ? » demanda la grand-mère.

Sa fille acquiesça : « Il a un nouveau venu à l'atelier. » L'atelier, c'est ainsi qu'ils appelaient la remise semblable à un garage qui flanquait la maison. L'endroit où Alfred Dillinger vaquait à ses occupations. Cet endroit était tabou pour Roberto, « *off limits* », comme disait sa grand-mère.

La vibration s'éteignit, on entendit une porte de voiture claquer.

« En tout cas, merci pour la bague, dit la mère de Roberto.

– Hein, quoi ? Quelle bague ? » La grand-mère regardait sa fille qui brandissait la nouvelle bague. C'était un anneau très fin avec un tout petit diamant qui scintillait dessus.

L'air de ne pas comprendre, Mamie pencha la tête de côté. « Ah oui, la bague ! finit-elle par s'écrier en agitant la main. Pas de quoi, ma chérie, je t'en prie. » Elle se tourna vers Roberto, tira de son sac un caramel polonais qu'elle lui tendit. « Tiens, après tout, je ne vois pas pourquoi on te traiterait comme un chien. » Elle lança un drôle de regard en coin à sa fille tout en caressant la tête de Roberto. « Si tu es bien sage et que tu manges plein de trucs comme ça, après, tu auras la permission d'aller t'acheter un beau dentier. » Ses fausses dents étincelèrent. Elle referma son sac et se mit en route. « Je vous ai assez encombrés comme ça.

– Mais enfin, Maman, protesta sa fille, tu sais bien que tu ne nous encombres jamais.

– Mamie, corrigea-t-elle. Appelez-moi tous Mamie. Comme ça, on ne risque pas de confondre. »

Une fois sa grand-mère partie, Roberto monta lire des bandes dessinées. Cela ne faisait pas si longtemps qu'il savait lire impeccablement, et le monde des lettres d'imprimerie lui révélait un royaume imaginaire. Ce royaume s'appelait le *Journal de Donald*. Oncle Picsou venait de s'apercevoir que le niveau d'or de son coffre-fort avait baissé de cinquante centimètres (peut-être à cause des casseurs de chars), quand un cri affreux résonna au rez-de-chaussée. Roberto s'éjecta de son cercueil et dévala l'escalier. Il se cogna contre son père qui courait vers la maison, en bras de chemise et dégageant une odeur de formol. Ils trouvèrent Hannah blanche comme un linge près de la table du séjour. Sur le sol gisait un des deux « costumes de service » de son mari.

« Qu'est-ce qui s'est passé ? s'enquit le père de Roberto.

– Le hamster. » Elle montra une petite chose en fourrure dans son tablier, qu'elle tenait loin devant elle comme un pompier tendant une toile de sauvetage à quelqu'un en train de sauter. « Le Brûlé. » La nervosité dessinait des taches rouges sur son visage blême. « Il était dans la poche de ta veste.

– Ah ça alors ! s'écria le père de Roberto. C'est là que tu étais ! » Il prit doucement l'animal mort dans le tablier. « C'est là que tu te cachais, hein ? » Il regardait le hamster comme s'il s'était agi d'un poupée de chiffon. « Dans la poche de ma veste, hein ? » Il souriait dans sa barbe. « Et moi qui l'ai cherché partout.

– Cherché ? Comment ça ? » Elle regardait son mari d'un

air incrédule. « J'ai bien entendu, là ? Tu l'as cherché ?

– J'ai dû le flanquer là par erreur. J'ai déjà fouillé dans tout l'atelier. »

Les parents s'aperçurent brusquement de la présence de Roberto, qui, debout entre eux deux, ne pouvait détacher les yeux du hamster mort. « Ne regarde pas, mon garçon, dit sa mère.

– Pourquoi ?

– Parce que. » Sa mère l'empoigna avec une assurance qu'on ne lui voyait pas souvent, le fit pivoter sur ses talons et le poussa vers la porte. « Allez, ouste, va jouer.

– Mais, Maman...

– Dehors ! »

Roberto sortit et, comme on pouvait s'y attendre, s'arrêta pour écouter à la porte.

« Bon, maintenant, à nous deux. » Sa mère se tourna vers son mari. Son regard et sa voix ne présageaient rien de bon. « Alfred, c'est toi qui as déterré le hamster ? »

Son mari haussa les épaules. « Tu sais, il n'était pas enterré bien profond.

– Tu as... – elle ne trouvait pas ses mots – ... profané sa tombe ? Toi ? Un entrepreneur de pompes funèbres ?

– Écoute, chérie, je ne suis pas un croque-mort de la vieille école. Et puis... » Il pencha la tête sur le côté. « Quelquefois, il faut bien améliorer l'œuvre de Dieu.

– Et tu l'as... tu l'as...

– Oui, je l'ai empaillé, pour Roberto. C'était pour lui faire une surprise.

– Empaillé ! » Les doigts d'Hannah Dillinger cherchaient à agripper quelque chose en l'air. Peut-être une feuille de palmier, mais il n'y en avait pas. Elle hocha la tête. « Non mais, il a vraiment empaillé cet animal. Comme ça. Sésame, ouvre-toi.

– Abracadabra, corrigea son mari. Pas Sésame, ouvre-toi. Abracadabra. Ce qui veut justement dire : Ouvre-toi, cadavre. »

Elle le regardait sans mot dire.

Il se racla la gorge. « C'est très simple. La taxidermie n'est qu'une légère extrapolation de l'opération R et M, à savoir restauration et maquillage. » Le père de Roberto brandit le hamster empaillé et le considéra d'un œil expert. « Ce n'est pas mal réussi, vu qu'il était brûlé. Difficile de faire des merveilles, dans ces conditions.

– Alfred.

– Et Roberto qui n'arrête pas de répéter : "Ah, si seulement le Brûlé était encore là !"

– Alfred !

– C'est ce qu'il dit souvent. Ça lui ferait tellement plaisir.

– Alfred, dit-elle en regardant son mari droit dans les yeux. Il a envie d'un hamster vivant. Il voudrait que le hamster soit encore en vie. Il voudrait que rien de tout cela ne soit arrivé. Voilà ce qu'il voudrait. Il n'a pas envie d'un... » Elle cherchait le bon mot. « Il n'a pas envie d'un cadavre.

– Ah bon, tu crois ?

– Oui, j'en suis sûre. »

Le regard que son mari posa sur le hamster devint plus critique.

« Alfred, tu ne peux pas supprimer la mort, tu m'entends ? » La mère de Roberto parlait nerveusement, sur un ton qui n'admettait pas de réplique. « La vie n'est pas faite comme ça. Tu ne peux pas supprimer la mort après coup. Tu es bien placé pour le savoir, et c'est ça que tu devrais apprendre à ton fils. Il y a des erreurs qu'on ne peut pas réparer. Il faut vivre avec leurs conséquences, les conséquences des choses qu'on a faites. C'est ce qu'on appelle être adulte. »

Puis elle prononça la phrase que toute femme dit un jour ou l'autre à son mari, quand ce n'est pas tous les jours. C'était : « Quelquefois, je me demande quand tu te comporteras enfin en adulte. »

« Sans compter, ajouta-t-elle, que tu as failli me faire mourir de peur. »

On offrit donc à Roberto un hamster vivant, un ersatz du premier. On remit discrètement le hamster empaillé sous terre, nuitamment, à la place qui lui était réservée sous la haie, là où les vers attendaient avec impatience cet invité qui leur avait tant manqué.

Le nouveau hamster avait tout du précédent, d'après les parents de Roberto, qui, quant à lui, ne le connaissait que sous sa forme grillée. Avec ses puissantes incisives, il avait déjà rongé le paquet et s'était évadé par ce trou sans attendre d'être déballé par Roberto. « Oh là, dit le père de Roberto. Vaut mieux faire attention, avec les hamsters. Ils rongent tout ce qu'ils trouvent, comme les rats. Saviez-vous que les rats et les hamsters sont même capables de ronger de l'acier ? Faudrait utiliser ça dans l'industrie.

– Dans l'indurestrie ? demanda Roberto qui cherchait sous un fauteuil. En tout cas, il n'est pas là-dessous.

– Pour couper de l'acier ou des trucs de ce genre. Il faudrait élever des milliards de hamsters et se servir de leurs dents pour tailler des diamants.

– Mais ils rongeraient leurs cages pour s'en échapper, dit sa femme. Et ils envahiraient le monde. Oh, regardez, qu'est-ce que c'est que ça ? Je crois que notre hamster a fait une petite commission. » On finit par trouver le hamster sous la desserte du séjour en suivant simplement la trace des petites crottes que son postérieur mettait au monde. « Il doit être nerveux », conclut le père de Roberto.

Trois jours plus tard, avant même que Roberto n'ait pu donner un nom à son hamster, celui-ci était mort. Il avait dûment conchié les journées précédentes ; le vétérinaire auquel s'adressa le père de Roberto diagnostiqua une grippe intestinale, source de terribles tempêtes dans son arrière-train.

« Il est mort de quoi ? demanda Roberto.

– L'arrière-train », répondit son père.

Dans l'esprit de Roberto, il était évident que le hamster

s'était traîné jusqu'à la voie ferrée, fuyant le sort cruel d'être brûlé par son maître. Il s'était jeté sous un train. Son père lisait souvent dans le journal que les gens – donc pourquoi pas les hamsters – agissaient de la sorte quand ils en avaient assez de vivre. « La moitié des retards de trains, déclara un jour le père de Roberto, est due au fait que les gens se précipitent sur les rails. On n'en parle pas dans les médias. Mais tu peux être sûr qu'une fois sur deux, quand ton train a du retard, il y a des restes humains collés aux essieux.

– Alfred ! l'interrompit sa femme. Pense un peu au petit ! » Elle voulait dire qu'il aurait pu édulcorer son récit.

« Bah ! fit Alfred Dillinger avec mépris. C'est la Mort qui console, hélas, et qui fait vivre, déclama-t-il à l'intention de Roberto en branlant majestueusement le chef. Le petit a bien le droit de savoir que la mort est quelque chose de sale. Mon métier consiste à la rendre digne. Tu te rappelles le fils des Berger, il y a quelques années ?

– Oui… il ne s'était pas suicidé, celui-là ?

– Il s'était jeté sous un train. Tu sais, c'est moi qui m'étais chargé de ses obsèques.

– Oui.

– Il n'était pas beau à voir.

– Mais… et l'exposition du corps, alors ?

– R et M.

– Quoi ?

– R et M. Restauration et maquillage. La tête était encore à peu près entière, mais il n'y avait plus rien d'autre. Son costume était bourré de paille.

– Seulement la tête ? Bon, mais… et le reste ?

– C'était sous le capiton du cercueil. Il leur en a d'ailleurs coûté un petit supplément. Dis donc, Roberto, qu'est-ce que tu fabriques ?

– Tu vois bien, gros malin. Il vomit sur le tapis.

– Et moi qui pensais qu'il suivrait les traces de son père !

– Attention, tu vas marcher sur son petit déjeuner… »

Cette nuit-là, la mère de Roberto fit un rêve atroce. Elle rêva que son fils était attaqué par des milliers de hamsters qui, alors qu'il était encore en vie, lui rongeaient les entrailles. Il était vivant, il criait et se débattait jusqu'à ce qu'un de ces rongeurs parvienne à son cœur et le déchiquette à belles dents. Mais les animaux ne mangeaient que l'intérieur de son corps juvénile, en laissant la peau intacte. Et il continuait donc de se déplacer, animé par tous les petits rongeurs qui grouillaient dans les tuyaux évidés de ses bras et de ses jambes. Certes, il ne parlait pas, mais il marchait et levait le bras, par exemple. Ses parents pensaient seulement qu'il avait un problème d'ordre psychologique. (« C'est l'âge ingrat. » Dans son rêve, Hannah entendit très distinctement son mari prononcer cette phrase.) Ils espéraient que cela s'arrangerait ; mais un jour, au petit déjeuner, Roberto ouvrit la bouche et fit apparaître entre ses lèvres un hamster qui les scruta de ses petits yeux noirs et brillants en découvrant deux minuscules incisives acérées et sanglantes.

Hannah Dillinger se réveilla baignée de sueur et ne put fermer l'œil de la nuit. « Qu'est-ce qui se passe, chérie ? marmonna son mari à moitié endormi.

– J'ai fait un rêve atroce, dit-elle, assise au bord du lit en frottant ses genoux l'un contre l'autre. Un rêve de rongeurs.

– Ah, les rêves de rongeurs, marmonna son mari. Je connais ça. C'est pas gai. » Il se retourna de l'autre côté et se rendormit.

Sa femme déserta le matelas qui couinait et traversa la couloir grinçant pour aller dans la chambre de son fils. Elle l'embrassa doucement sur le front, s'assit sur une chaise à côté de son lit-cercueil et observa les ombres que la lune, dans sa course, allongeait ou rapetissait, et qui finirent par devenir toutes pâles au lever du jour.

Le désert se rapproche

Le monde, Roberto Dillinger le sut dès l'âge de huit ans, était plein de menaces, de dangers et d'atrocités, mais aussi de mystères, toutes choses qui se trouvaient pêle-mêle dans la cave et le grenier des Dillinger. Leur maison était grande, avec beaucoup trop de pièces pour ses trois occupants. Elle avait autrefois appartenu au grand-père ; Alfred Dillinger en avait hérité, ainsi que de l'entreprise de pompes funèbres et de l'atelier dans la remise. La maison était située à la périphérie de la ville, dans un quartier reconnaissable à ses pavillons et à ses petites villas un peu délabrées. Édifiée en brique rouge dans un style assez lourd, elle restait tapie entre deux élégantes villas qui avaient été blanches, comme un crapaud entre deux sauterelles. Le grand-père, relogé dans un cercueil modèle « Diplomate » (velours bleu foncé, placage chêne), l'avait fait construire avant la Première Guerre mondiale. « A une époque où la mort faisait encore vivre son homme », disait son fils Alfred. Il aimait aussi à répéter que c'était une maison « érigée avec des ossements ».

Par chance, Roberto ignorait encore à l'époque ce qu'étaient des ossements, sinon il n'aurait jamais pu coucher dans son cercueil sans être terrifié. Dormir dans un cercueil était pour lui une évidence, voire un plaisir. A en croire la publicité pour l'entreprise de son père, reposer dans un cercueil Dillinger était même le couronnement d'une vie réussie. Mais les os, Roberto n'en raffolait pas ; il avait peur des os et des squelettes, et il était sans doute le seul enfant de sa génération à ne pas ronger les carcasses de poulet. Habiter dans une maison construite avec des ossements l'aurait effrayé. Il savait bien que certaines choses pouvaient faire peur, mais il ne savait pas encore que certains mots pouvaient tuer un être humain.

La cave et le grenier, donc. Ce fut au grenier que Roberto trouva la photo et entendit la conversation.

Commençons par la cave. C'était une crypte sombre et inquiétante dont la lampe était toujours cassée, où il faisait froid et humide et qui avait un écho. Des dangers vous guettaient dans les recoins. La cave était le royaume des reptiles et des araignées, lesquelles étaient sans pitié. Le plafond était entièrement couvert de toiles d'araignées ; Hannah Dillinger avait beau les pourfendre d'un coup de balai, elle les retrouvait deux jours plus tard en parfait état, pendant que quelque chose lui chatouillait la nuque.

« Et alors ? disait toujours le père de Roberto. Les araignées sont utiles, elles mangent les autres insectes. »

Et les enfants aussi, pensait Roberto qui était toujours pris d'une peur panique dès qu'il posait la pointe des pieds sur la première marche de la cave. Comme hypnotisé, il regardait ensuite fixement les ténèbres sous lui, croyant apercevoir toutes sortes de danses fantomatiques.

« Ne sois pas si bête, Roberto, le rabrouait son père. A ton âge !

– J'ai huit ans.

– Justement, tu n'es plus un bébé. Il n'y a rien de dangereux, ici. »

Comme il se trompait…

Quoi qu'il en soit, l'obscurité de la cave inspirait à Roberto un certain respect. Du couloir, on embrassait du regard l'escalier de la cave, une rampe courait le long du mur, et on voyait d'en haut les deux tiers de l'escalier avant qu'il ne décrive un virage ; après ce virage, les marches se perdaient dans le monde des ombres. Quand Roberto rentrait en courant à la maison, jetait sa veste sur la rampe de l'escalier, à l'exemple de ses parents, et que celle-ci glissait comme d'habitude sur la rampe pour tomber dans cet empire obscur et terrifiant, Roberto ne se sentait pas capable d'aller la ramasser.

Un jour, il avait demandé à son père d'aller arracher sa veste aux ténèbres. Son père s'était exécuté, pour toiser ensuite Roberto en hochant la tête : « Quand j'avais ton âge, je n'étais pas froussard, moi. »

Roberto l'avait regardé d'un air incrédule. Il avait du mal à s'imaginer son père au même âge que lui. C'était inconcevable : il était beaucoup trop grand. A la réflexion, fallait-il en conclure que Roberto serait un jour aussi grand que lui ? Si oui, il pouvait être sûr qu'avec sa taille monumentale il n'aurait plus peur de la cave. Mais avant d'en arriver là, il restait petit et froussard. Et quand sa veste tombait de la rampe, il la laissait tout en bas et en prenait une autre quand il voulait ressortir. C'était toujours sa mère qui, jour après jour, allait récupérer sa veste sur les marches et la lui remettait en place. Mais elle disait : « Roberto, ce n'est pas possible, tu es un vrai souillon. » Un jour qu'il voulait aller chercher une bouteille à la cave, le père de Roberto avait failli glisser sur un anorak foncé qui le guettait sournoisement sur une des marches.

Roberto se disait que la vie aurait été plus simple sans caves.

Le grenier, en revanche, suscitait toujours la curiosité de Roberto. Perché sur le reste de la maison, il donnait l'impression d'être un autre monde. On entendait souvent des craquements dans les poutres, comme si des êtres inconnus y avaient mené une vie secrète. Ces bruits faisaient courir dans le dos de Roberto des frissons de volupté. Au grenier, il ne faisait pas tout noir comme dans la cave. Il y avait des lucarnes et même, sur un des côtés, une vraie petite fenêtre qui permettait d'observer les jardins des voisins et de s'imaginer qu'on était pilote d'avion.

« Vrrr, fit Roberto en tenant son manche à balai, vrrr. »

Ses yeux n'étaient plus que deux fentes étroites. En bas, le voisin sortait sur sa terrasse. « Tacatacatatac ! »

Le grenier était bien sûr plein à craquer de bric-à-brac, ce qui faisait tout son charme. Il y avait des cartons bourrés de vieux livres, de revues jaunies, d'appareils bizarres. Des sacs pleins de vieux vêtements qui sentaient le moisi, de chapeaux comme ceux des hommes dans les films d'autrefois. Il y avait une vieille machine à écrire et une machine à coudre en fonte ; des meubles entassés jusqu'au plafond ; de grandes bâches épaisses ; des piles de formulaires abscons rongés aux coins par la vermine, de vieilles valises avec des cartes postales de la plus haute antiquité ; des photos. Quand il grimpait sur l'escalier escamotable du grenier, Roberto se prenait pour un archéologue et se voyait déjà avec un casque muni d'une petite lampe. L'escalier grinçait, des rayons obliques traversaient les lucarnes, et la poussière y exécutait une danse déchaînée quoique silencieuse.

Il y avait bien sûr quelques cercueils là-haut, et le grand archéologue tombait souvent au cours de ses fouilles sur les momies d'anciens pharaons. Chaque fois que la vie l'effrayait, ce qui arrive fréquemment à son âge, il se couchait dans un des cercueils et jouait à l'homme qu'on allait enterrer vivant. Il tâtait le velours du bout des doigts et savait que tout le monde pleurait autour de lui. Quand le moment lui semblait favorable et que chacun avait pleuré tout son saoul, il ouvrait brusquement le couvercle du cercueil et en sortait à la stupéfaction et à la grande joie de ceux qui l'aimaient.

Le grenier était séparé en deux pièces, une grande qui débouchait sur l'escalier, et une petite d'environ dix mètres carrés où il y avait surtout des meubles. Roberto s'y tapissait souvent quand il voulait être seul avec lui-même, sans le reste du monde.

Il lui arrivait très rarement de permettre à quelques amis triés sur le volet de l'accompagner dans son royaume. Pour lui, le grenier était empreint de solennité et de mystère.

Mais pour ses amis, il le sentait bien, c'était une pièce comme les autres. Intéressante, certes, mais sans plus. On pouvait y rester assis en cercle, élaborer des plans d'attaque, jouer à cache-cache ou à autre chose, ou, en dépit de l'interdiction formelle, y fumer. Une entreprise des plus excitantes pour les garçons de son âge, qui se procuraient des frissons renforcés par deux panneaux jaunes que le père de Roberto avait cloués à une entretoise. Sur le panneau supérieur, on pouvait lire en lettres noires sur fond jaune :

INTERDIT DE FUMER
ou de faire du feu
SOUS PEINE DE POURSUITES

Et dessous, avec les mêmes caractères :

ATTENTION !
MOTEURS EN MARCHE =
DANGER D'INTOXICATION

Nul ne savait de quels moteurs il pouvait s'agir sur le second panneau, mais après tout, on ne mettait jamais assez en garde contre les dangers de la nicotine ou du coton brûlant.

Ce dont les garçons se moquaient éperdument.

Juste sous la fenêtre, il y avait un vieux bureau où Roberto avait caché des allumettes et des cigarettes, dans le troisième tiroir. Certes, aucun enfant n'aimait les cigarettes, mais tous faisaient semblant d'avaler la fumée en la gardant derrière leur langue le plus longtemps possible. Quant à Roberto, il se sentait toujours très mal à l'aise quand les autres étaient avec lui dans le grenier. Il avait l'impression d'avoir invité chez lui le monde extérieur, et cela, il ne le voulait pas. Il y restait donc souvent seul en fouillant pour trouver des trésors, en quête des mystères de son propre univers. Cet autre monde, il pouvait l'embrasser d'un seul coup d'œil, et personne n'avait de prise sur lui. Là-haut, seul, il était invincible.

C'est d'ailleurs de là-haut qu'il vit pour la première fois le renard.

Un soir, Roberto aperçut par la fenêtre du grenier quelque chose de mordoré dans la pénombre de la haie. Cette fourrure ne lui était pas inconnue. Dans un des cartons de vêtements, il y en avait une de ce genre que sa mère portait autrefois autour du cou, avant sa naissance, quand elle sortait. Cette fourrure avait la couleur de ses cheveux. Roberto se mit en colère. Un des enfants qu'il avait fait monter ici avait dû prendre la fourrure et la lancer dans la haie. Écumant de rage, il s'éloigna de la fenêtre pour se diriger vers le carton où il avait toujours vu la fourrure, fouilla à pleines mains dans les tissus qui sentaient le moisi – et trouva la fourrure en question. Les yeux noirs le regardaient, tout ronds. Ils brillaient, et la truffe, avec son léger reflet, aurait pu être humide. « Hum », fit Roberto en rejetant le renard dans le carton ; près de la fenêtre, il colla son nez contre la vitre qui s'embua sous ses narines. Là-bas, sous la haie, il n'y avait plus rien. Plus de renard, rien, absolument rien.

« Hum », fit encore Roberto. La vitre était froide contre son visage et s'embuait de plus en plus, jetant sur le monde une sorte de voile. Peut-être qu'il est en train de chercher sa compagne, se dit Roberto. Et il regarda à nouveau le carton où reposait le renard de sa mère. Peut-être est-il revenu chercher sa compagne pour la ramener dans le désert.

Le Grand Ubaldo

Un trou avait été creusé à l'endroit où Alfred Dillinger avait enterré le hamster empaillé. Accroupi sous la haie, Roberto inspectait le lieu du crime. Peut-être n'était-ce pas un renard qui avait fait le coup ; les renards ne sont tout de même pas charognards. Enfin, allez savoir…

Une guêpe arriva, précédée d'un bourdonnement, et essaya de se poser sur les lèvres de Roberto. En clignant des yeux, il soufflait sans arrêt pour la faire partir. Elle finit par prendre le large. On pouvait mourir d'une piqûre de guêpe, il suffisait d'y être allergique.

Roberto sortit de la haie à reculons, une branche pesa sur sa nuque puis cingla vers l'avant. C'est à ce moment qu'il vit cette lueur. Une chose s'alluma pendant un bref instant, soudain éclairée par un rayon de soleil.

Roberto se blottit à l'intérieur des buissons en avançant à quatre pattes. Ses doigts touchèrent du métal. Il dégagea la terre qui le recouvrait. C'était une boîte à bonbons. Il connaissait ces boîtes : des Quality Street. Des confiseries anglaises. Même la reine en grignotait. Un cercueil de grande classe. Roberto sortit la boîte de la tombe et l'ouvrit. On voyait dedans un objet enveloppé dans du plastique. Il n'y avait pas de saleté à l'intérieur de la boîte, pas une miette de terre et pas de vers. Il déballa trois sacs en plastique et aperçut le Brûlé. Ce dernier était impeccable : un pharaon qui survivrait à des millénaires. Les traces de brûlures sur sa fourrure lui conféraient juste ce qu'il fallait de personnalité, qualité que l'on ne prête pas souvent aux rongeurs. Le fait que son père n'avait pas eu le cœur de le vouer à la pourriture n'avait somme toute rien d'étonnant.

Le Brûlé. Un flot de sentiments imprécis inonda Roberto. Il remit le hamster dans sa boîte et serra celle-ci sous son bras. Il regarda autour de lui : les arbres étaient verts, le ciel bleu. Personne ne l'avait vu. Un haut-parleur crépitait au loin. Roberto entendit le sifflement lointain d'un effet Larsen. Il traversa lentement le gazon en affichant un air aussi dégagé que possible, gravit les trois marches du perron et pénétra dans l'obscurité de la maison. Il entendit sa mère s'affairer dans la cuisine en faisant tinter de la vaisselle, se faufila dans l'escalier sans bruit et cacha la boîte derrière ses caisses de Lego.

Puis il ressortit dans le jardin et reboucha le trou creusé sous la haie. Personne ne devait rien remarquer. Il entendit encore le haut-parleur qui était maintenant très proche. Ses grincements stridents résonnaient dans la rue. Il devait annoncer une quelconque manifestation.

Roberto tapota ses genoux pour en enlever la terre et courut dans le jardin qui donnait sur la rue. Une voiture de livraison d'un rouge voyant avançait à lentes secousses sur les pavés, surmontée d'un immense haut-parleur en forme d'entonnoir. « Grande représentation », saisit Roberto parmi un charabia incompréhensible dont l'écho vagabondait entre les façades des maisons. « Des artistes défient la mort devant vous ! » Et caetera. Le cirque s'appelait Petrelli, et ce nom promettait un certain exotisme.

Enfin, comme si tout cela n'avait pas suffi, six nattes blondes sévèrement tressées se balançaient derrière le haut-parleur. Un souvenir envahit la conscience de Roberto, il était associé à des beignets, à des gaz d'échappement de Diesel et à un sentiment d'effroi et de stupéfaction…

Mais il ne sut pas le retenir, il s'écoula en lui comme du sable à travers des doigts écartés.

Il chassa ces pensées troublantes. Un cirque ! Le cirque

Petrelli ! Il était célèbre dans le monde entier, non ? Roberto était enchanté. Son enthousiasme faiblit à peine quand il aperçut sous les nattes blondes le faciès grotesque de trois singes qui étaient attachés dans la benne. Tout excité, il voyait déjà des tigres féroces avec de belles femmes s'étirant dans leurs énormes gueules béantes et des éléphants gambadant à travers des pneus en flammes.

« Maman, Maman, un cirque ! cria Roberto avant même d'avoir franchi d'un bond le seuil de la maison.

– Je sais, dit Hannah Dillinger.

– S'il te plaît, Maman, allons-y, s'il te plaît !

– Oui, dit sa mère.

– Pour de vrai ? demanda Roberto, incrédule, qui s'était préparé à devoir la supplier plus longtemps.

– Oui », répéta sa mère. Et ses yeux, pourtant bien plus âgés que les siens, rayonnaient tout autant. Ils avaient l'éclat vert de ces bouteilles que l'on aperçoit dans la mer juste sous la surface, à midi, quand un rayon de soleil les traverse.

« On va acheter des billets ! s'écria Roberto. Après, il n'y aura plus de places.

– Non, dit Hannah Dillinger.

– Comment ça, non ?

– J'ai déjà les billets.

– Ah ! » Roberto plissa les yeux, renversé. « Ah bon. »

La représentation fut d'abord décevante. Il n'y avait ni tigres ni éléphants. Les seuls animaux du cirque étaient en fait un roquet aboyeur et les trois singes susdits qui arboraient des perruques d'une couleur différente à chacun de leurs numéros ahurissants. Ahurissants dans la mesure où les singes se contentaient de crier, de marcher les bras ballants et de grimper sur des pneus, toutes choses qui étaient d'ailleurs à la portée du premier singe venu. Tout de même, au milieu de cette bruyante mêlée, une femme à la quarantaine bien tapée, toute pailletée d'or, levait les bras en l'air sans raison apparente, régulièrement récompensée par une fanfare. Jusque-là, se disait Roberto, pas la peine d'aller au cirque pour voir ça.

Le roquet savait compter jusqu'à trois. C'était mieux que rien. Son dompteur, un homme en culotte de peau, lui posait de difficiles problèmes de calcul tels que : « Combien font dix-huit plus neuf moins vingt-cinq ? Hein ? » Le Bavarois gratifiait le chien d'un petit coup de cravache sur la patte arrière gauche, et le chien aboyait deux fois.

« Deux ! Exact ! Bien, Bruno. »

Et ainsi de suite : pour le chiffre un, il lui donnait un coup sur la patte avant, sur le ventre pour le chiffre trois.

« Ça, je sais le faire, moi aussi », dit Roberto à sa mère avec suffisance.

Elle lui sourit. « Je l'espère bien. » Ses joues étaient rouges et ses prunelles avaient une lueur canaille.

Un dernier numéro, celui de l'avaleur de sabres, justifiait pourtant le prix du billet. L'avaleur de sabres était trapu et solide, avec des cheveux bruns et des yeux noirs. Il portait une sorte d'accoutrement à la turque, une culotte bouffante et un gilet rouge sur son torse musclé. Son visage était couvert d'un fard foncé, et on lui avait peint sur la joue droite une balafre qui soulignait le caractère dangereux de son métier. Il avait sur lui tout un arsenal d'armes blanches. A sa manière de se précipiter sur la piste en soulevant des tourbillons de sciure, on voyait qu'il n'était pas du genre à faire des prisonniers. On annonça : « Le Grand Ubaldo ! »

Le Grand Ubaldo fit d'abord tournoyer en l'air quelques petits couteaux qu'il rattrapa avec adresse. Puis il introduisit le premier couteau dans son palais, tout en levant le menton si haut que la partie inférieure de ce dernier et sa gorge formaient une ligne droite, seulement interrompue par la forte protubérance de la pomme d'Adam. La lame étincelante s'enfonça profondément dans le cou du Grand Ubaldo. La foule, surtout composée d'enfants accompagnés de leurs mères, applaudit à grand renfort de bravos, de hurlements et de trépignements.

Le Grand Ubaldo prit ensuite un sabre précieux avec une garde en nacre, presque aussi long que le bras, et l'avala sans trop de difficulté.

Avant de plonger au fond de sa gorge le sabre suivant, qui était encore plus long, il s'en servit pour couper un morceau de carton qu'il lança au-dessus de sa tête. La lame fouetta l'air avec un sifflement et le carton tomba en deux morceaux aux pieds du Grand Ubaldo.

« Il doit aimer les plats piquants », plaisanta un garçon sur le banc de derrière ; Roberto, quêtant l'assentiment de sa mère, leva la tête vers elle en souriant de toutes ses dents. Mais elle ne lui accorda pas un seul regard. Fascinée, elle ne pouvait détacher les yeux de la piste.

La suite du numéro fut vraiment insoutenable : l'avaleur de sabres prit une lame recourbée, et le public, retenant son souffle, observa l'artiste qui arquait au maximum le cou et la cage thoracique. Le cimeterre ne disparut pas entièrement dans le corps musculeux, mais l'homme en avala tout de même une bonne partie.

« A peu près long comme ça. » Roberto, les sourcils froncés, montra d'un geste la longueur en question. « Pas mal, hein, Maman ?

– Mhmm. »

Le clou de ces tours d'adresse nécessitait l'emploi d'une échelle portable. « Le numéro de l'échelle », dirait plus tard Roberto à ce sujet. Il se déroulait de la manière suivante : deux dames apportaient d'abord l'échelle sur la piste avec force flonflons. L'une d'entre elles était une danseuse du ventre bien en chair qui avait appris quelques petits trucs éculés censés être drôles, l'autre était la femme aux singes. L'échelle métallique comportait une lourde plate-forme dont le poids faisait suer sang et eau à ces deux Grâces, et deux petites échelles qui semblaient destinées à des nains. Ces échelles mesuraient environ un mètre et se trouvaient à cinquante centimètres l'une de l'autre. Elles étaient solidement fixées à la plate-forme. Entre les échelles, il y avait un support avec des crochets auxquels, Roberto le devinait déjà, on pouvait suspendre des sabres.

Une fanfare retentit, et les femmes posèrent l'appareil sur le sol ; la plate-forme souleva des nuages de sciure dans plusieurs directions. Puis le Grand Ubaldo retira son gilet, ce qui fit pousser aux spectatrices de tout âge des soupirs de sympathie et d'intérêt. Là-dessus, l'acrobate fit le poirier, et ses impressionnants triceps atteignirent des dimensions encore plus impressionnantes. Sur les mains et sous les applaudissements du public, l'homme marcha jusqu'aux échelles qu'il gravit à l'aide des mains, les jambes dressées en l'air à la verticale. Quand ses mains nerveuses eurent agrippé les derniers barreaux, les deux assistantes accrochèrent au support le long sabre droit à la garde de nacre. La pointe du sabre indiquait exactement la grosse pomme d'Adam du Grand Ubaldo : la tête de l'avaleur de sabres se releva en désertant la ligne de son corps pour affronter hardiment son public. Et quand les yeux noirs de cet homme qui semblait venir d'un autre monde se posèrent sur les yeux bruns de Roberto, celui-ci éprouva un élancement dans le palais, un sentiment étrange et captivant qu'il prit pour de la nostalgie. Roberto eut l'impression d'être dévisagé pendant longtemps par le Grand Ubaldo. Puis celui-ci laissa retomber sa tête jusqu'à ce que ses lèvres effleurent l'acier froid. Il ouvrit la bouche, et la pointe du sabre disparut centimètre par centimètre entre les dents de cet homme qui ignorait la peur. Les muscles de ses bras, qu'il devait plier de plus en plus, menaçaient de crever la peau qui les recouvrait. Près de quinze centimètres avaient déjà été avalés quand, accompagné de deux fanfares successives, le Grand Ubaldo descendit un échelon de la main gauche, puis de la droite. Pendant un instant, il dut alors, excusez du peu, supporter avec une seule main le poids de son corps tout en conservant une position parfaitement verticale. La moindre erreur, le moindre faux pas, et l'impitoyable lame lui aurait lacéré les entrailles. Il descendit l'échelle sur les mains jusqu'à ce que ses lèvres embrassent la coquille du sabre.

Les bravos furent assourdissants ; Roberto et même sa mère applaudirent à tout rompre. Puis il y eut à nouveau un silence de mort quand l'avaleur de sabres remonta l'échelle à la force du poignet, fuyant centimètre par centimètre l'acier mortel enfoncé dans son corps.

Une tempête d'applaudissements se déchaîna encore longtemps quand le Grand, l'intrépide et invulnérable Ubaldo s'inclina enfin devant les enfants, leurs mères et les quelques autres spectateurs avant de disparaître par l'une des issues de la scène. Roberto pensait être le seul à avoir remarqué que la pointe du sabre, qui étincelait d'un éclat si pur sous les projecteurs au début du numéro, était maintenant légèrement tachée d'une substance rouge ; les entrailles de Roberto se crispèrent de compassion.

Quand Roberto se réveilla, il commença par recracher le coin de son mouchoir à câlins sans savoir où il se trouvait. Il avait souvent peur de se réveiller sur quelque planète inconnue où il manquerait d'air pour respirer. Les battements de son cœur s'apaisèrent quand il aperçut les contours familiers de son lit-cercueil, mais il ne put chasser tout à fait l'idée que la planète sur laquelle il se trouvait était inconnue.

Il faisait nuit, il ne savait pas quelle heure il était. Il aurait pu être onze heures comme deux ou trois heures du matin. Roberto avait huit ans et allait toujours au lit – ou plutôt au cercueil – à huit heures et demie. Mais maintenant qu'il était réveillé, il ne pouvait plus se rendormir.

Il se leva et contempla le ciel sombre par la fenêtre. Cachée derrière des nuages vaporeux, la lune jetait un moelleux coussin de lumière sur la couverture nuageuse.

Les arbres se dressaient, noirs et immobiles, rêvant à leur saison qui viendrait bientôt. Roberto s'assit sur le rebord de la fenêtre et fit courir ses doigts sur les spirales du radiateur, toutes poussiéreuses au toucher ; il s'essuya les mains sur son pantalon de pyjama. L'endroit où le corbillard était garé d'habitude était désert : Alfred Dillinger ne reviendrait pas cette nuit, il était à la Journée des Pompes Funèbres.

« Si c'est une journée, qu'est-ce qu'il fait là-bas toute la nuit ? avait demandé Roberto à sa mère.

– C'est dans une autre ville, lui avait répondu sa mère. Il sera de retour demain soir. »

Roberto tourna la tête. Ne venait-il pas d'apercevoir quelque chose ? Une petite lueur, là-bas, à la fenêtre de l'atelier ? Mais non, il ne voyait rien. Rien que l'obscurité. Un oiseau de nuit déserta une branche d'un coup d'aile, sa silhouette noire disparut au-dessus de la maison. La lueur en question n'avait sans doute été qu'un reflet de phare. Roberto tripotait encore le radiateur quand il vit très clairement qu'il ne s'agissait pas d'un reflet, mais qu'il y avait bien un briquet ou une allumette dans l'atelier.

Il sortit de sa chambre, passa dans le couloir et frappa chez ses parents. Pas de réponse. Il ouvrit la porte de leur chambre. Le lit de sa mère était vide. Était-ce elle, dans l'atelier ? Il y avait de fortes chances. Peut-être avait-il fallu mettre un « client » inattendu sur la glace pour qu'il ne se décompose pas. Mais, dans ce cas, pourquoi n'allumait-elle pas la lumière ? Voyons, se disait Roberto, peut-être que les plombs avaient sauté ou qu'une sorte de court-circuit s'était encore produit, comme souvent au grenier et à la cave.

Il voulait en avoir le cœur net.

Roberto n'avait pas le droit d'entrer dans « l'atelier », cette remise qui ressemblait à un garage, contre la maison paternelle. « Tabou », disait son père. C'est là qu'Alfred Dillinger vaquait à ses occupations et, comme on l'avait inculqué à Roberto, ce n'était pas pour les enfants.

Mais son père n'avait-il pas dit lui-même que Roberto « n'était plus un enfant » ?

C'était justement parce que l'atelier était « tabou » que Roberto éprouvait à son égard une attirance malsaine. Quel client désormais « hors de danger » pouvait bien reposer sur la table ? (« Hors de danger » était la formule qu'aimait à employer le père de Roberto pour parler d'un nouveau « client » ou quand, de manière bassement intéressée, il parcourait les avis de décès. « Tiens, en v'là encore un, disait-il en froissant un peu le journal. A peine cinquante ans, et déjà hors de danger » – « Vivre, disait aussi souvent le père de Roberto, cela veut dire affronter le danger. Être vivant, c'est risquer de mourir. Quand on est mort, on ne court plus aucun danger, et surtout pas celui de devoir revivre. » Alfred Dillinger ne croyait pas à la vie après la mort.)

Après avoir mis ses chaussures et sa veste, Roberto descendit sur la pointe des pieds. Il faisait plus chaud dehors que dans la maison ; en fait, cette nuit était l'une des plus chaudes de l'année. Roberto descendit les marches du perron sur lesquelles, huit ans et demi auparavant, couché dans un cercueil d'enfant, il avait attendu dans un froid sépulcral qu'on vienne lui ouvrir la porte. Une brise tiède balança les feuilles d'arbres et referma la porte derrière lui. Au même moment, la couche de nuages s'entrouvrit, et la pleine lune montra sa face ronde et impassible. Pendant un instant, il fit si clair que Roberto projeta une ombre en se glissant jusqu'à la porte de l'atelier.

Il s'immobilisa en entendant un bruit, celui d'une plainte. Redoublant de prudence, il atteignit la porte sur la pointe des pieds. La serrure était ouverte, la chaîne n'était pas mise. Il appuya lentement et en silence sur la poignée de la porte qu'il entrebâilla en collant son visage sur la fente étroite. Le tableau qui s'offrit à Roberto le mit dans tous ses états. Une seule bougie éclairait la pièce, et plus tard, même vingt ans après, Roberto se demanderait encore si tout cela n'avait pas été un effet de son imagination ou un rêve nourri de phantasmes pubertaires anticipés et de souvenirs de films, livres et récits divers. Mais la vérité, c'est qu'une bougie avait amplement suffi à Roberto pour ne rien perdre de la scène. Ce qu'il voyait, c'était sa mère qui chevauchait le cadavre étendu sur la table et s'entraînait à avaler un sabre.

Le cadavre était dévêtu, la plante de ses pieds nus éclairée par la lueur vacillante de la bougie, et Roberto remarqua qu'il lui manquait le dernier orteil du pied gauche. Roberto ne pouvait voir la tête du cadavre qui se trouvait entre les cuisses de sa mère. Ce que Roberto n'arrivait pas à s'expliquer, c'était pour quelle raison sa mère était nue elle aussi. Le pénis qu'elle faisait apparaître et disparaître en cadence entre ses lèvres sembla démesuré à Roberto. Cela ne pouvait pas être un pénis, il devait s'agir d'autre chose. Lui-même n'avait guère que huit ans, et son propre pénis avait la taille d'un pouce. Roberto n'avait encore jamais vu de pénis en érection. Et celui qui se trouvait dans la bouche de sa mère était vraiment un spécimen superbe d'une taille hors du commun. Hannah Dillinger était de cet avis, qui suçait maintenant avec exaltation et de haut en bas l'objet de sa concupiscence, en laissant échapper divers sons et feulements que Roberto avait du mal à identifier. Était-ce de la douleur ou de la joie ? De l'allégresse ou des sanglots ? Seuls les baisers mouillés n'étaient guère équivoques.

Tout abasourdi, le petit garçon fixait les seins opulents de sa mère qui pesaient sur le ventre du cadavre pour s'en détacher à nouveau. Il fixait les mamelons saillants qu'elle caressait avec le gland turgescent, et sa bouche aux lèvres retroussées dont sortait une langue lécheuse ; il fixait enfin la salive qui coulait de sa bouche. Les hamsters lèchent leurs petits pour les nettoyer, Roberto savait au moins cela. Était-ce une manière très approfondie de faire la toilette du défunt ? Roberto rejeta cette idée quand le macchabée ressuscita à vue d'œil. Il se mit à trembler et à enfoncer avec véhémence son pénis dans la bouche de sa mère. Roberto remarqua au même instant que deux mains puissantes empoignaient les fesses de cette dernière. Elle avait les yeux vitreux, en tout point semblables au verre des bouteilles. Ils le regardaient fixement. Elle s'immobilisa en apercevant son fils, mais garda les lèvres ouvertes. L'homme qui était couché sous elle émit un son étouffé et déchargea dans sa bouche.

La mort derechef

Roberto avait neuf ans quand sa grand-mère mourut. Grâce aux expériences qu'il avait eues avec ses hamsters, il était déjà préparé à la mort, à toute la douleur et aux sentiments de culpabilité qui l'accompagnent. Il n'empêche que c'était dur. Mamie était une femme si gentille, si compréhensive, si bienveillante et chaleureuse. Avec ses cheveux violets, elle était la seule grand-mère mâcheuse de chewing-gum. Roberto l'aimait bien. (Dans la plus pure tradition grand-mèresque, elle apportait toujours des bonbons ou des petits cadeaux. Car elle avait acquis, au cours de sa longue existence, une vision très lucide des sentiments et du moyen de les entretenir.) Roberto était toujours content de ses visites et des caramels polonais qu'elle apportait. A sa mort, les caramels polonais semblèrent disparaître de la planète. Il faut croire que la fabrique de bonbons avait fermé ses portes après le trépas de sa meilleure, voire de sa seule cliente, condamnant ainsi ses ouvriers à un triste chômage à durée illimitée. Ils en seraient réduits à noyer leur chagrin et leur échec dans la vodka et à battre leurs femmes comme plâtre. Roberto ne revit plus jamais ces bonbons qui devinrent partie intégrante de ce souvenir magique que nous nommons enfance.

Mais la mère de Roberto fut encore plus durement touchée. Elle pleurait à longueur de journée sans pouvoir s'arrêter.

« Ne pleure pas, Maman », disait Roberto.

Sa mère restait prostrée sur une chaise de la salle à manger, un mouchoir à la main.

« Maintenant, elle est au ciel. Il ne faut pas pleurer. »

Elle levait sur lui ses yeux rougis. « Oui, mon chéri, reniflait-elle en l'attirant contre elle et en le berçant contre sa poitrine. Tu sais, tu penses que nous sommes très forts, nous, les adultes, mais ce n'est pas vrai. Nous essayons seulement de l'être, exactement comme toi. Toi, tu es un enfant. Tant que ma mère vivait, je pouvais toujours me dire que j'étais encore une enfant. Un peu plus grande que toi, mais une enfant tout de même. Maintenant qu'elle est morte, je suis orpheline. »

Un peu gêné par les paroles de sa mère, Roberto se faisait des reproches en son for intérieur. Il voulait être près d'elle, la consoler. Pour un enfant de neuf ans, c'était un choc de voir sa mère si affaiblie. L'être qui le protégeait des tempêtes de la vie. La honte qu'éprouvait Roberto était aussi un rempart contre la peur qui montait par-derrière.

« Tu comprends ce que je veux dire ? » lui demanda sa mère d'une voix étouffée.

Roberto ne le comprenait que trop bien ; lui et sa mère avaient la même peur. Et, à sa différence, elle n'avait même pas de mouchoir à câlins pour se protéger.

« Souvent, continua sa mère en agrippant la chemise de son fils, nous, les adultes, nous faisons des choses qui ne sont pas bien. » Sa bague en diamant s'accrocha à un bouton et elle tira dessus pour la dégager. « Tu crois que les adultes ont toujours tout bon, dit-elle. Mais ce n'est pas vrai, ils ont tout faux.

– Parce que Mamie est morte ? » demanda Roberto.

Sa mère le regarda et caressa ses cheveux bruns en le regardant droit dans les yeux : « Oui, mon chéri. » Mais il savait très bien que ce n'était pas ce qu'elle avait voulu dire.

Deux jours après la mort de Mamie, Roberto était encore dehors avec Frank et Coquelet. Roberto demanda à Frank ce qu'il pouvait bien trouver à ce trou du cul de Schillo.

« Schillo ? Un trou du cul ? » Frank rit jaune. Ses yeux blêmes erraient sur le visage de Roberto. « Mouais, peut-être. Vaut mieux pas qu'il entende ça.

– Il en est vraiment un !

– Bah, laisse tomber.

– Mais il m'a fait un œil au beurre noir.

– Encore ?

– Non, celui de l'autre fois, tu sais.

– Bon, ça date d'il y a longtemps.

– Et moi qui croyais que tu m'aiderais !

– Pourquoi ça, j'aurais dû t'aider ?

– Pourquoi ? Parce que… parce que… » Roberto ne trouvait rien à répliquer.

« Écoute, mon vieux, dit Frank. La merde que tu avales, c'est à toi de la dégueuler, compris ? »

Le sujet était clos. Ils traînèrent encore dans des jardins, enthousiasmés à l'idée de livrer une guérilla contre le mauvais *imperium* ici, dans les fourrés près des haies, entre des entrepôts rouillés et des touffes de bouleaux qui craquaient.

« A bas l'imperum ! » criait Coquelet. Ce mot lui rappelait le rhum et était associé à de tristes expériences. Son père s'adonnait plus que de raison à ce breuvage mordoré, et, après une demi-bouteille, il avait l'habitude d'attraper le premier être vivant qui lui tombait sous la main et était plus petit que lui (c'était régulièrement Coquelet) pour le battre comme plâtre. « Toi, tu dois bien savoir pourquoi je te tape dessus », bredouillait-il ensuite.

« Tu es un trou du cul ! » hurla une fois Coquelet à distance respectable, quand son père était encore à peu près conscient. Celui-ci se contenta de hausser les épaules : « Je suis à l'image de Dieu. » Car il était non seulement alcoolique, mais philosophe. Son père but encore un coup et ajouta : « Avec çui-là, j'suis plutôt gentil. » Il voulait parler de Dieu.

Quand Coquelet raconta cette histoire à ses amis pendant

qu'ils marchaient lourdement dans les fourrés, ils prirent tous un air grave. « Pfff », fit Frank en crachant par terre, l'air d'avoir tout dit. Lui aussi, avec un père du même acabit, avait des gènes de philosophe.

Quant à Roberto, il dit : « Je ne crois pas que Dieu soit pire que ton père, Coquelet. Finalement, quand on est mort, on va au ciel. C'est drôlement bien.

– T'y crois, toi, au ciel ? demanda Frank avec ironie.

– Bien sûr. Pas toi ?

– Hum. » Frank haussa les épaules. « J'sais pas. Enfin si, p't-être. » Il plia une branche vers l'arrière pour qu'elle fouette le visage de Roberto.

« Hé, fais gaffe !

– Fais gaffe toi-même, mon vieux.

– Ma grand-mère, dit Roberto quelques pas plus loin, elle est maintenant au ciel.

– Celle avec les caramels polonais et les cheveux violets ?

– Oui.

– Mouais.

– Quoi, tu penses qu'elle n'ira pas au ciel ?

– Si, si. » Frank shoota dans un tas de feuilles collées par l'humidité. « C'est sûr. » Les feuilles voltigèrent. « Quand on donne des caramels aussi bons, c'est sûr qu'on va au ciel. »

A la tombée de la nuit, ils jouèrent à cache-cache. Se cacher était pour Roberto un moyen extraordinaire de disparaître du monde tout en sentant que le monde était attentif à lui. Comme si l'acte de disparaître du monde lui avait permis de devenir ce qu'il n'était pas, un être inconnu et mythique. Le cœur battant, l'attente anxieuse, l'observation : tous les sens étaient en éveil. On avait l'impression de s'être retiré de la vie, mais on vivait dix fois plus intensément que d'ordinaire, quand on « était là ». Lorsque Roberto se cachait, il se disait que son corps n'était pas le seul à être dissimulé, mais que sa vie intérieure avait elle aussi pénétré dans un abri recelant des sensations qui rompaient avec son existence habituelle.

C'était un sentiment étrange.

Le destin voulut que Roberto, en cherchant une bonne cachette, se glisse un jour jusqu'à la porte de l'atelier. Il faisait déjà presque noir, et il avait l'intention de se blottir dans un des petits cercueils empilés près du mur de la maison. C'était sa cachette préférée ; les autres enfants le savaient et vérifiaient systématiquement le contenu des cercueils. Mais ils ne le trouvaient pas toujours, car il y en avait une quantité, et ils abandonnaient souvent après deux ou trois essais au hasard. Au fond, ils étaient soulagés chaque fois qu'ils ne découvraient pas Roberto dans un des cercueils, car c'était un moment terrifiant...

Roberto, en s'approchant des cercueils, vit que la porte de l'atelier était ouverte. Bizarre. Mais l'atelier était tabou, « pas pour les enfants », comme disait le père de Roberto. Il aurait pu aussi bien dire que la vie n'était pas l'affaire des êtres humains, ou que la mort n'était pas pour les vivants.

Roberto tomba en arrêt. C'était la deuxième fois qu'une occasion se présentait. Il en avait déjà profité une première fois : cette expérience l'avait acculé aux confins de son univers et avait bien failli le précipiter dans l'abîme.

Depuis ce jour, la porte avait toujours été fermée. Roberto aurait certainement continué de se faufiler le long de l'atelier s'il n'avait entendu un craquement à peine perceptible dans la tiède brise du soir. Roberto se figea sur place. Le vent jouait dans les feuilles des arbres. Là, encore ce craquement. Puis il vit de la lumière. Il avança d'un pas. La porte tourna doucement sur ses gonds, laissa s'échapper à l'extérieur un doigt de lumière, puis deux, puis trois. Un fin rai lumineux d'un jaune verdâtre courut sur Roberto et le trancha en deux parties sombres, de la racine des cheveux jusqu'aux hanches.

Tabou. En principe, Roberto tenait compte des avertissements de son père. En principe. Et ses erreurs lui apprenaient quelque chose, du moins en principe. Peut-être aurait-il continué son chemin en obliquant vers les cercueils s'il n'avait pas entendu juste derrière lui un sourd bruit de pas. Les pas de Frank. Le jeu de cache-cache. Le cœur de Roberto se mit alors à battre très vite. Il saisit le bouton de la porte, ouvrit celle-ci et se glissa dans la pièce éclairée.

Roberto savait pertinemment que son père se chargeait des obsèques de sa grand-mère, mais il n'était pas préparé à ce spectacle. Enterrer des morts ne revenait pas seulement à descendre des cercueils en bois dans des caveaux. Il s'agissait aussi de laver des cadavres. La chair morte d'un être que l'on avait aimé. La chair morte de la grand-mère de Roberto était d'un gris jaunâtre et gisait au milieu de la pièce, sur la table aux carreaux verts, bien éclairée par des néons. Les cheveux violets faisaient l'effet d'une perruque. Le cadavre nu reposait sur de la glace pilée qui fumait tant elle était froide. Cela sentait le formol. Debout face à la table, Roberto passa la langue sur son palais sec comme un bout de cuir. Il n'avait jamais vu sa grand-mère nue. C'était avilissant. Les poils de son pubis étaient gris et avachis. Ses seins pendaient des deux côtés jusqu'aux carreaux, tels de gros beignets gris. La glace fumait.

Roberto avait l'impression d'être un morceau de bois sec. Il se mordit la langue. Ce goût de fer. Sa bouche se remplit d'un sang chaud qui lui coula sur le menton. Ce n'était pas sa grand-mère. Sa grand-mère n'existait plus. Elle avait disparu. Elle n'était plus « là ». Et ne réapparaîtrait plus. Plus jamais. Nulle part. Des larmes lui chatouillaient les joues, le goût se faisait plus salé. Un frisson parcourut le corps de Roberto. Ses doigts se crispèrent sur le mouchoir qu'elle lui avait jadis offert. Et elle n'était pas non plus au ciel. Mais alors pas le moins du monde.

« Le ciel – Alfred Dillinger l'avait enseigné à son fils –, le ciel est froid. Moins deux cent soixante-treize degrés. C'est le plus grand froid qui existe. Le froid de l'univers. »

Roberto en avait tremblé.

« Là-haut, il n'y a pas d'air ni de vie. On n'entend même

pas de bruits, car l'air les emporte. Du vide noir et silencieux, voilà à quoi ressemble le ciel. »

Roberto voyait sa grand-mère, nue et gelée, planer dans le vide. Sans bruit. Sans raison. Des planètes gravitaient autour d'elle. De grandes sphères impitoyables. Il frissonna. Il avait très froid.

Excepté quelques souvenirs et une maison qui appartenait en fait à la banque, la grand-mère laissa aux Dillinger pour tout héritage des dettes imprévues s'élevant à près de cent mille marks.

« Combien ? demanda à son mari la mère de Roberto, estomaquée.

– Cent mille », dit Alfred Dillinger. Il se racla bruyamment la gorge et déboucha une bouteille de vin.

« Bon sang de bon sang !

– Je crois que nous avons méconnu ta mère, dit-il avec amertume.

– Mais d'où avait-elle tout cet argent ?

– Elle ne l'avait pas, c'est justement le problème.

– Mais enfin, comment a-t-elle pu... ? » Hannah Dillinger porta la main à son front. « Elle nous a joué la comédie du début jusqu'à la fin. »

Son mari lui jeta un drôle de regard. « Peut-être que c'est de famille, dit-il.

– Qu'est-ce que tu veux encore dire par là ?

– Rien, rien. »

Hannah secoua la tête avec indignation. « Qu'est-ce qu'elle a bien pu faire de tout l'argent qu'elle avait ?

– Peut-être qu'elle avait la folie du jeu.

– Tu parles. » La mère de Roberto cueillit un cheveu violet sur le coussin du canapé. Elle le regarda d'un air distrait en observant le passage du violet au gris à la racine. Ses yeux se remplirent de larmes. Tout son corps frissonna. « Elle ne savait même pas jouer au valet de pique », fit-elle dans un sanglot.

Comme les employés de banque ne savaient pas non plus où avait pu passer tout cet argent, le chapitre des dettes donna lieu pendant des semaines aux spéculations les plus inouïes. Jusqu'au jour où Alfred Dillinger trouva dans ses papiers un contrat de location prouvant que la mère d'Hannah n'habitait pas seulement cette belle maison dont elle avait jadis été propriétaire. Elle avait également loué un garage sur un terrain voisin, dans un entrepôt désaffecté. La grand-mère n'ayant pas de voiture, le père de Roberto, stupéfait, décida de tirer la chose au clair.

Il n'y avait pas de clôture entre le terrain de sa belle-mère et cet entrepôt dont Alfred Dillinger n'avait jamais soupçonné l'existence. Derrière la pelouse entourée de rosiers poussaient quelques arbres entre lesquels serpentait un sentier apparemment assez fréquenté. Cinq ou six mètres plus loin, on tombait sur le mur du fond de ce grand garage en brique rouge qui aurait pu contenir deux ou trois fourgonnettes. Le père de Roberto fit le tour du bâtiment et observa son portail rouillé, envahi de tous côtés par les mauvaises herbes et manifestement fermé depuis des années. Il essaya tout de même les clés qu'il avait trouvées sur le tableau à l'entrée. Aucune d'elles ne marchait. Il revint au mur face à la maison de sa belle-mère, où il avait aperçu une petite porte latérale. La première clé tourna dans la serrure et la porte s'ouvrit facilement. Il chercha l'interrupteur à tâtons. Il s'attendait à ce que la lumière ne fonctionne pas, ou à voir vaciller un néon usé. Il était très loin de la vérité : un lustre de cristal se mit à étinceler dans la pièce, ce qui était déjà en soi surprenant. Mais le spectacle qui s'offrit aux yeux d'Alfred Dillinger le laissa bouche bée : des rangées de vêtements sur des tringles de plusieurs mètres. Des vêtements de toutes les couleurs, de toutes les formes possibles et imaginables. Des centaines de paires de chaussures dont beaucoup, vu leur style, dataient d'avant guerre. Des piles de cartons de vente par correspondance, la plupart n'ayant même pas été déballés. Une douzaine de téléviseurs de toutes les marques.

Presque en transe, le père de Roberto passait en revue ces achats, fruits de longues années de consommation effrénée. Il trouva un équipement complet de pêche au gros, deux barbecues dont le design rappelait les objets laissés par les Américains sur la Lune, trois balancelles, et ainsi de suite. De la teinture pour les cheveux, des caisses de chewing-gum, des mouchoirs, de la vaisselle, des services à thé et à café, encore des vêtements, des produits d'hygiène dentaire, encore des vêtements, encore des chaussures, des bijoux, des cartons de livres. Et pour couronner le tout, vingt-cinq cartons pesant chacun dix kilos, soit au total deux cent cinquante kilos de caramels polonais.

Roberto sursauta en entendant cette musique, une berceuse qui lui rappelait quelque chose. Il était si absorbé par son jeu qu'il n'avait entendu arriver personne. Il s'était réfugié à l'étage pour échapper à l'odeur. Le courant était coupé depuis quelques jours, et même si sa mère avait vidé le réfrigérateur, le congélateur de la cave était toujours plein de viande qui commençait à se gâter. L'autre moitié du congélateur était occupée par le reste des croquettes surgelées. Apparemment, la grand-mère ne les avait pas non plus trouvées à son goût, et elles étaient donc en train de pourrir.

Roberto était comme hypnotisé par cette mélodie. Elle venait d'une pendule à carillon. A peine audible, sa musique traversait la maison, glissait sur les poutres, chatouillait délicatement les fleurs violettes des papiers peints, ondulait autour des balustres en montant le long de la rampe et se posait sur toutes choses comme une douce couverture odorante.

Roberto était dans la maison de sa grand-mère. Il était blotti dans un lit d'enfant, en haut, dans le petit débarras. Il avait joué tout seul à l'hélicoptère. Le vieux bureau imposant qui surplombait le lit était le toit de l'hélicoptère. Dessous, le tapis était l'Afrique avec ses fleuves, ses déserts, ses ravins. Ce n'était pas la première fois qu'il furetait dans la maison de sa grand-mère. Il y était venu avec son père et sa mère, qui avaient tous deux divers problèmes à régler. Des gens venaient souvent acheter quelques objets que Mamie avait dans son garage. Les Dillinger avaient fait passer une annonce, et s'étaient déjà débarrassés d'un grill et d'une partie des vêtements.

Il y avait à peine cinq minutes à bicyclette entre la maison des Dillinger et celle de la grand-mère. Roberto n'avait pas tardé à découvrir qu'on pouvait entrer facilement par une des fenêtres de la cave, et avait donc déjà entrepris plusieurs expéditions secrètes dans la maison. Il cachait toujours soigneusement sa bicyclette dans les buissons du jardin. La hauteur des haies empêchant les voisins de voir le terrain, personne ne venait le déranger. Pour un garçon de neuf ans, avoir une maison pour soi tout seul était exaltant.

Mais Roberto n'était plus seul. En bas, quelqu'un avait remonté la pendule. Roberto se souvenait d'avoir aperçu, deux ou trois jours auparavant, une pendule dans un des tiroirs de la chambre, tout au fond derrière les nappes. Il l'avait juste regardée avant de refermer le tiroir, sans la remonter. Elle ne l'avait pas intéressé outre mesure. Cette mélodie, en revanche, lui disait quelque chose. Quelque chose qui venait du passé et avait voyagé pendant des milliers d'années…

La musique cessa. Roberto descendit doucement du lit d'enfant et se glissa jusqu'à la fenêtre. Non qu'il eût peur, il voulait seulement être prudent. Ce ne pouvait être que son père ou sa mère. Il ouvrit la fenêtre avec précaution, mit la tête dehors et surveilla la rue. Le corbillard de son père était garé devant la maison.

La pendule recommença à sonner. Bizarre, se dit Roberto. Il se faufila jusqu'à la porte en posant le pied bien à plat pour éviter de faire craquer le parquet sous le tapis. Il appuya lentement sur la poignée de la porte. Un léger grincement métallique.

En se retenant au chambranle de la porte, Roberto regarda ce qui se passait en bas de l'escalier. Il resta longtemps dans cette position, les yeux rivés sur les marches, jusqu'à ce que la musique s'arrête. Mais que fait-il donc en bas ? Qu'est-ce qu'il chuchote ? Roberto avait bien entendu. Son père parlait tout seul. Poussé par la curiosité, le garçon descendit l'escalier à pas feutrés. Ses parents ne devaient pas savoir qu'il était dans cette maison, et cela lui donnait des palpitations. Entre les balustres de l'escalier, à mi-hauteur, on pouvait apercevoir le séjour dont la porte à double battant était ouverte.

Roberto se coula à plat ventre sans faire le moindre bruit. Le sang lui montait à la tête, battait dans ses tempes. Il vit une chose qu'il n'avait jamais vue jusqu'alors : accroupi sur le tapis devant la table du séjour, son père bredouillait à voix basse en tremblant, les mains jointes. Il priait. « Pitié, l'entendait répéter Roberto. Je t'en prie, Seigneur Dieu ! » Il implorait Dieu, ce Dieu auquel il n'avait jamais cru. Et son visage était mouillé : il pleurait.

L'odeur était insupportable. Roberto venait juste de remarquer que le contenu du congélateur était empilé sur la table devant la pendule. Son père avait dû rester un certain temps à la cave. Roberto ne l'avait pas entendu de là-haut : il était sans doute passé par la cave. Vingt ou trente paquets bleus de croquettes de poisson, de pizzas surgelées trônant à côté d'une montagne de steaks et de côtelettes dans des sacs en plastique. Maintenant qu'elle était dégelée, la viande déjà ancienne nageait dans son sang, et le sang souillait les sacs de l'intérieur, quand il ne dégoulinait pas sur la nappe. Une autre nappe chiffonnée était posée à côté des sachets de viande ; son père l'avait utilisée pour essuyer le sang. Et c'est en prenant la nappe dans le tiroir qu'il avait découvert la pendule.

Le père de Roberto resta encore agenouillé en silence devant la table pendant quelques instants, puis il se leva d'un bond. Roberto grimpa prestement quatre ou cinq marches pour ne pas se faire repérer. Il entendit son père ramasser les sacs de viande, sortir avec et les jeter dans la poubelle ; il renouvela l'opération avec les pizzas et les croquettes de poisson. Pendant que le couvercle de la poubelle claquait dehors, Roberto jeta un dernier coup d'œil dans le séjour. La pendule avait disparu. Mais un des sacs en plastique était toujours là. Son contenu avait un drôle d'air, ce n'était ni un steak ni une côtelette ; on aurait plutôt dit une sorte de fruit de mer, quelque chose de gélatineux comme une seiche ou une méduse, ou les deux à la fois. C'était d'un gris mauve. Peut-être des viscères ? La porte grinça, Roberto se tapit un peu plus haut. Il entendit son père descendre à la cave, en remonter aussitôt, attraper le sac en plastique et sortir dans le jardin. Roberto l'épiait par la fenêtre.

Son père, après avoir pris une pelle à la cave, alla jusqu'aux buissons du fond du jardin, creusa un trou et y jeta le contenu du paquet qui tomba avec un bruit sourd. Il le recouvrit de terre et piétina soigneusement le tout. Puis il rangea la pelle à la cave, sortit de la maison, ferma la porte, mit la poubelle dans la rue et s'éloigna dans son corbillard.

Quand Roberto franchit la porte du jardin à bicyclette, il s'arrêta près de la poubelle. En se bouchant le nez, il ouvrit le couvercle, repêcha la pendule entre les croquettes de poisson et la dissimula sous sa veste. A la maison, il la cacha au grenier, dans un grand carton entre de vieux manteaux moisis. Et il n'y pensa plus.

Le rêve des anges

A quel moment Alfred Dillinger s'était-il mis à boire ? Après coup, Roberto aurait du mal à le dire exactement. C'était en tout cas à l'époque où il s'était aigri, ce qui n'avait pas amélioré son caractère. Il avait toujours eu un faible pour le bon vin. « Puisque nous sommes cernés par les dangers de l'existence, aimait-il à répéter, autant en profiter, histoire de savoir quel goût ils ont. » Et il arrosait ces propos d'une longue gorgée voluptueuse d'un vin que Roberto jugeait très nocif.

Il était donc souvent ivre, mais d'une manière gaie et supportable pour son entourage. « Il est pompette, disait toujours la mère de Roberto, ton père est pompette. »

Quand il avait deux ou trois verres dans le nez, Alfred Dillinger riait beaucoup et racontait des histoires dont il perdait souvent le fil. La mère de Roberto le regardait alors avec un sourire indulgent et malicieux en lui soufflant sournoisement des mots inadéquats, si bien que son mari s'embrouillait complètement dans ses divagations et finissait par lever les bras au ciel en riant, incapable de s'y retrouver, et par dire quelque chose comme : « Et s'ils ne sont pas morts, ils sont encore en vie. » A quoi il ajoutait parfois, en se frottant les mains : « Bref, on les aura tôt ou tard. » Puis il faisait mine d'attraper des « clients » imaginaires, à la manière d'un marabout vieillissant.

Mais ces plaisanteries eurent une fin : le père de Roberto cessa de raconter des histoires, et même de rire. Sa femme ne lui souriait plus. Ou plutôt, elle lui souriait toujours, mais son sourire avait changé. Il était douloureux, suppliant, implorant. Elle disait maintenant à Roberto : « Il est saoul. Ton père est saoul. »

Un beau jour, Roberto se rendit compte qu'il n'avait pas vu ses parents s'embrasser depuis très, très longtemps. S'étaient-ils jamais embrassés ? Au lieu de cela, ils se disputaient, parfois pendant des nuits entières, pendant que Roberto, incapable de s'endormir, scrutait l'obscurité de sa chambre.

Roberto ne savait pas au juste quand ce changement était intervenu. Il s'était produit sans qu'on y prenne garde, aussi imperceptible que l'arrivée de l'automne : un jour, on s'aperçoit que les feuilles jonchent le sol. Mais elles n'ont pas pu tomber toutes en un seul jour, cela a dû prendre un certain temps. Nous nous sommes habitués à leur bruissement sous nos pas, à leur odeur de pourriture, sans en être vraiment conscients.

Roberto regardait le paysage par sa vitre. La route qui défilait, fonçait vers l'arrière, toute noire. Le marquage de la chaussée se rapprochait brusquement, court et blanc, et s'allongeait en dépassant la voiture ; à peine était-il avalé que la marque suivante arrivait à toute vitesse, puis celle d'après, et ainsi de suite. Gloup, gloup, gloup. Une voiture luisait faiblement à l'avant, puis éblouissait, les ombres se promenaient sur le toit de la voiture, s'amplifiaient et s'allongeaient, l'autre voiture passait en sifflant comme une ombre fugace, un coup de vent qui secouait le véhicule. Partie. A nouveau le ronron régulier du moteur, la vibration de la route. Entre l'encadrement de la porte et l'épaule de son père, le tableau de bord brillait d'un éclat chaud. Des lumières orangées, vertes. Roberto se laissait doucement captiver par un rêve de lumière chaude. Il avait les paupières lourdes et ses pensées glissaient vers des horizons incertains.

Ils étaient allés au bord de la mer. Il faisait un temps de rêve, et ils avaient une petite maison avec une cheminée. Pendant qu'elle préparait sa valise, sa mère lui en avait parlé en tournant la tête vers lui. Roberto s'était suspendu par les mains à la poignée de la porte comme le paresseux qu'il avait vu à la télévision cet après-midi-là. (Il passait beaucoup de temps devant la télévision, ce n'était plus interdit.) Dans une cheminée, on pourrait allumer un vrai feu, avec du bois et caetera, avait-elle dit. Et il trouverait sûrement plein d'idées de jeux.

(Avec du feu, s'était dit Roberto.)

« Et on reste combien de temps ? avait-il demandé.

– Un week-end prolongé. » Donc quatre jours, avait ajouté sa mère. Il y aurait même la télévision.

Quand ils déchargèrent les bagages après ce long trajet, Roberto s'imagina que c'étaient des coffres pleins de trésors qu'ils devaient traîner dans une grande grotte pleine de stalactites, pour que personne d'autre ne les trouve. Parce que Roberto et ses parents étaient immensément riches.

Et immensément heureux.

Lorsque les brigands arrivaient, Roberto et ses parents devenaient invisibles grâce au mouchoir magique de Mamie, qui servait aussi à chasser les méchants brigands. Il suffisait de le frotter contre sa joue pour supprimer tout ce qu'il y avait de mauvais.

« Il peut même enlever les mauvais rêves comme par enchantement », avait un jour dit sa grand-mère. Roberto ne dormait jamais sans son mouchoir. « Comme ça, je fais des rêves d'anges. » Sa grand-mère le lui avait d'ailleurs prédit.

Et ce mouchoir était d'une douceur incomparable. Le mouchoir le plus moelleux que sa peau eût jamais senti. C'était l'objet le plus doux du monde.

« C'est parce que tu le frottes et que tu le caresses depuis des années », lui avait expliqué sa mère, et Roberto avait eu un peu honte, car en fin de compte, il n'était plus un bébé.

Mais ses yeux avaient brillé et ses joues avaient un peu rougi, car s'il possédait le mouchoir le plus doux du monde, il ne le devait qu'à lui-même. Il lui suffisait de frotter son mouchoir contre sa joue pour être heureux.

Quand il dormait, il gardait toujours un coin du mouchoir dans la bouche, même maintenant qu'il avait neuf ans, pour rêver des anges.

Le revêtement de la chaussée se modifia, des grondements et des vibrations résonnèrent dans les ressorts des sièges. Roberto bâilla et cligna des yeux. Une agréable sensation de traction avait envahi son corps. La lueur chaude du tableau de bord enveloppait son bras à l'endroit où celui-ci, derrière le siège du conducteur, sortait de l'ombre. Cette lumière et les bruits de la voiture lui rappelèrent les moments qu'il avait passés accroupi sous la table devant le radiateur électrique. Il s'y était construit une caverne, un hélicoptère. Quand il éteignait la lumière, il pouvait survoler le monde, dans le bain chaud et la lueur rouge des spirales.

« Où sommes-nous maintenant ? » criait alors son copilote pour dominer le bruit du moteur. Son copilote, qui avait un nom américain, lui parlait toujours avec un accent américain. Parfois, c'était sa mère qui jouait le rôle du copilote, même si elle trouvait comme lui qu'il était un peu trop vieux pour ce genre de jeux. Et elle aussi d'ailleurs, disait-elle en se frottant le dos. Si bien que le copilote était la plupart du temps un personnage imaginaire.

« Au-dessus de l'Amérique », répondait par exemple Roberto en exagérant le r. Ou : « Au-dessus de la Russie. Tu ne vois pas toute la neige qu'il y a là-dessous ? » Et ils regardaient sous eux le tapis, avec les étendues désolées et couvertes de neige qui commençaient à s'y former.

« Brrr, faisait son copilote. Pourvu qu'on ne se crashe pas. » Et ils s'agrippaient au mouchoir à câlins.

Le père de Roberto clignota, c'étaient les lumières vertes. Clic-clac, clic-clac, clic-clac. Ils étaient en train de doubler.

Ils passèrent lentement à côté de l'autre voiture, un autre petit monde clos posé sur quatre roues, et Roberto eut l'impression fugitive que cette autre voiture était, comme la leur, issue d'un rêve chaud qui glissait dans la nuit et dans l'immensité de l'univers. Clic-clac, clic-clac. Il était content de partir en « week-end prolongé », ou plutôt il s'efforçait de l'être ; c'était du moins ce qu'on attendait de lui.

A l'arrivée, il avait d'abord été un peu déçu parce qu'il faisait déjà noir et qu'il n'avait pas pu voir la mer. Mais il avait pu entendre son ressac dans le lointain, et sa mère avait dit que la première chose qu'elle ferait le lendemain serait d'aller se promener au bord de la mer avec lui, avant de prendre le petit déjeuner. Roberto s'était imaginé les dunes et les aventures qu'il aurait là-bas. Il avait même demandé qu'on emporte sa luge pour voir si elle glisserait sur les dunes. Ils avaient fait de la luge l'hiver, et Roberto avait été tout excité parce que son père les avait accompagnés. Ils étaient montés à trois sur la luge, Alfred Dillinger derrière, avec Roberto et Hannah entre ses cuisses. Le départ avait été très à pic, et Roberto avait eu l'impression de descendre à la verticale. Il avait fermé les yeux et son derrière s'était couvert de bleus à cause d'une bosse qu'il n'avait pas vue. Puis, en pleine descente, il avait ouvert les yeux, un grand arbre noir leur fonçait droit dessus. Roberto était persuadé qu'ils allaient tous mourir. Mais son père, en riant à gorge déployée, avait enfoncé ses talons dans la neige, et ils s'étaient arrêtés juste à temps devant l'arbre. Il avait pris Roberto dans ses bras puissants et, avec un éclat de rire, lui avait frictionné le dos à travers son anorak.

Ce jour-là, il avait piétiné dans la neige en donnant la main à ses parents qu'il regardait d'en bas, fier et heureux. La tête de son père se détachait sur le fond bleu vif du ciel. Son manteau blanc voletait derrière son large dos en lui faisant des ailes d'ange. « Vole avec moi ! avait supplié Roberto. Dis, Papa, s'il te plaît, tu voles avec moi ! » Son père, qui riait toujours, l'avait pris par les mains et les pieds et l'avait fait tourner avec lui, c'était une vraie sensation de vol, le monde blanc tournait autour de lui et il était heureux, la neige était froide et mouillée, mais cela n'avait pas d'importance.

« Quand ton manteau flotte au vent, on dirait que tu as des ailes, avait crié Roberto qui crachait de la neige en pouffant de rire. Comme un archange.

– C'est toi qui es mon ange », avait dit son père en le reprenant dans ses bras pour le faire tournoyer en l'air.

Voilà pourquoi Roberto avait voulu emporter la luge pour l'essayer sur les dunes au bord de la mer.

Mais il n'avait pas eu la permission.

« Ça ne marchera pas, avait dit son père. Et puis, nous n'avons plus de place. » Au lieu de prendre la luge, il avait arrimé deux caisses de vin sur sa galerie.

Avait-il oublié la neige, les rires, ses yeux brillants ?

Quand cela s'était-il produit ? L'année précédente, ou longtemps avant ? Roberto ne s'en souvenait plus. Cela datait peut-être de deux ou trois ans.

Ils étaient restés dans la maison de week-end le temps de déballer tous leurs bagages. Ensuite, Alfred Dillinger avait allumé le feu avec du vrai bois, c'était beau et il faisait une douce chaleur. Puis il y avait eu une scène imprévue. Plus tard, Roberto s'imaginerait qu'une petite ville avait brûlé dans la cheminée, avec des gens qui couraient entre les bûches et tentaient de s'enfuir. Mais ils mouraient tous brûlés. Le monde entier brûlait. Ils avaient dû remballer tous leurs bagages en silence et étaient maintenant sur le chemin du retour.

« Pourquoi as-tu fait ça ? » C'était la voix de sa mère qui lui parvenait à l'arrière, entre les bruits du moteur. D'habitude, Roberto aimait entendre la voix de sa mère quand elle se retournait vers lui pendant le trajet pour lui demander s'il voulait un bonbon ou autre chose. Mais là, sa mère prit un autre ton. Elle ne s'adressait pas à lui, mais à son mari qui ne lui répondait pas. Il tenait le volant, impassible. Quand elle se retourna enfin vers Roberto, celui-ci ferma les yeux et fit semblant de dormir. Pourquoi, il ne le savait pas vraiment.

« Le petit dort », dit sa mère. Elle regarda encore une fois autour d'elle, et Roberto vit entre ses cils qu'elle pleurait. Il s'était blotti sur la banquette arrière comme un chien. Il avait les poings fermés, deux vraies petites boules.

« Ne roule pas si vite ! » Sa mère triturait un mouchoir sur ses genoux. « Par ce brouillard ! »

Roberto leva discrètement le menton et regarda par la fenêtre. Elle avait raison : un brouillard épais recouvrait les champs près de la route. Des vaches y dormaient comme dans un lac de lait. Un peu de brouillard avait rampé sur la route, soulevé par le vent. La lumière des phares cognait sur ce mur.

« Imagine qu'il y ait quelqu'un devant, dit nerveusement la mère de Roberto qui cherchait à mettre en garde son mari. Si tu dois freiner, tu vas lui rentrer dedans.

– Si je freine, je ne vais pas lui rentrer dedans, répliqua son père, agacé. Au contraire, c'est si je ne freine pas que je lui rentrerai dedans. »

Les muscles du ventre de Roberto se crispèrent, il enfonça ses doigts dans le siège capitonné. Pendant un instant, la voiture baigna dans une lumière blanche et laiteuse. Puis la route revint devant eux, nette et tracée au cordeau. Roberto était fier de son père qui n'avait pas peur du brouillard. Quant à lui, il n'avait pas peur non plus. C'était sa mère qui avait toujours peur.

« Pourquoi as-tu fait ça ? redemanda la mère de Roberto.

– Fait quoi ? »

La voix grave de son père devint rauque.

« Tu sais très bien ce que je veux dire. »

Roberto regardait droit devant lui. Derrière le pare-brise, la route volait vers lui et ses parents. Des arbres noirs, le rougeoiement de deux feux arrière face à eux. Il revoyait la scène comme si elle avait pu se passer une deuxième fois : les valises, les sacs et les cartons rangés dans la nouvelle salle de séjour. Il revenait à l'instant de la véranda. Dehors, il avait essayé de discerner la mer dans l'obscurité, mais sans rien voir. Il faillit trébucher sur le seuil et eut du mal à bien fermer la porte. Sacrée porte, pensa-t-il. A l'intérieur, dans la cheminée, les flammes rouges flamboyaient, et son père, qui en était à sa deuxième bouteille, tisonnait avec un bâton, accroupi devant la cheminée. Il se leva et chercha quelque chose dans un carton, posa une question à sa femme, chercha dans l'autre carton. Puis, soudain, il se mit à hurler, et Roberto sursauta. Il ne savait pas de quoi il s'agissait, mais cela devait être terrible. Son père, le visage cramoisi, frémissait comme si la terre entière avait tremblé. De grosses veines battaient sur ses tempes. Il hurla encore quelque chose. Pour se protéger, Roberto fourra son mouchoir devant sa bouche et ses yeux. Mais cela ne le rendit pas invisible.

« Regarde-moi quand je te parle ! » cria son père. Pendant une seconde, ses yeux restèrent rivés sur le petit garçon. Puis sa grosse patte s'avança, lui arracha le mouchoir du poing et le jeta dans le feu. Et le monde brûla.

Le klaxon fit tressaillir Roberto, il se sentit brusquement poussé contre la porte de gauche. Un deuxième klaxon retentit, son bruit s'étira vers l'éternité comme un ruban de plus en plus mince. Puis la voiture resta calme et immobile sur la route.

Roberto avait froid. Il comprit d'un seul coup qu'il était fini, le temps où il pouvait somnoler paisiblement et en toute sécurité sur la banquette arrière, sentir le grondement du moteur dans les ressorts du capiton et se dire que tout allait bien.

La situation avait changé. Rien n'allait bien. Roberto se mit enfin à pleurer silencieusement, sans larmes. Ses doigts crissaient parce qu'il n'avait plus de mouchoir doux pour envelopper ses mains. Il s'était mordu la lèvre inférieure jusqu'au sang.

Il resta ainsi longtemps, pendant que la vie se refroidissait autour de lui.

Le ronron du moteur finit par le bercer. Il tremblait en rêvant, car il savait quel serait son prochain rêve. Il le connaissait déjà, et pourtant il ne l'avait jamais fait auparavant. Il arriva, cruel et impitoyable, et Roberto n'eut pas la force de le retenir. C'était le rêve des anges qui brûlaient. Ils criaient parce que leurs ailes brûlaient, parce que leur peau se calcinait. Ils demandaient grâce et suppliaient. De la graisse dégoulinait d'eux et tombait sur la braise où elle disparaissait en sifflant, comme leurs larmes. « Non », murmura Roberto. Désormais, plus rien ne pourrait le protéger contre le mal. Plus rien ni personne. Le mal montait en lui et en toutes choses comme une marée noire et brûlante. Et personne ne pourrait plus l'arrêter.

Même s'il refusait de l'admettre, il comprit à ce moment qu'il ne se sentirait plus jamais protégé, plus jamais en sécurité. Il était maintenant seul au monde.

Battements de cœurs vivants

Roberto et la vie faisaient deux : chaque jour qui passait le lui apprenait un peu plus. La mort lui semblait plus familière. Sa tentative de suicide n'eut donc rien d'étonnant. Il choisit du Temesta et un sirop pour la toux de couleur rose au goût atrocement sucré, même pour des palais enfantins, qui n'aida en rien ce dégoûté de la vie à trouver une douce mort. Mais cela, Roberto était loin de s'en douter, et il s'imaginait que sa mère le découvrirait, qu'il la fixerait de ses yeux vitreux, prêt à tout pardonner sur son lit de mort.

Or personne ne vint le pleurer. Cela se passerait donc dans la solitude. Roberto attendit seul l'apparition de la Faucheuse. Viens donc, Mère Camarde, n'aie crainte. (De quoi la Camarde pouvait-elle avoir peur ? De la vie, assurément. Elle devait la trouver bien effrayante.) Ce fut en revanche Frère Sommeil qui arriva, mais Roberto le confondit avec l'autre, et avant de sombrer avec un dernier sursaut dans les bras de Morphée, il pensa encore : c'est comme dormir. Très facile, tout à fait indolore.

Le réveil fut aussi pénible qu'une renaissance. Une migraine à hurler de douleur acheva de faire comprendre à Roberto qu'il était loin d'être « hors de danger », selon la formule d'Alfred Dillinger. Roberto en était encore au stade de « survivant ». Il lui restait quelques épreuves à surmonter. Alfred Dillinger, comme on sait, ne croyait pas au purgatoire. Il croyait au feu des crématoires, dont il sera question plus loin.

Or le monde continuait à tourner. Pour son onzième anniversaire, Roberto reçut un vrai lit et un troisième hamster. Le passage dans un lit était une étape décisive dans son évolution vers l'âge adulte. Bientôt, ce serait l'adolescence. Au début, il eut peur de tomber pendant son sommeil, car il n'y avait plus de parois latérales, puis il s'accommoda de sa nouvelle couche.

Le hamster lui fit très plaisir. S'il gardait toujours le Brûlé caché dans une boîte à bonbons derrière ses Lego, il ne l'en avait pas sorti depuis un certain temps. Avant, il le caressait la nuit en cachette et s'imaginait qu'il était encore vivant. Il jouait à sauver son hamster d'un incendie, à la dernière minute. Dans une autre version, le Brûlé était un monstre qui détruisait une petite ville en Lego et renversait des petites voitures. Mais chaque jeu finissait par l'ennuyer. Si familier que fût ce rongeur empaillé, un animal vivant valait tout de même mieux.

Le nouveau hamster s'appellerait Ulysse, comme le héros de la mythologie. Roberto aimait l'idée que ce hamster pourrait s'inspirer de l'exemple de son homonyme pour entreprendre des expéditions en restant dans les limites de la propriété paternelle. Pendant la nuit qui précéda son baptême officiel, juste avant Pâques, Ulysse donna naissance à huit petits hamsters tout nus qui, couchés dans la sciure autour de lui, essayaient de s'approcher de ses mamelles désormais bien visibles. Roberto regarda quelque temps ce spectacle. Le grand héros de l'Antiquité avait vécu bien des aventures, mais sûrement pas celle de donner naissance à des octuplés. Roberto finit par tendre la main au-dessus de la cage et par déclarer : « Je te baptise Conspessy. » Personne, et encore moins lui, ne savait où il avait pu trouver ce nom.

La mère de Roberto ne goûtait guère ce grouillement dans la cage ; elle voulait à tout prix que les petits, une fois sevrés, soient distribués à des amis ou ennemis du voisinage.

« Pourquoi ça ? la défiait Roberto.

– Parce qu'ils... parce qu'ils... » (Il était difficile à sa mère de lui dire : parce qu'ils vont te ronger de l'intérieur. Elle devait penser à son rêve de rongeurs. Des images très plastiques naissaient sous ses yeux, sans qu'elle puisse s'en défendre.) Elle répondit : « Ils vont nous manger tout crus en commençant par les cheveux.

– Hein ? » Roberto songea au voisin, M. Schmieder, qui était chauve. Il lança à sa mère un regard étonné : « N'importe quoi ! »

Sa mère lui donna une petite claque sèche sur le visage. Roberto était trop abasourdi pour sentir la douleur. Il ne ressentit qu'une drôle de surdité dans la joue et le cœur. Hannah Dillinger, décontenancée, le regardait fixement. La paume de sa main la picotait, et l'empreinte de ses doigts se dessinait en rouge sur la joue de Roberto. Un petit trait de sang marquait l'endroit où la nouvelle bague avait griffé la peau de Roberto. En étouffant un cri, elle tomba à genoux et serra contre elle son fils encore tout interdit : « Je suis désolée, Roberto, je suis désolée.

– Pourquoi as-tu fait ça ? » demanda Roberto, tout raide dans les bras de sa mère.

Sa mère reniflait. « Parce que je t'aime, mon chéri. Oui, je t'aime. »

Roberto sentit une main froide qui cherchait à saisir son cœur.

« Tu comprends ? » sanglota sa mère.

Roberto acquiesça. Il ne comprenait bien sûr pas. Mais il voulait se débarrasser d'elle. Être seul.

« Je suis désolée, dit sa mère en essuyant les larmes qu'elle avait dans les yeux. Je n'ai pas voulu faire ça. »

Roberto la considérait en silence.

« Je... je te fais des pommes mixées, pour compenser. D'accord ? »

Il haussa les épaules ; elles étaient lourdes comme du plomb. « D'accord pour les pommes mixées », articula-t-il.

Après le départ de sa mère, il se coucha devant la cage des hamsters et contempla l'agitation de ce petit monde entouré de barreaux qui pouvait être embrassé d'un seul coup d'œil. « Huit bébés hamsters », dit-il doucement. Il les compta : « Un, deux, trois, quatre, cinq… six ? » Il en manquait deux. Mais sans lui laisser le temps de s'en étonner, Conspessy trahit son secret en ouvrant sa petite gueule. Elle avait l'habitude de prendre sa progéniture dans sa gueule et de lui offrir, dans la mesure des places disponibles, le refuge chaud et sûr de ses larges bajoues.

Après avoir suspecté Conspessy de tendances cannibales, Roberto fut enthousiasmé par cette pratique et en conclut que les hamsters mâles ou femelles mettaient bas par la bouche.

Quelques semaines plus tard, Roberto construisit avec l'aide de son père ce qu'ils appelèrent une « cage en plein air ». Ce fut en fait son père qui la construisit pendant que Roberto regardait et lui passait un outil de temps en temps. Roberto était nerveux : il avait peur de commettre une erreur. Depuis l'histoire du mouchoir, son père était devenu un étranger pour lui. Tout ce qu'il faisait était une erreur aux yeux de son père ou, pire, ne l'intéressait pas. Ils se parlaient à peine. Roberto n'était donc pas mécontent que son père s'occupe de lui, même si cela le mettait mal à l'aise. Il tendit un autre clou à son père. Il se sentait inutile. Maladroit, bête et mal aimé.

Les petits hamsters marchaient déjà d'un pas hésitant dans la fibre d'emballage qui tapissait leur cage, et il les avait aussi laissés courir sur la moquette de sa chambre ; dans une telle étendue, ils se sentaient complètement perdus. La cage en plein air mesurait à peu près un mètre sur un mètre cinquante ; elle était protégée par un fin grillage sur les côtés et sur le dessus. « Ils ne vont pas se creuser un tunnel par-dessous ? » finit par demander Roberto. Il avait réfléchi longtemps à sa phrase pour éviter de poser une question bête.

« Mais non », dit son père.

Roberto acquiesça. « Ah bon », dit-il en s'efforçant de prendre un ton sérieux et convaincu.

Son père planta un clou dans une planche et le recourba pour y fixer le fil de fer. Il reprit son souffle. « J'ai appelé le magasin d'animaux. Les hamsters sauvages sont les seuls à faire ça, pas les hamsters dorés comme ceux-là : eux, ils peuvent tout au plus se creuser un lit confortable, mais pas de tunnels pour s'enfuir. »

Ces quatre phrases semblaient annoncer une vraie conversation. Roberto prit son courage à deux mains : « Et si un animal soulève la cage en plein air pour attraper les hamsters ? »

Son père soupira d'un air impatient, mais répondit : « Aucun animal n'en a la force.

– Et un chien ?

– Bon, bon, on peut consolider le tout avec des piquets. Tu sais, ces trucs qu'on plante dans le sol pour fixer les tentes. Ça devrait suffire, qu'en penses-tu ? »

Roberto était surpris et flatté que son père lui demande conseil sur un sujet aussi important. Il approuva. « Oui, je crois bien.

– Par ailleurs, il faudra que tu fasses attention à tes hamsters quand tu les sortiras de la cage, on ne sait jamais. » Il regarda son fils.

« OK ?

– OK.

– Les êtres qui nous sont chers, il faut toujours en avoir soin.

– En les enfermant ?

– Ce ne serait pas une mauvaise idée. » Le père de Roberto riait, mais son rire avait une fêlure qui s'élargissait et s'approfondissait à chaque éclat de rire.

Roberto était couché sur le gazon, les brins d'herbe lui chatouillaient le nez. Il ne put s'empêcher d'éternuer. Les deux petits hamsters qui, encore à demi aveugles, pointaient leurs museaux roses à travers le grillage reculèrent et se blottirent contre leurs six frères et sœurs qui, couchés autour de Conspessy, se rôtissaient le poil au soleil. L'ombre du grillage leur faisait une fourrure à carreaux. « Alors, on s'est mis sur son trente et un ? » leur dit Roberto en passant le doigt sous le bord inférieur de la cage.

On entendait des rires dans la rue. Roberto se redressa : deux enfants qu'il connaissait de vue passèrent en courant près de sa porte. Ensuite, il n'aperçut que la maison d'en face. La haie était trop haute et trop épaisse pour lui permettre de les épier. Ce brusque sentiment d'exclusion créa un drôle de vide au fond de son palais. (Oui, il pouvait localiser cela très exactement, la nostalgie logeait au même endroit.) Roberto contrôla une dernière fois les piquets de tente qui ancraient la cage dans la terre, puis traversa la pelouse en courant jusqu'à la porte du jardin.

Sur l'autre trottoir, au milieu d'un groupe d'enfants qui se bousculaient en tous sens, Sonia Kraal distribuait du chewing-gum ; les enfants l'attrapaient avec avidité et se le fourraient dans la bouche en mâchant avec conviction et frénésie. Sonia fit éclater une bulle de chewing-gum. « Hé, Champ de colza ! » cria-t-elle dès qu'elle vit Roberto, tandis que les autres enfants reprenaient en chœur : « Hé, Champ de colza !

– D'abord, je ne m'appelle pas Champ de colza », marmonna Roberto qui faillit trébucher sur une dalle du trottoir.

Les enfants riaient.

« C'est quoi, ton nom, alors ? demanda Sonia Kraal. Pénis, peut-être ? »

Roberto s'arrêta face au groupe.

« Je m'appelle Roberto, rectifia-t-il.

– Roberto ! » Gloussements.

« Pourquoi t'as un nom en o ? questionna un des enfants.

– C'est une voyelle de sauvetage, expliqua Roberto, les muscles du menton crispés.

– Tiens, tiens. » Sonia le regardait d'un air intéressé. « Comme dans Crétino, ou Débilo ? » Elle fit une pause d'un air inspiré, et leva l'index pour décréter enfin : « Champ de colzo ! »

Rires.

Roberto ne soufflait mot. Il était en train de prendre racine et ne savait pas comment se comporter. S'enfuir en courant, ç'aurait été reconnaître sa défaite, même s'il ne savait pas exactement en quoi cette dernière consistait. Mais rester planté là lui paraissait encore pire.

« Dis donc, Crétino, lui dit Sonia, est-ce que tu sais au moins faire des bulles de chewing-gum ? »

Roberto hésita un peu. « Bien sûr, fit-il avec aisance. Il suffit de m'en donner un.

– Malheureusement pour toi, je n'en ai plus de neuf », répliqua Sonia en allongeant les mots, de même qu'elle tirait sur son chewing-gum pour en faire un long spaghetti qui lui sortait de la bouche. « Mais tu peux prendre celui-là. » Elle brandit sous son nez un chewing-gum d'un blanc grisâtre, ruisselant de salive. Des miettes de gâteau ou d'un autre aliment qu'elle avait mastiquées contrastaient par endroits avec le reste de la pâte. Un cordon long comme le bras y pendouillait ; au bout de ce lourd cordon, un filet de salive qui brillait au soleil oscillait deux fois plus vite ; il s'allongea et finit par se casser. La bave s'écrasa juste dans l'interstice de deux dalles, et une fourmi qui s'y promenait faillit périr noyée.

Roberto considéra un instant la fille qui ricanait. Puis il tourna les talons sans mot dire et s'en alla rapidement.

« Crétino ! lui cria Sonia tout en remettant son chewing-gum dans sa bouche avec sa langue. Andouillo !

– Crétino ! Andouillo ! » crièrent les autres enfants en suivant des yeux le garçon au nom décidément trop bête, certains de ne pas le revoir. Il avait décampé jusqu'à sa maisonno d'imbécilo, et n'en bougerait pas de sitôt.

Mais Roberto revint.

Il revint une centaine de mâchonnements plus tard, et fonça droit sur Sonia Kraal. Les autres enfants le laissèrent passer en se poussant sur les côtés et en formant une haie au bout de laquelle il se trouva nez à nez avec la fille. Elle avait quelques centimètres de plus que lui et se redressa un peu pour que cela se voie bien.

« Alors, Stupido, se moqua-t-elle encore en promenant lentement son chewing-gum dans sa bouche, avec volupté. Le petit veut quand même son chewing-gum ? » Sa main se remit à tirer sur la gomme répugnante qui apparaissait entre ses dents.

Roberto ne pipait mot.

« T'as perdu la voix ? »

Roberto ouvrit la bouche. Et Sonia, comme tous les autres enfants, fit un pas en arrière. Un animal jaillit entre les lèvres de Roberto, une bête velue avec de grandes dents blanches et les yeux noirs. La bête respirait à toute vitesse et sa truffe rose tremblotait. Les enfants écarquillaient tellement les yeux qu'on n'en voyait plus que le blanc. Puis l'animal ouvrit la gueule, laissant apparaître un autre petit museau.

A ce moment, la moitié des enfants s'enfuirent en hurlant, affolés à l'idée que ce manège effrayant ne prendrait jamais fin, que les gros animaux grouilleraient dans leur bouche tandis que les petits leur boucheraient les narines, que d'autres encore plus petits pénétreraient dans leur tête par les oreilles et que les plus minuscules passeraient par les pores de leur peau. Ensuite, ils étoufferaient. (C'est ce qu'avait raconté Frank, qui avait vu ce James Bond. Ils avaient peint une femme en doré, et elle avait étouffé parce que ses pores étaient bouchés. On respirait par les pores de la peau !)

Sonia restait aussi bouche bée. Mais à la différence des autres enfants, aucune peur ne se lisait dans ses yeux, seulement de l'étonnement. Elle avait de magnifiques yeux verts. « Ben, dis donc », fit Sonia Kraal. Sa bouche se referma, et ses magnifiques yeux verts prirent une expression respectueuse. « Ça alors, ça m'en bouche un coin », se dit-elle à elle-même en secouant la tête. Roberto restait devant elle sans mot dire, les hamsters pointaient leurs museaux hors de sa bouche, et il gardait les mains sous son menton pour les rattraper au cas où ils seraient tombés. Sonia continuait de le regarder avec fascination. Puis, lentement, elle sortit son chewing-gum de sa bouche et tendit l'autre main vers les lèvres de Roberto.

Roberto comprit. Il ouvrit la bouche toute grande et poussa l'arrière-train de Conspessy avec sa langue. Elle ferma la bouche pour que son petit soit en sécurité et atterrit sur la paume de sa main. Un jet chaud d'urine de hamster jaillit sur les doigts de Roberto. Il réprima un cri de dégoût. Heureusement qu'elle s'était retenue pendant tout ce temps.

Il posa Conspessy avec précaution dans la main de Sonia, puis s'essuya la main sur son pantalon et prit en échange le chewing-gum entre deux doigts. Sonia ouvrit la bouche si grande qu'il vit sa luette au fond de son palais. Était-ce aussi chez elle le siège de la nostalgie ? Il attendit qu'elle ait introduit dans sa bouche le petit animal tremblant, en commençant par le postérieur. Le museau rose frémissait légèrement entre ses lèvres. Roberto tira la langue et posa le chewing-gum dessus. Il la rentra et mâcha. Ses yeux étaient rivés sur la fille. Et la bulle qu'il souffla fut la plus grosse qu'il eût jamais produite. Avec toutes ces miettes de gâteau sur sa circonférence opulente, elle était si belle et si grande qu'elle l'empêchait de voir son interlocutrice. Avant qu'elle n'éclate, il la fit rentrer dans sa bouche en mâchonnant.

Sonia laissa Conspessy vagabonder dans sa main. Elle recracha un poil et rendit le hamster à Roberto. « J'ai entendu battre son cœur, dans ma bouche, dit-elle quand les petites pattes quittèrent sa main. Ça fait tout drôle d'avoir dans la bouche quelque chose de vivant qui bat. »

Roberto acquiesça.

« Ça fait vraiment tout drôle. » Elle souriait. « Roberto, ajouta-t-elle presque timidement.

– Je sais », approuva Roberto. Lui aussi avait un cœur vivant qui battait.

Chute dans le néant

« Lala, faisait Sonia. Lalala. »

L'escalier grinçait.

« Lala. »

Roberto dit : « Lalala.

– Lalala ! » Sonia lui jeta un regard réprobateur par-dessus son épaule. « C'est lalala. Pas lalala.

– Lalala, dit Roberto.

– Mais non. Lalala. Pas lalala.

– J'y comprends rien. » Roberto résolut de mettre fin à sa carrière de chanteur. En se tenant d'une main à une marche de l'escalier, il cachait sur sa poitrine Conspessy qui avait son petit à l'intérieur de la gueule. Si c'était lalala, il fallait chanter lalala et pas autre chose. Il ne voulait pas risquer de perdre ce qu'il venait d'obtenir. Quelques minutes auparavant, Sonia Kraal l'avait encore traité de crétin, et même de Crétino. Depuis qu'il l'avait rencontrée, il voulait être près d'elle. Mais elle détournait toujours la tête en lui fouettant le visage de ses nattes blondes. Et voilà qu'elle était enfin avec lui sur l'échelle escamotable qui menait au grenier des Dillinger. Elle était au-dessus de lui, car elle voulait prendre la tête des opérations. Il faut dire qu'elle avait un an de plus que lui.

« Je vais avoir treize ans », annonça-t-elle. Elle en avait donc douze. Elle avait beau prétendre qu'il chantait faux, l'expression de ses yeux verts semblait indiquer, tandis qu'elle levait les yeux vers la lucarne, qu'elle était impressionnée et pleine de curiosité. Pour Roberto, le grenier était en quelque sorte lui-même. Il était donc très fier en ce moment.

« Beurk, dit Sonia Kraal. Ça sent le renfermé, par ici.

– Eh oui…, commença Roberto.

– Mais ça ne donne pas la chair de poule.

– C'est parce qu'il fait encore jour.

– Quand je serai grande, je serai écrivain, déclara Sonia Kraal. J'écrirai des histoires à donner la chair de poule.

– Ah bon, dit Roberto.

– Mais pour ça, ajouta Sonia avec gravité, il faut que je vive vraiment des choses qui donnent la chair de poule. Autrement, comment pourrais-je les écrire ?

– T'as bien raison ! s'écria Roberto en s'efforçant d'avoir l'air enthousiaste. La nuit ! » Et, en baissant la voix : « La lumière ne marche pas. Un problème de courant dans la maison.

– Pas de lumière ?

– Non.

– Et comment on fait, alors ?

– J'ai une lampe de poche.

– Une lampe de poche ? Vachement chouette.

– Oui. Imagine-toi dans le noir, avec seulement une lampe de poche… »

Sonia frissonna avec volupté : « Brrr ! » La tête dans la lucarne, elle avait les yeux à la hauteur du plancher. « Tu as déjà remarqué, demanda-t-elle, qu'il y a un véritable monde dans les fentes entre les planches ? » Elle scrutait avec fascination les interstices du parquet.

Roberto répondit : « Oui.

– Vraiment ? » Elle pencha la tête sur le côté et scruta une autre fente du parquet. « Ici, il y a des moutons qui pourraient être aussi grands que des maisons. Et des bestioles grouillent tout autour, comme des autos.

– Les autos, ça ne grouille pas. » Roberto s'y connaissait en voitures.

Sonia le toisa un bref instant. Reproche. Roberto rougit. « Viens. » Les marches de l'escalier grinçaient, il suivait ses mollets minces et ses chevilles dans des socquettes blanches. « En fait, ses mollets ne sont plus si minces que ça », pensa Roberto. Les mollets, les chevilles et le reste de Sonia avaient pris cet été une couleur caramel que Roberto trouvait très appétissante. Juste celle des caramels polonais. Il se serait fait damner pour ces bonbons, en suivant l'exemple de sa grand-mère. Les pensées de Roberto se troublèrent comme chaque fois qu'il contemplait les jambes de Sonia. Ou les cheveux de Sonia. Ou un objet que Sonia avait touché. Ou simplement quand il pensait à elle.

« C'est une jolie petite fille », avait dit la mère de Roberto quelques semaines auparavant, ce qui n'avait pas manqué d'inquiéter Roberto. Elle n'avait pas encore de poitrine, mais des bouts de seins insolents qui pointaient comme des noyaux de cerise sous son fin pull-over rouge.

« Oh la la, quel bazar ! » s'écria Sonia, enchantée. Elle regarda Roberto d'un air songeur en se grattant la tête. « C'est comme dans un de mes rêves, dit-elle en fronçant les sourcils. Je suis dans une pièce pleine de bric-à-brac, et le soleil brille par de petites fenêtres, et il y a de la poussière qui danse aux rayons du soleil. » Elle tourna gravement la tête à gauche et à droite, puis acquiesça d'un air entendu. « C'est exactement le grenier de mon rêve.

– Pour de vrai ? fit Roberto, enchanté.

– Puisque je te le dis. »

Et Roberto se dit : mon grenier est dans son rêve. Ça alors. Tout cela lui paraissait extraordinaire.

« Et ces panneaux ? » Elle désignait les panneaux jaunes qui étaient cloués aux entretoises.

« C'est mon père qui les a accrochés, fit Roberto en haussant les épaules.

– Ah bon. »

Sonia se retourna vers Roberto : « Tu sais, Roberto, tu ne ressembles pas du tout à tes parents.

– Hein ?
– Je disais que tu ne ressembles pas à tes parents.
– C'est parce que je suis un enfant. Aucun enfant ne ressemble à un adulte. Toi non plus, tu ne ressembles pas à ta mère. » Mais au moment où il dit ces mots, il se mit à penser à des centaines de petites ressemblances qu'elles avaient toutes deux. La mère de Sonia était blonde comme sa fille. Et son père, le « nain », était certes d'une petitesse anormale, mais il y avait des points communs entre son visage et celui de sa fille.

En revanche, la couleur des cheveux de Roberto était très différente de la sienne. Roberto avait des cheveux foncés, brun foncé. (Quelquefois, en été, des mèches blondes y apparaissaient, surtout au bord de la mer. Mais ici, sous ces latitudes tempérées, ses cheveux étaient franchement bruns.) A la différence de ceux de son père, qui étaient d'un blond terne ; quant à sa mère, elle avait les cheveux auburn, ce qui était du plus bel effet. « On n'est pas obligé d'avoir la même tête que ses parents », s'entêta Roberto en boudant. Par la fenêtre, il jeta un coup d'œil distrait dans le jardin, à l'emplacement de la cage en plein air. Sa mère traversait la pelouse en se dirigeant vers la maison, son tablier noué autour de la taille. Cela sentait les gâteaux.

« Bon, d'accord. » Sonia regarda autour d'elle avec étonnement. « Il y a tellement de cartons ! dit-elle en secouant la tête. Qu'est-ce qu'il peut y avoir dedans ?
– Tout ce qu'on peut imaginer, dit Roberto. Il y en a certains que je ne connais pas. C'est que ma grand-mère est morte ; maintenant, toutes ses affaires sont là.
– Je suis désolée pour toi.
– De quoi ?
– Pour ta grand-mère.
– Ah ! Ben oui, maintenant, elle est au ciel. Enfin peut-être. C'est pour ça que ses cartons sont ici. Tu y crois, toi, au ciel ?
– Je crois aux greniers », répondit Sonia. Elle s'était tour-

née vers un carton dans lequel il y avait de vieux vêtements et se mit à fouiller dedans avec passion. « Ah, quelle odeur ! » fit-elle, ravie, en approchant de son nez les vieux vêtements. Elle essaya un chapeau qui avait dû appartenir au père de Roberto, puis elle noua sous son menton une fourrure rouge. « Hiii ! couina-t-elle en l'arrachant de son cou. Il y a encore les pattes dessus ! » Elle chercha autour d'elle. « Roberto ? »

Un grincement se fit entendre, et elle regarda dans le coin où étaient les cercueils. Des cercueils noirs en acajou. Ils portaient les dénominations de « Ministre du culte » (les grands, capitonnés de velours rouge) et d'« Enfant de chœur » (les petits, avec du feutre au lieu de velours).

« Roberto ? Où es-tu ? »

La lumière du soleil dessinait une mince colonne qui descendait du vasistas vers un des petits cercueils. La poussière dansait dans cette colonne, et la surface du cercueil semblait presque blanche sous l'épaisse couche de poussière qui la recouvrait. Sonia Kraal contemplait cette surface : la poussière paraissait s'éveiller, perdre sa fixité et se mouvoir lentement, comme un champ d'algues sous la mer. « Roberto ? »

Le couvercle du cercueil se souleva lentement en grinçant. Une voix sépulcrale déclama : « C'est la Mort qui console, hélas, et qui fait vivre. » Puis la voix s'acheva sur un rire strident et Roberto, entouré de feutre rouge, se redressa, avec Conspessy sur la poitrine.

« Crétino », conclut Sonia qui avait tout de même un peu pâli.

Roberto sortit de son cercueil et posa Conspessy et ses petits à l'intérieur. Le hamster tenta aussitôt de grimper sur les parois de sa cage, mais n'y parvint pas. « Regarde, dit Roberto, elle ne peut pas sortir. » Il avait vaguement l'impression que cette observation était associée à un sens plus profond, mais il n'aurait pu dire lequel.

« Mon père est parti depuis deux semaines, dit Sonia brusquement.

– Quoi ?

– Mon père est parti.

– Le nain ? » Roberto se mordit les lèvres. Le mot lui avait échappé.

Mais Sonia fit celle qui n'avait pas entendu. « Il veut se venger de ma mère, enfin je crois.

– Se venger ?

– Oui, ma mère baise avec un autre type. »

Roberto dit simplement : « Oh. » C'était la première fois qu'il entendait une autre personne que Frank Oesterberg ou Schillo Wienholz prononcer le mot « baiser ». Dans la bouche de ces deux derniers, ce mot avait toujours quelque chose de sale, comme de la morve coulant d'un nez. Et voilà que brusquement, dans la bouche de Sonia, il prenait une allure tragique, une étrange élévation, de l'importance.

« Elle, euh, baise ? » Roberto essaya ce mot, non sans rougir. « Avec un autre homme ?

– Oui », dit Sonia.

Le regard de Roberto la traversa et se perdit loin derrière elle. Il revit des images de l'atelier, des images estompées. Les yeux de sa mère. Ce qu'elle avait fait. Cela s'était-il vraiment produit ou l'avait-il rêvé ? Il repoussa ces images vers les profondeurs d'où elles étaient sorties.

C'était tabou.

« Tu ne veux pas savoir avec qui elle baise ? »

Roberto toussota.

« Euh, avec qui ? Avec le postier ?

– Non, dit Sonia après un instant de réflexion, comme si elle avait hésité à exclure cette hypothèse. Je crois qu'il est ingénieur.

– Ha ha », dit Roberto qui pensait à Géo Trouvetou. Un ingénieur se doit d'être ingénieux. Il pensait au bonnet à cogiter qu'avait Géo Trouvetou, avec ses oiseaux de cogitation. Cogite, cogite, faisaient les oiseaux dans le bonnet.

« Et alors ? demanda Roberto. Il est comment, cet ingénieur ?

– Sympa. Enfin, je le déteste. »

Roberto ne dit rien.

« Je sais pas, dit Sonia. Je suppose qu'il est comme Maman veut qu'il soit. Ou comme il veut que Maman ait envie qu'il soit. J'en sais rien. » Elle haussa les épaules, secoua sa tristesse comme une vieille couverture moisie. « Tu sais comment mon père m'appelle toujours ? » demanda-t-elle, les yeux brillants.

Roberto l'ignorait.

« Amazonétoilebleue !

– Amazoquoi ?

– Amazonétoilebleue.

– Qu'est-ce que c'est ? Une ama… ?

– C'est moi. Mais on peut s'imaginer que c'est aussi un oiseau. Je suis un oiseau, tu comprends ? »

Roberto, qui ne comprenait pas très bien, acquiesça, puis regarda les yeux de Sonia. Ils étaient en amande, ce qui était aussi rare que beau. Et ils étaient d'un vert profond et lumineux. « Mais tu as les yeux verts, objecta Roberto.

– Tant pis, répondit Sonia. Tu comprends, Amazonétoileverte, ça ne sonne pas très bien. Amazonétoilebleue fait mieux, tu ne trouves pas ? »

Roberto approuva : « Si, si.

– Justement, mon père trouve aussi. Voilà pourquoi je suis son Amazonétoilebleue.

– Logique, conclut Roberto en pensant que le père de Sonia, malgré sa petite taille, devait être très gentil.

– Il veut se venger de ma mère », répéta Sonia comme pour elle-même. Elle avait remis la vieille couverture sur ses épaules. « C'est pour ça qu'il a foutu le camp. » Sa tête penchée se balançait dans tous les sens. « Mais pourquoi est-ce qu'il se venge de moi ? »

Sa tête se releva soudain avec un drôle de sourire et sembla émerger d'une mare toute noire. Elle lui tendit la fourrure de renard. « Tiens », dit-elle. Elle frotta les mains sur son pull-over dès qu'elle fut débarrassée de cet objet. « Mais qu'est-ce qu'elles font là-dessus, ces pattes ! » Elle s'ébroua. « Pouah ! »

Roberto rit. « T'as vu sa tête, aussi ? » Il balança d'une manière menaçante la tête de renard devant le visage de Sonia, puis s'arrêta. « Mais qu'est-ce que t'as ? »

Sonia avait brusquement perdu son entrain. « Ce sont ses yeux, souffla-t-elle. Ses yeux.

– Qu'est-ce qu'ils ont, ses yeux ?

– Ils sont tellement morts. »

Roberto regarda les yeux en question. Il savait ce qu'elle voulait dire. Le jour où il avait compris que cette fourrure, cette pièce d'habillement, avait autrefois été un être vivant, cela lui avait fait un choc. Certes, il le savait depuis toujours, mais sans vraiment le ressentir. La veille, il l'avait senti pour la première fois, et il le sentait en ce moment. Mais ce n'était pas tout : le renard avait la même couleur que sa mère, ou presque la même. Et ce renard était mort.

Pour la première fois de sa vie, Roberto se dit que sa mère pourrait mourir elle aussi. Il éprouva pour la première fois la sensation de sa mort. La fourrure lui glissa des mains, et la tête du renard tomba sur le parquet avec un bruit sourd.

« Mais tu pleures, dit Sonia qui le plaignait. Allez, ne pleure pas. » Elle ramassa le renard et essuya avec la superbe queue rouge les larmes qui coulaient sur les joues de Roberto. La queue du renard s'imbiba de ses larmes comme un gros pinceau.

« Merci, dit Roberto qui avait honte de lui.

– C'est très beau, dit Sonia en souriant.

– Quoi ?

– Quand les garçons pleurent.

– Ah oui ? demanda Roberto. Te fous pas de ma gueule, maintenant.

– Moi, non, jamais.

– OK. » Il lui savait gré de son sourire.

« Les enfants ! » cria sa mère du rez-de-chaussée. Sa voix hésitait entre plusieurs tessitures. « Vous voulez du gâteau et du chocolat chaud ?

– Oh oui, dit Roberto d'une voix brisée. Oh oui, Maman ! » Il se hâta d'essuyer les larmes qui coulaient encore de ses yeux.

« Viens, Roberto, on descend. » Les yeux de Sonia étaient très profonds, très sombres.

« Oui », renifla Roberto. Elle ne se moquait pas de lui. Elle avait gentiment posé sa main sur sa hanche. Il avait vaguement l'impression qu'elle le comprenait. Qu'elle comprenait une chose que lui-même n'était pas en mesure de comprendre.

« Oui », renifla Roberto. Tout honteux, il regardait ses pieds, quand, du coin de l'œil, il aperçut un mouvement par la fenêtre. Un mouvement précipité, violent, en bas dans le jardin. Il eut un geste désespéré. Quelque chose n'allait pas dans la cage en plein air. Les yeux de Roberto s'écarquillèrent. La cage était déplacée et les piquets de tente brillaient dans l'herbe. Il y avait quelque chose dans la cage. Quelque chose de rouge ou de mordoré. Avec des pattes blanches, des pattes rouges de sang.

« Noooooon ! » cria Roberto.

Il repoussa Sonia et se précipita vers l'escalier.

« Pas si vite ! » lança encore Sonia.

Mais Roberto n'entendait pas. En bondissant, il posa son pied sur la première marche de l'escalier, glissa et dégringola tout l'escalier à pic. C'était presque une chute libre car l'objet en question était à mi-chemin entre une échelle et un escalier, et lorsque Roberto atterrit, un grand bruit sourd ébranla toutes les poutres de la vieille maison.

Roberto n'entendit pas ce bruit mais vit trente-six chandelles, et sa conscience se transforma en une sorte de lait caillé. Il essaya de se retenir aux petites boules de lait caillé, mais comme le fond blanc glissait de plus en plus, il dérapa et tomba. Dans sa chute, Roberto sentit une étrange vague d'abandon déferler sur lui. Il avait l'impression que tous les remparts et les bastions qui entouraient son moi avaient été soudain aspirés par une sorte de grande paille pointue qui pénétrait dans tous les coins. Après avoir traversé en trombe une porte gardée par un serpent et deux panthères noires, il se retrouva dans une pièce tout éclairée de chandelles. Sa mère était debout en face de lui, mais elle avait changé. Sa peau était semblable à celle des figues sèches. A la lueur vacillante des chandelles, on ne pouvait voir ses yeux qui restaient dans l'obscurité. De temps en temps, un éclat noir brillait sous ses sourcils gris. Comme chez le hamster mort : des yeux comme des boutons, sans blanc ni iris. Comme ceux du renard mort. Une étrange odeur de terre sèche et de cendre émanait d'elle. Elle ouvrit la bouche, et de ses lèvres minces (elles ne l'étaient pas d'habitude, sauf quand sa mère était en colère), de ses lèvres minces sortit un hamster qui le regarda fixement. Les dents de la femme se refermèrent en claquant, et la moitié du hamster tomba par terre dans une pluie rouge. Roberto se vit lui-même, plus vieux, déjà adulte, en train de contempler cette femme. Cette femme – mais qui était-ce ? – tendit vers lui des doigts secs et racornis.

« Mon Dieu, Robertino », dit sa mère avec angoisse en l'aidant à se relever. Ses doigts étaient moelleux et même un peu moites. « Tu t'es fait mal ? »

Roberto titubait.

« Comment vas-tu, mon garçon ?

– Mal, dit Roberto.

– Il a envie de vomir. » Sonia l'observait avec attention.

« Tu as une commotion cérébrale, dit sa mère. Enfin, il y a pire que ça ; tu aurais pu te briser la colonne vertébrale.

– Attention, il vomit ! »

Et Roberto rendit tripes et boyaux sur sa mère qui avait heureusement son tablier, comme elle le dirait plus tard, puisqu'elle venait de préparer le gâteau.

« Il faut que tu te mettes au lit, dit-elle en prenant son fils par la main.

– Les hamsters », haleta Roberto. Il vomit un morceau acide qu'il recracha. « Le renard. »

Elles réussirent à faire descendre Roberto au rez-de-chaussée où il vomit une deuxième fois sur le tapis. Il eut au moins le talent de viser l'endroit déjà précédemment souillé par une tache sombre.

Du sang, des lambeaux de hamsters et de minuscules intestins étaient collés sur l'herbe dans la cage en plein air. Le renard était parti. Roberto restait muet et immobile sous le ciel bleu, son ombre se projetait sur le gazon ; il se jeta en sanglotant sur cette ombre. « C'est ma faute ! cria-t-il au monde de terre meuble qui apparaissait entre les herbes. Ma faute ! » Il frappa la planète de ses poings. Il arracha des touffes d'herbe, se cabra dans tous les sens en sentant un peu de terre crisser entre ses dents jusqu'à ce qu'il finisse par se calmer, le souffle court. « Si seulement je l'avais laissée là », murmura-t-il.

Il voulait dire que s'il n'avait pas enlevé Conspessy, elle serait restée avec ses petits. Elle aurait mis le renard en fuite. Roberto croyait fermement au pouvoir suprême de l'amour maternel. Tout recommença à tourner en lui et une bile amère gicla de ses entrailles.

« Je peux rester près de lui ? » demanda Sonia. Roberto était au lit, secoué de frissons. Sa mère s'apprêtait à lui remonter sa couverture jusqu'au menton lorsqu'elle s'immobilisa. « Mais... ce n'est pas possible, dit-elle émue, la tête tournée vers la petite fille. Il fera bientôt noir.

– Je passerai la nuit ici. »

La mère de Roberto la regarda. Roberto l'observa aussi tandis qu'un peu de bave ruisselait de sa bouche ouverte.

« Je veux être infirmière, expliqua Sonia Kraal en frottant ses genoux l'un contre l'autre.

– Ah bon... » Mme Dillinger regardait son fils. « Si tes parents te donnent la permission...

– Je les appelle tout de suite ! s'écria Sonia. Ils vont me le permettre, c'est sûr sûr !

– Sûr sûr ? demanda Mme Dillinger qui entendait cette expression pour la première fois.

– Sûr sûr. Vous avez une belle bague, madame Dillinger.

– Oh, merci. Tu veux la voir ? » Elle tendit son doigt à Sonia.

« Un huit, dit Sonia. C'est-à-dire huit carats ?

– Huit ? Ah oui, ce qui est gravé dessus. Non, c'est un huit couché qui signifie l'éternité. C'est joli, n'est-ce pas ?

– L'éternité ? Je ne crois pas que ce soit beau, l'éternité.

– Tu es une drôle de petite fille. » Elle l'observa d'un air songeur. « N'oublie pas de téléphoner.

– Oui, c'est vrai ! » Et Sonia dévala l'escalier en direction du téléphone.

Quand elle revint, elle rayonnait, et pendant que les oiseaux gazouillaient dans le soir d'été, Mme Dillinger prépara un lit de camp pour sa jeune invitée près du lit de son fils.

« Voilà », dit-elle. Elle mit un oreiller dans une taie et le laissa tomber sur le matelas. « C'est prêt. J'espère que ce sera assez confortable.

– Sûr sûr », répondit Sonia.

Tous les bruits qui venaient du dehors étaient chauds et familiers. Le soleil rouge éclairait la face inférieure des feuilles qui bruissaient très doucement dans la brise tiède.

La mère de Roberto posa encore un seau près du lit et demanda à Sonia : « Veux-tu mettre un pyjama de Roberto ?

– Non merci, je dors toujours nue.

– Ah bon, d'accord. » La mère de Roberto regarda Sonia avec hésitation. « Et ça ne te gêne pas d'être toute nue ? Roberto, lui, est toujours gêné de l'être. »

Roberto rougit.

« Si, dit Sonia, moi aussi.

– Donc ça te gêne ?

– Oui, mais il faut lutter contre cela.

– Ah bon, d'accord.

– Mais puisque je suis invitée ici, déclara Sonia, je veux bien mettre un pyjama. »

Roberto n'en avait plus de propre, et Sonia enfila donc la veste d'un pyjama de son père, un modèle bleu clair dont la poche de poitrine lui arrivait à la hauteur du genou gauche. « Superbe », dit Sonia en se contemplant dans le miroir. Puis elle se glissa sous la couverture. La nuit était presque tombée.

« Extinction des feux, dit Mme Dillinger en éteignant la lumière. Dormez bien et guéris-toi vite, Roberto. Surtout, appelle-moi si tu as besoin de quelque chose. »

Sonia, très sérieuse, se dressa sur son séant. « Ne vous faites aucun souci, je prends la garde de nuit. »

Hannah Dillinger sourit : « Bien, bien. »

Dès que sa mère fut partie, Roberto se roula dans son drap et sanglota doucement. Sonia, la tête appuyée sur sa main, l'examina pendant un instant et dit : « Tu veux que je te raconte une histoire ?

– Une histoire ? Oui. Laquelle ?

– Une histoire de zeppelin. »

Roberto fut tout étonné. « De zeppelin ? Super.

– Oui, c'est un grand zeppelin argenté, immense, qui ressemble à un énorme cigare. Un dirigeable. Et sur le fuselage argenté du zeppelin, on voit écrit en grosses lettres ZEPPPELIN. Avec trois p.

– Pourquoi avec trois p ?

– Parce que c'est un zeppelin très spécial. Un zep-p-pelin justement.

– Difficile à prononcer.

– On dit tout simplement zeppelin. Mais ça s'écrit avec trois p. » Sonia replia ses genoux. La couverture produisit une sorte de sifflement. « C'est la nuit, dit-elle. La nuit dans la forêt et dans une prairie. Il y a des arbres, les cimes des arbres. L'enfant est debout dans la prairie et il pleure parce qu'il est trop petit, pas important du tout et que personne ne l'aime. Et ensuite il entend un petit bruit, un très petit bruit, mais qui est quand même très fort. Oui, c'est ça. Et après... » Les genoux de Sonia se mirent à trembler. « Après, le zeppelin arrive, il vole très bas et il est énorme, il apparaît au-dessus des arbres, de plus en plus grand, il est presque aussi grand que le ciel. Et l'enfant lève les yeux vers l'énorme dirigeable. Mais il n'a pas peur. Il sait que le dirigeable ne lui fera pas de mal. Il l'attend depuis toujours. Il a toujours attendu quelque chose de ce genre. Il ne savait pas que ce serait un dirigeable, un zeppelin. Mais il savait que quelque chose viendrait le chercher pour l'emmener.

– L'emmener où ? » demanda Roberto.

Sonia lui jeta un regard agacé avant de poursuivre : « Et puis une porte s'ouvre dans la carlingue, on descend une échelle de corde, et, de tout là-haut, un homme avec une barbe blanche regarde l'enfant. C'est le comte. Le comte Zeppelin. L'enfant attrape l'échelle de corde avec ses petites mains, il grimpe dessus, et le comte sourit. Le comte Zeppelin. Et le dirigeable s'en va.

– Mais où ? Où est-ce qu'il s'envole ?

– Vers un monde meilleur où les gens s'aiment. Où les parents aiment leurs enfants. Où le soleil brille.

– Et c'est où, ça ?

– C'est un pays lointain et mystérieux. Et le grand zeppelin argenté plane au-dessus de ce pays, avec moi dedans.

– Et moi aussi.

– Bon. Avec toi. Avec nous deux. Et il survole le pays... » Sonia réfléchissait. « Le pays...

– Oui ?

– Oui.

– Et après ? »

Sonia scruta l'obscurité. « Je ne sais pas.

– Tu ne sais pas ? Tu ne sais pas comment ça continue ?

– Non. » Elle caressa la couverture du plat de la main, puis regarda Roberto. « C'est pour ça que je veux être écrivain, pour le savoir. »

C'est un rêve, un rêve provoqué par la fièvre. La chouette. Le bec qui cherche à le piquer, et il est petit, aussi petit qu'un vermisseau. D'ailleurs, comme un ver, il n'a pas de bras pour se défendre.

Et puis, tout à coup, la chouette s'envole.

Il se souvient de ce qui s'est passé aujourd'hui. (Il a chaud.) Il est en haut dans le grenier, à la fenêtre. Mais la fenêtre est ronde : un hublot. (Tout tangue, comme sur un bateau.) A travers le hublot, il aperçoit le jardin. Le jardin, c'est la mer, telle une prairie d'algues, des vagues glissent à côté de lui avec leurs dos ronds dans tout ce vert. C'est là que se trouve la cage en plein air, les hamsters sont dedans. Elle est très sûre, avec ses piquets de tente qui la maintiennent en place. Tout va bien. Debout sur le parquet grinçant du grenier, il prend soudain conscience de la hauteur vertigineuse à laquelle il se trouve. Des craquements dans les poutres. Il sent qu'elles cèdent sous lui à chaque pas, millimètre par millimètre. (Elles risquent de s'effondrer.) Dehors, par le hublot, sa mère marche sur l'onde herbue. Elle a son renard autour du cou. Marcher sur l'onde lui donne un air solennel. Ses cheveux auburn dans le vent. Autour de son cou, le renard ouvre la gueule, Roberto voit ses dents. Elles sont longues, blanches et pointues. Il s'éloigne du hublot. Un petit cercueil est posé devant lui, un cercueil d'enfant, tout petit et noir. Il en ouvre le couvercle. Huit hamsters sont couchés dedans, alignés dans une sorte de structure métallique. Ils sont tous morts. Il a beau ouvrir la bouche pour crier, aucun son ne s'échappe de sa gorge. Son cri muet couvre de buée le hublot dont la vitre ne lui montre plus que des fantômes, des ombres changeantes. Mais il sait que sa mère, près de la cage en plein air, retire les piquets de leurs œillets. Maintenant, il se rend compte que le renard, c'est elle. Ce sont des cheveux, ses cheveux à elle qui ont des dents, une gueule, c'est un flot de cheveux auburn qui se précipite sur les hamsters dans la cage. La mer d'herbe prend une couleur mordorée. Le sang jaillit, gicle contre le hublot. « Roberto ! » La maison oscille. « Roberto, réveille-toi !

– Quoi ?

– Réveille-toi, tout va bien. »

Sonia. « Je..., dit Roberto. J'ai fait un rêve. » Il regarda autour de lui, dans la pénombre de la chambre. La lune, en éclairant la moitié d'un mur, donnait à toutes choses une teinte argentée et livide.

« Ça a dû être atroce. » Sonia secoua la tête, et une mèche de ses cheveux se mit à chatouiller le nez de Roberto. Il éternua sans rien dire. La sueur qui coulait dans son dos lui chatouillait aussi la colonne vertébrale. « Oui, finit-il par dire.

– T'as rêvé de quoi ?

– Je... je ne sais plus. » Il détourna les yeux. « Peut-être une histoire de bateau.

– De bateau ?

– Sur la mer. Avec des vagues.

– Tu as sûrement eu le mal de mer.

– Et puis il y avait aussi une chouette. Une chouette blanche avec un bec.

– Tu es tout trempé. »

Roberto souleva sa couverture avec le pied. Le courant d'air frais soulagea son corps brûlant.

« Comment tu te sens ?

– Mieux, je crois.

– Tu as encore de la fièvre ? » Elle lui posa la main sur le front.

« Je ne crois pas.

– Non. » Elle fit un essai sur elle-même, pour comparer. « Pas de fièvre. » Elle lui tapota la joue et se blottit sous sa couverture. « Le mieux, maintenant, c'est que tu dormes jusqu'à ce que tu sois complètement guéri.

– Oui », dit Roberto. Il fixait la couverture sombre qui le recouvrait. Les ombres des branches remuaient à peine. « Mais, euh…, objecta-t-il.

– Hmm ? »

Roberto se redressa. « Je ne peux pas dormir.

– Tu ne peux pas dormir ? » Sonia sortit la tête de ses couvertures.

« Je suis en pleine forme.

– T'es sûr ?

– Je crois que je n'ai pas de commotion cérébrale. » Il balança la tête, pour voir. « Non. Ça ne fait plus mal. Je n'ai même plus du tout le vertige.

– C'est génial !

– Oui, approuva Roberto avant de prendre un air grave. J'ai rêvé du renard.

– Du renard dans le jardin ?

– Oui, de celui-là aussi. Mais en fait, c'était le renard d'en haut. » Il considéra le plafond d'un œil apeuré. Le plafond, c'était ce parquet que grattaient les griffes acérées du renard. « Il est là-haut », dit Roberto.

Sonia ne dit rien. Elle scrutait le plafond. Une mèche glissa sur son front comme au ralenti et tomba sur l'oreiller avec un mouvement circulaire. « J'ai entendu quelque chose, chuchota-t-elle brusquement.

– Quoi ?

– Une espèce de craquement. »

Roberto se redressa. « Où sont les survivants ? » Il voulait parler de Conspessy et du petit qui était resté dans sa gueule.

Sonia comprit. « Dans la cage, ici dans le couloir, en haut. Et tes parents sont dans leur chambre à coucher. » Car les parents de Roberto étaient eux aussi des survivants. Ils vivaient, ils n'étaient pas morts. Ils vivaient et ils étaient en danger. Pour être hors de danger, il fallait être mort. Roberto examina le plafond et tenta de percer d'un œil radiographique le papier japonais. Là-haut, un être était en train de tuer. Dans la réalité et dans son rêve. Roberto était jeune, encore un enfant. Il avait de l'imagination. Roberto avait peur. « Et nous, on est là », dit-il d'une voix tremblante. Sonia et lui étaient aussi des survivants.

« Tu es sûr qu'il est là-haut ? demanda Sonia.

– Je n'en sais rien. Tu es sûre d'avoir entendu un craquement ?

– Je ne sais pas. »

Les deux enfants se regardèrent. Dans le noir, leurs deux visages étaient deux ombres obscures. Leurs couvertures étaient comme des montagnes entassées sur leurs genoux, comme des mondes en réduction. Versants et sombres ravins éclairés par la lune. Ils observaient les draps posés sur leurs genoux, exploraient les abîmes de leurs peurs.

« Je crois que j'ai un petit peu peur, dit Sonia.

– Moi aussi », avoua Roberto.

Sonia repoussa la couverture d'un geste brusque. « Quand tu as peur d'une chose, lui dit-elle, il faut la faire. » Elle ne regardait pas Roberto. Elle regardait ses propres mains en serrant ses petits poings. « Il faut faire ce dont on a peur. »

La cage des hamsters était au pied de l'escalier escamotable. La lueur de la lampe de poche fit courir le grillage sur le corps des deux rongeurs. Conspessy surveilla les enfants de ses yeux noirs tandis que son petit, l'unique rescapé, dormait sur son ventre moelleux.

« Mais pourquoi est-ce que la lumière ne marche pas ici non plus ? chuchota Sonia.

– Parce que j'ai retiré l'ampoule hier.

– Pourquoi ça ?

– Je l'ai vissée en haut, au grenier, parce que l'ampoule était cassée là-haut.

– Donc il y a de la lumière en haut.

– Non. Elle s'est cassée dès que j'ai essayé d'allumer. »

Roberto fit vibrer vers la droite le faisceau de lumière qui trembla sur les marches. Le faisceau monta les marches une à une, arrachant à l'obscurité le bois, la poussière. Les enfants le suivaient.

« Chut ! » Roberto se changea en statue de sel. Quelque chose grinçait. Son cœur cognait à chaque battement contre ses côtes, de l'intérieur. Comme un ballon de basket, pensa-t-il.

« Avance », chuchota Sonia en dessous de lui.

Il continua son ascension.

Les yeux de Roberto étaient à la hauteur du plancher. Sa lampe de poche tournoya en sectionnant la pièce sombre comme le faisceau d'un radar. Quand son corps et sa tête se tournèrent vers la gauche, deux rangées de dents blanches et pointues lui bondirent dessus.

« Ouh ! » fit Roberto. Il faillit dégringoler dans l'escalier une deuxième fois.

La main de Sonia enserra sa cheville gauche.

« Quoi ?

– Je... »

Roberto réduit sa voix à un chuchotement rauque. « Le renard est ici, j'ai eu peur.

– Où est-il ?

– Il est couché ici, devant moi, mais il ne bouge pas. »

Sonia respira. « Mais ce n'est qu'une fourrure. Il ne va pas te faire de mal. Allez, avance ! » Elle poussa le postérieur de Roberto par en dessous.

Roberto poursuivit son ascension. Une fois arrivé sur la dernière marche, il essaya l'interrupteur. Il ne fonctionnait bien sûr pas. Ils devraient se contenter de la lampe de poche. Roberto fit courir le rayon dans toutes les directions, puis le laissa sur le visage de Sonia.

« Hé !

– Pardon. » Il ricana nerveusement. « Tu as l'air d'un fantôme, avec ton pyjama.

– Hou hou. » Sonia leva les bras à la manière des revenants. « Un fantôme, un fantôme, déclama-t-elle d'une voix sourde. Je suis un fantôme. » Roberto, qui tenait le rayon de lumière à la hauteur de ses yeux, trébucha sur une vieille casserole, heureusement sans couvercle.

« Chut, fit Roberto.

– Chut toi-même. »

Ainsi plongé dans l'obscurité, le grenier n'était plus du tout le même que pendant la journée. Il n'était plus inondé de soleil, mais dominé par des ombres, des niches, des formes entièrement différentes de celles qui l'avaient habité quelques heures auparavant. Ici, tous les objets, cartons, cercueils, vieux vêtements ou piles de livres, semblaient, dans le noir, mener une tout autre vie que celle qu'ils affichaient à la lumière du jour, pour les êtres humains. Le monde apparaissait enfin tel qu'il était vraiment. Dans les ténèbres, les choses existaient pour elles-mêmes, étaient différentes. Sombres. Hostiles. Chaque ombre un abîme. L'odeur n'était pas non plus la même que dans la journée. Le jour, l'air était poussiéreux, chaud, avec toujours un peu de résine qui vous chatouillait les narines. Maintenant, le grenier avait l'odeur d'une forêt en automne. Une odeur de marécage.

« Éclaire par ici, chuchota Sonia avec excitation. Je crois que ce sont des photos. » Sa main fouilla dans un carton qui était écrasé entre d'autres cartons encore plus lourds. Un des côtés avait éclaté à l'angle, si bien qu'on pouvait y passer la main. « Regarde. » Elle tenait une photo dans le faisceau tremblant de la lampe de poche. « Qui est-ce ? »

Roberto plissa les yeux. « Je crois que c'est ma grand-mère. Oui. Quand elle était plus jeune.

– Alors ce sont les cartons de ta grand-mère.

– Oui, tous ceux-là.

– Tiens, en voilà d'autres. » Sonia prit une poignée de photos et les tint en éventail entre ses doigts. Elle posa par terre des dizaines de photos et s'accroupit au-dessus d'elles. « Et ça ? demanda-t-elle. Et ce chien ?

– Je ne sais pas. » Roberto s'accroupit à côté d'elle. « Tu ne connais pas du tout ces photos ?

– Non. Je crois que ma grand-mère avait un chien, autrefois. Ça doit être lui.

– Un chien de berger.

– Oui, maintenant je me souviens. Je crois qu'il s'appelait, euh, Rodolphe.

– Rodolphe ? Un chien qui s'appelle Rodolphe ? Tu te payes ma tête !

– Non, non ! » insista Roberto. Il s'en souvenait très bien. « C'était vraiment son nom. »

Sonia tendit une autre photo : « Tiens, regarde, une moto, une femme sur une moto. »

Roberto considéra la photo. Une femme avec de grandes bottes et en jupe courte était assise sur une Harley-Davidson. Elle adressait un sourire effronté à l'objectif. Le désert s'étendait derrière elle.

« Le désert, dit Roberto. Je crois que c'est une tante à moi. Tante Gilda. Elle est en Amérique.

– En Amérique ? Super. Je voudrais aller en Amérique, moi aussi, n'importe quand. Avec un cirque.

– Je, euh, je croyais que tu voulais être écrivain.

– Oui, aussi. Mais je veux encore plus que ça.

– Ah oui ? demanda avec envie Roberto qui avait du mal à désirer quelque chose. Quoi encore ?

– Des enfants. Plein d'enfants.

– Mais toi-même, tu es encore une enfant !

– J'en veux pas maintenant, bêta.

– Ah bon. » Crétino.

« Et celle-là ? » Sonia lui tendit une photo.

« Encore ma grand-mère. Un peu plus vieille, ici. »

Sonia jeta un coup d'œil rapide aux photos. « Tout ça, c'est ta grand-mère, dit-elle, déçue. Qu'est-ce que c'est ennuyeux... »

Roberto haussa les épaules. « Attends, je vais les ranger. » Il lui passa la lampe, prit les photos à pleines mains et les fourra dans le carton, ce qui fit tomber certaines d'entre elles dans l'espace entre les caisses. « Houp là, fit Roberto.

– Tiens, là, j'en ai une. » Sonia montrait du bout des doigts l'une des photos qui dépassaient de la fente. « Éclaire un peu, je voudrais voir ce que c'est. »

Roberto éclaira la photo. Elle était un peu floue, comme si le photographe avait tenté de représenter ce qui l'intéressait avec une grande douceur. Un coin de la photo était corné, et un reflet avait coloré l'autre en rouge orangé.

« Qu'est-ce qu'ils sont gros », souffla Sonia avec respect. Pendant qu'elle regardait la photo, elle tripotait son pyjama du bout des doigts. Roberto s'approcha à genoux, effleura Sonia avec son bras et sentit la chaleur de sa peau sous le tissu. Il remarqua pour la première fois l'odeur de Sonia. Il était surpris : oui, elle avait une odeur. Un parfum. Elle sentait très bon.

« Regarde ces trucs ! »

Il regarda les trucs. Ils étaient vraiment gros, très gros. Bien plus gros que ceux de Sonia. Pas comme des noyaux de cerise, mais plutôt comme des oranges bien mûres. Les bouts de seins étaient si érigés que leur ombre était très longue. Les seins eux-mêmes avaient des ombres de la taille d'un melon.

« Comment tu les trouves ? demanda Sonia d'une voix enrouée.

– Gros, répondit Roberto.

– Je n'ai jamais vu des bouts de seins aussi gros.

– Moi non plus.

– Tu ne trouves pas que les miens sont trop petits ? »

Avant même qu'il ait eu le temps de réagir, elle lui avait pris la main et l'avait posée sur ses seins de douze ans. Ses bouts de seins, quand on les touchait, étaient exactement comme des noyaux de cerise. Roberto s'étonna de leur dureté. En dessous, il sentait son cœur qui battait. Les mains de Sonia étaient chaudes, presque brûlantes.

« Est-ce qu'ils sont trop petits ?

– Je ne sais pas », dit Roberto. Il dégagea sa main de l'étreinte chaude et observa la photo. « Ils, euh, pousseront sûrement encore.

– Mais je ne veux pas qu'ils poussent.

– Quoi ?

– Non, sinon ça gêne, lança-t-elle d'un air de défi. Quand ils sont gros comme ceux-là. »

Ceux-là, Roberto les contemplait. Il était impossible de distinguer le visage de la femme à laquelle ils appartenaient. Un nuage estompé. Au moment où on avait pris la photo, elle avait dû tourner la tête vers l'oreiller. Mais on voyait le reste. Les seins d'un galbe parfait, projetant une ombre non moins parfaite. Autour des mamelons, les aréoles grosses comme des oranges. Les hanches de la femme, son bassin, on voyait même la fente de son sexe. Elle n'avait pas de poils sur le pubis.

« Elle n'a pas de poils en bas, dit Sonia d'une voix étouffée. Juste comme moi. Tu veux voir ? »

Roberto tâtait entre les cartons, dans la fente où les photos étaient tombées. « J'en ai encore une, dit-il.

– Tiens, touche. »

Mais la main de Roberto se déroba. Les gestes de Sonia le mettaient mal à l'aise. Il ne savait pas trop s'il devait lui aussi faire quelque chose. Et il avait peur des dents qui, il se souvenait exactement des mots de Frank, devaient le guetter dans l'obscurité. Le contact avec les autres le fatiguait parfois, et c'était le cas en ce moment. Il aurait préféré être seul. Seul dans son grenier, seul avec ses photos.

Son grenier était son for intérieur, son cerveau. Et les photos étaient les images de son cerveau. Roberto était en train d'explorer son propre moi. Il posa le rayon de la lampe sur la deuxième photo.

C'était encore la même femme. Cette fois, on ne voyait pas du tout sa tête. Mais on voyait la raison pour laquelle les aréoles de ses seins étaient si larges et sans doute aussi pourquoi son sexe était rasé : un bébé tétait son sein droit. Un petit bébé rouge et fripé, aux yeux collés.

« Un bébé, dit Sonia.

– Oui », dit Roberto.

Ils examinèrent le bébé en silence, un silence total régnait autour d'eux. Il y eut un craquement dans les poutres quand Sonia bougea.

« Hou ! fit-elle, je suis un fantôme. » En se relevant, elle retroussa le pyjama du père de Roberto jusqu'à ses bouts de seins. « Je suis un fantôme, je suis un fantôme ! » La fente de son sexe, que ne dissimulait aucun poil, formait une ombre droite et noire.

« Je suis un fantôme, je suis un fantôme. Hou hou ! »

Roberto, comme paralysé, fut soulagé quand elle laissa retomber son pyjama sur ses genoux.

« C'est pas ton truc, les fantômes, hein ? demanda Sonia.

– Je ne sais pas, dit Roberto.

– Je ne sais pas, je ne sais pas, singea Sonia avec agacement, en le regardant avec mépris. Crétino. »

Roberto toussota et baissa les yeux. Le plancher craquait. Il respirait. Sonia respirait. Quelque chose coula des yeux de Roberto sur le parquet. Flic, floc.

« Je suis désolée, dit Sonia en secouant la tête. Mais qu'est-ce que tu es sensible ! » Elle lui tapota l'épaule. « Après tout, soupira-t-elle, ce n'est pas ta faute, si les fantômes c'est pas ton truc. »

Roberto ne disait rien.

« Mais ça, je ne pouvais pas le deviner, hein ? »

Roberto leva les yeux. « Regarde, dit-il, la voix encore brisée. La pendule. » Il montra la photo. Un objet jaune avec des ornements rouges, à demi caché par le drap, était posé à côté de la femme.

« Une pendule ? Comment tu sais que c'en est une ?

– Mais si, c'est une pendule. Tiens, le marteau est cassé.

– C'est vrai, tu as raison. » Maintenant, les yeux de Sonia discernaient eux aussi sur la photo une pendule en forme de cloche.

« Tiens, aide-moi », dit Roberto en écartant la grosse machine à coudre ancienne. Sonia l'attrapa aussi. Les pieds en fer de la machine raclèrent le parquet. Les enfants s'arrêtèrent un instant pour écouter. Aucun bruit ne venait d'en bas.

« Ils dorment », murmura Roberto. Il se tourna vers le carton enfin dégagé qui contenait des dizaines de vieux manteaux et sentait le moisi. Son buste plongea dans les manteaux comme dans l'eau d'une piscine.

« Mais qu'est-ce que tu cherches ? s'enquit Sonia.

– Ça. » Roberto remonta à la surface, la pendule à la main. Quand l'avait-il cachée à cet endroit ? Sans doute juste après la mort de Mamie. Il se souvenait de son père qui avait pleuré dans la maison de sa grand-mère. Son père avait eu un drôle de comportement, ce jour-là.

Sonia toucha la pendule. Elle était jaune, en forme de cloche, avec des ornements rouges. « Exactement la même. » Elle regarda la photo. « Tu vois, le marteau est cassé, là aussi.

– C'est la même.

– Ouais. Sûr sûr. » Elle tira sur le cordon. Deux notes ronflèrent dans le boîtier, puis plus rien. « Et tout ça, qu'est-ce que ça veut dire ?

– Quoi ?

– Le fait qu'on la voie en photo et pour de vrai, ici ? »

Roberto haussa une épaule. « Aucune idée. » Il lui prit la pendule des mains et la remit sous les manteaux. « De toute manière, elle est cassée, déclara-t-il. Aide-moi encore. » Il essaya de séparer des caisses pour atteindre les autres photos. Le raclement fut léger, atténué par les cartons pliés qui servaient de base aux caisses. Sonia lui donna un coup de main et ils arrivèrent à se frayer un passage entre les caisses ; Roberto s'y glissa. Pendant qu'il était en train d'éclairer avec sa lampe de poche les coins entre la première et la deuxième pile, il entendit des voix qui lui parvenaient faiblement. Des voix d'adultes.

Plus tard, Roberto, tu as maudit ton ouïe fine qui t'a encore davantage plongé dans le royaume des ombres. Tu as maudit la vérité, la connaissance aussi. Tu savais que c'était mal d'écouter en cachette les conversations des autres. Dès ce moment, en avançant à quatre pattes, tu devinais qu'un chapitre de ta vie était en train de se clore. Un chapitre heureux et insouciant. « Qu'est-ce qu'il y a ? » demanda Sonia. Tu aurais pu répondre à ce moment « rien », et revenir à quatre pattes. Peut-être aurais-tu vieilli heureux et sans soucis, mais peut-être serais-tu mort de la même manière. Pouvais-tu te défendre contre ton destin ?

« Qu'est-ce qu'il y a ? demanda Sonia.

– Chut ! » Il tendit l'oreille vers le grondement sourd de la voix masculine. Il continua d'avancer prudemment entre les caisses et les cartons en les repoussant avec ses épaules. Cela sentait encore la résine et quelque chose qui lui était vaguement familier mais dont il n'arrivait pas à se souvenir. Un insecte fuit la lumière en se cachant entre les lattes du parquet.

« Mais qu'est-ce qu'il y a ? répéta Sonia.

– Chut, j'entends quelque chose, ici. » Quelque chose étincela dans le faisceau de la lampe. Un tuyau de métal brillant qui passait entre les lattes du parquet pour se perdre aussitôt dans l'isolant fixé sous les tuiles. Roberto joua des coudes jusqu'au tuyau, appuya son oreille sur le métal froid et entendit son père :

« C'est ma faute. »

Roberto pressa plus fort son oreille contre le tuyau en lui faisant un écran avec sa main.

« Les piquets de tente n'étaient pas assez solides. Je lui ai affirmé que ça tiendrait. »

Les mots parvenaient aux oreilles de Roberto déformés par le métal, et il n'entendait pas très bien tout. Mais son cerveau comblait les lacunes de l'acoustique.

« Non. » La voix de la mère de Roberto était plus difficile à comprendre. Il devait s'efforcer de bien interpréter son intonation. « Non, ne dis pas cela, ce n'est pas ta faute. »

(Le rêve. La mère avec la fourrure de renard. Elle retire les piquets. Les hamsters en lambeaux.)

« Ce sont tes parents ? demanda Sonia.

– Chuuut ! » siffla Roberto. Puis, plus gentiment : « Oui. » Il respira un peu de la poussière du sol, juste sous son nez, et réprima un éternuement.

« Il est parfois si... bizarre », dit ensuite son père. Il y avait de la lassitude dans sa voix. Il n'était pas saoul.

« Bizarre ? » Sa mère.

« Il... je ne sais pas. Il y a des moments où je me demande si j'arriverai un jour à le comprendre. »

Roberto enfouit toute son oreille dans le tuyau.

« Tu te fais des idées, dit sa mère après une pause. Bien le comprendre, qu'est-ce que ça veut dire ? Après tout, on essaie toujours sans y arriver. Je veux dire, de comprendre l'autre. »

Le père de Roberto soupira. « En principe, il devrait être comme un fils pour moi, je sais bien. »

(Comme un fils ?)

« Eh bien, ce n'est pas le cas. Je crois qu'on ne peut pas aimer un enfant adopté. Du moins je le crains fort. Si Roberto était mon fils, il est probable que je l'aimerais sans me poser de questions. Enfin je crois. C'est une chose qui doit se produire de manière automatique. »

(Tu entends clairement et distinctement ces mots.)

« Enfin, en ce qui concerne Roberto... je fais de mon mieux, je me donne beaucoup de mal, mais ça ne vient pas du fond de moi. » Son père toussota, et il entendit dans le tuyau des raclements et des grondements, comme si des rats s'étaient mis à courir dedans. « Et puis, quand il se met à faire des histoires, quand il y a des problèmes... Parfois, je me demande si je... » Son père hésitait. « Si je ne pourrais pas l'abandonner.

– Comment ça ? Et qu'est-ce qui arriverait, alors ? »

Son mari prit le temps de répondre. « Beaucoup de

choses », dit-il enfin. Il y avait une sorte de fêlure dans le timbre de sa voix. Une sorte de fossé. Une sorte d'abîme.

« Je... ne comprends pas », dit Hannah d'une voix mal assurée.

La voix d'Alfred Dillinger prit l'intonation enjôleuse et inquisitrice des méchants dans les films. « Et puis après tout, va savoir qui étaient ses parents. » Il y eut alors un bruit, celui de la couverture qu'on remuait. « Peut-être que ce sont des gens vraiment infects. Sûrement même, parce que sinon, ils ne l'auraient pas abandonné dans la rue. » Et, après une pause : « Hein, qu'en dis-tu ? Sa mère, *ça* devait être quelque chose ! » Alfred Dillinger semblait attendre de sa femme une réponse qui ne vint d'ailleurs pas.

Il n'y eut pas de réponse.

Mais encore ce toussotement qui grondait dans le tuyau. « J'espère qu'il n'apprendra jamais que nous ne sommes pas ses parents. Ce ne doit pas être drôle de s'apercevoir tout à coup qu'on n'a pas de parents. Qu'on est seul au monde, en fin de compte. »

Roberto frémit. Le froid le mordit de ses dents glaciales. Conspessy l'avait craché de sa gueule chaude dans un froid polaire. Les piquets avaient été arrachés, le grillage protecteur soulevé. L'inconnu froid, le monde bardé d'incisives, fit irruption et se précipita sur Roberto. Et Roberto était nu.

Il gisait devant le tuyau comme un pantin inanimé, comme une marionnette dont on aurait arraché les fils. Il ne ressentait rien, sinon un léger froid. Son père poursuivit.

« J'aurais voulu avoir un fils à moi », dit-il d'un ton un peu plaintif.

Après un long silence, sa mère dit : « Tu sais que c'est... que c'est compliqué.

– Bon, d'accord, parlons d'autre chose.

– Fred...

– Je... oh, et puis merde. Le résultat, je vais te le dire. » Sa voix était pleine d'amertume. « Souvent, j'imagine qu'on me demande ce que j'aurais fait de ma vie, si j'avais eu la chance de vivre une deuxième fois. Les gens répondent toujours non à cette question, non, ils auraient tout refait de la même manière. Ils auraient aussi refait les mêmes erreurs. Enfin, les gens heureux. On ne pose la question qu'aux gens heureux. Les autres, personne ne la leur pose. Eh bien moi, je ne suis pas heureux. »

Silence.

« Si quelqu'un me le demandait, je dirais que non. Je ferais les choses autrement.

– Que… quelles choses ?

– Bien des choses.

– Quelles choses, Fred ?

– Tu sais bien ce que je veux dire. »

Hannah éleva la voix. « Mais, bon sang, je ne vois absolument pas ce que tu veux dire avant que tu ne me l'aies dit toi-même !

– Roberto. Je ne l'aurais pas pris dans la maison.

– Tu… quoi ? » Elle était indignée. « Tu l'aurais laissé mourir comme ça, dehors ?

– Je n'aurais pas dû le prendre dans la maison. »

Ensuite, Roberto n'entendit plus rien.

Il se sentit tomber.

Il sentit se déchirer les liens qui le retenaient au-dessus du précipice. Il n'y avait plus d'air. Plus de couleurs, plus de chaleur. Il tremblait. Moins deux cent soixante-treize degrés. De la glace fumante. Ils l'avaient pris dans leurs bras pour un certain laps de temps. Par caprice. Et voilà qu'ils le laissaient tomber. En chute libre.

Il se trouva mal. « Maman, murmura-t-il dans un souffle. Papa. » Puis il vomit. Il s'étouffait ; son corps se vidait, s'allégeait. Il devenait aussi de plus en plus chaud. Si chaud qu'il ne savait déjà plus s'il brûlait ou s'il était gelé. Il tremblait. Sa bouche était une cavité brûlante et sèche. Et puis, à nouveau, cette sensation de chute. Il tombait. Dans l'insondable, le noir. Il tenta de s'agripper, de se raccrocher à quelque chose de familier. Il s'agrippa, mais il n'y avait rien. Il n'y aurait plus jamais rien. Tomber, tomber, pour l'éternité... Une peur folle s'insinua dans le corps de Roberto, ou plutôt dans sa conscience. Car il n'avait plus de corps : même celui-ci l'avait abandonné. Seul, isolé, dans un univers froid. Noir, sans commencement ni fin. De grandes sphères. Sa conscience discernait des sphères, de grandes sphères froides et solitaires. Elles lui étaient hostiles, il n'avait plus d'amis. Il ne pouvait même plus compter sur lui-même. Son moi se réduisait à de l'angoisse. De l'angoisse. De la solitude. La solitude était pire que la mort. Bien pire, cela, il le savait, au moins. Roberto en avait peur. Plus peur que de la mort elle-même.

« ... t'as donc ? »

Sonia le gifla. « Réveille-toi ! » Elle était assise à califourchon sur son dos.

Roberto cligna des yeux. Il vit son vomi qui luisait et fumait à la lumière de la lampe de poche.

« T'as la chair de poule, faut que tu ailles te recoucher. » Elle le prit sous les aisselles pour l'aider à se relever.

« Non », dit Roberto. Il sortit à reculons du tunnel qu'il avait creusé entre les caisses, se leva d'un air déterminé et arracha la lampe des mains de Sonia. Le faisceau lumineux bondit sur la fourrure de renard qui gisait près de la lucarne. Roberto prit la fourrure et l'emporta près du vieux bureau sous la fenêtre. Il ouvrit le troisième tiroir où il rangeait ses cigarettes et ses allumettes.

« Roberto, qu'est-ce qui t'arrive ? » Sonia observait son manège d'un air soucieux.

« Je... », articula péniblement Roberto. Il n'arrivait pas à en dire plus. Il frotta une allumette et vit la flamme jaune orangé et floue vaciller entre ses larmes. Il l'approcha de la queue du renard qui s'enflamma aussitôt.

« Qu'est-ce que tu fais là ? »

Roberto dit simplement : « Du feu. »

Il laissa tomber le renard qui continua de brûler sur le sol comme une torche qui se transforma bientôt en braise. Les poils grillés dégageaient une odeur infecte. C'est à ce moment qu'on sonna à la porte.

Grandes occasions et dangers

La sonnette retentit en laissant un léger sifflement dans les oreilles de Roberto.

« A cette heure ? se demanda-t-il en reprenant ses esprits. Mais qui est-ce ? »

Sonia leva les yeux du renard qui continuait de jouer tout seul avec le feu. « C'est ma mère, dit-elle. Elle vient pour moi. » Et elle ajouta avec optimisme : « Ou bien c'est mon père. »

Roberto ne comprenait pas.

« J'ai menti, dit Sonia. Je ne l'ai même pas appelée, elle ne m'aurait jamais donné la permission. »

Roberto comprit : « Oh, merde alors. »

On sonna encore avec impatience.

« Bon Dieu de bon Dieu, du calme, j'arrive ! » C'était le père de Roberto qui se dirigeait vers la porte d'entrée en sandales de bois, d'un pas mi-traînant, mi-claquant. « Qui est là ? »

Roberto et Sonia se regardèrent avec inquiétude. Elle se rapprocha de lui et lui prit la main.

Ce n'était pas la mère de Sonia, ni son père. C'était pire.

« Mais qui est là ? demanda encore le maître de céans d'un ton brusque, sans ouvrir la porte.

– Police, lui répondit dehors une voix sourde.

– Police ?

– Nous cherchons une fille dont on a déclaré la disparition, aboya-t-on dehors. Désolés de vous déranger, mais nous pensons qu'elle pourrait être chez vous.

– Une fille disparue ? cria Alfred Dillinger par la porte fermée.

– Elle s'appelle Sonia Kraal, hurlèrent les fonctionnaires.

– Sonia Kraal, dit d'une voix éteinte le père de Roberto.

– Quoi ? »

Et, plus fort cette fois : « Oui, elle est ici. » Il leur ouvrit la porte.

« Merci bien ! » braillèrent en chœur les fonctionnaires de police, ce qui fit sursauter le père de Roberto. L'un des deux leva le nez et dit ensuite en reniflant : « Dites-moi, il n'y a pas quelque chose qui brûle chez vous ?

– Enfin, voyons, je vous en prie...

– Mais si, sentez. Vous ne sentez pas ? »

Le père de Roberto pâlit. « Au feu ! » dit-il. Puis il hurla : « Au feu ! Au feu, les pompiers ! »

Au grenier, Roberto eut un soubresaut en entendant ces cris assourdissants. « Vite », dit-il à Sonia en la prenant par la main. Il l'attira dans un coin où gisait, caché entre toutes sortes de meubles rembourrés, un grand cercueil sombre qu'il n'avait encore jamais essayé. (Modèle « Gouverneur », chêne teinté noir, capitonnage velours bleu roi ; grande largeur pour clients corpulents.) Il avait réservé le « Gouverneur » pour les grandes occasions et les dangers. En l'occurrence, c'était plutôt un grand danger. Roberto souleva le lourd couvercle. « Allez, dit-il en désignant de sa lampe l'intérieur du cercueil et son chatoiement bleu foncé. Monte dedans ! »

Sonia hésita un instant, retroussa le pyjama d'Alfred Dillinger et enjamba la paroi de chêne. Roberto la rejoignit. Il posa la boîte d'allumettes sur la serrure pour l'empêcher de se refermer et pour laisser une petite fente par laquelle ils pourraient respirer. Il jeta un dernier regard à la fourrure de renard qui, par terre, rougeoyait encore dans l'obscurité comme un volcan dans la nuit. Puis il referma le couvercle.

Quand le père de Roberto, talonné par les forces de l'ordre, monta à l'assaut du grenier, il prit brusquement conscience du danger de la situation. La combustion de ce qui avait jadis été un superbe renard, puis une superbe fourrure, jetait une lueur rouge sur les matériaux inflammables qui se trouvaient au grenier. Il attrapa le premier bout de tissu qui lui tomba sous la main, un pull-over que Sonia avait sorti d'une caisse de vêtements, et tenta de s'en servir pour éteindre le feu. Il s'agissait d'un pull en acrylique qu'il aimait porter autrefois pendant les soirées et le week-end. Le pull-over, cent pour cent synthétique inflammable, prit aussitôt feu, et le père de Roberto, dans sa panique, projeta loin de lui la torche flamboyante en poussant un cri strident. Elle atterrit sur le carton qui contenait les photos de la grand-mère, en faisant un bruit analogue à celui d'un bidon d'essence versé sur un feu de camp, soit quelque chose comme « chchw ! », et tout le grenier fut éclairé par une grande flamme pointue de couleur jaune et bleue.

« Nom de Dieu ! » cria l'un des fonctionnaires de police à la moustache blonde et frisée. Ils avaient beau se trouver à huit mètres au-dessus du sol, le ciel refusa de s'ingérer dans cette affaire. C'était plutôt l'enfer qui semblait faire irruption dans le carton. Les trois hommes exécutèrent une danse grotesque autour de la fournaise qui anéantissait les souvenirs de la grand-mère. La scène d'horreur ne prit fin que lorsque la mère de Roberto, armée d'un extincteur rouge de la marque « Minimax », recouvrit brusquement le feu d'une couche de mousse qui aurait pu remplir une piscine de taille moyenne.

« Bon, ça suffit, dit le moustachu quand le foyer d'incendie fut enseveli sous plusieurs mètres de mousse. C'est fini. » (Pour Roberto, sans doute comme pour Sonia, ce dialogue semblait sortir d'un film policier. « C'est fini », dit le policier tandis que la criminelle laisse glisser sur le sol son extincteur meurtrier après avoir constaté que la situation est désespérée. A supposer que les extincteurs puissent glisser sur le sol.)

Mais Hannah Dillinger ne laissa rien glisser. Elle se tourna vers le policier et recouvrit de mousse son côté gauche.

« Pfft, fit le policier en agitant les bras comme un derviche tourneur et en recrachant la mousse.

– Il ne veut pas s'arrêter ! » cria la mère de Roberto, l'extincteur sur le côté. Elle se déhanchait, le buste rejeté en arrière, pour garder l'équilibre et se montrait, selon Roberto, à son avantage. « Il est coincé ! »

Le second policier, qui n'était pas encore entièrement recouvert de mousse, lui arracha l'engin infernal et ses projections blanches, mais sans être capable lui non plus de le maîtriser. Il fallut attendre que le dernier centimètre carré de parquet soit dûment blanchi pour que le brave « Minimax » considère qu'il avait fait son devoir ; le jet faiblit, cracha encore deux ou trois fois, et ce fut tout.

« Sonia Kraal, dit ensuite le policier en jetant l'extincteur qui tomba avec fracas (car au lieu de glisser, il fit énormément de bruit).

– Quoi ? demandèrent en chœur Hannah et Alfred Dillinger.

– Elle est là ?

– Elle doit bien être quelque part, dit la mère de Roberto. En tout cas, pas ici au grenier.

– Moi, j'aimerais bien savoir où est… (le père de Roberto hésita) … ce garçon.

– Notre fils, tu veux dire.

– Oui, c'est ça, Roberto. »

Les adultes descendirent l'escalier qui grinçait. Les enfants les entendirent encore se disputer pendant un certain temps et les chercher. « Sonia ! Roberto ! » Enfin, la voiture de police démarra et s'éloigna. Silence.

« Pouah, fit Sonia. On est dans la merde. Sûr sûr. »

Roberto ne soufflait mot.

« Hein ? fit Sonia. Tu es encore vivant ? » Elle lui toucha la joue. « T'en fais pas, ils ne vont pas nous tuer.

– Ce n'est même plus la peine, je suis déjà mort.
– Quoi ? »
La voix de Roberto avait un timbre faible et terne. « Tout m'est égal.
– Comment ça ?
– Je... » Il s'interrompit, puis : « Tu ne peux pas comprendre ça.
– Et si je me donne beaucoup de mal ?
– Pas la peine. D'ailleurs, moi, j'y comprends rien non plus.
– Hein ? essaya encore Sonia.
– Je suis mort », chuchota Roberto.
Sonia se demanda pourquoi elle était couchée dans un cercueil avec un garçon qui se croyait mort.
« Moi aussi, dit-elle ensuite.
– Quoi ?
– Moi aussi, je suis morte.
– Toi ?
– Je suis un fantôme », murmura Sonia. Elle tripota l'ourlet de son pyjama. Elle savait comment ranimer les morts : elle était très précoce pour une fille de douze ans.
Roberto alluma sa lampe de poche. Il se dit que c'était vraiment une grande occasion.
« Hou », murmura Sonia comme sont censés le faire les fantômes dans des situations de ce genre. Il sentit son souffle chaud contre ses lèvres.
« Hou », souffla Roberto en se disant : « Et maintenant ? »
Sonia, qui savait lire dans les pensées des autres, suggéra : « Tu pourrais m'ausculter, comme un médecin.
– Un médecin ? Ausculter un fantôme ?
– Ben oui...
– Je suis croque-mort, décida Roberto, c'est mieux pour un fantôme. Et je t'ausculte. Je t'exhume. (Il connaissait ce mot.)
– Ben, vas-y, chuchota Sonia, exhomise-moi. »
Leurs lèvres se frôlèrent pudiquement.
Le couvercle du cercueil s'ouvrit.

Plus tard, Roberto ne se souviendrait plus guère du visage menaçant de son père qui le surplombait. Car la seule chose qu'il sentit, ce fut le tremblement de la main d'Alfred Dillinger qui maintenait le couvercle du cercueil ouvert. Certes, le couvercle était lourd, mais le père de Roberto était assez robuste pour le tenir d'une seule main. Son tremblement avait une autre cause. Sa main droite brandissait une photo. La photo d'une mère et d'un nouveau-né. Toutes les photos n'avaient donc pas été brûlées. Celle-ci était ramollie par la mousse, et il était difficile de discerner ce qu'elle représentait, à moins de le deviner. Mais le bras d'Alfred Dillinger tremblait. Tout son corps tremblait. Il avait reconnu quelque chose sur la photo. Il avait d'ailleurs dû s'en douter.

Des monstres, des êtres humains et de la nécessité de tuer l'amour

Un chemin sablonneux coupait la rue Kramerkoppel et rencontrait à un moment donné le sentier menant au ruisseau. C'était au bord de ce ruisseau qu'à la génération précédente Hannah et Alfred Dillinger s'étaient donné leur premier baiser. Du chemin sablonneux, on arrivait à un terrain vague où se dressait la carcasse rouillée d'une vieille voiture, difficile à voir du chemin à cause de la hauteur des mauvaises herbes. Les enfants des environs se retrouvaient souvent dans la voiture pour se raconter des histoires, et les adolescents pour y fumer ou y prendre une cuite. Roberto était assis seul à la place du conducteur et jouait avec le tableau de bord quand Sonia franchit les herbes à grandes enjambées.

« Tiens, dit Roberto.

– Salut ! » Elle se laissa tomber sur le siège du passager.

Roberto regardait dehors par les éclats du pare-brise. Le ciel était couvert, il allait pleuvoir. L'humeur de Roberto n'était pas non plus au beau fixe, et ils commencèrent donc à parler de choses sans intérêt : l'école, les professeurs, les notes. Le film de Tarzan qui passait à la télévision. Mais Roberto, replié sur lui-même, s'ennuyait.

Sonia se tourna enfin vers lui. Elle voulut lui prendre la main, mais il la retira.

Elle fronça les sourcils. « Qu'est-ce que t'as ? demanda-t-elle.

– Quoi, tu me le demandes ? Et le feu, tu l'as oublié ?

– Bah, fit Sonia. Et alors ? »

Roberto éclata de rire. Et alors, voilà tout ce qu'elle trouvait à dire. Il retomba dans son mutisme.

Sonia secoua énergiquement la tête. « Il doit y avoir autre chose. » Elle le regarda avec insistance. « Qu'est-ce que t'as ? Qu'est-ce qui t'arrive ? »

Roberto, qui fixait la pédale rouillée, ne put retenir les larmes qui coulaient de ses yeux.

« Mais tu pleures !

– Oui », sanglota Roberto. Il ôta la morve qui dégoulinait de son nez et l'essuya sur le siège. Puis il lui dit ce qu'il avait sur le cœur. Il lui raconta ce qu'il avait entendu au grenier, par le tuyau. Il lui raconta qu'il n'avait plus de parents.

Sonia avait tout écouté en silence sans l'interrompre une seule fois. Quand il eut fini, elle dit : « Mais il doit tout de même y avoir quelqu'un qui est ton père, et aussi quelqu'un qui est ta mère. Enfin, ils doivent bien se trouver quelque part. » Elle mit la main devant sa bouche. « Qui sait ce qu'ils font maintenant, je veux dire, ils doivent bien être en train de faire quelque chose, juste en ce moment. » Elle regarda Roberto.

Roberto avait les yeux perdus dans le vide.

« A quoi peuvent-ils ressembler ? se demanda Sonia.

– Je sais à quoi ils ressemblent.

– Tu le sais ? Mais comment peux-tu le savoir ?

– J'ai rêvé d'eux. Et je les vois toujours, dès que je ferme les yeux.

– Pour de vrai ? Comment elle est, ta mère ?

– Elle est... » Roberto haussa les épaules. « Elle est belle.

– Vraiment ? Et quoi d'autre ?

– Je ne sais pas. Elle est belle, c'est tout.

– Ah bon. Mouais. Et ton père ?

– Mon père, je le vois plus précisément.

– C'est vrai ?

– Oui. Je le vois très nettement devant moi, cet homme. Je le vois toujours, et c'est pour ça que je pense qu'il doit être mon père. Je le sais.

– Il est comment ? Il te ressemble ?

– A moi ? Je ne sais pas. Il est grand, et déjà assez vieux. » Roberto ricana. « En fait, c'est presque un grand-père. Mais c'est peut-être à cause de sa barbe.

– Il a une barbe ?

– Oui, mais ça lui va bien, c'est son genre.

– Qu'est-ce qu'il a comme vêtements ?

– Je crois qu'il a un costume blanc avec des boutons dorés. Et des galons dorés sur les manches.

– Alors, c'est un uniforme.

– Oui, un uniforme, un uniforme blanc de gala. » Il avait pêché ce mot-là dans une de ses lectures. « Il est debout quelque part, près d'une rampe, près du bastingage. Il regarde au loin, il se trouve sur une sorte de passerelle de commandement. Il a aussi des jumelles autour du cou.

– Est-ce qu'il peut te voir ?

– Non, fit Roberto, soucieux. Mais il me cherche. Et un jour, il me trouvera. Je ne sais pas quand. Un de ces jours. »

Sonia caressa la main de Roberto.

« Il est grand, mais il a un visage plein de bonté et de sagesse, avec une barbe grise. Pas une barbe très longue comme celle du père Noël. Plutôt comme celle, euh, celle...

– Celle du comte Zeppelin. »

Roberto la regarda. « Oui », dit-il, stupéfait. Et, après avoir réfléchi : « Exactement la même.

– Le comte Zeppelin ! s'écria Sonia, excitée. Ton père est le comte Zeppelin !

– Tu crois ?

– Oui, bien sûr ! C'est lui que tu décris tout le temps. C'est tout son portrait, exactement lui !

– Le comte Zeppelin, chuchota Roberto avec respect.

– Continue ! lui demanda Sonia. Comment sont ses yeux ?

– Des yeux gentils et intelligents. Il peut aussi avoir un

regard sévère quand il le faut. Il peut être sévère, mais il n'aime pas ça. Seulement quand il sait qu'il ne peut pas faire autrement, parce qu'il sait qu'il a raison. Il sait toujours comment se comporter.

– Et il est à ta recherche.

– Oui, mais en fait... » Roberto réfléchissait. « En fait, euh, je ne suis pas le seul enfant qu'il cherche.

– En fait, il cherche tous les enfants.

– C'est ça.

– Moi aussi ? demanda Sonia.

– Bien sûr. » Roberto sourit. « Après tout, c'est toi qui l'as inventé !

– Je ne l'ai pas inventé. Il existait avant moi. Et ça fait un certain temps qu'il me cherche.

– Je croyais que c'était moi.

– Nous deux.

– Bon. » Roberto baissa les yeux.

« Sauf qu'il est... » Il hésita. « Peut-être qu'il ne nous trouvera pas, le comte Zeppelin. Peut-être qu'il est trop haut, avec son dirigeable, ou qu'il y a des nuages. Il y a tellement de nuages, par ici.

– Mais si, il viendra, ne t'en fais pas. Et jusqu'à ce qu'il arrive... » Elle le regarda. « ... je suis là pour toi. »

Les doigts de Roberto jouaient avec le frein à main. Il renifla. « Oui ? demanda-t-il. Vraiment ?

– Vraiment.

– Juste en attendant qu'il arrive ? »

Elle sourit gravement. « Pour toujours. Je serai toujours là pour toi.

– Moi aussi je serai là pour toi. »

Ils se regardèrent et, pendant un instant, ils furent seuls au monde.

« Il faudrait tout de même qu'on s'embrasse jusqu'au bout, dit Sonia. Quand on était au grenier, dans le cercueil, on n'a pas fini de s'embrasser.

– Oui, dit Roberto. C'est vrai. »

Des rires enroués parvinrent à leurs oreilles. Trois garçons avec des blousons en jean et des canettes de bière s'approchèrent de la voiture. Ils fumaient et leurs visages étaient entièrement couverts de boutons. « Hé, dit l'un d'entre eux en apercevant la carcasse de la voiture. Foutez le camp ! Ici, c'est pas un terrain de jeux pour les gamins. » Ses amis se tordirent de rire en entendant cette plaisanterie subtile.

Sonia ne leur accorda pas un seul regard. Elle fit celle qui ne les voyait pas. Elle prolongea de quelques secondes la magie d'être seule avec Roberto. Quelques secondes qui durèrent pourtant une éternité, face à trois voyous simples d'esprit qui les dévisageaient, postés autour de la voiture. Elle s'étira. Le soir tombait, c'était l'heure du dîner. « Il faut que j'y aille, dit Sonia. Sinon ma mère va s'inquiéter. »

Roberto acquiesça.

« Mais ne l'oublie pas : nous serons toujours là l'un pour l'autre », dit-elle en se levant. Elle sourit d'un air sérieux. « Et puis nous devons nous embrasser jusqu'au bout. »

Ils sortirent de la voiture.

« C'est pas trop tôt », observa un des boutonneux. Ils s'installèrent sur les sièges et firent siffler leurs canettes en les ouvrant.

Au bord du terrain vague, Roberto attendit que Sonia ait quitté le chemin sablonneux et tourné au coin de la rue avant de partir lui aussi.

Après les événements survenus au grenier, on avait en effet interdit à Roberto et à Sonia de continuer à se voir. Car, en plus de tout le reste, « la maison entière aurait pu brûler ». Mais cette interdiction se révéla parfaitement inutile, car le destin, dont Roberto Dillinger, en dépit de son jeune âge, sentait déjà les fils de marionnette, le destin donc lui réservait un châtiment bien plus raffiné, bien plus insolite et bien plus effrayant aussi.

Pour commencer, la chaîne de la bicyclette de Roberto se prit dans ses jeans en velours côtelé. Ses jeans étaient devenus trop petits pour lui, il avait grandi. Sa mère avait cousu un ruban noir avec des fleurs jaunes à l'ourlet défait pour rallonger le pantalon. (C'était l'époque de la *Flower Power*, et certains enfants, dont des garçons, portaient des jeans « *jinglers* » agrémentés de petits grelots.)

Roberto se fâcha contre sa bicyclette. La chaîne était complètement usée, et quand elle ne sautait pas, pour changer, elle se prenait dans son pantalon pattes d'éléphant. En poussant un juron, il arracha la bande fleurie en lambeaux de la roue dentée, graisseuse et noire de cambouis. (Pour des raisons d'ordre esthétique, Roberto refusait les pinces à vélo que les générations futures considéreraient comme le symbole de cette époque.) Il avait les doigts aussi noirs que ceux d'un mécanicien et les ongles en deuil. Comme il n'avait pas de mouchoir, il tenta de se décrasser les mains avec de la salive et des brins d'herbe. Sans aucun résultat. « Fumier ! » Roberto y renonça.

Quand il arriva dans la cour du lycée, les doigts loin du guidon, les derniers élèves se hâtaient de rejoindre leurs salles de classe. Il avait cours de maths avec M. Farsen, un homme nerveux qui enroulait toujours un élastique entre les doigts de sa main gauche pour obtenir des formes déroutantes quoique strictement mathématiques. Il utilisait sa main droite pour évoquer au tableau un monde hostile peuplé d'ombres et régi par les nombres. (Roberto ne comprendrait jamais cette association lugubre.)

Roberto poussa sa bicyclette jusqu'à un emplacement libre et ferma l'antivol. Il ne se dépêchait pas. Chaque minute volée au cours de M. Farsen était une minute gagnée, arrachée aux ténèbres. Il ouvrit la porte d'entrée d'un coup d'épaule. Les couloirs étaient vides. D'ultimes pas alertes résonnaient quelque part. Une porte claqua. Silence. En sourdine, le rire sage d'élèves de sixième.

Roberto se dirigea vers l'ancien bâtiment où se trouvaient les toilettes ; des ombres y nichaient dans des couloirs tortueux. De vieilles tables étaient empilées contre les murs, il y avait aussi des boîtes en bois foncé, fermées à clé ; on pouvait admirer derrière leurs vitres des animaux empaillés. Un canard, une grenouille. Une mangouste en train de lutter contre un cobra. Roberto se souvenait d'une histoire que sa mère lui avait lue autrefois, plusieurs années auparavant, et où il était question d'une mangouste nommée Ratatatativa.

Roberto laissa courir son doigt sur le bois terne des boîtes puis se retrouva devant la porte peinte en blanc des toilettes des garçons. Quand il l'ouvrit, il sentit aussitôt une odeur de cigarette.

Il passa par les lavabos et lorgna dans les toilettes. Un des cabinets était verrouillé. Des nuages de fumée stagnaient au plafond. Des voix et des ricanements rauques. « Hé, y a quelqu'un, chuchota un certain Frank. Éteins ce truc. »

Pfft, fit la première cigarette. Pft.

Roberto frappa à la porte.

Silence.

« Hé, Frank, dit-il. C'est moi, Roberto.

– Oh, c'est pas vrai ! fit une deuxième voix. Encore cette tête de nœud. » La serrure claqua, la porte s'ouvrit. Schillo, énervé. « Espèce de fion, tu nous dois deux tiges. » Il voulait dire des cigarettes.

Roberto ne marcha pas. Il essayait d'apercevoir Frank du coin de l'œil. Frank le regardait avec indifférence, comme chaque fois que Schillo était dans les parages. Roberto prit son courage à deux mains.

« Vous en avez une pour moi ? dit-il d'un air aussi dégagé que sa voix aiguë le lui permettait, car il n'avait pas encore mué.

– T'es cinglé ou quoi ? » se renseigna Schillo. La colère faisait battre une veine sur sa tempe. « Je viens de te dire que tu nous dois deux cigarettes. Et il faudrait qu'on t'en donne encore une ?

– Mon vieux, intervint Frank de sa voix léthargique, c'est pas un truc pour les gamins, d'accord ? Alors dégage, ça vaudra mieux. » Il adressa à Schillo un sourire malin. « Malheureusement pour toi, on n'a pas de cigarettes en chocolat. »

C'était censé être drôle.

Schillo observa d'un air dégoûté les mains de Roberto qui étaient pleines de cambouis. « Mais qu'est-ce que t'as foutu ? Tu t'es tripoté le trou du cul avec ? » Il rit en haletant comme un chien essoufflé. Frank riait aussi.

« Allez, tire-toi ! » Schillo claqua la porte. Le cœur de Roberto lui battait jusque dans la gorge. Il tourna les talons, humilié.

« Eh ! » La tête de Schillo apparut en haut du mur des cabinets. « Fais gaffe à pas cafarder, hein ? Sinon, tu verras ce que tu prendras sur la gueule ! »

Les lèvres pincées, Roberto alla jusqu'aux lavabos. Il avait très chaud et tremblait. Il ouvrit le robinet, se lava les mains et pensa à la méchanceté du monde en général et à celle de Schillo en particulier. Il s'essuya les mains, prêt à s'en aller, quand la porte s'ouvrit tout à coup de l'extérieur.

« Qui est-ce qui fume ici ? » tonna une voix.

C'était M. Krummpacker, professeur de physique et d'histoire de son état, et directeur adjoint de l'école. Il était célèbre pour sa cruauté. On racontait qu'il avait été muté ici après un autre établissement qu'il avait dû quitter à la suite d'une mesure disciplinaire. Certains comportements des professeurs ne pouvaient d'ailleurs s'expliquer que par le fait qu'ils avaient tous été mutés ici pour raisons disciplinaires, à l'exception du professeur de dessin, une femme qui pleurait à longueur de journée et que les élèves menaient donc par le bout du nez.

« Hein ? » Krummpacker furetait dans tous les sens.

Roberto le regarda, l'air de ne pas comprendre, et haussa les épaules.

« Ça va barder, mon jeune ami ! » menaça le directeur adjoint en marchant à pas lourds vers les toilettes.

Sans y aller par quatre chemins, il emmena Frank et Schillo

comme de dangereux criminels. « Chez le directeur », annonça Krummpacker avec une joie mauvaise. Les blâmes allaient pleuvoir, les retenues et les punitions aussi.

Roberto suivit des yeux les deux garçons qui passaient le long des animaux empaillés, traînés de force dans l'escalier jusqu'aux salles de torture de l'inquisition scolaire.

« Dillinger, siffla Schillo en se retournant sur la première marche de l'escalier, le regard haineux. On se reverra en gym. »

« Merde », se dit Roberto. Schillo et Frank étaient plus vieux que Roberto. Ils redoublaient tous les deux, mais ils étaient dans une classe supérieure. En cours de gymnastique, les élèves étaient séparés en fonction de leur sexe. A cause du manque de professeurs, deux classes étaient réunies en un groupe. Schillo et Frank se retrouveraient donc avec Roberto au gymnase. Avec à leur disposition des balles dures comme du fer, des massues, des barres et le sol du stade, qui n'avait rien de confortable.

La sonnerie retentit. Les portes des salles s'ouvrirent brusquement, les cris des jeunes enfants remplirent les couloirs. Cinq minutes de récréation. Roberto joua des coudes dans le fleuve des élèves et essaya d'apercevoir Sonia ou Coquelet à leurs endroits favoris, mais sans succès.

A peine était-il dans les vestiaires en train de lacer ses tennis que Schillo et Frank se ruèrent sur la porte. Ils le dévisagèrent d'un air sinistre avant de balancer leurs sacs sur les bancs de gauche et de droite, avec un geste négligent mais sans pitié. Roberto se faufila entre eux deux en se dépêchant d'arriver au gymnase. « J'ai pas cafardé, dit-il d'une voix plaintive par-dessus son épaule. Sans blague.

– C'est ça », marmonna Frank ; Schillo, après avoir lancé à Roberto un regard à faire tomber de leur branche des oiseaux congelés, marmonna lui aussi : « C'est ça. »

Le professeur de sport s'appelait M. Schwochow. C'était un homme vigoureux, un sportif qui aimait démontrer ses capacités en assenant des coups francs avec un ballon de football, à courte distance. Malheur au pistolet qui montait la garde près du but ! Un jour, Roberto avait reçu à distance respectable un coup franc à la Schwochow en haut de la cuisse. Quelques jours après, on pouvait encore lire sur sa jambe l'inscription « Adidas » en lettres flamboyantes.

« Bande de nouilles ! » hurla Schwochow. Il avait de petites boucles courtes autour du crâne, comme la fourrure d'un animal. « Préparez-vous à subir quelque chose de pas triste ! » Il jeta le bref regard circulaire d'un feld-maréchal prêt à envoyer ses hommes au casse-pipe. Inquiets, les garçons étaient pendus à ses lèvres. Quel orage d'acier le destin avait-il prévu pour eux ce jour-là ?

« Ffff », fit Schwochow en faisant voler un ballon imaginaire.

Du fffootball ? se demandaient les élèves. Du vvvolley ?

« Du ballon prisonnier. »

Les élèves ne cachèrent pas leur déception. Le ballon prisonnier, c'était pour les bébés et les filles. Pour ce jeu, on utilisait d'habitude un ballon de volley qui était trop gros pour être lancé avec violence et trop léger pour faire vraiment mal. Schillo et Frank louchèrent du côté de Roberto en grinçant des dents. Avec ce jeu, ils ne pourraient pas lui infliger de blessures graves.

Mais Schwochow n'en avait pas terminé. « Et ce avec un medicine-ball. »

Un sourire sadique se dessina sur deux visages. Roberto avala sa salive. Une chose était sûre, cela ne se passerait pas sans effusion de sang. Il devait se débrouiller pour jouer dans la même équipe que Frank et Schillo. Est-ce que Schwochow les laisserait choisir ou compterait, ou bien est-ce qu'il séparerait simplement les élèves en deux groupes qu'il exciterait l'un contre l'autre ?

« On compte ! commanda Schwochow. Tout le monde en rang et on compte, et un et deux ! »

Il y eut une certaine bousculade parce que chacun essayait d'entrer dans la meilleure équipe. Roberto parvint en se plaçant adroitement à atteindre son but. Frank et Schillo le regardèrent avec des yeux transformés en deux petites fentes quand il s'approcha d'eux d'un air innocent.

Le jeu commença. Il fut brutal. Les petits et les gros n'avaient aucune chance de s'en sortir. On entendait un claquement sourd chaque fois que le ballon de plusieurs kilos s'enfonçait dans la chair d'une victime, et un gémissement sifflant quand l'air s'échappait des poumons de ces martyrs. Mais le meneur du jeu avait toujours besoin d'un certain laps de temps pour brandir ce ballon gros comme une citrouille et le lancer. On s'attendait à le recevoir et on avait le temps de s'y préparer.

Jusqu'à ce que Schwochow donne l'ordre suivant : « Et maintenant, avec deux ballons ! » Il jeta un deuxième ballon dans le jeu tout en annonçant : « Changement d'équipes ! »

Cette fois, il forma les équipes comme il l'entendait. Il devait se douter de quelque chose, sans doute guidé par son instinct. Peut-être voulait-il aussi du sang. Toujours est-il que Roberto, dans la nouvelle répartition, se retrouva parmi les adversaires de Frank et de Schillo. Ces derniers furent enchantés de voir Roberto au milieu du terrain, prêt à essuyer le feu. Roberto, les jambes flageolantes, se disait que cela allait faire très mal.

Or il fut sauvé.

Son sauveur avait nom Jens Grübel. Pauvre Jens. C'était un petit maigrichon de onze ans au teint pâlot, qui se retrouva bloqué dès que le coup de sifflet eut annoncé le début du jeu. Il se trouvait dans un coin à l'avant du terrain. Trop bête : face à lui, il y avait Schillo. Et de l'autre côté, derrière lui, Mark Huntz. Ils avaient tous deux un medicine-ball à la main. Schillo avait remarqué que Roberto était bien tranquille de l'autre côté du terrain. Frank et lui se le gardaient pour la bonne bouche.

Mark et Schillo prirent leur élan en même temps. Jens Grübel eut beaucoup trop peur pour pouvoir se protéger le visage de ses mains. Incrédule, figé par la panique comme un lapin face à un serpent, il avait l'air paralysé. Schillo et Mark firent siffler sur lui au même moment leurs énormes medicine-balls. Le résultat ne fut pas beau à voir. Recevoir dans la même fraction de seconde et avec violence un premier medicine-ball sur le nez et un second sur l'occiput n'est pas une partie de plaisir. Le sang jaillit du nez de Jens Grübel comme si on avait appuyé sur un bouton, et il s'effondra sur le sol où il resta immobile pendant deux bonnes minutes. Enfin conscient de son irresponsabilité, le professeur de sport essayait vainement de le ranimer.

Ce fut la fin du cours de gym. Jens Grübel fut emmené chez le médecin, M. Schwochow convoqué chez le directeur et les élèves purent rentrer chez eux.

Roberto se dépêcha. Sans prendre le temps de se changer, il fourra ses chaussures, son pantalon et ses autres affaires dans son sac et se précipita dehors avant que Frank et Schillo n'aient pu s'asseoir sur le banc. Il retira à toute vitesse l'antivol de sa bicyclette et l'enfourcha. Frank, en tenue de sport, lui courait après. Mais Roberto, qui avait de l'avance sur lui, tourna au coin de la rue. Schillo l'y attendait.

Roberto freina brusquement et laissa deux mètres de caoutchouc sur les dalles de la cour. Ils lui barraient la route pour l'empêcher de rentrer chez lui. Il pouvait encore passer par les jardins. Par la forêt. Il alla droit sur les parcelles de jardin ; un petit chemin à l'abandon les reliait au lycée. Il pédalait énergiquement. Schillo le talonnait en sprintant avec souplesse comme pour décrocher une médaille. Roberto l'entendait haleter derrière lui. Pourvu que la chaîne ne saute pas ! pensait-il. Il longeait les abris de jardin en roulant avec un bruit de ferraille sur les touffes inégales du chemin. De leurs mouchoirs de poche, des nains le suivaient des yeux. Dans l'air flottait une odeur de fruits blets. Même quand le halètement cessa dans son dos, il continua de pédaler.

Il dépassa les parcelles de jardin et fonça dans la forêt. Ses garde-boue cliquetaient quand il s'élançait sur des sentiers irréguliers où couraient des racines.

Ensuite, le chemin bifurqua dans une mer d'orties aussi hautes qu'un homme. A droite, il allait vers l'étang du Moine, à gauche, vers les anciens bunkers de la dernière guerre. Roberto opta pour les bunkers. La forêt était très dense à cet endroit, presque comme une forêt vierge, et le terrain était vallonné. Des chemins creux taillés dans le schiste menaient à de petites clairières recouvertes de mousse pour se perdre à nouveau dans les ténèbres noires d'une forêt mixte. Pistes qu'il avait descendues en hiver avec sa luge, pentes à pic qui se jetaient dans des étangs croupissants, noirs et marécageux. Roberto pédalait ferme. Les arbres, sur les côtés, se rapprochaient de plus en plus. Des branches lui cinglaient le visage. Il se rendit compte qu'il était à bout de souffle et qu'il avait les jambes engourdies. Il fit quelques mètres en roue libre et écouta derrière lui. Aucun bruit...

Je les ai semés, se dit Roberto. C'est bon, je les ai semés ! Au même moment, sa chaîne se détacha de la roue dentée avec un bruit métallique de crécelle.

« Merde ! » lâcha Roberto. Il retourna la bicyclette sur la selle et commença à tripoter la chaîne. A peine l'avait-il remise qu'il entendit le cliquetis de deux vélos. Deux secondes plus tard, Schillo et Frank apparurent en haut du chemin. « Il est à nous », jubila Schillo. Ils dévalèrent la pente et s'arrêtèrent à côté de Roberto.

Ils descendirent sans se presser et marchèrent nonchalamment vers Roberto, sûrs de tenir leur proie. Il n'avait aucune chance. C'en était fini de lui.

« Alors, petit merdeux. » Schillo. « Tu vas voir ta gueule. » Il fit claquer deux fois son poing dans sa paume.

Roberto avait les genoux en coton. Que pouvait-il encore faire ? Il avait à ses pieds un gros bâton, un morceau de branche d'un bon mètre. Il se baissa rapidement et brandit le bâton au-dessus de sa tête.

« Arrière ! cria-t-il en faisant un couac. Reculez ! » Au-dessus de sa tête, le bâton sifflait dans les feuilles et finit par s'accrocher dedans.

« Je vais vous réduire en chair à saucisses ! » couina Roberto.

Schillo et Frank se figèrent sur place. La panique se lisait dans leurs yeux. Leurs deux mentons s'abaissèrent d'un seul coup.

« Puréééé, articula Schillo.

– Mince alors », chuchota Frank.

Ils firent volte-face, saisirent leurs vélos et s'enfuirent à toute vitesse.

Roberto n'en croyait pas ses yeux. C'était donc si simple que cela ? Il suffisait de montrer de la détermination et de l'aplomb pour que l'autre ne confonde pas avec des menaces banales ou des crâneries de gamins.

« Poules mouillées ! cria Roberto, enchanté. Mauviettes ! »

Sans lui prêter attention, ils remontaient la colline pour retrouver la chaude étreinte de la forêt, en pédalant de toutes leurs forces sur les branches qui craquaient. Partis.

C'est quand même curieux, se dit Roberto. Assez curieux. Il tira sur son bâton qui était resté coincé dans les branches et se retourna.

C'est alors qu'il vit le monstre.

Il crut d'abord que la créature en question n'était pas de ce monde. On aurait dit qu'elle sortait d'un film d'horreur. Elle était immense. Absorbée par une sorte de danse extatique, elle exécutait des mouvements au ralenti. Son effroyable tête était étrangement posée de travers sur son épaule.

Roberto fit volte-face et se mit à courir comme un fou. Il enfourcha sa bicyclette à une vitesse incroyable, fonça en haut de la pente et pédala sans s'arrêter.

Au commissariat, Roberto reconnut le fonctionnaire de police. L'homme à la moustache blonde et frisée qui avait été couvert de mousse dans le grenier des Dillinger. Le policier dut rectifier deux fois son rapport dans le procès-verbal. Car ce que le monstre avait de plus étonnant était sa taille. Il inscrivit d'abord deux mètres quarante, puis, non, deux mètres quatre-vingts et enfin, pour faire un compte rond, trois mètres.

Le policier frisa sa moustache et considéra Roberto à travers ses épais sourcils : « Tu n'es pas en train de te payer ma tête, par hasard ? » C'était une question rhétorique. La terreur qui se lisait sur le visage du gamin était bien réelle.

Les mesures qui furent prises ensuite indiquèrent une taille de deux mètres trente. La créature en question n'était nullement d'origine extraterrestre, c'était un être humain. Ou du moins ce qui en restait. L'homme était mort depuis trois semaines ; l'état de putréfaction du corps était assez avancé, d'autant qu'il avait servi de pâture à divers animaux. Il s'était pendu. Comme ses jambes se balançaient au-dessus du sol, Roberto avait cru qu'il se dirigeait vers lui en exécutant une danse au ralenti.

Il fallut quelques jours pour établir l'identité du pendu. Le solide appétit des oiseaux, des insectes et des bactéries l'avait défiguré jusqu'à le rendre entièrement méconnaissable. Les chaussures orthopédiques que portait curieusement ce géant lui donnaient, grâce à leur semelle compensée, huit centimètres de plus. C'était le genre de chaussures que mettent souvent les gens de très petite taille. Un rapprochement avec les annonces de gens portés disparus au cours des dernières semaines mit la police sur la bonne piste. « Bon sang, dirent les policiers en secouant la tête. Remarquez, il faut voir qu'il est resté pendu trois semaines, au bas mot. »

Mme Kraal finit par trouver la lettre d'adieu laissée par son mari. Emportée par un courant d'air, elle avait dû tomber derrière le radiateur. Mme Kraal n'en révéla jamais le contenu, mais les enfants du quartier racontèrent bientôt qu'il ne supportait plus de vivre, qu'il en avait par-dessus la tête (l'expression était de Coquelet) de subir de constantes humiliations à cause de sa petite taille, et qu'il n'arrivait plus à surmonter ses dépressions.

Celui que les enfants appelaient le nain eut la satisfaction posthume d'avoir un cercueil de deux mètres soixante confectionné sur mesure par Alfred Dillinger, le plus grand qui ait jamais été porté en terre au cimetière du coin.

La réaction de Sonia à la mort de son père fut étrange, conformément à son caractère. Elle ne pleurait pas, sauf quand elle était seule dans sa chambre. En public, elle affichait un masque indifférent et avait presque l'air d'être en léthargie. Par un après-midi nuageux, elle rejoignit Roberto et Coquelet près de l'escalier de la cave où Roberto avait fumé sa première cigarette au coton.

Sonia regardait dans le vide entre les deux garçons. Elle parlait d'une drôle de voix atone, comme à elle-même. « Souvent, il me tenait par mes deux nattes, disait-elle. Il aimait bien quand j'avais des nattes. Il me tenait avec, il riait et il m'appelait Amazonétoilebleue.

– Comment ça ? couina Coquelet.

– Chut ! fit Roberto. Tu peux pas comprendre. »

Coquelet lui jeta un regard vexé et bouda, les lèvres pincées.

Sonia caressait ses nattes. « Il aimait bien mes nattes », dit-elle à nouveau. Et elle sortit de sa veste de grands ciseaux étincelants.

« Sonia ! » s'écria Roberto, effrayé.

Le petit Coquelet leva les yeux vers elle en fronçant les sourcils.

Sonia ne se préoccupait guère de son public. Elle prit les ciseaux, les plaça près de sa natte gauche et promit solennellement : « Plus personne ne me tiendra par mes nattes », en tranchant d'un seul coup sa tresse. Elle lâcha les ciseaux qui tombèrent avec un bruit métallique. Ses doigts avaient des marques là où les ciseaux avaient laissé leur empreinte dans la chair. Son autre main tenait la longue natte blonde comme s'il s'était agi du scalp d'un ennemi qu'elle venait de tuer.

« Comment as-tu pu faire une chose pareille ! » lança Roberto qui aimait tant ses longs cheveux blonds.

Sonia n'entendit même pas ses paroles. Elle lui tendit sa main droite. « Du feu !

– Je... » Roberto se tapota la poitrine. « Je, euh, j'ai pas de feu. »

Elle se tourna vers Coquelet : « Du feu. »

Coquelet fouilla dans les poches de son pantalon dont il extirpa un briquet : « Tiens, voilà. »

Elle prit le briquet et essaya sa flamme. Il fonctionnait. Puis elle approcha la flamme de la natte. Il y eut une grande flamme, les pointes des cheveux se tordirent et se consumèrent en dégageant une odeur atroce.

« Mais qu'est-ce que c'est que ce cirque ? demanda Roberto. Pourquoi tu fais ça ? »

Elle laissa tomber la natte en feu sur les dalles et s'accroupit à côté. De temps à autre, elle approchait son briquet des cheveux qui furent bientôt entièrement brûlés.

« Je veux, dit-elle, que ma natte arrive jusqu'à mon père au ciel.

– Sans blague ? croassa Coquelet, à la fois ravi et dégoûté. Tu crois à ces trucs-là ? »

Sonia leva les yeux vers le ciel : « Les Indiens, eux, ils y croient.

– Mais tu n'es pas une Indienne, objecta Roberto.

– T'es complètement cinglée ! » conclut Coquelet.

Sonia suivit des yeux la fumée qui montait vers le ciel et s'y perdait. Puis elle dit : « Je ne suis pas comme vous. Je suis différente. »

La mère de Sonia était différente de sa fille, ce qui signifiait justement qu'elle était à peu près comme tout le monde. Elle avait les pieds sur terre et un sacré instinct de conservation. Elle se consola de la mort de son mari avec son ingénieur qui, même s'il ne mesurait pas deux mètres trente, avait l'air de lui suffire. Comme il habitait dans une autre ville, elle décida de déménager avec sa fille. Sonia accepta sa décision sans protester. Trois semaines après les obsèques de son père, un camion de déménagement était garé devant la porte des Kraal.

« Et toi, euh, tu penses que ça marche, demanda Roberto, même si nous ne sommes pas des Indiens ? »

Ils étaient assis dans le tas de ferraille du terrain vague, et Sonia tenait au-dessus de ses genoux son canif à incrustations de nacre, avec un geste solennel. « Old Shatterhand était un Blanc, lui aussi, dit-elle. Il était même allemand. » Elle sortit la lame. Celle-ci était rouillée.

« Et si ça s'infecte, lui opposa Roberto, on va mourir.

– Tous les hommes sont mortels », cita Sonia. C'était le titre d'un livre qu'elle avait décidé de lire quand elle serait assez grande pour le comprendre. Sauf si elle ne survivait pas à cette opération. « Il faut le faire, dit-elle. Nous partons demain. »

Roberto, qui respirait difficilement, approuva d'un signe de tête : « Bon, d'accord, on va être frères de sang.

– Et sœurs de sang.

– Mais pas au poignet, on va se vider de notre sang.

– Alors aux doigts. » Elle prit l'index de Roberto et, en le regardant profondément dans les yeux, elle lui fit une entaille au moins aussi profonde dans la chair du doigt.

« AAAH ! cria Roberto dont le sang coulait à grosses gouttes.

– Chut ! Tu en fais des histoires ! » Elle entailla son propre doigt sans sourciller. Roberto avait un peu honte, d'autant qu'il n'avait presque plus mal. Son doigt palpitait seulement, comme s'il avait eu à son extrémité un autre petit cœur qui battait.

Ils appuyèrent leurs doigts l'un contre l'autre.

« Tu te souviens du hamster ? » demanda Sonia tandis qu'ils se regardaient gravement dans les yeux. Ils sentaient leurs pouls battre l'un contre l'autre.

Roberto acquiesça : « Conspessy.

– Le cœur du hamster qui battait, dit Sonia. C'est comme ça qu'a commencé notre amitié. » Il entendait sa respiration. « Et maintenant ceci… » Elle n'ajouta rien.

Le lendemain, elle partait. Ils se retrouvèrent en cachette au coin de la rue. Ils avaient tous les deux des pansements à l'index et Roberto, dans un accord tacite, souriait de leur alliance. Mais il avait l'impression que Sonia avait l'esprit ailleurs : ses yeux verts regardaient derrière Roberto dans le vide. « Tu sais, dit-elle d'une voix monocorde, c'est pas drôle de perdre quelqu'un qu'on aime. »

Roberto fit signe qu'il comprenait.

« Ce n'est pas seulement parce que la personne meurt, qu'elle s'en va et qu'elle n'est plus là. L'amour de cette personne s'en va lui aussi. » Les yeux verts de Sonia avaient pris une nuance grise. Elle semblait plus âgée, beaucoup plus âgée. « Alors, on doit tuer l'amour qu'on a pour cette personne, dit-elle, sinon, cet amour nous tue. » Elle regarda Roberto en plissant les yeux pendant un bref instant, comme si elle avait une poussière dans l'œil. Elle se frotta les yeux. « Un écrivain doit savoir ces choses-là. »

Roberto la regardait sans mot dire. Il se sentait faible, vide et bête. Un coup de vent souleva les cheveux de Sonia à droite, là où ils étaient encore longs. Ses cheveux volaient au vent comme si elle avait été en train de courir. De courir vite, de plus en plus vite. Roberto essayait de la rattraper, mais en vain.

« Salut, dit Sonia.

– Salut. »

Puis elle tourna les talons et s'en fut. Roberto la suivit des yeux jusqu'à sa maison et la barrière jaune devant laquelle la voiture était garée, pleine à craquer des dernières affaires. Prête à l'emmener loin, très loin dans le néant, nulle part.

Elle s'en alla.

Elle était partie.

Elle n'était plus là.

Il resta seul avec dans le cœur un amour qui s'apprêtait à le tuer. A moins d'être tué par Roberto.

DEUXIÈME LIVRE

Grandes nouveautés

Que venait de dire sa mère ?

Cela faisait déjà plusieurs mois que Sonia était partie. Les Dillinger étaient assis dans la véranda par une chaude soirée d'été. Un barbecue se préparait dans les environs. Il y avait une odeur de lilas, de charbon de bois et de saucisses. On apercevait des lampions accrochés aux branches comme des fruits magiques et défendus. Assis sur une des trois marches qui descendaient vers la pelouse, Roberto observait à la lumière du couchant une centaine de fourmis qui vidaient un scarabée noir. Il pensait à Conspessy et à son petit. Ils étaient morts tous les deux un mois auparavant, juste après la disparition de Sonia. Contrairement aux autres hamsters des Dillinger, ces derniers n'étaient pas morts par accident, et personne ne s'en était affligé outre mesure. « C'est une chose qui arrive », avait dit la mère de Roberto. En cela, elle avait eu raison. La mort arrivait, tout simplement. Mais Roberto avait-il bien entendu ce qu'elle venait de dire à l'instant ? La vie pouvait-elle arriver tout simplement, elle aussi ?

Carré dans son fauteuil favori qu'il avait poussé dehors en soufflant très fort, Alfred Dillinger avait un verre de vin à la main et d'autres boissons alcoolisées à sa portée dans le bar à roulettes récupéré par les héritiers dans l'importante succession de la grand-mère. Debout derrière son mari, Hannah Dillinger lui massait la nuque. Depuis quelques instants, contrairement à son habitude, elle se mordillait les lèvres, clignait des yeux et émettait des bruits qui hésitaient entre la toux et le toussotement. Elle avait manifestement une nouvelle à annoncer, mais elle ne savait pas trop comment s'y prendre.

Elle parla enfin.

Les muscles du cou de son mari se relâchèrent tout à coup ; elle le sentit, retira ses mains et fit mine d'observer avec attention les lampions qui vacillaient entre les feuilles agitées par la brise du soir. Elle s'arma de courage.

Le père de Roberto crispa les doigts sur les accoudoirs de son fauteuil. « Nous quoi ?

– Nous allons avoir un enfant », répéta sa femme.

Le fauteuil grinça. Des rires jaillirent du barbecue voisin. Dans la rue, une voiture donna un coup de klaxon, démarra et disparut.

« Nous deux ? »

Roberto regardait le scarabée. Il était encore vivant. Les fourmis le dévoraient vivant.

« Fred, je... », dit sa mère. Elle posa les mains sur le dossier du fauteuil et en pétrit le rembourrage. « Je pensais que tu serais content. »

Roberto regarda son père vider d'un seul trait son verre de vin rouge. Il en renversa un peu et sa chemise prit une couleur foncée sur la poitrine et le ventre. Il secoua lentement la tête. « Non, dit-il. Non, ce n'est pas vraiment ce que tu pensais.

– Je... je l'espérais. »

Alfred Dillinger pencha son buste corpulent. Ses bajoues tremblaient sous sa barbe. Il ressemblait de plus en plus à un morse. Accoudé sur ses genoux, il frottait ses grosses mains. Sa lèvre inférieure monta plusieurs fois jusqu'à sa moustache. Il avait les yeux fermés. « Je suis content, dit-il.

– Ah oui ? » La mère de Roberto se rapprocha vivement du dossier en fixant la nuque de son mari. « C'est vrai ? »

Les mains de ce dernier claquèrent avec un bruit étrangement sourd. « Ça s'arrose ! » lança-t-il. Il ne se retourna pas vers elle. « On va se saouler la gueule ! » Il attrapa la bouteille de whisky sur la table roulante, en dévissa le bouchon et la porta à sa bouche.

« Fred », supplia faiblement la mère de Roberto, avant de s'enfermer dans le mutisme. Roberto commençait à trouver insupportable l'agonie du scarabée. A l'aide d'une brindille, il envoya promener sa dépouille dans l'herbe. Quand il se releva, son père avait encore la bouteille à la bouche. Il en avait bu la moitié. Il la posa d'un geste décidé sur la plaque de verre de la table roulante. La plaque fit un grand bruit et se fêla.

« Merde. »

Le père de Roberto marcha la tête baissée jusqu'à la porte de la véranda, afin de regagner sa chambre.

« T'as entendu ce qu'a dit ta mère, lui cria son père sur le pas de la porte. Tu vas avoir un petit frère ou une petite sœur ! Et tout ça parce que ton père et ta mère s'aiment beaucoup ! » Roberto jeta un bref coup d'œil en se retournant. Ses cheveux avaient poussé, c'était la mode. A travers les mèches de sa frange, il aperçut le visage de son père qui était rouge, gonflé et plein de larmes. Il se dépêcha de monter l'escalier.

« Parce que ton père et ta mère s'aiment beaucoup ! »

Ensuite, Roberto fit toutes les nuits des cauchemars qui, par-delà leurs différences, avaient un point commun : il était seul, affolé, et il appelait sa mère. Mais sa mère ne venait pas. Alors il appelait son père, qui ne venait pas non plus. Personne ne venait. C'était souvent le renard qui arrivait à leur place pour l'enlever. Roberto criait. Il criait sans pouvoir s'arrêter. Sa mère finissait par apparaître. Mais elle ne le prenait pas dans la chaude cavité de sa bouche pour le protéger. Elle arrachait les piquets de tente et observait avec indifférence le renard en train de déchiqueter son fils. Ensuite, elle ouvrait la bouche, découvrant des incisives blanches comme la neige. Roberto n'aurait jamais pu être en sécurité entre ses griffes. Jamais.

Quand il se réveillait la nuit, baigné de sueur, il éprouvait de la peur, de l'envie et de la jalousie à l'égard de cette petite vie qui poussait dans le corps de sa mère adoptive, où lui-même n'avait jamais été. Elle ne cessait de grandir et, dans sa perpétuelle croissance, elle finirait par l'étouffer.

« Tu es toujours triste à cause du départ de Sonia ? » lui demanda sa mère. Elle avait déjà un petit ventre et ses seins avaient grossi.

Roberto ne dit rien. Il haussa les épaules.

« Mais qu'est-ce qui t'arrive ? lui demanda son père. Tu ne parles plus. Tu ne fais que hausser les épaules. Qu'est-ce que ça signifie ? »

Roberto ne répondit pas. Il haussa les épaules.

« Bon Dieu de bon Dieu », marmonna son père en secouant la tête.

Sa femme dit : « S'il pleurait, ce serait déjà quelque chose. »

Roberto ne pleurait pas, mais s'était mis à s'arracher les cheveux. Son épaisse crinière sombre finit par se clairsemer.

« Mais pourquoi fais-tu ça ? » lui demanda sa mère.

Roberto ne répondit rien. Il déracina un cheveu de son crâne.

La mère de Roberto poussa un soupir. « Mon garçon », dit-elle en le prenant dans ses bras. Il se laissa faire, raide comme une bûche.

Comme les médecins ne parvenaient pas à améliorer l'état de Roberto, sa mère lui tricota un bonnet multicolore dont il put coiffer son crâne dégarni. Roberto à la voyelle de sauvetage devint ainsi Roberto au bonnet de grossesse. Car les autres, pour le blaguer, disaient qu'il « travaillait du chapeau ».

Ils n'avaient pas tout à fait tort.

C'était la mode des manteaux longs pour les jeunes. Des manteaux longs, des cheveux longs et des pièces sur les jeans. Roberto n'avait pas les cheveux longs, loin de là. Il n'avait pas non plus de pièces sur ses jeans, mais d'amusants chiffons bleu foncé que sa mère collait au fer à repasser sur ses pantalons. Il avait une sacrée dégaine.

Un manteau long aurait été sympa. (Le mot « sympa » avait remplacé « chouette ».)

En fouillant dans les vieux vêtements du grenier, Roberto retrouva la pendule. Il la tourna dans sa main, apprécia sa forme, observa sa couleur jaune et ses ornements rouges. Il tira sur son cordon. Seules deux notes plaintives retentirent, sans en entraîner d'autres à leur suite. Mais ces notes lui faisaient un drôle d'effet, réveillaient comme un souvenir lointain. Une page du livre de sa vie plana devant ses yeux puis s'envola. Il essaya de la saisir, les doigts dans le vide.

Il avait rendez-vous avec Coquelet. Il prit la pendule sur lui pour aller le retrouver en bicyclette.

« Sympa, ce manteau, dit Coquelet. Dommage qu'il pue. T'as encore profané une tombe ? »

Roberto avait un manteau marron clair en cuir synthétique.

« Qu'est-ce que t'as là, dans ta poche ?

– Un secret, dit Roberto.

– Un secret ? Raconte ! Qu'est-ce que c'est ?

– Plus tard.

– Fais voir !

– Non, pas ici. Allons au bunker.

– Au bunker ? Ça promet. D'accord. »

Le bunker était devenu leur quartier général parce qu'il fleurait bon l'aventure et que les vieux toits en béton armé étaient envahis par la végétation comme des ruines mayas dans la jungle. Après avoir traversé le bois qui entourait l'étang du Moine, ils débouchèrent sur un petit sentier à peine visible et durent pousser leurs bicyclettes devant eux. Les constructions massives en béton gris apparurent brusquement et ils purent cette fois encore s'imaginer qu'ils étaient les seuls à connaître l'existence de cet endroit mystérieux. On y voyait des libellules plus grosses que partout ailleurs, des batraciens et des salamandres sortaient de leurs trous pour se chauffer au soleil sur les ruines. Des buissons de baies s'échappaient des portes ou des fissures étroites et sombres ; l'isolement et le silence étaient si parfaits que l'on pouvait se croire le dernier homme sur terre. Au retour, on trouverait un monde détruit, sans survivants.

« Comme dans ce machin de science-fiction, dit Coquelet. Plus un seul survivant, mais tout le reste est encore là ou presque. Des voitures à mettre à la casse, et d'autres trucs du genre.

– Oui, c'est ça », répondit Roberto, enchanté. Il pensait souvent avoir de bonnes raisons de souhaiter la mort de tous les gens qui l'entouraient. Après tout, il avait encore sa calvitie et son bonnet en tricot qui provoquaient constamment l'hilarité générale. Coquelet était le seul à ne pas en faire des gorges chaudes. Sans doute parce qu'il était lui aussi rejeté par les autres à cause de sa petite taille. Décidément, être avec Coquelet le seul survivant d'une catastrophe n'était pas la pire des hypothèses.

Le papier hygiénique plein de crotte qui restait accroché dans les buissons, les étrons séchés et les canettes de bière vides semblaient pourtant indiquer que tout le monde n'avait pas encore passé l'arme à gauche. Parfois, on trouvait aussi des préservatifs usagés. Les deux garçons ne surent pas tout de suite ce que pouvaient être ces drôles de trucs en caoutchouc jusqu'au jour où Roberto eut une illumination. Il avait découvert parmi les livres de son père *Jours tranquilles à Clichy* et le feuilletait en cachette, le visage cramoisi, à la recherche de scènes bien cochonnes.

« Tiens, en voilà un neuf », constata Coquelet en montrant un préservatif que quelqu'un avait suspendu à une haute branche. Son utilisateur avait dû se donner beaucoup de mal pour accrocher si haut ce préservatif que Roberto contemplait avec une fascination mêlée de dégoût. Il se demandait si cela se faisait vraiment de laisser sa capote en évidence et si l'utilisateur obéissait à un sombre instinct comme celui du chien qui marque son territoire en urinant, ou bien si c'était simplement l'œuvre d'un crétin de frimeur. Pas si crétin que ça, se disait Roberto, puisqu'une fille avait quand même bien voulu se faire tringler par lui.

« Dis, Coquelet, demanda Roberto, pourquoi on n'a pas encore de copines, au juste ? » Quelques-uns de leurs camarades « sortaient » déjà avec une fille, et force était de reconnaître que certaines d'entre elles étaient franchement appétissantes.

Coquelet haussa les épaules. « Je pense que ça viendra, dit-il. Faut croire qu'on n'est pas encore assez mûrs pour ça.

– Moi, je suis très mûr pour mon âge.

– Ouais, et même tellement que t'es déjà chauve. »

Roberto se mit à bouder. « Bon, ça va. »

Ils s'installèrent face à l'entrée du bunker principal sur une plaque de béton agréablement chauffée par le soleil. C'étaient des bunkers de la dernière guerre avec des murs qui avaient au moins un mètre d'épaisseur. Dynamités par les Alliés à la fin de la guerre, ils étaient devenus des cratères remplis d'eau. On racontait qu'il y avait encore dedans de vieilles armes, des munitions, et peut-être, au milieu d'un des cratères, le légendaire trésor des nazis.

« Si je trouvais le trésor des nazis, dit Roberto, j'aurais tout de suite une copine. »

Coquelet éclata de rire. « Parce que tu comptes l'acheter, ta copine ?

– Non, pas elle. » Roberto ramassa un petit caillou et l'envoya d'une pichenette dans l'entrée sombre du bunker. « Mais je pourrais lui offrir un avenir assuré.

– Un avenir assuré ? » On aurait dit une publicité à la télévision. « T'as un grain, toi.

– Pas du tout, les femmes sont comme ça.

– Tu ne vas quand même pas me dire qu'elles sont plus intéressées que les hommes ?

– Non, c'est vrai. Mais les femmes veulent avoir des enfants, et les enfants ont besoin d'un avenir assuré.

– Écoute. » Coquelet hocha la tête. « T'as quand même des idées loufoques. »

Roberto envoya un second caillou. « Eh ben, ça prouve que je suis mûr pour mon âge.

– Mûr pour l'asile, tu veux dire. » Coquelet se racla la gorge. « Et alors, c'était quoi, le secret ?

– C'est... » Roberto fouilla dans sa poche. « C'est ça. » Il tendit la pendule à Coquelet. « Tu peux la remonter.

– Ah bon ? » Coquelet tira sur le cordon. Un ronflement, deux notes, et le cordon resta coincé. Coquelet fit un deuxième essai. Il ne se passa rien. « Bon, super, et où est le secret ?

– Le secret, c'est..., commença Roberto. C'est... » Mais il ne trouvait pas ses mots. Il regardait ses chaussures, en désespoir de cause. Un scarabée se tordait à côté. Il avait dû lui marcher dessus par mégarde. En fait, il aurait voulu raconter toutes les choses dont il se souvenait. Son père en larmes, en train de prier dans la maison de sa grand-mère. Et voilà que tout à coup il n'en était plus capable. « Il n'y a pas de secret », dit-il simplement. Là-dessus, il arracha la pendule des mains de Coquelet, prit son élan et la lança vers la porte obscure du bunker. Un mécanisme dut se débloquer grâce à la secousse du lancement, car la pendule se mit soudain à sonner. Elle joua sa berceuse pendant le vol, et cinq notes furent renvoyées par les murs. Puis elle tomba dans l'eau.

Coquelet le dévisageait d'un air hébété. « Toi, t'as une case en moins, ça fait pas un pli. »

Roberto ne prêtait pas attention à ses paroles. Les cinq

notes avaient libéré quelque chose en lui. Le souvenir d'un parfum. Il reconnaissait ce parfum. C'était celui de sa grand-mère. Étrange. Il se mit à repenser aux photos qu'il avait trouvées avec Sonia dans le grenier, autrefois. Il hocha la tête. Tout cela lui donnait le tournis.

« Qu'est-ce que tu nous prépares, maintenant, comme numéro ? demanda Coquelet, à l'affût d'autres symptômes susceptibles d'étayer sa théorie de la case en moins.

– Rien. » Roberto tira son ami par le bras pour qu'il se relève. « Viens, on va jouer à la guerre. »

Le soir, en revenant chez eux en bicyclette par le petit sentier, ils entendirent des bruits de moteur. Quelques instants après, Schillo Wienholz et Frank Oesterberg vinrent à leur rencontre sur leurs mobylettes. Ils roulaient bien sûr côte à côte, et le chemin était trop étroit pour passer près d'eux. Conscients de leur impuissance, Roberto et Coquelet mirent pied à terre et poussèrent leurs bicyclettes sur le bas-côté.

Les deux grands s'arrêtèrent. « Tiens, voilà l'autre taré », dit Frank à Roberto. Les avant-bras appuyés sur le guidon de sa mob comme Marlon Brando dans *L'Équipée sauvage*, il s'amusa un peu à accélérer. « Alors, on a encore son bonnet de grossesse ? »

Roberto ne trouva rien à répliquer. Il baissa la tête et essaya de pousser sa bicyclette à côté de Frank. Leur amitié remontait déjà à un certain temps. Avec le recul, il trouvait étonnant que Frank se soit commis avec des enfants plus jeunes que lui. En fait, Frank était correct quand on le rencontrait seul. Avec Schillo, il était infect. Cette fois, il voulait quand même laisser filer Roberto. Mais Schillo fit bondir sa mobylette d'un seul coup et attrapa la bicyclette de Roberto par le guidon.

« D'où il vient, ce manteau merdique ? De ton grand-père ou quoi ? »

Roberto détourna le regard.

« Parle, espèce de tantouse ! Qu'est-ce que vous foutiez tous les deux, dans notre bunker ?

– Ce n'est pas votre bunker.

– Non mais, qu'est-ce qu'il faut pas entendre... »

Roberto se tut. Il valait mieux ne rien dire, ne pas donner prise à leurs attaques. Même Coquelet avait les lèvres serrées.

« Et toi, petite pédale, lui lança Schillo. Il a rien à dire sur le sujet, le nabot de service ? T'as pas le droit de parler, ta mère te l'interdit, hein ? Alors, tu trouves quoi à répondre ?

– A quoi ?

– A quoi ? A quoi ? » Schillo s'esclaffa. « A ton avis ? » Il secoua le guidon de Roberto. « Vous avez fait des concours de branlette, hein ?

– Quoi ? » Roberto n'avait encore jamais entendu ce mot.

« Bran-let-te, dit Schillo. Tu veux peut-être que j'te l'épelle ? » Les deux garçons plus âgés éclatèrent de rire et Schillo lâcha enfin le guidon de Roberto, au grand soulagement de ce dernier. « Dégagez, bande de merdeux, dit-il. Et qu'on ne vous revoie plus dans les parages, compris ?

– Oui, chef, répondirent en chœur Roberto et Coquelet.

– Nous, on a des trucs importants à faire ici, vous nous dérangez. Allez vous faire voir ailleurs, plus vite que ça ! »

Roberto et Coquelet appuyèrent sur leurs pédales. Ils étaient contents de s'en être sortis sans bagarre.

« Alors, c'était quoi, cette histoire de secret ? demanda Coquelet quand ils se séparèrent.

– Il n'y en a pas, de secret, dit Roberto.

– Pour de vrai ?

– Pour de vrai. Je t'ai raconté des conneries. »

Coquelet hocha la tête. « T'as vraiment une case en moins, ça fait pas un pli. »

Quand Roberto rentra chez lui, sa mère était dans le couloir et se tenait le ventre qui était gros comme un medicine-ball.

« Chouette, ce manteau, dit-elle.

– Ça ne se dit plus, chouette.

– Ah bon ? Et qu'est-ce qu'on dit, alors ? »

Roberto haussa les épaules. « Sympa, dit-il.

– Ah, d'accord. Donc je disais : sympa, ce manteau. Qu'est-ce que tu as fait toute la journée ?

– Des concours de branlette. »

Sa mère l'examina attentivement : « Tiens donc. »

Le lendemain, on apprit que Frank avait été tué près des bunkers par une explosion imprévue. Il avait découvert avec Schillo une grenade qu'il avait voulu ouvrir pour trouver de la poudre.

« Il aurait mieux fait de s'en dispenser », fit judicieusement remarquer Alfred Dillinger, qui expédia ses obsèques sans R ni M : « Ça leur serait revenu trop cher », expliqua-t-il.

On savait désormais à quelles choses importantes Frank et Schillo avaient voulu se consacrer.

Schillo accusa tellement le coup qu'il disparut de la scène pendant longtemps. Frank avait été son meilleur ami, et sans doute le seul. Quelques mois plus tard, Schillo réapparut, métamorphosé. Il s'était mis à ressembler tellement à son ami décédé qu'à première vue on aurait pu croire Frank ressuscité. Schillo avait la même coupe de cheveux, une raie sur le côté avec des mèches qui pendaient, et il avait la même démarche, la même façon de bouger que Frank. Peut-être parce qu'il avait pris des muscles. (De l'entraînement avec des haltères, supposait Roberto.) Il était aussi plus sociable. Toujours aussi crâneur, imbuvable et vulgaire. Mais, par rapport à avant, il était presque supportable.

« A mon avis, dit Coquelet lors d'une conversation sur le changement radical de Schillo, il essaie de se montrer à son avantage.

– Alors là, il a du boulot, affirma Roberto.

– Je pense qu'il veut être une sorte de Frank Oesterberg.

– Frank est mort, mon père l'a enterré.

– Oui, oui, d'accord, mais il *essaie*. Frank n'était pas si méchant que ça. Tu te souviens quand on jouait à cache-cache avec lui, ou quand on fumait des cigarettes ? Après tout, peut-être que Schillo deviendra très sympa lui aussi. »

Après avoir poussé un soupir, Roberto décréta : « Un trou-du-cul reste un trou-du-cul. Y a pas à tortiller. » Ce vieil adage se vérifierait bientôt.

Hors de danger

C'était l'hiver. La neige, le froid et la glace firent leur apparition. Le moment était venu pour la mère de Roberto. La nuit de son accouchement, Alfred Dillinger réveilla Roberto : ils devaient aller à l'hôpital aussi vite que possible.

Voilà comment cela se passa.

« Ta mère a des contractions, viens vite, il faut qu'on se dépêche », dit son père tout essoufflé, juste avant le départ. Dehors il y avait du vent, une bonne épaisseur de neige sillonnée par le vent et qui s'entassait au bord des rues.

Roberto était mort de fatigue, il avait froid jusqu'aux os.

Ils étaient montés dans la voiture, c'est-à-dire dans le corbillard. Et c'est là que la chose se produisit, pendant le trajet. Sa mère était assise à l'avant, son siège repoussé au maximum pour qu'elle ait de la place, avec son ventre. Son père roulait vite. Chaque minute comptait. La température était glaciale, même dans la voiture. Les vitres étaient embuées et l'aération faisait du bruit.

Roberto tremblait, claquait des dents. Dans la poche de sa veste, il caressait le Brûlé. Il avait emporté avec lui son hamster mort et empaillé, sans trop savoir pourquoi.

La route était longue. A un moment donné, Alfred Dillinger doubla une voiture qui traînassait avec prudence.

« Pas si vite, lui intima sa femme en serrant les dents de douleur. Il y a du verglas ! Tu veux que je perde notre enfant, ou quoi ? »

Alfred Dillinger garda la même vitesse.

« Notre enfant ? » Il eut un sourire mauvais.

Il finit tout de même par ralentir. Une voiture le dépassa, et ce fut le moment fatidique. Ce que fit Roberto, il le fit par ennui, par lassitude et pour protester. Ou peut-être, comme on dit, sans penser à mal.

Qui sait ?

Hannah Dillinger se souvenait-elle de son rêve avec les hamsters qui vidaient l'intérieur de Roberto et lui sortaient par les orbites et la bouche ? En tout cas, lorsque, le visage rougi par l'effort, elle le regarda dans son miroir de courtoisie et lui demanda : « Tu vas bien, là-derrière ? », il ouvrit la bouche et fit apparaître entre ses lèvres, comme autrefois pour impressionner Sonia Kraal, la gueule d'un hamster avec son museau palpitant et ses grandes dents blanches.

Le cri que poussa la mère de Roberto fut terrible. Son mari fit machinalement un geste dans sa direction en braquant légèrement son volant vers la droite, certes très légèrement, mais cela fut suffisant. Le monde se mit à tourner.

« Tu t'es fait mal ? » C'était son père, tout près de lui ; le froid pénétrant lui dessinait un nuage de vapeur autour de la bouche.

« Non. »

Son père s'était éloigné, il avait descendu la pente en se traînant péniblement et en glissant sur les mains et sur les genoux. Tout était enfoui sous la neige qui, par endroits, semblait tachée de sang. C'était la nuit, les couleurs prenaient d'autres nuances que le jour, mais il savait confusément qu'il s'agissait bien de sang. Peut-être aussi que les phares étaient allumés, même si la voiture avait fait un tonneau. Quand elle s'était mise à tourner, Roberto avait encore pensé que son père plaisantait et qu'il les emmenait en rond comme pour danser. Mais ensuite il avait lancé un « Merde ! », et sa mère avait crié. Elle n'avait jamais crié comme ça, et pourtant, ces derniers temps, elle avait beaucoup crié. Mais jamais de cette manière. Et le père de Roberto avait hurlé : « Mon Dieu, non ! » Puis le mouvement de douce rotation s'était transformé en une brusque culbute, et le monde avait tourné, les étoiles, les arbres noirs et la neige blanche ; on avait entendu un grand bruit, tout ce qui était en haut s'était retrouvé en bas, puis en haut, puis à nouveau en bas, et tout s'était arrêté.

« Tu t'es fait mal ? »

Roberto se réveilla. Il était couché sur le toit cabossé de la voiture. Toutes les vitres étaient cassées. Son père regardait par la fenêtre, et ses mots étaient de la vapeur. Roberto avait des poils coincés entre ses dents. Il avait quelque chose dans la bouche. Le Brûlé gisait devant son nez.

Il cracha. « Non », dit-il.

Puis son père s'en alla lourdement, en se laissant glisser sur le monticule. Roberto s'extirpa de l'épave et vomit ; il avait le vertige. Il se releva et se dirigea en chancelant vers ce fossé dans lequel son père avait disparu. (Où était sa mère ?) Il parvint enfin au bord du fossé. Quelque chose se mit à hurler (encore un monstre !) et il resta paralysé par la peur. Mais son père était en bas. Roberto avait peur d'une voix : elle lui disait qu'il serait dévoré par l'effroyable monstre des neiges, tout en bas. Il regarda dans le trou.

Sa mère était au fond du fossé. C'était elle, le monstre. Elle hurlait.

Elle était nue et avait du sang sur les jambes. Sa jupe était relevée et sa culotte descendue sur les chevilles. Elle hurlait, du sang sortait d'elle, et de la crotte. Son bas-ventre fumait, le sang et la crotte s'enfonçaient dans la neige qui fondait. Elle hurlait.

Son père était agenouillé auprès d'elle, et ses mains s'agitaient, mais seulement en l'air, comme les ailes d'un oiseau malade. D'un oiseau dont on a brisé les ailes.

Il leva les yeux, et Roberto vit dans ces yeux quelque chose d'atroce, un mélange de désespoir et de terreur.

Une petite chose sanglante et abominable sortit enfin de sa mère.

(Tu vas avoir un petit frère ou une petite sœur. Parce que ton père et ta mère s'aiment beaucoup.)

Autour de lui, il y avait la neige, la nuit et le froid, et un être difforme était sorti de sa mère qui hurlait ; soudain, elle cessa de hurler et resta toute tranquille ; il sut confusément qu'elle serait à jamais tranquille, qu'elle était « hors de danger » ; il comprit aussi qu'elle commençait à refroidir lentement, que Dieu s'en moquait éperdument ; le sang et la crotte s'enfoncèrent plus profond dans la neige, et l'animal sanglant qui ne poussait pas un cri s'y enfonça à leur suite ; il comprit alors que le monde lui avait menti. Le monde était une sale bête.

Et c'était sa faute à lui.

Le cercueil qu'Alfred Dillinger confectionna pour sa femme fut le plus grand et le plus beau que l'on eût jamais vu à un enterrement. Seul le cercueil de M. Kraal le dépassait en longueur. Le veuf inconsolable y travailla sans interruption dans son atelier pendant quatre jours et quatre nuits, tout en se consacrant à ce qu'il appelait dans son jargon des pompes funèbres l'opération « R et M ». Restauration et maquillage. Malgré tout son art, il ne put cependant restaurer le visage de la défunte tel que le connaissaient les survivants. L'être qui souriait avec douceur aux invités lors de l'exposition du corps était Hannah Dillinger, tout en n'étant pas elle. La mort semblait avoir révélé dans ses traits un caractère qu'elle avait su cacher de son vivant. Avec ses muscles relâchés, elle était toute changée, même s'il était difficile de dire en quoi ce changement consistait vraiment. Cette modification rendait en tout cas le cadavre d'Hannah Dillinger plus intéressant que sa personne vivante. Certains disaient que c'étaient ses yeux. Ses yeux verts, désormais morts et brisés, avaient quelque chose d'énigmatique ; ils avaient même l'air de dissimuler un tel secret que les invités, en se penchant au-dessus d'elle, ne purent s'empêcher de froncer les sourcils comme pour lui demander : « Mais dis-nous ce que tu penses, je vois bien que tu nous caches quelque chose ! »

Quel qu'ait été son secret, Hannah Dillinger l'emporta dans sa tombe.

Le cercueil que son mari lui avait construit était en bois d'ébène, un vieil ébène qu'Alfred Dillinger gardait depuis des lustres dans un coin de son atelier, peut-être pour une occasion comme celle-là. Le bois était noir, dur, et ne jouait plus. Les vers auraient du pain sur la planche. Cela faisait plusieurs années qu'Alfred Dillinger n'avait pas eu l'occasion de fabriquer lui-même un cercueil. Mais tous ceux qui étaient du métier et s'y connaissaient lui posèrent lourdement la main sur l'épaule en exprimant leurs condoléances, avant de murmurer : « Ce cercueil est ton chef-d'œuvre. »

Les éternels mécontents prétendirent que le cercueil était trop grand, le capiton trop épais, que tout avait un air trop baroque et que deux « clients » auraient pu tenir au besoin dans un tel cercueil. En revanche, la majorité des gens s'accordait à penser que la simplicité classique du cercueil en ébène foncé démentait cet aspect fastueux. Oh, et puis après tout, si n'importe quel trou-du-cul plein de fric pouvait s'offrir comme dernière demeure un immense « Président », Hannah Dillinger, qui était très estimée de tous, méritait bien un cercueil encore un peu plus grand.

Une fois exposée, cette hypothèse ne fit l'objet d'aucune contestation.

Le bébé mort-né fut enterré à côté de sa mère. On le déposa dans un joli « Romulus », le cercueil dans lequel Roberto avait reposé, du moins au début de son existence terrestre. Telle fut donc la dernière demeure de son anonyme demi-frère, car c'était un garçon.

Quand Roberto jeta dans la fosse un peu de terre, il eut l'impression que le grand cercueil noir de sa mère était un calice contenant la vie même. Cette vie s'éloignait désormais de lui, irrévocablement, il le sentait bien, pour sombrer dans ce trou, sous la terre. La vie tout entière.

Et c'était sa faute.

Au moment où il devait passer la petite pelle en métal à un inconnu qui lui tendait la main, il prit un grand élan et s'en frappa le front. Il tomba évanoui dans la fosse, sur le cercueil de sa mère. Une fois tiré de là, il resta pendant une minute sans connaissance. Des semaines plus tard, Roberto avait encore au front une bosse sur laquelle il appuyait, la nuit, quand il risquait de s'endormir. La douleur le tenait éveillé quelque temps. Roberto avait peur de s'endormir, car c'était le moment où les rêves arrivaient.

Retour et éloignement

Après la mort de sa mère, la vie fut pour Roberto comme un rêve éveillé sous une tente à oxygène. Il eut longtemps l'impression que c'était un autre qui la vivait à sa place. Il pleurait souvent, mais sans arriver à verser des larmes.

Il recommença à s'enlever par touffes entières les cheveux qu'il avait pourtant cessé de s'arracher, et le « bonnet de grossesse » jadis tricoté par sa mère connut une renaissance d'autant plus triste qu'il remplaçait le mouchoir à câlins de l'heureux temps de son enfance. Alors que le mouchoir dégageait des forces bénéfiques, le bonnet était empreint de deuil et de souvenirs douloureux.

Au lycée, on s'était remis à lui dire « bonnet de grossesse » et « tu travailles du chapeau ». Incapable de dissocier la maternité de la mort, Roberto vivait un enfer. Il aurait voulu se cacher, ne pas être là. Et pourtant, même cette absence ne lui aurait pas suffi : il aurait préféré disparaître de ce monde.

Il lui arrivait de songer au Grand Ubaldo qui avait lui aussi disparu. Certes, il n'avait pas disparu du monde en général, mais du petit monde que connaissait Roberto. En son for intérieur, Roberto avait soif d'aventures, de pays étrangers, mais il était timoré. Ses rêveries se heurtaient toujours à l'idée fixe que la vie, c'était pour les autres. Pour lui, il y avait la mort. Ne l'avait-on pas trouvé dans un cercueil ?

Un jour, Roberto s'efforça de faire le poirier en pensant

justement au Grand Ubaldo, l'avaleur de sabres. Il resta ainsi sur la tête, les talons bien calés contre le mur de la maison. Il se remémora le « numéro de l'échelle » et sentit la tension de ses triceps encore insuffisamment développés au moment où il tenta de plier les bras. Un faux mouvement, se disait-il, une défaillance, un tremblement, et l'acier froid lui transpercerait les entrailles... Son père apparut brusquement, se pencha sur lui à toute vitesse et lui chatouilla les aisselles. Roberto s'effondra en pouffant de rire.

« Zut alors ! » dit-il d'un ton réprobateur en essuyant un peu de salive aux commissures de ses lèvres. Il éprouvait aussi de la surprise. Son père ne l'avait jamais touché depuis l'incendie du grenier. Les moments de contact physique avec lui, toujours purement fortuits, avaient même quelque chose de déplaisant, de pénible. C'était le cas en ce moment.

Couché dans l'herbe, Roberto regardait d'en bas ce gros barbu qui s'évertuait à jouer le rôle de père. Il se sentait très seul et aurait eu besoin de quelqu'un pour le diriger. Pour lui conseiller certaines choses, lui en interdire d'autres. Il avait aussi le désir de modeler sa vie, de l'organiser. Mais personne ne lui en donnait les moyens. Surtout pas Alfred Dillinger, en dépit des efforts que lui dictait sa mauvaise conscience. Celui-ci se retirait généralement dans son atelier ou partait avec le corbillard. Ou buvait. Il n'était pas le père de Roberto. Roberto n'avait pas de père. Il n'avait pas de mère non plus. Il n'avait pas d'ancre pour le retenir, pour l'amarrer solidement dans la terre de ce monde.

Autour de lui, tous les gens paraissaient courir sans relâche après des choses importantes, poursuivre des buts importants. Roberto se voyait comme une feuille balancée de-ci, de-là, au gré du vent des autres qui s'agitaient autour de lui.

A l'école, on l'appelait « le taré ». Il avait le tic de faire craquer brusquement son cou, ce qui ne manquait jamais de provoquer des sursauts nerveux chez ses camarades. De plus, sa respiration était souvent sifflante comme celle d'un asthmatique. Avec l'atroce bonnet tricoté main, le tableau était complet.

« Eh, le taré, lui disait par exemple son voisin à l'école. Arrête de respirer comme ça, t'es énervant. » Et il lui arrachait son bonnet de grossesse qu'il lançait ensuite dans la classe comme un disque.

Roberto faisait craquer son cou.

« Oooh, gémissait le garçon. Ça va, je me rends.

– Ta gueule, tête d'œuf, le rembarrait un autre voisin. Arrête un peu tes craquements ! »

Il y avait deux clans dans la classe : un qui l'appelait « taré », et un autre qui lui disait « tête d'œuf ». Les plaisanteries sur les tarés étaient à la mode.

« Mon nom, c'est Champ de colza, rectifiait Roberto qui ne pouvait oublier Sonia Kraal.

– Champ de colza ? »

C'était le genre de réponses que faisait Roberto, tandis que les autres se posaient de sérieuses questions sur sa santé mentale. (On le traita aussi d'« aliéné » pendant un certain temps, puis on s'en lassa.)

Pendant les interrogations écrites, Roberto devait même s'isoler dans un coin. Comme son voisin ne pouvait plus le supporter, il s'en plaignit au professeur : « Je ne peux plus me concentrer, le taré est encore en train de *respirer* !

– *Spasmophile*, corrigea le professeur, M. Koball. Ça s'appelle un *spasmophile*, mais ce n'est pas gentil de dire ça d'un camarade. »

Roberto fit craquer son cou.

« Oooh », gémirent en chœur l'élève et le professeur.

Roberto aurait préféré rentrer sous terre.

Le réduit à poubelles, oui, c'était la meilleure idée. Coquelet ne l'y trouverait jamais. Quand il se faisait tout petit, il pouvait se blottir comme un chat derrière les sapins. Roberto se retourna brusquement : pas de Coquelet à l'horizon. Il commencerait sans doute par passer en revue les cachettes habituelles, les cercueils près de l'atelier des Dillinger, l'escalier de la cave, et caetera. Ils avaient élu comme terrain de jeux la rue Kramerkoppel dans son intégralité, à l'exception des propriétés appartenant à des grincheux.

L'ancienne maison des Kraal avait été séparée en six appartements, d'où les six poubelles qui se trouvaient dans le passage étroit entre le mur de la maison et le garage. Cette répartition de l'espace habitable n'avait pas amélioré l'aspect de la propriété : aucun des nouveaux locataires ne se sentait responsable du terrain. Le portail jaune était rouillé et se balançait sur un seul gond, et le jardin était à l'abandon.

Roberto avait douze ans.

« On est beaucoup trop vieux pour déconner en jouant à cache-cache, avait-il dit.

– Pourquoi ça ? » avait répondu Coquelet, non sans raison.

Pourquoi pas, puisque c'était encore amusant ! Roberto avait beau arborer des jeans rapiécés et de grands manteaux puants, il se considérait toujours au fond de lui comme un enfant. Mais il ne fallait surtout pas le traiter de gamin. Il avait un peu grandi, même s'il n'avait pas encore de boutons qui étaient le signe incontestable de la puberté, et sa voix n'avait pas fini de muer. Les jours où, les nerfs en pelote, il arpentait sa chambre comme une âme en peine étaient désormais assez rares. Les autres garçons de son âge étaient déjà assis sur la place du marché à vider des canettes de bière. Ou bien ils se retrouvaient pour écouter des disques et boire des infusions mystérieuses auxquelles Roberto prêtait des vertus hallucinogènes. Ce style de vie était étranger à Roberto, qui jouait encore à cache-cache. Eh oui.

Il s'accroupit derrière les poubelles grises en les rapprochant avec précaution pour ne laisser entre elles aucun espace par lequel on aurait pu l'apercevoir. Ensuite, tout fier de son astuce, il ouvrit les couvercles de deux autres poubelles pour former le toit de sa cachette. Coquelet, qui avait à peine grandi au cours des dernières années, pourrait toujours essayer de passer la tête au-dessus des poubelles, il n'y verrait que du feu. A moins qu'il ne les referme, mais il aurait fallu pour cela, et Roberto connaissait bien son ami, éveiller sa méfiance. Il ne se douterait de rien si Roberto restait tranquille et arrivait à se retenir de rire.

Ce dernier s'efforça de penser à des choses tristes en arrangeant son bonnet. Son couvre-chef était horrible, mais il valait mieux que rien du tout.

Roberto baissa la tête et se mit à observer la petite parcelle de terre qui était à ses pieds. Un insecte noir vaquait à de sérieuses activités entre les poubelles. Une fourmi inspectait le terrain. Sur les touffes de mousse qui poussaient entre les dalles se trouvaient deux mégots, des papiers de Milky Way, un mouchoir en papier usagé et une sorte de bon de commande sur lequel on pouvait lire : Simone de Beauvoir, *Tous les hommes sont mortels*. Roberto savait que Simone de Beauvoir était un écrivain. Il ne connaissait pas le titre de ce livre, mais il lui rappelait un vague souvenir. Le bout de son index droit se mit soudain à palpiter. Roberto se demanda ce que cela signifiait quand un bruit de pas attira son attention. Était-ce Coquelet qui le cherchait ? Non. Ce n'était pas la démarche de Coquelet. Les pas se rapprochèrent et la personne s'arrêta juste devant les poubelles. Roberto aperçut entre les couvercles une corbeille à papier que l'on vidait. Tiens, tiens : quelqu'un qui habitait ici. Une main de femme saisit le couvercle et le referma, privant ainsi Roberto de son écran protecteur.

« Oh là ! » s'écria la femme, effrayée. C'était une jeune femme, ou plutôt une jeune fille, et elle dépassait en beauté tout ce que Roberto avait vu jusqu'alors. « Mais qu'est-ce que c'est que ça ? »

Roberto mit son index palpitant sur sa bouche. « Chut »,

supplia-t-il. Puis ce fut son tour d'avoir peur. La fille avait de longs cheveux blonds. Il aimait ses cheveux. Ils avaient vite repoussé. Cela faisait longtemps qu'elle avait coupé sa natte, c'est vrai, mais ses cheveux lui arrivaient déjà presque aux hanches. Il pensa alors à ses propres cheveux, ou plutôt à leur absence, et au bonnet ridicule qui protégeait son crâne chauve des regards indiscrets. Sonia toisait Roberto avec un mépris amusé qui le vexa. Il rougit jusqu'aux oreilles.

« Tu es rouge comme une tomate, lui dit Sonia. Tu vas te bloquer la circulation, à rester accroupi comme ça. »

Roberto se leva.

« Qu'est-ce que tu fabriques là, au juste ?

– Moi..., hésita Roberto. Rien. »

Elle l'examina avec attention : « Tu n'es pas un peu trop vieux pour jouer à cache-cache ? »

Le père de Roberto avait tenu exactement les mêmes propos : « Enfin, voyons, tu as douze ans ! » Roberto s'était contenté de hausser les épaules. Depuis la mort de sa femme, Alfred Dillinger s'efforçait en toute honnêteté de « faire l'éducation » de Roberto, comme il disait. Et ses efforts ne cessaient d'horripiler Roberto.

Cette fois cependant, il regretta de ne pas avoir écouté son père : il lisait dans le regard de Sonia qu'elle avait manifestement passé l'âge de jouer à cache-cache. Il aurait en outre aimé que l'éducation paternelle le fasse grandir un peu, car Sonia le dépassait d'une demi-tête. Elle avait déjà de vrais seins, presque trop opulents pour son corps mince, elle avait des hanches, bref elle était d'une beauté renversante. Une bombe sexuelle, aurait dit Coquelet.

Deux plis verticaux se dessinèrent entre les sourcils parfaitement arqués. Les yeux en amande clignèrent. « Dis-moi, Roberto... c'est bien toi ? »

Roberto la regardait d'un air abruti.

« Non mais, c'est pas vrai ! » s'exclama-t-elle. Puis, avec

indifférence, en se retournant déjà pour s'en aller : « Tu habites toujours ici ? »

Roberto comprit brusquement qu'elle avait mis un certain temps à le reconnaître, ou bien, ce qui était pire, qu'elle avait fait semblant de ne pas le reconnaître tout de suite.

Il lui faisait pitié !

Roberto tâta du pouce l'extrémité palpitante de son index, histoire de sentir encore la coupure qu'ils s'étaient faite pour devenir frères de sang.

« Est-ce que tu es..., croassa Roberto d'une voix blanche d'ancien boxeur qui a pris un sale coup sur le larynx. Est-ce que tu habites toujours ici ?

– Oui. » Sonia l'examinait en restant sur ses gardes, comme s'il avait eu une maladie contagieuse. « Nous sommes revenues nous installer ici, ma mère et moi. Depuis vendredi. »

Sonia Kraal était donc revenue, un an et demi après son départ. Sa mère avait dû se séparer de son ingénieur et s'était réinstallée dans cette maison où elles avaient habité pendant des années.

« Mais c'est... formidable », articula Roberto en piquant un nouveau fard.

Sonia ne répondit rien. Dieu qu'elle était belle ! Elle ressemblait aux filles de ces *Playboy* qu'Alfred Dillinger cachait dans son armoire sous une pile de vieux numéros du *Spiegel*.

« Et ce bonnet ? » Sonia brandit sa corbeille à papier en hochant la tête. « C'est le carnaval, ou quoi ?

– Non, nous... » Roberto fut ensuite incapable d'émettre le moindre son. Sapristi, elle lui parlait vraiment comme à un gamin !

« Ou bien... » La voix de Sonia se teinta de compassion. « Est-ce que tu aurais un cancer ? »

Les idées et les sentiments tourbillonnaient dans la tête de Roberto comme dans un maelström. La honte, l'espoir, la vanité blessée, l'amour, la fierté, le dépit. « Moi..., bredouilla-t-il, je... » Puis, dans un accès de colère, il ôta brusquement son bonnet. « Non, aboya-t-il avec un couac, je suis chauve ! Je m'arrache les cheveux ! Et tu veux savoir pourquoi ? » A bout de souffle, il se cogna contre une poubelle. « Pourquoi ? Parce que ça m'amuse, na ! » Sur ces mots, il s'éloigna d'un pas lourd. C'était au moins la deuxième fois qu'il avait réussi à stupéfier Sonia Kraal.

Il faillit trébucher en passant le portail du jardin quand la voix de Coquelet lui claironna dans le dos : « Eh ben, mon cochon ! C'était qui, cette bombe sexuelle ? » Coquelet montra de la tête la maison dont la porte venait de se refermer.

Roberto le regarda, les lèvres serrées. « C'était ma sœur de sang, marmonna-t-il d'une voix aussi grave qu'il le pouvait.

– Eh là, dit Coquelet, l'air soucieux. C'était pas Sonia Kraal, par hasard ? Elle est revenue ? »

Elle est revenue, pensa Roberto. Elle est revenue. Mais elle est tout de même restée lointaine. Il dit : « Elle me méprise.

– Tu crois ? » Coquelet hocha la tête. « Elle t'a quand même regardé en souriant quand t'es parti.

– Elle a souri ? Pour de vrai ?

– Ouais, elle a souri.

– Ah, tiens, dit Roberto. Eh bien, soit. » C'était un tic verbal de son père. « En tout cas, c'est la dernière fois que je joue à cache-cache. »

Coquelet le regarda d'un air un peu triste.

« Je vais me faire pousser les cheveux. Et le reste aussi. Il faut que j'aie une voix grave.

– Hein, tu veux quoi ? » demanda Coquelet qui ricanait presque désespérément en considérant son propre corps, toujours beaucoup trop petit. Puis il ouvrit les bras et leva les yeux vers son ami. « Tu veux grandir ? » Coquelet se mit à hocher la tête. « Mais écoute, Roberto, moi, j'attends ça depuis que je suis né. »

Roberto haussa les épaules.

Coquelet restait sceptique. « Tu crois sérieusement qu'il suffit de le vouloir ?

– Oui », affirma Roberto.

Qui nage la brasse bien peu embrasse

Cet été-là, ils passèrent toutes leurs journées près de l'étang du Moine. Par beau temps et jusqu'aux premiers jours d'automne puisque l'étang, allez savoir pourquoi, était régulièrement vidé au début du mois d'octobre. Ensuite, il ne restait plus qu'une grande fosse noire pleine de vase. Mais, dès l'hiver, cette grande fosse noire pleine de vase se remplissait d'un jus putride. Quand cette espèce de bouillon était gelé, on pouvait patiner dessus.

Sonia fréquentait le même lycée que Roberto, avec une année d'avance sur lui. Il l'apercevait souvent dans la cour de récréation, mais la plupart du temps, elle semblait ne pas le voir. Et quand elle lui faisait un léger signe de tête, Roberto devenait régulièrement cramoisi tandis que sa gorge se transformait en râpe à fromage. Il faut dire que Roberto avait désormais des cheveux ; depuis le retour de Sonia, il avait énormément grandi, ce que Coquelet ne laissait pas de considérer comme un miracle et une profonde injustice, car ses poussées de croissance dépassaient tout ce qu'on pouvait imaginer. Son visage s'était marqué, ses joues s'étaient creusées, et son nez plus long et plus prononcé décrivait une courbe qu'il trouva d'abord laide mais que les autres qualifiaient d'aristocratique.

Sa voix était aussi en train de muer, et il menait l'habituelle lutte contre l'acné. Il avait commencé à se raser, même si, comme le lui faisait remarquer Alfred Dillinger, il n'avait pas besoin d'emprunter son rasoir pour ce faire :

« Un petit pain mouillé aurait fait l'affaire. » Mais Roberto avait entendu que la barbe poussait plus vite quand on se rasait, et il était passionné par tout ce qui pouvait le rendre plus solide, plus large, plus grave, plus long, plus puissant et plus viril. Il s'était d'ailleurs acheté quelques appareils de musculation avec lesquels il s'entraînait consciencieusement, et il trouvait qu'il n'avait pas trop mauvaise allure, même s'il n'était ni aussi grand ni aussi costaud que Schillo, par exemple.

En outre, on ne cessait de répéter que les filles attachaient de l'importance aux qualités intérieures, et Roberto en avait à revendre, du moins en cas d'urgence. Si les bruits qui revenaient à ses oreilles étaient exacts, certaines filles le trouvaient « gentil ». Ne sachant pas trop ce qu'il fallait en penser, il avait résolu de prendre cela comme un compliment. Les filles qui le trouvaient gentil étaient d'ailleurs des idiotes de sa classe ou des classes inférieures, dont il n'avait que faire. Il ne pensait qu'à Sonia, sa sœur de sang.

Qui se fichait éperdument de lui.

Car elle s'en contrefichait !

Cette fille que Roberto avait trouvée inaccessible avant de l'impressionner avec son numéro du hamster paraissait maintenant une créature venue d'une autre planète, tant elle était loin de lui. Roberto avait souvent pensé à elle, et, dans ses rêveries, elle était toujours proche et familière. Il constatait avec dépit à quel point elle lui était étrangère. Elle avait grandi, et ses seins, auparavant des noyaux de cerise, avaient la taille de melons. Elle « sortait » bien sûr avec des garçons plus âgés, lesquels étaient méprisants et cruels, comme il se doit, et avaient une bonne mémoire.

« Hé, disaient-ils par exemple à Roberto, qu'est-ce que t'as fichu de ton bonnet de grossesse ? C'est un toupet que t'as sur la tête ? » Ceux qui étudiaient le français disaient « toupet », les latinistes « perruque ».

Sonia Kraal, tout le monde le savait, avait choisi d'étudier le français.

Sa matière principale était l'allemand, car elle voulait devenir écrivain. Elle publiait à l'occasion des poèmes et des nouvelles de son cru dans le journal du lycée. Ses contributions confortaient l'opinion générale selon laquelle elle cachait sous des dehors très séduisants une sensibilité hors du commun et un intellect largement supérieur à celui de ses camarades. Notamment à celui de Roberto, du moins le craignait-il. Cela ne l'empêchait pas d'aimer ses publications, surtout parce qu'il s'imaginait, en la lisant, avoir un droit de regard sur une vie intérieure qu'elle n'aurait jamais livrée dans des conversations qu'elle évitait d'ailleurs systématiquement.

Un soir que Roberto préparait le dîner pour son père et lui, Coquelet fit son apparition.

« Salut ! annonça-t-il sourdement dans un journal roulé qu'il tenait devant sa bouche comme un mégaphone.

– Tiens, salut, Coquelet. » Roberto était en train d'éplucher des pommes de terre.

« Tu prépares quelque chose à manger ?

– A ton avis ? »

Coquelet observa les ingrédients sur la table de la cuisine. « Je vous dérange ?

– Mais non. Tu veux manger avec nous ?

– Je ne dis pas non, si ça ne vous dérange pas.

– Ce qui nous dérangerait plutôt, ça serait de ne pas te voir débarquer dès qu'on met un rôti dans le four. On se demanderait où t'es passé.

– Bon, bon. » Coquelet baissa la tête. « Vous m'en voulez vraiment ?

– Pas du tout, tu sais bien que tu es toujours le bienvenu.

– C'est sympa d'entendre ça.

– Qu'est-ce que tu as, là ? » Roberto désignait le journal.

« Ah oui. » Coquelet déroula le journal. « Tiens, ta chère Sonia a encore pondu un truc dans le journal du lycée.

– Ce n'est pas ma chère Sonia, rétorqua Roberto, passablement agacé.

– Ah bon ? Alors je suppose que cette histoire ne t'intéresse pas beaucoup.

– Si, fais voir. » Roberto tendit la main vers le journal. Des morceaux de pommes de terre tombèrent sur le sol de la cuisine. Coquelet cacha le journal derrière son dos, le bras tendu.

« Il m'a coûté deux cinquante. Alors vire tes sales pattes de branleur. »

Roberto releva le menton. « Après mûre réflexion, je crois qu'il n'y aura pas assez de patates pour trois.

– Bon, d'accord. » Coquelet appuya ses hanches contre la table de la cuisine. « C'est moi qui te le lis.

– OK.

– C'est plutôt nul dans l'ensemble, si tu veux mon avis.

– Mais je ne te l'ai pas demandé.

– C'est pour ça que le monde ne tourne pas rond : parce qu'on ne me demande jamais mon avis.

– Alors, t'accouches ?

– Minute, minute. » Coquelet toussota pour s'éclaircir la voix. « Bien. *Trouvé et perdu*.

– Pardon ?

– C'est le titre de la nouvelle. *Trouvé et perdu*.

– Ah bon.

– Vers qui l'amazonétoilebleue s'est-elle envolée ? Ça, c'est entouré...

– Amazonétoilebleue ? l'interrompit Roberto qui avait déjà entendu ça quelque part.

– Ouais, c'est ce qu'il y a écrit. Tu permets que je continue ?

– Euh oui, vas-y.

– Alors... »

Konrad venait de finir de lire l'annonce quand l'amazonétoilebleue lui fonça dessus à tire-d'aile. « Oh là », dit-il en se précipitant sur le téléphone. Mais l'amazone l'avait devancé.

« Arrête, lui dit-elle en le suppliant de ses étoiles bleues, s'il te plaît. »

Konrad aurait eu du mal à résister à un « s'il te plaît », et encore davantage à des étoiles bleues. « C'est bon, j'y renonce. » Il se laissa retomber dans son fauteuil.

L'amazone rayonnait doucement en projetant des ombres pastel.

Coquelet secoua la tête. « Des ombres pastel », répéta-t-il avec mépris, en prononçant « pastaileu ».

« Continue », ordonna Roberto.

Coquelet soupira.

Elle dit : « Merci.

– Je t'en prie. » Konrad rougit un peu.

L'amazonétoilebleue pencha la tête sur le côté et le dévora des yeux.

« Tu veux ma photo ? demanda Konrad.

– Dommage que ce soit déjà parti.

– Comment ça, parti ?

– Tu étais très beau, il y a un instant. Tu étais tout rouge.

– Rouge, moi ? Qu'est-ce qu'il ne faut pas entendre… » Il se remit à étudier la page des petites annonces non sans avoir constaté que son pouls s'était légèrement accéléré.

Il leva les yeux. L'amazonétoilebleue avait sautillé jusqu'à la cuisine et s'affairait près du réfrigérateur.

« Bouh, quel froid ! » Ses plumes se hérissèrent. « Et rien que du pâté de foie, pouah !

– Le pâté de foie, c'est bon pour le foie », fit Konrad d'un ton docte.

Il l'entendit gratter le sol en linoléum. « Tu n'as pas quelque chose de normal à manger ? Du millet ou de l'épeautre ? »

Konrad soupira. « La génération des mangeurs de graines. Vous allez tous finir perclus de rhumatismes. » Il avait lu ça quelque part. « Dans le garde-manger, il doit rester un biscuit pour les mésanges qui date de l'an dernier.

– Ah, ah, gazouilla l'amazone, voilà qui est déjà mieux. » On entendit un léger tintement sans doute produit par les boîtes de conserve qu'elle dérangeait. « Ah, le voici. » L'amazonétoilebleue revint dans le séjour en picorant son biscuit pour mésanges. « Délicieux. Un peu rassis, mais délicieux. »

Konrad fit une moue boudeuse. « Tu as mis le désordre dans les boîtes de conserve, lui reprocha-t-il.

– Et alors, quelle importance ?

– Tu introduis le désordre dans ma vie.

– Exact. »

Konrad marmonna quelque chose.

« Écoute, ne sois pas si grincheux. » Elle picora les miettes sur le tapis.

Konrad reprit ses petites annonces. Ses phalanges blanches apparurent sous sa peau quand il lut :

« Donne : chat beige, bon chasseur. Répond au nom de "Teddy"... Bref : à donner. » Il prit le téléphone.

L'amazonétoilebleue mordilla le fil du téléphone. « Dis-moi, ce n'est pas gentil, ça. Méfie-toi, il répond au nom de Teddy, donc pas forcément à Konrad. Et ce Teddy n'est sûrement pas à l'œil.

– Mouais, fit Konrad. T'as raison.

– Tu vois ! »

Konrad la regarda. Elle avait de belles plumes brillantes. Et ses étoiles bleues étaient vraiment superbes. Il dit : « Je suis désolé.

– Oh, répondit l'amazone radoucie. Il n'y a pas de mal. » Elle continua de picorer son biscuit.

Konrad se redressa dans son fauteuil. « Toi, tu as dû passer les trois quarts de ton temps en captivité. Il faut que j'en tienne compte. »

L'amazonétoilebleue plissa le duvet de son front. « Liberté, médita-t-elle, captivité : ce sont des notions extensibles. Mais tu as raison : je me sens libre, maintenant. Je suis libre. Je me suis envolée de ma cage dorée. Et je veux jouir de ma liberté. Car on ne sait jamais quand le bonheur prend fin. » Elle hésita. « Quelle chance j'ai eue de te rencontrer, Konrad. »

Elle s'approcha tellement de lui que les extrémités de ses plumes lui caressèrent les genoux.

Konrad rougit encore. Il saisit hâtivement son journal de petites annonces. Les pages tremblaient un peu entre ses mains.

Elle lui retira doucement son journal. « Konrad. Regarde-moi. »

Il le fit d'un air gêné.

« Konrad, je voudrais jouir de ma liberté. Est-ce que tu me le permets ?

– Euh, oui, bien sûr.

– Mais je voudrais peut-être jouir aussi de ta liberté à toi. »

Konrad avait la langue sèche. Sèche et râpeuse. Il se rendit compte qu'il avait la bouche ouverte et la referma.

L'amazonétoilebleue le regarda droit dans les yeux. « Je voudrais jouir de toi, Konrad.

– Oh, fit Konrad, tu sais... »

Il recula dans son fauteuil.

« Alors, je peux te faire ça ? » demanda l'amazonétoilebleue.

« Ben dis donc, qu'est-ce qu'elle est en train de lui faire ! ricana Coquelet.

– Chut ! ordonna Roberto.

– Quoi, chut ? Tu veux que je lise ou non ?

– Mais oui !

– Alors pourquoi chut ?

– Tu te calmes et tu continues à lire. Capito ? »

Coquelet leva les yeux au ciel. « Alors... », poursuivit-il.

Konrad fit un bruit qu'il n'avait encore jamais fait auparavant. Il ne se serait jamais cru capable de produire un bruit de ce genre. Il avait envie de se noyer dans le coussin du fauteuil. L'amazone était si proche qu'il sentait son parfum. Une de ses épaules produisit un léger craquement.

« Détends-toi. »

Elle lui fit quelque chose.

« Oh.

– Complètement. »

Elle lui fit autre chose.

« Oh oui. »

Elle se frotta contre lui, entoura son corps de ses ailes moelleuses et chaudes ; il se noya dans ses plumes.

Ils s'envoyèrent en l'air.

« Ils s'envoyèrent en l'air, répéta Coquelet d'un air entendu.

– Oh, ça va.

– Te fâche pas. Alors… »

Ils s'envoyèrent en l'air. Ils le firent toute la nuit. Ils le firent très fort et très doucement. C'était merveilleux.

Au lever du jour, Konrad sombra dans un doux sommeil. La dernière chose qu'il aperçut, ce fut les étoiles bleues qui le regardaient tendrement. Avec une tendresse mêlée de crainte.

« De quoi as-tu peur ? murmura Konrad.

– Du matin.

– Pourquoi ça ? »

Elle lui caressa les paupières. « Dors. »

Konrad rêva. Il fit un très beau rêve. Il rêva que l'amazonétoilebleue allait rester chez lui pour toujours, pour toute la vie.

Un bruit de frottement le réveilla. Il n'avait pas dû dormir longtemps car le soleil rouge pointait à peine au-dessus de l'horizon de la ville. L'amazonétoilebleue, à la fenêtre, nettoyait ses plumes. D'où ce frottement qu'on entendait. Elle était merveilleusement belle.

« Bonjour, dit tendrement Konrad, appuyé sur un coude. On ne peut pas dire que tu sois du genre lève-tard. »

L'amazonétoilebleue lui jeta un regard mélancolique. « Bonjour, Konrad. Et adieu. »

Affolé, il se redressa à la verticale : « Pourquoi adieu ? Tu t'en vas ?

– Je m'envole.

– Mais tu reviendras ? »

Elle secoua la tête.

« Mais enfin, pourquoi ? s'écria-t-il, désespéré. Est-ce qu'il faut vraiment que je te perde déjà ? Dès maintenant ? » La peur de la perdre lui faisait perdre tous ses moyens.

Elle parlait à voix basse. « Nous, les amazonétoilebleues, nous ne pouvons passer qu'une seule nuit avec un homme. C'est tout ce qui nous est accordé. »

Coquelet, plié en quatre, poussa un cocorico : « Passer une nuit avec un homme ! »

Roberto lui lança un regard noir.

« Bon, bon. » Il continua sa lecture.

« Mais enfin pourquoi ? Pourquoi une seule nuit ? demanda-t-il.

– Parce que, autrement, nous perdons notre liberté.

– Eh bien perdez-la ! » haleta Konrad qui ne pouvait en croire ses yeux. Il était encore en train de rêver. Ce n'était qu'un cauchemar, il allait se réveiller tout de suite.

« Après, on ne veut plus nous laisser partir, poursuivit l'amazone. On veut nous garder pour soi, pour toujours. On nous enferme dans une cage dorée. »

Konrad comprenait. Il baissa la tête.

« Une cage dorée comme celle dont je me suis échappée hier, heureusement. »

Ils se regardèrent longtemps tous les deux. Le soleil du matin inondait la pièce de rouge. Deux petits nuages roses passaient dans le ciel, encore un peu ébouriffés par la nuit. L'amazonétoilebleue dit : « On va avoir une belle journée. »

Konrad acquiesça faiblement.

« Adieu, mon chéri. Et… merci.

– Ne me remercie pas pour ça, articula péniblement Konrad.

– Et ne sois pas triste. Enfin, pas trop.

– Je ne te reverrai jamais ? Jamais ? »

Elle lui posa une de ses plumes sur les lèvres. « Chut… Adieu. »

Elle s'élança sur le rebord de la fenêtre. Le soleil teintait de mauve son plumage. Elle ne se retourna pas vers Konrad : elle n'avait d'yeux que pour l'immense ciel bleu. Elle ouvrit ses ailes, les déploya entièrement et se laissa tomber vers la liberté. Avec un cri où se mêlaient le plaisir, la douleur et la félicité, elle s'éleva dans le ciel.

« Adieu », murmura Konrad. Puis il cria : « Adieu ! »

Il la suivit longtemps des yeux tandis qu'elle devenait de plus en plus petite. Tandis qu'elle ne cessait de monter dans le ciel matinal, il lui souhaitait bonne chance ; il faut dire qu'il n'avait guère le choix.

Le soleil avait progressé dans sa course, et Konrad était encore là. Le cri de l'amazonétoilebleue s'était tu depuis longtemps. Lorsque Konrad observa le ciel, une larme jaillit de son œil gauche, grossit et coula sur sa joue avant de tomber sur le tapis qui l'absorba.

Il alla jusqu'à son fauteuil en laissant la fenêtre ouverte. Il prit son journal de petites annonces. « Perruche jaune, envolée le 16. 6, poitrine verte, masque noir sur la tête. Merci donner nouvelles. Téléphone… »

Konrad regarda par la fenêtre. Longtemps. Il prit ensuite le reste du biscuit qui gisait sur le tapis et le posa sur le rebord de la fenêtre. Peut-être…

Il se rassit dans son fauteuil. Il regarda par la fenêtre. Longtemps.

Coquelet lâcha le journal en hochant la tête. « Complètement kitsch. » Il regarda Roberto et haussa les sourcils, tout étonné. « Qu'est-ce que t'as, tu pleures ? »

Les yeux de Roberto avaient un drôle d'éclat. « Moi ? Non. » Il s'essuya le visage du revers de la main. « C'est les oignons que j'ai dans les yeux. »

Coquelet inspecta la table de la cuisine. « C'est pas des oignons, c'est des pommes de terre.

– Bon, alors j'ai des pommes de terre dans les yeux.

– Dis plutôt que t'as de la merde dans le cerveau. »

Ce récit ne fut pas sans provoquer un scandale au lycée, à cause de l'expression « s'envoyer en l'air ». C'est de la pornographie, tonnait M. Krummpacker, cela n'avait rien à faire dans un journal scolaire ; on menaça de fermer la rédaction. Le texte eut aussi ses défenseurs. Encouragée par son professeur d'allemand, M. Koball, Sonia l'envoya aux organisateurs de divers concours littéraires et ne reçut que des refus sous forme de lettres toutes faites. Mais Sonia ne s'en préoccupait pas : « J'écris pour moi-même, disait-elle souvent. Pas pour les autres. De même que je vis pour moi et pas pour les autres.

– Mais alors, lui objectait-on, pourquoi publies-tu tes trucs dans le journal du lycée, si tu les écris seulement pour toi ? »

Sonia haussait les épaules. Ce n'était pas son genre de donner des réponses logiques, et vivre selon la logique n'était manifestement pas non plus son genre. Car si elle ne vivait que pour elle-même, comment expliquer les légendes qui circulaient sur son compte, selon lesquelles elle était toujours prête à faire certaines choses dans les sous-bois, des choses…

Personne ne savait quelle était la part de vérité de ces histoires sans doute amplifiées par les esprits échauffés de garçons en pleine puberté.

« Quelles choses ? » demanda Roberto.

Ils étaient dans la cour de récréation, derrière le gymnase, à l'abri de la surveillance des professeurs. Roberto et Mark Huntz, dont le passe-temps favori était de poursuivre des petits garçons en les fouettant avec une serviette mouillée près de l'étang du Moine. Mark fumait une de ces cigarettes françaises puantes ; il n'avait guère que quatorze ans et il fallait en avoir seize pour obtenir son permis de fumer. Été comme hiver, il portait une parka de l'armée allemande. A la place du drapeau tricolore, il avait cousu des publicités vantant les mérites de la « Gueuze » et de la « Mort subite ».

« Ben, tu sais... » Mark pencha la tête. « Pour commencer, il faut faire une course à la nage avec elle, jusqu'à l'autre rive.

– Une course à la nage ?

– Elle nage drôlement vite, tu sais.

– Bon, et après ?

– Ben...

– Allez, raconte ! Tu sais de quoi tu parles ou tu racontes encore des conneries ?

– Je raconte pas de conneries.

– Bon, alors vas-y.

– Elle... » Mark fit quelques gestes désordonnés qui pouvaient signifier beaucoup de choses.

« Elle attrape ton machin et elle fait des trucs avec, enfin tu vois.

– Ah bon ? »

Brusquement soulagé, Roberto fit, d'un air obtus : « Si c'est que ça, je peux le faire tout seul.

– Sans blague ? »

Mark lâcha son mégot pour en piétiner l'extrémité incandescente. Il souffla de la fumée et prit une voix de conspirateur : « Elle le fait avec la bouche. »

Un bref déclic se produisit dans le cerveau de Roberto. Les possibilités offertes par le mystère et l'interdit s'ouvrirent au grand jour comme des portes écarlates. Ces possibilités inondèrent toutes ses autres pensées.

« D'où tu sais ça ? demanda Roberto.

– J'te dis, c'est comme ça qu'elle le fait. Quand tu gagnes à la nage, elle s'agenouille devant toi et... Entre nous, t'as jamais remarqué qu'elle a les joues creuses et des fossettes ? C'est à cause de ça. Elle est toujours en action, là-bas, sur l'autre rive, dans les buissons. » Le récit de Mark s'enfla dans un crescendo frénétique. « A ton avis, pourquoi elle a des nichons super ? » Connaissant d'avance la réponse, il rayonnait : « Les protéines ! Qu'est-ce que tu crois ! C'est pas en bouffant des glaces, ah non ! Elle l'avale. Elle avale tout, et... »

Sans réfléchir, Roberto avait pris son élan pour lui envoyer un uppercut. Son coup de poing, qui n'était pourtant pas très violent, avait touché son but. Mark s'effondra contre le mur du gymnase comme un sac détrempé. Il lui fallut quelques secondes pour reprendre ses esprits. Comme il tenait à sa réputation de dur dans la classe, il regarda Roberto avec étonnement. « Non, mais c'est que tu m'as mis K-O ! dit-il, stupéfait.

– Désolé. » Roberto lui tendit une main et l'aida à se relever.

« Carrément K-O. » Mark tapota sa parka pour l'essuyer. Il était bien trop sonné pour rendre le coup à Roberto. « J'étais parti, complètement parti. D'ailleurs, ça ne m'a même pas fait mal. » Il regarda autour de lui d'un air hagard. Personne ne l'avait vu. Ils se trouvaient derrière le gymnase, dans le coin le plus reculé. Mark se tâta le menton. « Comment tu t'y es pris ? » demanda-t-il avec une nuance de respect dans la voix.

Roberto haussa les épaules. « Moi, euh, j'ai simplement touché le bon endroit.

– Quel enculé ! » Le véritable Mark faisait enfin surface. « Pourquoi t'as fait ça ?

– Je... n'aime pas qu'on parle comme ça de Sonia.

– T'aimes pas ? T'aimes vraiment pas ça ? Ben alors, pose pas de questions là-dessus !

– Excuse-moi. » Roberto haussa encore les épaules. « Mon poing est parti un peu trop vite. » Il eut un léger rictus.

« D'accord. » Mark regarda encore une fois autour de lui et rajusta sa parka. « Si t'en parles à personne, je dirai rien non plus, OK ?

– OK. »

Mark prit le large.

Appuyé contre le mur du gymnase, Roberto pensa à Sonia Kraal jusqu'à ce qu'il entende la sonnerie. Une chose était sûre : elle n'était pas une fille comme les autres, loin de là. Elle s'adressait aux sentiments les plus élevés de ses condisciples comme à leurs instincts les plus bas.

Personne ne comprenait vraiment qui elle était.

Pas même Roberto.

Mais un désir venait de naître dans le cerveau de Roberto, un désir plus fort que tout. Il voulait se faire inviter à une course à la nage par cette Sonia qui incarnait le rêve de toute une génération de garçons défigurés par l'acné. Ce désir ne deviendrait jamais réalité, Roberto le savait pertinemment. La Sonia Kraal qui condescendait à le fréquenter n'existait que dans ses phantasmes. Mais les images de ces phantasmes étaient si puissantes qu'elles accompagnaient Roberto du matin au soir. Il devenait en pensée le metteur en scène de son propre film érotique. Il imaginait sans cesse de nouvelles variantes ; des entrées en matière toujours différentes menaient à un finale qui était, lui, toujours identique. Les acteurs principaux étaient à chaque fois les mêmes : Sonia et lui, à divers stades de leur extase régulièrement ascendante.

Roberto gardait souvent ces idées pour le soir, quand venait le moment de se mettre au plumard.

Il ne tenait pas souvent jusqu'au soir. Et même jamais, pour tout vous dire.

C'était une période difficile pour Roberto.

Nul n'ignore que la puberté, comme l'enfance, est un cauchemar.

Or les temps les plus pénibles ont une fin : on devient adulte, ou, plutôt, la nature vous gratifie des attributs de l'âge adulte. Pour l'homme, à n'en point douter, c'étaient des poils sur la poitrine, de la barbe, une voix grave et l'envie de se masturber toutes les demi-heures.

Pour ce qui était de sa croissance, l'été de ses quatorze ans, Roberto dépassa le mètre quatre-vingts, taille qui le propulsa de la position d'arrière-centre à celle d'attaquant. Il s'aperçut en outre qu'il bronzait très vite, ce qui correspondait à l'idéal esthétique de sa génération. Il n'avait certes rien d'un champion ni d'une armoire à glace comme Schillo, mais le gamin monté en graine qui se rasait beaucoup trop souvent était devenu, en l'espace d'une année, un beau jeune homme bronzé aux yeux noirs et aux cheveux bruns avec des reflets blonds en été.

Oui, vraiment, des cheveux bruns. La difficile période de la calvitie était maintenant révolue pour Roberto.

« T'as réussi, lui dit Coquelet avec déférence quand ils brûlèrent solennellement le bonnet de grossesse. Comme tu te l'étais promis. »

Roberto sourit. « T'es pas mal non plus », répondit-il. Coquelet avait enfin grandi, pas beaucoup, il était toujours le plus petit de sa classe, mais il avait une forme normale et acceptable de petitesse. Personne n'aurait songé à le traiter de nain ou de gnome. De plus, Coquelet était en train de muer, et sa voix alliait désormais les dissonances d'une scie circulaire à des notes plus graves à la Lee Marvin. C'était l'époque où Lee fredonnait dans l'éther sa chanson *I was born und'r a wand'ring star*, et Coquelet se voyait assez bien dans le rôle du Lonesome Cowboy. Il avait l'ambition de compenser l'échec de sa petite taille par une voix de basse sonore, ce qui lui donnait beaucoup de travail.

Alfred Dillinger, qui était bien placé pour en parler, qualifiait sa voix de sépulcrale ; il demanda à Coquelet s'il avait l'intention de se mettre à fumer à tour de bras, ce qui lui abîmerait les cordes vocales et produirait immanquablement l'effet voulu.

« J'vais y penser », répliqua Coquelet dont la voix traversa tous les sommets alpins et les fosses des Mariannes du spectre sonore.

Roberto et Coquelet étaient en train de devenir des

hommes, et c'étaient les hommes qui gouvernaient le monde. Tous les deux avaient enfin de bonnes raisons d'envisager l'avenir avec confiance.

Roberto avait les yeux fermés. Il était allongé sur sa serviette de toilette, la tête enfouie entre ses bras. Une fourmi vagabondait sur son pied en le chatouillant. Une brise tiède agitait les arbres et on entendait un grand plouf chaque fois que quelqu'un plongeait du ponton dans l'étang. Ils étaient tous là. Il avait vu Schillo, un paquet de cigarettes coincé dans l'élastique de son slip de bain. Mark. Coquelet était parti en geignant, après s'être écorché le pied sur une vieille canette de bière.

L'étang du Moine n'était en fait qu'un bouillon noirâtre. Quand, avec une grimace de dégoût, on pataugeait sur ses rives boueuses pour s'avancer vers le centre, on s'enfonçait dans la vase jusqu'aux chevilles, puis jusqu'aux genoux. Chaque pas était accompagné de gargouillis nauséabonds provenant des entrailles de l'étang. Mais on allait quand même à l'étang parce que tout le monde y était. C'était le lieu de rencontre. En été, il devenait le théâtre de tous les excès juvéniles et regorgeait de possibilités en suspens. Les garçons venaient lorgner les seins blancs des filles qui se changeaient. Les filles, qui venaient pour faire admirer furtivement leurs seins, étaient d'une maladresse notoire quand elles se rhabillaient. Leurs serviettes tombaient toujours dans l'herbe. Mais cela s'arrêtait là. En tout cas pour Roberto. Bas les pattes ! Pas touche ! *Off limits*, comme aurait dit sa grand-mère.

La fourmi explorait le creux du genou de Roberto qui la chassa d'une main lourde. Il soupira. Il rêvait de femmes. « Viens », lui dit La Blonde Au Corps De Rêve. Elle l'avait pris en stop dans son cabriolet rouge et n'avait pas rajusté sa jupe troussée par un coup de vent. La Blonde Au Corps De Rêve glissa en avant sur son siège et sa fente se dessina sur l'entrejambe de son slip. « Tu veux toucher ? » roucoulat-elle d'une voix enfumée. « Bien sûr », murmura Roberto avec aisance. Il était du genre très détendu. « Pourquoi pas ? » Au moment où le bout de ses doigts palpitants s'approcha du tissu gonflé par la chair, il sentit qu'une ombre passait au-dessus de lui.

Mécontent, il jeta un coup d'œil par-dessus son avant-bras. Le mois d'août touchait à sa fin. Le soleil encore très chaud s'apprêtait à se coucher derrière les cimes des arbres, sur la légendaire « Autre Rive ». Roberto tourna la tête et cligna des yeux à la lumière des rayons soudain plus intenses. Il aperçut deux très jolis pieds bronzés dont les ongles étaient vernis d'une couleur nacrée.

« Salut », fit une voix d'en haut.

Il continua à tourner la tête, ce qui ne manqua pas de faire craquer son cou. La créature de ses rêves était là devant lui. La Blonde Au Corps De Rêve présentait le corps susdit dans une perspective presque obscène. Il voyait d'en bas ses seins, voluptueux kouglofs que la pesanteur inclinait dans sa direction. Son ventre caramel, recouvert d'un très fin duvet doré. L'ombre de son nombril. Les os du bassin qui saillaient légèrement sous la chair pour l'allécher. Et sa petite culotte, rose elle aussi, le léger renflement entre ses jambes, qui laissait deviner en son milieu le sillon marquant l'entrée de toutes les délices de l'existence.

Elle avait un bikini rose réduit à sa plus simple expression, un de ces bikinis qui font affluer le sang à la tête des garçons avant qu'il ne plonge dans les régions inférieures de leur corps. Le sang pouvait-il plonger ? Telles étaient les idées qui traversaient le cerveau de Roberto à ce moment. Brusquement à court d'oxygène, son système cérébral engendrait des pensées chaotiques.

« On fait une course à la nage ? » demanda Sonia Kraal. Roberto resta comme foudroyé. « Euh, à la nage ?
– Oui. Jusque là-bas, de l'autre côté.
– Tu veux dire, euh, vers l'autre rive ?
– Oui, c'est ce que je dis.

– Là où il y a les buissons ? »

Sonia fronça les sourcils. « Dis donc, t'as pas la comprenette un peu dure ? » Elle secoua ses cheveux d'or au soleil. « Crétino. »

Un sourire s'esquissa sur les lèvres de Roberto. La voyelle de sauvetage. Elle ne lui avait pas donné ce nom depuis quatre ans. Il s'enhardit. « Et quel est le prix ? demanda-t-il en repliant ses jambes et en se redressant. Qu'est-ce que gagne le vainqueur ? »

Elle le regarda pendant deux secondes, la tête penchée, et décida de baisser les paupières. Un petit bout de langue rose apparut brièvement entre ses lèvres. « Tu sais bien ce que gagne le vainqueur, Robertino, dit-elle d'une voix traînante. Les autres ne te l'ont pas raconté ? »

Roberto acquiesça. Un litre de sang lui monta à la tête, un autre lui remplit le pénis. Il voulait dire « si ». Il siffla « ss » en se hâtant de croiser les mains devant son slip. Oh là. Il ne lui restait plus qu'à fendre l'eau comme une charrue.

Sonia eut un sourire sarcastique. « Mais si tu perds, tout le monde aura le droit de t'appeler Champ de colza pendant un an. »

Roberto demeura interdit, puis accepta sans mot dire. Un courant chaud parcourut son corps, car il se rappelait leur enfance commune. Et « Champ de colza » valait toujours mieux que « Champ de colzo ».

Ils allèrent sur le ponton qui avançait dans l'étang sur une longueur de dix ou douze mètres. Roberto sentait que les regards envieux des autres garçons étaient posés sur lui, surtout celui de Schillo Wienholz qui avait fait gagner au lycée le championnat régional de nage libre et se vantait toujours de ses « aventures ». Ses yeux fébriles et désemparés exécutaient un mouvement de va-et-vient entre Roberto et Sonia. Puis son visage s'assombrit brusquement.

Toutes les filles avaient les yeux rivés sur le slip de Roberto, et ce n'était pas à cause de la médaille de nageur d'endurance qu'il y arborait. Du dégoût et de la fascination se lisaient en proportions égales sur leurs visages. Elles ne pouvaient détacher les yeux de l'engin de Roberto. Ce dernier, qui avait du mal à le dissimuler en marchant, le trimbalait devant lui sur le ponton, à la fois gêné et fier de lui.

Sonia y jeta elle aussi un coup d'œil expert. « Eh bien, eh bien », dit-elle comme pour elle-même. La rougeur qui avait disparu du visage de Roberto réapparut avec une vigueur toute nouvelle. Sonia se tourna vers l'étang et recourba les orteils autour de la dernière planche. Roberto l'imita.

« On y va ? » demanda Sonia.

Roberto opina du bonnet sans dire un mot.

« OK. A vos marques. Prêts ! Partez ! »

Ils plongèrent.

Sonia nageait prodigieusement bien. Dans un mouvement parfaitement alterné, elle lançait ses bras en avant puis les enfonçait dans l'étang pour se propulser avec puissance. Ses pieds battaient un sillage plein d'écume. Son crawl était irréprochable.

Roberto nageait la brasse.

Étendu dans l'eau comme une miche de pain bien trempée, il avait l'impression de ne pas avancer d'un centimètre.

Quand, arrivé à la moitié du trajet, il vit Sonia Kraal sortir de l'étang noir, marcher sur la rive qu'ils devaient atteindre et lisser en arrière ses cheveux blonds, le soc de sa charrue avait rétréci depuis belle lurette pour n'être plus qu'une petite graine. Quatre brasses plus loin, sa décision était prise : il passerait le restant de ses jours dans un monastère. Frère Colza. Il prononcerait des vœux de silence et serait un modèle de mortification.

Le pénis est un organe très sensible, pensa Roberto « Colza » Dillinger, prostré dans sa chambre après la honte de sa défaite. Peut-être valait-il d'ailleurs mieux ne pas le plonger dans des orifices inconnus, car on ne savait jamais ce qui vous attendait dans ces cavités obscures. D'un autre côté, aujourd'hui, il aurait été tenté de prendre ce risque. Il soupira en se remémorant ce qui venait de lui échapper. Dans son pantalon se dressa ce qui venait d'échapper à Sonia Kraal et que Roberto palpa distraitement. Oui, il aurait pris ce risque même si Sonia Kraal avait eu des dents à l'intérieur de la fente. D'ailleurs, elle en avait bien dans la bouche, et cela ne gênait personne. Du sable grinça quand il ouvrit sa fermeture éclair, et il se demanda s'il ne serait pas opportun de faire un stage intensif de crawl. Quand on ne sait nager que la brasse, conclut-il en se donnant une petite tape amicale sur les parties, la vie vous punit.

Sonia Kraal fait l'expérience de l'horreur

Cet été-là, Sonia Kraal découvrit l'horreur, qui lui apparut sous la forme d'un de ses congénères. Elle se fit violer, vérifiant l'apophtegme selon lequel l'homme est un loup pour l'homme ; on la prit d'ailleurs en levrette, position sans doute attribuée aux loups avant que l'homme ne fasse du chien son compagnon le plus fidèle.

A son grand regret, elle n'avait pas de dents à l'intérieur de la fente.

L'histoire se déroula de la manière suivante :

Sonia s'était aperçue qu'elle avait parfois besoin de solitude. Elle avait quinze ans, âge auquel on pense beaucoup à soi-même, à son corps et à bien des choses en dehors de son corps.

La forêt commençait juste derrière le lac. Elle n'était pas très grande, mais on y trouvait des animaux, de la mousse moelleuse et du petit bois qui craquait sous les pieds ; en s'y promenant, on ne voyait rien que des arbres et, par endroits, un coin de ciel bleu. On était seul. Seul avec soi-même, à l'intérieur de soi et autour de soi, il n'y avait que la forêt. Cela faisait six ans que son père s'était pendu non loin de là. Un nain que la mort avait transformé en géant. Où pouvait-il bien être maintenant ?

Sonia pensait à son âme. Elle savait que celle-ci se trouvait quelque part en elle, mais aussi un peu autour d'elle. Comme une auréole, ou plutôt comme une enveloppe ; non, ce n'était pas non plus le terme adéquat. Comme une lueur à l'intérieur d'elle qui aurait rayonné à l'extérieur. Elle associait cette idée à la lueur rouge d'une lampe de poche que l'on se mettait dans la bouche pour voir apparaître toutes ces petites veines rouges. Elle s'effrayait toujours de se savoir si pleine de sang, pleine à ras bord. Une éponge bien imbibée. Quand Sonia avait eu ses règles pour la première fois, elle s'était précipitée sur la lampe de poche, avait baissé les stores de sa chambre et s'était mis la torche dans la bouche. (Ce jour-là, elle s'était aperçue que prendre dans sa bouche de grands objets de forme allongée lui procurait une satisfaction étrange qui n'était guère avouable.) Elle s'attendait à ce que le reflet de ses joues gonflées soit plus pâle qu'auparavant, mais il n'en était rien.

Près d'elle, un geai s'échappa d'un buisson en criant. Ou du moins, ce cri lui sembla être celui d'un geai. L'oiseau s'envola à tire-d'aile dans les branches. Sonia suivit son vol et leva les yeux vers le ciel bleu. (Pourquoi était-il bleu ? L'univers était noir. Ou plutôt, il se caractérisait par une absence de couleur. Mais alors, pourquoi le ciel était-il bleu ?) Elle sentait de longs brins d'herbe qui lui chatouillaient les mollets. Elle portait un short, et ses cuisses bronzées avaient une teinte caramel. En tout cas, se disait-elle, elles étaient aussi appétissantes que du caramel. Sonia était fière de ses jambes, et pourquoi ne l'aurait-elle pas été ? Elle n'était pas prude. Elle n'était pas faite pour la souffrance et le renoncement. Elle voulait sentir la vie. Dans son âme, mais aussi dans son corps.

Quant à cette âme qui rayonnait à l'extérieur de Sonia, elle devait être alimentée par une sorte de pile cachée dans son corps. Comme celle qui permettait à la lampe de poche d'éclairer. A cette différence près que celle de l'âme était invisible.

Crac.

Sonia prit peur. Le bruit venait d'à côté, des buissons. Elle éprouva soudain une angoisse froide et dure qui n'était pas vraiment causée par ce craquement, mais par l'impression soudaine et inconsciente que ce craquement n'était pas le premier.

Elle marchait sur son chemin préféré, un sentier d'à peine deux mètres de large, bordé d'arbres et plein de bosses envahies par la mousse. Des fougères poussaient sur les talus, des fougères immenses, et des arbres renversés gisaient çà et là, les racines arrachées, l'écorce couverte de vers qui se tortillaient, de scarabées noirs et de champignons. Sonia surveilla le sous-bois obscur à gauche du chemin. D'ordinaire, quand elle se demandait quelle était la couleur de la forêt, elle la trouvait toujours verte. Or elle comprit pour la première fois que la forêt était noire.

Nouveau craquement. Sonia essaya de se rassurer. On entendait souvent des craquements dans les sous-bois, à croire qu'ils étaient faits pour craquer. Avec tout ce petit gibier, sans parler du gibier de taille moyenne.

Mais ce qui craquait ici avait l'air d'être du gros gibier et de manigancer quelque chose. De la regarder. Les craquements venaient toujours de la gauche, là où l'obscurité était très profonde, et ces bruits n'avaient cessé de la suivre. Sonia marcha un peu plus vite, les craquements lui répondirent à la même cadence. Elle s'arrêta. Son cœur battait la chamade, mais elle était courageuse et ne prenait jamais la fuite. Elle se campa devant les fourrés et sentit que ses genoux se dérobaient sous elle. « Sors de là, cria-t-elle, qui que tu sois ! »

Après un bruissement de feuilles, une voix qu'elle connaissait répondit : « Bon, comme tu veux. »

Il y eut un crissement, elle entendit un bruit de branches cassées. Puis elle le vit devant elle. Il était grand, bien plus qu'elle ne le pensait. Il avait des brindilles accrochées dans les cheveux. « Salut, Sonia, fit-il avec une drôle de crispation autour de la bouche. Alors, on se promène toute seule ? »

Sonia se tenait sur un petit monticule de terre meuble. Elle n'avait aucune stabilité. Involontairement, elle serra ses genoux l'un contre l'autre. « Qu'est-ce que tu veux ? » demanda-t-elle. Sa voix était moins assurée qu'elle ne l'aurait voulu.

Schillo ne souriait pas. Il parlait d'une voix rauque, étouffée. Son visage et tout son corps étaient comprimés, presque contractés, inquiétants. Il la dévorait des yeux. « Toi, articula-t-il.

– Quoi ?

– J'ai envie de toi.

– Schillo, arrête tes conneries, d'accord ? C'est pas drôle.

– Non, c'est sérieux, je sais ce que je veux. Toi aussi, tu le sais, non ? » Il essaya d'afficher un sourire qui dégénéra en masque. « Toi aussi, t'as envie de moi, alors pas d'histoires.

– Schillo ! » Elle se dégagea. « Ne me touche pas !

– Laisse-toi faire, c'est plus fort que nous.

– Qu'est-ce que tu racontes là ?

– Ici, personne ne viendra nous déranger.

– Schillo, arrête tes conneries, à la fin. »

Il avança la mâchoire inférieure et la regarda, les yeux à demi fermés. « Pourquoi tu ne m'as jamais proposé une course à la nage ?

– Pourquoi ça, j'aurais dû le faire ?

– *Pourquoi* ? » La stupéfaction se lisait sur le visage de Schillo. « Je suis le nageur le plus rapide de la région, c'est moi qui ai gagné le championnat. » Il enleva une brindille qu'il avait dans les cheveux. Ses muscles jouèrent sous sa peau.

« Parce que je ne t'aime pas.

– Ah bon, il faut que tu les aimes, les mecs ? » Ses yeux formèrent à nouveau deux petites fentes. « Première nouvelle.

– Oui, autant que tu le saches. »

A partir de ce moment, Sonia eut la certitude qu'elle n'y couperait pas. Ici, dans la forêt, elle était une proie facile, un faon traînant la patte, poursuivi par un braconnier qui pointait sa carabine sur la tache blanche de son front tremblant. Schillo la saisit habilement, sur le côté, pour éviter de recevoir un coup bas.

« N'aie pas peur. Je vais m'arranger pour que ça te plaise. T'aimes qu'on te le fasse fort, hein ?

– Connard », dit Sonia. Que pouvait-elle lui dire d'autre ?

« Et t'imagine pas que je vais te le mettre dans la bouche, je suis pas fou à ce point.

– Connard. » Schillo était à peu près cinq fois plus fort que Sonia. Il lui arracha ses vêtements et la força à se mettre sur le ventre, le bassin surélevé par un tas de mousse. Puis il se mit à la toucher.

A son grand étonnement, Schillo fut forcé de constater que ce n'était pas si facile qu'il se l'était imaginé. Il ne s'attendait pas à ce que ce soit simple, elle ne mouillerait pas tout de suite, bien sûr, elle essaierait de se débattre et de griffer tout ce qui lui tomberait sous la main. Mais ce n'était vraiment pas facile. Cela ne marchait même pas du tout. « Dis donc, demanda soudain Schillo d'un air incrédule, t'es encore vierge, ou quoi ?

– Qu'est-ce que tu crois, connard ? »

Schillo eut un sourire méprisant. « Ben ça alors, murmura-t-il, stupéfait. Et tout le monde raconte que… » Il rit. « Alors je suis le numéro un. C'est la meilleure, ça. »

Il la pénétra brutalement, ce qui n'avait rien d'évident, car elle était sèche, mais il n'utilisa pas de salive ; il était fort et n'avait pas l'intention de la ménager. Sonia pleura tout le temps. Elle ne pleurait pas à cause de la douleur. Cela ne faisait pas très mal. Elle pleurait parce qu'il était à l'intérieur de son corps. Elle n'était plus seule avec elle-même, quelque chose l'avait pénétrée en la heurtant, et continuait de la prendre contre son gré.

« Je ne veux pas ! »

Schillo continuait de cogner en elle. A chaque coup, il détruisait son âme comme on détruit la pile d'une lampe de poche en tapant dessus avec un marteau. Le marteau ne cessait de s'élever et de s'abattre sur la pile. Jusqu'à ce que l'enveloppe craque et libère un acide corrosif.

« Ouaaah. » Schillo jouit.

L'acide rongeait la peau de Sonia, rongeait tout ce qui était beau et le rendait laid. Le brisait. Brisait tout, absolument tout.

Roberto prit son courage à deux mains. « Salut, Sonia », dit-il quand il fut à sa portée. Il avait réparé sa bicyclette dans le jardin, dans l'idée de se promener avec Sonia qui venait de sortir de chez elle. « Alors ? » Il marchait sur le trottoir. Depuis quelques jours, elle n'allait pas très bien. Elle marchait lentement. Son regard était devenu lent, si tant est qu'un regard puisse être lent. Au lycée, son absence était excusée : un problème nerveux. Nerveux ?

« Qu'est-ce qui t'arrive ? demanda Roberto. Tu es malade ? »

Elle s'arrêta comme si elle venait juste de l'apercevoir. « Salut, frère de sang », dit-elle doucement.

Roberto eut un sourire hésitant. Il se sentait flatté, car il croyait qu'elle avait oublié depuis longtemps cet épisode. Elle prit aussitôt sa main dans la sienne, qui était chaude et sèche, saisit le doigt qu'elle avait autrefois entaillé d'un coup de canif et le pressa contre son propre index.

Roberto l'observait, à la fois ravi et stupéfait. Elle avait les yeux vitreux. Il sentait battre le pouls de Sonia, ou était-ce le sien propre ? Elle murmura encore quelques mots.

« Quoi ? »

Elle ne réagit pas. Pendant un moment, Roberto se demanda si elle était somnambule. Ou si elle avait fumé un joint. Sonia lui lâcha la main. « Tu as quelque chose en toi, dit-elle d'une voix traînante, tu dois y faire attention, ne pas le laisser s'endormir. »

Mais que voulait-elle dire ? « Qu'est-ce que tu veux dire ? lui demanda-t-il.

– Une chose qui est un peu comme la vie. » La tête penchée, elle le regardait droit dans les yeux. Deux plis se dessinèrent au-dessus de son nez. « Tu dois toujours préserver ça, sinon tu deviendras comme les autres.

– Et... ils sont comment, les autres ?

– Morts. Ils sont tous morts. Tu ne le savais pas ? » Sa voix reprit une inflexion patiente, comme si elle avait parlé à un petit enfant. « Ils sont tous déjà morts. »

Roberto commençait à en avoir assez. « Qu'est-ce qui t'est arrivé ? demanda-t-il.

– Je suis tombée.

– Quoi ? Comment ça ?

– J'ai glissé et je suis tombée. »

Roberto fronça les sourcils.

« En tout cas, écoute bien ce que je vais te dire, Roberto avec un o. Écoute bien ce que je vais te dire. » Sa voix se raffermit. Le film trouble qui voilait ses yeux se dispersa.

« Quoi ?

– Il n'y a pas de justice dans ce monde.

– C'est bien possible, dit Roberto. Je veux dire, euh... Si tous les trucs qui se passent dans le monde... »

Sonia l'interrompit. « Mais il y a une chose dont je suis sûre. » Elle ne l'avait même pas écouté. Son corps se raidit, elle se remit à marcher et le dépassa avec détermination. « La vengeance, c'est pas pour les chiens. »

Des forêts sombres, des lampes de poche, du véritable amour et de la confiance

La vengeance de Sonia Kraal fut impressionnante.

C'était peu après minuit. Schillo avait regardé la télévision jusqu'à l'arrêt des émissions. Il s'apprêtait à aller au lit quand il entendit un bruit qu'il n'entendait plus depuis la mort de Frank, un bruit annonciateur d'aventures avec des amis : le choc d'un petit caillou jeté contre sa vitre.

Il s'approcha de la fenêtre et scruta l'obscurité en faisant un écran avec ses mains autour de son visage. Alors ça, c'était la meilleure ! En bas, il y avait Sonia Kraal, dans la lumière de la fenêtre. Elle l'avait récemment séduit dans la forêt. Ou plutôt elle l'avait excité en se baladant comme ça, avec ses jambes et le reste. Alors il avait bien fallu qu'un et un fassent deux. D'ailleurs, pourquoi ne l'avait-elle jamais invité à une course à la nage ? Mais elle était là, en bas, à lui faire des signes.

Schillo ouvrit la fenêtre. « Salut... Sonia, dit-il un peu gêné.

– Tu descends, Schillo ? » chuchota-t-elle distinctement. Elle lui fit un signal avec sa lampe de poche. Des grillons chantaient dans l'obscurité des buissons.

« Mais... qu'est-ce que tu veux ?

– M'amuser avec toi. Alors, tu viens ? »

Schillo sentit son assurance lui revenir brusquement. « OK, dit-il. Une minute. » Il s'éloigna de la fenêtre et se dépêcha de mettre ses chaussures. Il éteignit la lumière dans sa chambre, monta sur le rebord de la fenêtre et posa un pied sur le treillage de plantes grimpantes qu'il chargea d'abord de la moitié de son poids, avant de se laisser aller tout entier. « Ça tient », dit-il. Il aurait tout aussi bien pu sortir par la porte, mais c'eût été moins aventureux. Il baissa les yeux vers Sonia qu'il ne pouvait plus discerner sans la lumière de sa chambre. Il ne la vit que lorsqu'elle ralluma sa torche. La nuit était noire et pleine de nuages. Pas une étoile dans le ciel. L'air étouffant et lourd pesait au-dessus du sol, comme pendant la journée. Un été à records de chaleur. Schillo sentait le parfum des plantes grimpantes qui bruissaient le long de son nez.

« Où va-t-on ? » demanda-t-il en s'arrêtant devant Sonia. Le rayon de sa lampe de poche éclairait sa cuisse droite sur laquelle on pouvait discerner un fin duvet. Elle portait une jupe courte.

Sonia dit : « Dans la forêt.

– Dans la forêt ? demanda Schillo.

– A l'étang.

– OK », approuva Schillo.

Tandis qu'ils marchaient l'un à côté de l'autre dans l'obscurité, il sentait son odeur qui flottait autour d'elle comme un foulard de soie. Et Schillo sentit qu'il était en train de tomber amoureux. En fait, il était assez timide avec les filles, et cachait cette timidité sous des dehors brutaux. Il dut faire un gros effort pour la surmonter et effleurer le bras de Sonia. Ils venaient d'atteindre l'orée de la forêt.

Sonia s'arrêta tout à coup.

Schillo se dit qu'il était allé trop loin, et se demanda s'il devait continuer ou rebrousser chemin.

Mais Sonia eut un geste tout à fait inattendu. Elle lui prit la main et la mit sous sa jupe, sur ses fesses. Schillo sentit qu'elle avait un slip minuscule. Il dit : « Oh.

« Pourquoi tu ne m'as pas appelée ? demanda Sonia.

– Quoi ?

– Depuis l'histoire dans la forêt. Pourquoi tu n'as plus donné de tes nouvelles ? On aurait pu recommencer...

– Je... » Les doigts de Schillo se promenaient le long de son slip.

« Allez, Schillo, tu ne vas pas nous dire que t'es timide. Je sais bien que c'est pas vrai.

– Je... je pensais que tu ne voudrais pas. »

Sonia l'obligea à enlever sa main et ne put s'empêcher de secouer la tête dans l'obscurité. Il pensait qu'elle ne voudrait pas ! Elle eut un petit rire, avant de dire très tendrement : « Et moi qui espérais tellement que tu le ferais.

– C'est vrai ?

– Je ne peux pas m'empêcher de penser à toi tout le temps, depuis l'autre jour. »

Schillo toussota. « Tu sais, je croyais que les femmes...

– Tu as de drôles d'idées sur nous, les femmes. » La voix de Sonia était maintenant très gutturale. « Et tu nous connais si peu. Tu serais étonné... »

Il faisait noir comme dans un four, et Schillo distinguait à peine sa propre main, quand une bouche rouge et sensuelle brilla soudain devant lui, avec deux lèvres pleines et charnues, entrouvertes, qui promettaient une sombre tentation.

Après un déclic, tout redevint noir.

« Tu veux en voir plus ? »

Schillo émit un bruit qui voulait dire oui.

« Alors viens. »

Sonia marchait devant et traversait la forêt vers l'étang, Schillo le savait. Autour d'eux, les arbres les surveillaient comme de sinistres gardes : ils ne se perdraient pas, ils ne s'échapperaient pas non plus. De temps à autre, une feuille caressait la joue de Schillo. Cela sentait la terre saturée et lourde, l'herbe pourrie, le bois mouillé sur le côté des troncs exposé aux intempéries, et le bois sec sur celui qui était orienté vers le sud. Jamais les sens de Schillo n'avaient été plus réceptifs. Il lui semblait que ses nerfs, dégagés d'une sorte de carquois, dardaient vers le monde leur pointe désormais libre et se délectaient, troublés par l'assaut de tant de stimulations.

Ils étaient arrivés au bord du lac, sur le ponton. Comme les arbres étaient plus rares, le paysage était un peu moins sombre : Schillo discernait le faible contraste entre les couronnes des arbres et le ciel nocturne sur l'autre rive. Un oiseau battit des ailes au-dessus d'eux.

Clic.

Schillo vit un sein. Le mamelon érigé projetait une grande ombre sur l'aréole qui l'entourait.

« Ça te plaît, ce que tu vois ? »

Schillo entendait sa propre respiration. Sonia s'était appuyée sur le tronc du dernier arbre qui se dressait devant le ponton. Clic. Obscurité.

Clic.

« Et ça, ça te plaît ? »

Une main releva la jupe courte et la lampe éclaira un hémisphère. Le faisceau lumineux bougeait un peu, tremblotait. « Et ça ? » Les deux fesses, séparées au centre par un slip blanc. « Ça te plaît ? » Maintenant, Schillo entendait aussi la respiration de Sonia. Elle se cambra et fit saillir sa croupe. Sa main se glissa dans le faisceau lumineux, un doigt s'accrocha sous sa petite culotte. Clic. Obscurité.

Puis la voix de Sonia : « Tu n'étais pas content, tu n'avais pas pu nager pour moi ! »

Schillo sentit qu'elle n'attendait pas de réponse et ne dit rien.

Clic. Schillo était aveuglé. Il plissa les yeux et les protégea de sa main. Puis il battit des paupières en fixant le faisceau lumineux.

De la lumière jaillissait la voix : « Aujourd'hui, tu vas nager pour moi. » Schillo entendait le souffle de Sonia accéléré par l'excitation. « Tu vas nager pour moi. Et ensuite, tu pourras me faire tout. Absolument tout. »

Clic. L'obscurité remplie d'étoiles dansantes qui explosaient devant les yeux de Schillo. Sonia s'approcha de lui et le prit par la main. « Viens. » Schillo vacillait de concupiscence. Son érection compromettait son équilibre. « Viens. »

Des craquements sous ses semelles, puis la fermeté des poutres.

Clic. A nouveau la lumière. Clic. Le noir. Les étoiles. Ils étaient maintenant au bout du ponton.

« On se déshabille. » Il entendit des bruits de vêtements. Clic. La lumière glissa le long de la peau nue de Sonia. Puis, à nouveau, l'éblouissement. « Allez, toi aussi.

– Oui », fit d'une voix rauque Schillo qui se taisait depuis un certain temps. Il enleva ses chaussures en appuyant dessus avec son gros orteil et arracha sa chemise. Il hésita un peu avant d'ouvrir son pantalon.

« Allez, fais pas d'histoires. Je veux voir cette merveille, moi. »

Et elle la vit. Elle pointait fièrement dans la nuit, vers le tunnel lumineux de la lampe. Sonia inspira profondément. « Si tu me montres le tien, je te montre aussi le mien », dit-elle. Elle lui tourna le dos et lui montra tout. Elle se pencha et se servit de ses doigts.

Schillo s'approcha d'elle en rentrant les genoux et fut ébloui. « M-m », fit Sonia. Elle secoua la tête. « D'abord, on nage. Chaque chose en son temps.

– Bon, d'accord. Mais après...

– Après, je suis à toi. » Elle l'accompagna jusqu'au bord du ponton.

Schillo toussa pour s'éclaircir la voix. « Tu sais, Sonia..., dit-il. Je... je crois... » Il dut s'interrompre. Ses orteils s'agrippèrent autour de la dernière planche.

« Oui ?

– Je t'aime. » C'était sorti.

Sonia se tut. Le faisceau lumineux glissa vers le ciel nocturne où les elfes dansaient au-dessus d'eux. Elle se décida enfin à répondre. « C'est si beau, Schillo. » Puis, après un bref silence : « Je te le rendrai bien. » Le bois grinça sous le poids de son corps. « Tu sais, c'est toi qui m'as déflorée. »

Schillo toussota.

« Et une femme n'oublie jamais l'homme qui l'a déflorée,

elle s'en souvient toute sa vie. » Sonia tenait devant elle sa lampe de poche orientée vers le haut. Elle eut un sourire mystérieux. « Cet homme a une importance toute particulière pour une femme. Et il l'aura toujours. Schillo, est-ce que tu veux être l'homme... le plus important de ma vie ? Est-ce que tu me veux totalement ? » Elle souffla ces derniers mots. « Parce que moi, je te veux, chuchota-t-elle. Totalement. » Sa cage thoracique se soulevait et s'abaissait. « Tu veux ça ? »

Schillo avala sa salive. Il ne comprenait pas trop. Sauf une chose : elle me fait confiance, se disait-il. Elle m'aime. Le cœur de Schillo s'ouvrit. Il dit d'une voix chaude et pleine : « Oui, je le veux.

– Alors on plonge tous les deux.

– OK.

– Bon. A vos marques, prêts, partez ! »

Et Schillo plongea. Le véritable amour, pensa-t-il au moment où ses orteils quittèrent le bois, c'est la confiance.

Ce soir-là, avant de courir dans la nuit noire jeter des cailloux à la fenêtre de Schillo Wienholz, Sonia était restée prostrée dans sa chambre, malheureuse et sans avoir envie de rien. L'après-midi de son viol, elle avait appris que le monde était une bête féroce. Auparavant – elle avait l'impression que cela remontait à la nuit des temps, mais c'était juste deux semaines avant –, elle percevait le monde comme un panier plein de friandises. On prenait ce qui vous paraissait tentant, et c'était délicieux. Quelquefois, on avait bien une indigestion, ou il arrivait que quelqu'un vous glisse une bouchée au chocolat amer parmi des œufs en chocolat blanc, mais par la suite, on en riait.

Sonia ne savait plus rire.

Jusqu'à ce que sa mère revienne de l'imprimerie où elle travaillait la nuit. (« Tu es là, ma chérie ? Bouh, dehors, il fait noir comme dans un four, on ne voit pas plus loin que le bout de son nez. ») Elle entra dans la chambre de sa fille qui avait l'air si triste depuis quelques jours. (Depuis qu'elle avait glissé et qu'elle était tombée.) « Tu devrais peut-être te chercher un petit boulot pour les vacances, proposa-t-elle. Jette un coup d'œil aux annonces, histoire de te changer les idées. » Et la mère de Sonia posa sur le lit un exemplaire tout frais sorti des rotatives des *Dernières Nouvelles locales* du lendemain.

Sonia y jeta un regard absent et éclata de rire. C'était un rire rauque et froid qui ne venait pas du ventre, mais de la tête, et peut-être aussi d'un cœur qui s'était ratatiné pour n'être plus qu'une petite boule toute dure. Ce rire avait à peu près le même tintement qu'une poignée de piles usagées.

Après avoir sorti sa lampe de poche du tiroir, Sonia s'était précipitée jusqu'à la porte en passant à côté de sa mère.

« Tu sors encore ? avait demandé celle-ci, tout étonnée. Il va être minuit. C'est quand même un peu tard pour une jeune fille. »

Sonia, qui avait déjà la main sur la poignée de la porte, s'était retournée une dernière fois pour dire : « Maman, j'ai presque dix-sept ans. Et puis – avait-elle ajouté d'une voix dure –, je ne suis plus une jeune fille. Je me suis fait violer. »

Une heure plus tard, Schillo Wienholz, éperdument amoureux et excité à l'idée de pénétrer dans le merveilleux corps de Sonia Kraal qui n'avait même pas dix-sept ans, plongeait la tête la première dans l'obscurité jusqu'à ce que sa tête s'enfonce dans la vase de l'étang du Moine qui venait d'être vidé, comme les *Dernières Nouvelles locales* l'annonçaient effectivement dans leur édition du lendemain ; pour des raisons d'ordre technique, l'étang avait dû être vidé plus tôt que prévu et non, comme d'habitude, à la fin de l'automne.

Schillo Wienholz « survécut miraculeusement à ce tragique accident survenu lors d'une baignade » (*Dernières Nouvelles locales*). A ceci près qu'il était hémiplégique et condamné au fauteuil roulant pour le restant de ses jours ; chaque année, Sonia Kraal lui envoyait un œuf de Pâques bien rebondi et coloré, ainsi qu'un gâteau pour les fêtes de Noël.

« Sonia », disait alors ce brave garçon : c'était le seul mot qu'il était capable de prononcer correctement, car son centre de la parole n'avait pas été épargné. « Sonia. » Schillo Wienholz n'oublierait jamais son premier et unique amour.

A propos de l'amour, le journal du lycée publia une semaine après « l'accident » un poème de Sonia Kraal que son professeur d'allemand, M. Koball, trouva très réussi. Difficile de savoir s'il avait été écrit après le viol ou si elle l'avait adressé peu de temps avant à la rédaction :

Être seule par une nuit de pleine lune
est pesant, presque aussi pesant que la lune
qui trône dans le ciel, argentée, pleine et lourde.
Mais quand on est heureux la nuit, à deux,
notre cœur est aussi grand que l'univers, et déjà,
dans notre cœur, la lune elle-même est trop petite.
Que l'homme sans amour interroge la lune.
Par une nuit de pleine lune, qu'il lève la tête vers le ciel
et demande :
« Lune, peux-tu me donner un conseil ? »
La lune lui répondra :
« Homme, si ton cœur est plus grand que moi,
tu seras récompensé. »

Le poème était signé de la manière suivante : *Sonia Kraal, XXe siècle.*

Roberto eut d'ailleurs aussi l'occasion de lire ce poème. (« Kitsch », décréta encore Coquelet d'un air désinvolte.) Roberto le découpa dans le journal et le rangea dans son album à côté des autres poèmes et des photos de Sonia. Il remit l'album sous son matelas où, juste à l'endroit du cœur de Roberto, un creux s'était déjà formé.

Même si Roberto ne s'en doutait pas encore, Sonia ne publierait plus de poèmes dans le journal du lycée. Tout ce qu'il savait, c'était que celui-ci lui semblait à la fois authentique et d'un idéal presque inaccessible. Il en souffrait. Mais le dernier poème qu'écrirait Sonia Kraal lui ferait encore plus mal.

Nous ne nous trouverons pas dans les lointains

Les semaines suivantes, Sonia n'alla pas au lycée. On expliquait laconiquement qu'elle était souffrante. C'étaient les nerfs. Roberto n'avait de cesse de lui souhaiter un prompt rétablissement, entre autres. (Que son cœur battait, qu'il lisait tous les soirs le poème sur la pleine lune. Il le connaissait par cœur et pouvait le réciter dans les deux sens.) Mais si c'étaient les nerfs, se disait-il, il préférait ne pas l'ennuyer. Il attendrait un peu qu'elle se sente mieux.

Il attendrait un peu.

Il se contentait donc d'observer du grenier la maison blanche à la clôture jaune. Comme elle était juste en face de chez lui, il voyait la fenêtre de Sonia ; parfois, il apercevait aussi Sonia debout à la croisée, apparition fantomatique en chemise de nuit qui regardait au loin. Il songeait à installer un téléphone avec des boîtes de conserve entre leurs deux chambres, une technique dont il se souvenait depuis son enfance. On enduit une corde de cire, on attache à chacun des deux bouts une boîte en fer-blanc ; l'appareil marche vraiment et permet de converser à distance.

« Tiens, Champ de colza, dirait-elle. Tu vas bien ?

– Ça va, répondrait-il. Et toi ? Je voulais te souhaiter meilleure santé. »

Et ainsi de suite. Mais il aurait fallu veiller à ce qu'un camion de déménagement ou un autre véhicule de taille élevée ne sectionne pas le fil en passant dans la rue, ce qui aurait détruit tout le dispositif.

Or c'est justement ce qui se passa.

Le sang de Roberto se glaça dans ses veines quand il vit le camion de déménagement. Dans un certain sens, il comprit tout de suite. Comme il rentrait chez lui à la sortie du lycée, il jeta son cartable par-dessus la clôture du jardin et courut chez les Kraal.

« Qu'est-ce que vous faites là ? » cria Roberto affolé en voyant le premier homme sortir de la maison. C'était un gros avec de longs cheveux pendants qui traînait un fauteuil dans le jardin jusqu'au portail jaune. « Qu'est-ce que ça veut dire ?

– A ton avis ? » Le gros homme souleva avec peine le fauteuil jusqu'à son camion. Il enleva une mèche de son front. « Tu sais pas lire ? »

Si, Roberto savait lire. Sur le camion, il y avait écrit « Emménagez, déménagez avec Ménager » et « Déménagements, magasinage ».

« V-vous..., bredouilla Roberto. Vous n'avez pas le droit de faire ça.

– Et comment qu'on a le droit !

– Mais... » Les lèvres de Roberto frémissaient. « Où sont les..., euh, les gens qui habitent ici ?

– Qui habitaient ici, tu veux dire. J'en sais rien, moi, où ils sont. On a reçu la commande du déménagement, faut qu'on charge tout ça, et allez hop, en route !

– Et... où ça part ?

– Aucune idée. Pour commencer, on met tout ce bazar en entrepôt. » L'homme tourna les talons et rentra dans la maison. Un autre homme en sortit, un grand maigre qui portait une corbeille à papier en osier et un lampadaire. Il posa la corbeille et le lampadaire dans le camion et marcha péniblement jusqu'à la maison. Roberto, qui ne tenait plus debout, s'appuya contre le hayon. Son regard vide tomba sur la corbeille pleine de chewing-gums collés. Elle aimait tellement mâcher du chewing-gum. Au fond de la corbeille, tout était collé par des chewing-gums gris, et quelques vieux papiers froissés étaient restés accrochés au rotin. « Roberto », lut-il sur un des papiers. Oui, c'était bien cela, « Roberto ». Il prit la corbeille à papier sous son bras et détala à toutes jambes. « Hé ! lui cria le gros aux cheveux longs. Arrête-toi ! » Mais Roberto continua de courir.

Dans sa chambre, Roberto détacha avec précaution les papiers des chewing-gums. Il y en avait quatre. L'un d'entre eux était une liste de courses (« rouge à lèvres, T-shirt, calculatrice, B. U. Z » – Roberto se demanda ce que pouvait bien signifier B. U. Z) ; sur le deuxième papier, elle avait noté le titre de deux livres (Jiddu Krishnamurti, *Départ vers la liberté*, et John Steinbeck, *Les Pâturages du ciel*). Sur le troisième papier, on pouvait lire : « Quand vers le vol on vole vole vole vole vole vers » et « C'est une musique pour sortir de sa chrysalide ». Sur le quatrième papier, qui portait le nom de Roberto, il y avait, écrit au stylo-bille :

A Roberto :
Trop tard
Nous poursuivons notre proie dans plusieurs tunnels.
L'amour est seulement dans les lointains.
Nous
ne nous trouverons pas
dans les lointains.

Roberto eut l'impression qu'on lui arrachait le cœur de la poitrine. Trop tard, se dit-il. Il savait qu'il ne la reverrait jamais.

Comment on ressuscite, ou De l'hygiène dentaire

« Un, dit Roberto.

– Deux, dit Coquelet.

Mark Huntz dit : « Trois. »

« Quatre. » Roberto.

« Cinq. » Coquelet.

« Six. » Mark.

Roberto dit : « Sept. »

Mark et Coquelet s'écrièrent en chœur : « Ha ha ! Encore !

– Comment ça, encore ?

– C'est youp que t'aurais dû dire ! Youp !

– C'est vrai ? demanda Roberto. Comment ça ?

– On te l'a déjà expliqué trois fois. » Coquelet leva les yeux au ciel. « A sept, on dit youp. Ou si on tombe sur un nombre qui a un rapport avec le chiffre 7, comme quarante-trois ou dix-sept, et caetera.

– Ah bon, alors pour le sept aussi ? »

Mark se pencha en avant et fit un signe de tête plus qu'affirmatif. « Oui, pour tous les nombres qui ont un rapport avec le sept. » Il remit ses cheveux longs derrière ses oreilles. Maintenant, ils avaient tous les cheveux longs.

« Donc je dois boire un coup ?

– C'est ça, t'as tout compris.

– Une gorgée ?

– Exact.

– Bon. » Roberto prit la bouteille d'eau-de-vie et but une bonne gorgée. Il avait quinze ans et essayait d'oublier. Led Zeppelin jouait *Stairway to Heaven*. L'alcool lui donna une nausée contre laquelle il lutta de toutes ses forces. La chaleur se répandit dans son estomac et lui monta à la tête. Il reposa la bouteille. Le but du jeu était de boire dès que l'occasion se présentait, d'accumuler des expériences avant qu'il ne soit trop tard, parce qu'on serait bientôt adulte. Et d'oublier l'amour de sa vie. Roberto s'efforçait d'oublier Sonia et n'y arrivait pas. Depuis combien de temps était-elle partie ? Presque deux ans. Où pouvait-elle bien être en ce moment ?

« *And she's buyin' a stairway to heaven* », gémissait Jimmy Page dans les enceintes (ou était-ce Roberto Plant ?).

Coquelet examina la bouteille. « Moi, je crois que tu le fais exprès, fit-il, soupçonneux.

– Qu'est-ce que je fais exprès ? » demanda Roberto en prenant un air innocent. Il rota. « Pardon.

– Y a déjà un quart de litre de parti, et t'as été le seul à boire.

– Désolé. » Roberto s'affala dans son fauteuil récupéré à la décharge. « Aujourd'hui, j'ai vraiment du con à me malcentrer, enfin du mal à me concentrer.

– Un, dit Mark.

– Chdeux », dit Roberto.

Coquelet dit : « Youp ! Par ici la bouteille. »

A partir de ce moment, Roberto ne se souvenait plus de grand-chose. Le reste était très flou. Comme bien souvent quand ils allaient chez Mark. Roberto était étendu dans son lit à demi conscient et essayait de se résoudre à se lever pour aller chercher un verre d'eau à la cuisine. Il avait la bouche sèche. Il fit un effort surhumain, redressa le buste et retomba sur son oreiller. Sa tête tournait comme une toupie ronflante.

Après avoir vidé la bouteille d'eau-de-vie, ils avaient attaqué la cave à alcools des parents de Mark. Il se souvenait qu'ensuite ils avaient déambulé dans le quartier en beuglant, une bouteille de whisky à la main. Ils avaient enlevé de leurs gonds quelques portails de jardins, et Mark, qui avait fauché une douzaine d'œufs dans un magasin, en avait jeté sur les voitures qui passaient. Jusqu'au moment où l'une d'elles s'était arrêtée avec un grincement de pneus ; deux types assez costauds avec des moustaches et des blousons de cuir en étaient sortis.

C'était la fin de la plaisanterie. Roberto s'était mis à courir comme cela ne lui était jamais arrivé depuis qu'il avait aperçu le monstre dans la forêt. M. Kraal, le père de Sonia. Voilà qu'il se mettait encore à penser à elle. Il soupira. Ne le laisserait-elle donc jamais en paix ?

Toujours est-il que ces types en blouson de cuir ne l'avaient pas attrapé, ni Coquelet. Il se souvenait seulement qu'un peu plus loin il était tombé sur Coquelet. Ils s'étaient provoqués en duel avec les deux œufs qui restaient. Aucun des deux n'avait tiré juste. Puis ils avaient vidé la bouteille de whisky. Tout cela n'était-il qu'un rêve ? Roberto se tourna sur le côté cependant que l'espace suivait avec peine son changement de position. Il faisait souvent des rêves bizarres. Par exemple, il rêvait souvent de filles. En ce moment, il avait encore une érection, mais il était trop fatigué pour s'en occuper. Des rêves de filles qui l'abandonnaient. Ou de gens, hommes ou femmes, qui l'abandonnaient. A la fin, il se retrouvait toujours seul. Puis il se réveillait. Il se réveillait quand il avait de la chance. Quand il continuait à dormir, sa solitude se transformait, dans ses rêves, en isolement. Ensuite, il y avait les sphères. Les planètes sans âme de son éternel cauchemar.

Roberto se mit à contempler le plafond. Qu'avait-il donc ? Tout devait-il vraiment être ainsi ? La vie était-elle ainsi faite, n'y avait-il rien d'autre ? Mais alors, d'où venaient ces doutes permanents ? Qu'est-ce qui le séparait de la vie ? Il se saoulait, bon. Cela se faisait. Il jouait au football. Il était très bon au lycée. En anglais, en français et en espagnol, il comptait même parmi les meilleurs. Il s'intéressait aux langues étrangères. Il avait quelques amis. Il aimait bien le cinéma. Il lisait des livres. Il jouait aux cartes. Il rigolait bêtement des plaisanteries bêtes. Mais, au fond de lui, il ne riait pas. En son for intérieur, il était figé dans une rigidité cadavérique. Il ne s'arrachait plus les cheveux comme quelques années auparavant, quand il n'allait pas bien. Il ne mettait plus le feu aux greniers. Non, il avait l'air de s'être résigné et d'accepter que ses rêves ne restent que des rêves. A croire qu'il était déjà mort...

(« Ils sont tous morts. Tu ne le savais pas ? Ils sont tous déjà morts. »)

Cela faisait sans doute un bout de temps qu'il avait ce couinement dans la tête, mais il venait tout juste de s'en apercevoir. A la télévision, quand quelqu'un passait l'arme à gauche dans un bloc opératoire, on entendait ce genre de bip. A cause de cette médecine suréquipée. Aïe aïe aïe, pensa Roberto. Il allait devoir changer quelque chose dans sa vie. Une femme. Et cette Sonia, tu t'en fous, maintenant. Furieux, il se retourna de l'autre côté. Des morceaux acides remontèrent dans son œsophage, il les ravala. Ça recommence. Sacrée conne de Sonia Kraal ! Oublie-la ! Personne n'a besoin d'une fille bien particulière. N'importe laquelle fait l'affaire. Une fille va bientôt apparaître, se dit-il, ça ne saurait tarder.

Mais il n'y croyait pas trop. Jamais une fille ne s'était encore intéressée à lui. En tout cas, il ne s'en était pas aperçu.

Roberto envoya promener sa couverture et se redressa. Assez gambergé ! Il avait besoin d'une douche froide. Et il avait soif. Il posa les pieds sur les lattes fraîches du parquet. Dans sa tête, une lourde plaque de plomb tournait sur des roulements à billes complètement rouillés. Il respira deux fois bien à fond, se mit debout et tituba jusqu'au mur. Oh là... Surtout pas de mouvements brusques. Il attrapa son peignoir de bain et l'enfila en trébuchant. La maison se balançait comme si on l'avait arrachée à ses fondations et transportée dans l'Atlantique Nord par un vent de force 8. Roberto jouait avec son pénis encore érigé aux trois quarts contre le cadre de la porte. Il s'ébroua avec satisfaction, se retint au mur et noua sa ceinture. Maintenant, appuyer sur la poignée. En s'efforçant de ne pas trop peser contre la porte, Roberto tangua d'un pas incertain vers le couloir.

« *Howdy !* » lança une voix féminine très avenante.

Roberto sursauta.

Devant lui, il y avait une femme. D'une beauté renversante, du moins assez pour un garçon de quinze ans qui digérait encore sa cuite de la veille et vacillait dans le couloir en hésitant entre le dur et le mou. Roberto examina ses cheveux roux et bouclés, son visage aimable et les deux yeux bruns cernés de vert qui le considéraient avec une douceur experte. D'amusantes taches de rousseur sur les ailes du nez. En dessous, une bouche déjà ridée, mais pas assez pour rendre caduc l'ordre qu'elle intimait : embrasse ces lèvres !

Roberto cligna des yeux.

Il y avait aussi deux seins et deux jambes, tout ce qui allait avec et au bon endroit. Le tout emballé dans une ample chemise blanche, des jeans délavés et des bottes de cow-boy. Qui était-ce ? Que faisait-elle ici ? Roberto, qui chancelait, tâtonnait le revêtement du mur. Fibre végétale. Ses yeux s'efforcèrent de faire le point. Dans un western, cette femme aurait pu tenir un saloon ou un bordel, et s'appeler Molly. Une de ces Molly bien conservées.

« Qu'est-ce que tu as à me mater comme ça, cow-boy ? Tu ne te souviens pas ? »

Roberto commit l'erreur de secouer la tête. Il tomba contre le mur, pris d'une forte envie de vomir. C'était déjà passé.

« Oh la la. » Le visage de la femme s'illumina d'un sourire soucieux et maternel qui amena Roberto à s'interroger sur son âge. Environ quarante ans. Ou trente-huit ?

« Dis donc, il va falloir que je te rafraîchisse la mémoire. » Elle prit sa main dans la sienne (qui était chaude et sèche) et l'accompagna dans le couloir jusqu'à la salle de bains.

Elle sentait bon. Un parfum que Roberto n'arrivait pas à identifier.

« Moi, dit-elle en lui ouvrant la porte de la salle de bains, je suis celle qui t'a ouvert la porte hier à trois heures : tu avais oublié ta clé. » Sa voix était un peu enrouée, presque gutturale, comme si son métier avait été de chasser devant elle des troupeaux de bœufs dans la Pampa.

« Ah… ha ? articula Roberto.

– A part ça… » La tête penchée, elle fronça les sourcils. « C'est moi qui t'ai tenu la tête, après, quand tu as dégueulé dans le couloir tout ce que tu avais dans le ventre. »

Elle s'appelait Gilda. C'était sa tante Gilda. Tante Gilda d'Amérique.

« C'est ta *sœur* ? » demanda ensuite Roberto à son père après deux Alka Seltzer et trois jus de tomate au Tabasco. Il sentait entre Alfred et lui une sorte de complicité qui le gênait.

« Non, non », se hâta de corriger Alfred Dillinger. Ils étaient assis à la table du séjour. Il se servit un peu de cette bière sans alcool qu'il buvait depuis quelque temps. « Nous ne sommes pas du même sang. C'est la sœur de ta mère.

– Ah oui, cette Gilda-là. » Roberto fit courir ses doigts sur le bord de la table. Il se rappelait quelques histoires de l'enfance de sa mère. Peut-être que Gilda avait été là aussi, le jour de l'enterrement. Il ne s'en souvenait plus. Elle était donc la sœur de sa mère. Il acquiesça d'un air entendu. Elle lui rappelait vaguement sa mère ; la parenté était parfois évidente dans certains gestes ou certaines inflexions de la voix, mais les différences prédominaient. Par exemple, Hannah Dillinger n'écoutait jamais de country music comme Gilda. La mère de Roberto se mettait juste deux doigts de parfum. Gilda se renversait toute la bouteille sur la tête, ce qui ne l'empêchait d'ailleurs pas de sentir bon.

Tante Gilda avait vécu aux États-Unis avec un Américain du nom de Gordon. Dans une grande maison en bois quelque part dans le Wisconsin ou le Wyoming. Puis Gordon, l'Américain, l'avait chassée de sa grande maison de bois, et apparemment aussi de son pays.

Elle était donc revenue en Allemagne chercher un toit, un travail, un homme, quelques années de sa vie et diverses autres choses qu'elle avait pu perdre. Alfred Dillinger l'accueillit les bras ouverts. Après tout, c'était sa belle-sœur. Et la maison était bien assez grande pour trois.

Elle occupait une moitié du grenier. Roberto commença par s'insurger contre sa pénétration dans le saint des saints. Il s'insurgea pendant au moins dix-sept secondes. Gilda avait un caractère aimable. Elle était sympathique et belle, ce qui ne gâtait rien, même si sa beauté était sur le point de se faner. Elle portait des jeans moulants ou des minijupes et se maquillait les lèvres. Elle avait des dents d'un blanc éclatant, comme une actrice. Toutes qualités auxquelles un jeune homme bien portant pouvait difficilement résister.

Le grenier des Dillinger s'ouvrit donc à cette exilée du Nouveau Monde. Ils libérèrent ensemble la moitié du grenier qui recevait la lumière de la fenêtre, en traînant tout le bazar dans l'autre moitié où il ne tarda pas à s'entasser jusqu'au plafond. Alfred Dillinger construisit une cloison provisoire avec des plaques de plâtre et isola le tout avec du polystyrène. Avec des tapis Flokati et un radiateur électrique, sa chaîne stéréo et tous ses livres, Tante Gilda s'installa aussi confortablement que le lui permettaient les circonstances. L'escalier escamotable craquait quand elle montait, et cela plaisait à Roberto, car qui disait craquements disait vie. De la vie, il y en avait également quand Tante Gilda mettait sa chaîne stéréo à plein volume, et elle ne s'en privait pas.

Roberto aimait cela aussi. Son sourire, il le sentait bien, était plus profond qu'autrefois. Il allait sur ses seize ans, et le filet blafard de l'inertie qui s'était posé sur lui après la nouvelle disparition de Sonia commençait à libérer son esprit.

« Encore un peu par là, commanda Tante Gilda. Oui, c'est bon, voilà. »

Roberto lâcha la commode et se redressa en soufflant. Gilda avait trouvé un travail d'intérimaire et gagnait « un peu de pognon », comme elle disait. Campée les mains sur les hanches dans sa chambre mansardée, elle expertisait le nouveau meuble. « C'est pas vraiment du Louis XVI, mais on fera avec. » Elle adressa à Roberto un sourire qui le fit cligner des yeux.

« Merci.

– De rien. »

Il observait le flamboiement de ses cheveux à contre-jour. Probablement teints, se dit-il. Il aurait bien voulu savoir à quoi ils ressemblaient quand on les touchait. Sans doute un peu à du foin.

« Qu'est-ce que tu regardes comme ça ?

– Oh ! » Roberto devint tout rouge. « Rien… je suis juste un peu fatigué.

– Ah bon. »

Elle l'examina de haut en bas. « Faut dire que t'es pas encore bien vieux. » Sur ces mots, elle s'approcha de lui avec son doux sourire plein d'expérience, se pencha sur la commode et essaya les tiroirs. « Ah, murmura-t-elle, ça coince un peu. »

Elle portait des bottes de cow-boy en cuir brut mou et des jeans moulants. Trois boutons de sa chemise blanche étaient ouverts. Le regard de Roberto se perdit dans la naissance moelleuse de ses seins blancs. Il vit la dentelle fine de son soutien-gorge.

Les yeux bruns cernés de vert se mirent à fixer les siens. « Trois boutons », dit-elle. Ses doigts comptaient les boutons ouverts de sa chemise. Son regard était toujours rivé sur lui. « C'est encore convenable. A quatre, ça commence à devenir dangereux. »

Roberto devint cramoisi.

Tante Gilda se redressa et secoua sa crinière rousse. « Bon, dit-elle gaiement, assez travaillé pour aujourd'hui. » Elle écarta les doigts et les promena pendant quelques instants sur ses hanches. Roberto se disait qu'elle allait dégainer son pistolet d'un instant à l'autre, mais elle attrapa son sac à main qui était posé sur une pile de livres, l'ouvrit et en sortit son rouge à lèvres. Elle se maquilla les lèvres sans miroir. Le tout, de l'ouverture à la fermeture du sac, lui prit environ quatre secondes. C'était un seul mouvement continu. L'effet fut plus dévastateur que celui d'un Smith & Wesson 45. Une entrée en scène impressionnante, à faire pâlir de jalousie Billy the Kid ou Calamity Jane. Le rouge à lèvres de Tante Gilda n'était pas dévastateur dans le sens où il aurait défiguré quelqu'un, bien au contraire. Mais il avait fait des ravages dans le cerveau de Roberto qui se vida provisoirement de tout ce qui lui restait d'intelligence. Il voulait embrasser ces lèvres rouges.

« Tu mérites une récompense », dit Tante Gilda qui lisait dans ses pensées. Elle fouilla une deuxième fois dans son sac, en extirpa un billet de dix deutschemarks et apposa ses lèvres sur le navire école *Gorch Fock*, en plein sur le gréement. « Retiens bien ça, dit-elle. L'argent n'a pas d'odeur, mais alors pas du tout. Et plus on a de fric, moins ça pue. Tiens, attrape ! » Et elle lui tendit le billet. « Tu as été bien gentil de m'aider. Et ne commence pas à me dire "Je ne peux pas accepter" ou ce genre de conneries.

– Euh, non, répliqua finement Roberto en empochant le billet avec un sourire niais.

– Et maintenant ? demanda Gilda.

– Hein… ?

– T'as pris racine, ou quoi ? Décampe, allez, hop ! »

Et hop, Roberto descendit l'escalier qui grinçait.

Tante Gilda entretenait des relations très saines avec l'argent. Elle faisait peut-être un peu toc, mais elle ne l'était pas. Surtout, elle ne se mettait pas de parfum bon marché.

Elle se mettait le parfum hors de prix que lui achetait Alfred Dillinger, qui, étant le maître de céans, faisait en quelque sorte valoir ses droits. Après tout, c'était lui qui gagnait de quoi mettre du beurre dans les épinards. Roberto était bien obligé d'admettre qu'il trouvait meilleure grâce aux yeux d'autrui qu'à ceux de son fils. Ses cheveux grisonnants et sa barbe argentée lui donnaient de l'allure. Avec un peu d'indulgence, on aurait pu trouver que son ventre n'était pas gros mais majestueux. Il y avait sans doute un peu des deux à la fois. C'était ce que pensait Roberto quand une nuit, couché dans son lit à regarder le billet de dix marks offert par Gilda, il entendit grincer l'escalier. Il faisait plus de bruit que d'habitude sous le poids de Gilda.

Ce n'était pas la première nuit que Roberto entendait l'escalier grincer aussi fort.

« Je viens voir si tout va bien » : Roberto entendit son père murmurer à peu près cette phrase. Puis on mit la chaîne stéréo. C'était toujours le même disque : *Ridin'* de Kenny Loggins. Une longue chevauchée vers Buffalo.

Roberto dut se résigner à cette situation. Il ne lui en coûtait pas beaucoup, car ces deux-là appartenaient en fait à la même génération. Et puis, ma foi, elle était la sœur de sa mère ! En outre, il aimait bien trop sa tante pour lui en vouloir. Quant à son père (nourricier), il vivait depuis des années avec lui une sorte de coexistence pacifique. Roberto remarquait que, depuis l'arrivée de Gilda, son père buvait nettement moins. Elle lui faisait du bien. Elle était d'un fatalisme agréablement contagieux. Sa nature active s'effaçait souvent pendant des moments de calme où elle restait assise dans son fauteuil, plongeant son entourage dans une oasis sereine et douce, dans un monde qui, Roberto en était de plus en plus convaincu, ne connaissait aucune règle.

Il ne savait d'ailleurs pas si elle avait jamais vécu selon certaines règles. Il ne savait pas non plus qui aurait pu lui faire mener une existence réglée. Il croyait en Dieu, mais Dieu avait certainement créé le monde tel qu'il était afin de maintenir ses ouailles dans une crainte permanente et qu'elles lui adressent davantage de prières.

Roberto se représentait Dieu comme un être aux visées bassement matérialistes. Aurait-Il dédaigné un billet de dix marks avec un baiser dessus ?

Tante Gilda tenait beaucoup à l'hygiène. Elle utilisait du fil dentaire, un mince cordon qu'elle se passait entre les dents, et elle avait une douche buccale ainsi qu'une brosse à dents électrique. Toutes choses que Roberto n'avait jamais vues auparavant. On pouvait charger la brosse à dents sur une prise électrique, et sa tête vibrait ensuite pendant huit minutes. Après trois minutes, temps qu'un garçon propre devait consacrer à ce brossage, un petit témoin clignotait. Tante Gilda s'était fait envoyer d'Amérique par avion une brosse de rechange pour Roberto. Elle était bleu-blanc-rouge avec des étoiles, comme le drapeau américain. Au début, cela amusait Roberto de se brosser les dents avec, mais il n'arrivait jamais à voir le témoin s'allumer – il avait l'impression que cela durait une éternité.

« C'est cassé, disait Roberto à Tante Gilda. Ça ne clignote pas. » Mais Tante Gilda se contentait de sourire en le menaçant d'un air coquin avec un index au bout duquel brillait un ongle rouge. « Ce n'est pas cassé, disait-elle. Avec moi, ça clignote toujours. » Il n'était donc qu'un petit cochon. Pourquoi croyait-il que les stars de cinéma avaient des dents d'un blanc étincelant ? Les Américains, disait-elle, avaient le sens de l'hygiène, à la différence des Allemands, qui étaient des cochons du genre à expédier leur toilette. D'ailleurs, les Américains étaient tous circoncis. Est-ce que Roberto l'était, lui aussi ?

Circoncis ?

Eh bien… Après tout, elle n'avait qu'à vérifier elle-même. Elle rit. Elle s'amusait à le taquiner et à le voir devenir écarlate.

Un soir à la fin du mois d'octobre, Roberto rentra vers onze heures à la maison. Il avait été chez Coquelet écouter des disques, puis il en avait eu assez. Le père de Coquelet, qui était un vrai poivrot, venait toujours passer la tête pour voir s'ils ne lui fauchaient pas son rhum pour le verser dans la théière qui fumait sur un réchaud en terre cuite fait maison. Ils avaient écouté les Aphrodite's Child, le disque qui portait le nom de *666* et dont on racontait qu'en le faisant passer à l'envers on pouvait entendre des messages du diable en personne. Ils avaient donc essayé de l'écouter à l'envers, ce qui n'avait pas manqué de casser le pick-up. « Mauvais présage », avait déclaré Coquelet d'une voix sombre. Ensuite, ils avaient voulu regarder à la télévision un film avec Marlon Brando, mais à cause de la mort d'un obscur acteur autrichien, ce film avait été remplacé par un autre qui se passait à la montagne. Roberto avait trouvé que Belzébuth, comparé à l'acteur principal, était quelqu'un de très raffiné. Coquelet avait approuvé et s'était mis à divaguer sur des signes censés déterminer notre destin. Il était en train de lire un bouquin sur le sujet. Roberto lui avait dit « salut » et était rentré chez lui en bicyclette.

Il rangea celle-ci contre le mur de l'atelier. Le corbillard paternel n'était pas devant la maison. Dans le jardin des voisins, un chat se mit à cracher et un chien aboya rageusement pour lui répondre. L'entrepreneur de pompes funèbres avait dû avoir plus de travail que prévu : le royaume des cieux avait encore assez de place pour beaucoup d'âmes.

Autrefois, lors de cette nuit de malheur, ils avaient pris le corbillard sous une pluie glacée. Avec sa mère qui avait des contractions. Coquelet dirait plus tard que ce qui s'était passé devait se produire. Trop de signes de mauvais augure. Peut-être fallait-il tout de même croire aux signes, se disait Roberto. Peut-être y avait-il un plan secret, une règle du jeu qu'il suffisait d'apprendre ou de lire. Peut-être pouvait-on mieux maîtriser sa vie en ouvrant les yeux et en repérant les signes. Si la pluie glacée était un signe, il fallait éviter de prendre la voiture quand il en tombait. Si le corbillard était un signe, il fallait éviter de rouler avec. Si avoir un enfant était un signe, il ne fallait pas en avoir. Et si aimer était un signe, il ne fallait pas aimer.

C'était trop dangereux.

Si la vie était un signe, il ne fallait pas vivre. Il était ainsi revenu à son point de départ. En soupirant, il jeta sa bicyclette contre la pile de cercueils près de l'atelier.

A peine était-il entré dans la maison qu'il entendit vibrer la brosse à dents électrique. Tante Gilda a vraiment un sacré sens de l'hygiène, pensa-t-il en s'essuyant les pieds et en jetant sa veste sur la rampe de l'escalier de la cave. Sa veste en acrylique glissant tomba évidemment de la rampe et resta en bas sur les marches, dans l'obscurité.

Une fois en haut de l'escalier, Roberto s'était demandé pourquoi la lumière n'était pas allumée dans la salle de bains. Est-ce qu'elle se brossait les dents au grenier ? Il n'y avait pas de lavabo dans sa chambre.

Ensuite, un drôle de pressentiment l'invita à grimper très prudemment sur l'escalier escamotable. Il parvint à éviter tout craquement qui l'eût trahi. Une lumière chaude venait d'en haut, la brosse à dents vibrait.

La porte de Tante Gilda était entrouverte, et la lumière d'une bougie vacillait dans l'entrebâillement de la porte. Roberto s'approcha à tâtons de cette fente et y jeta un coup d'œil indiscret.

La lumière de la brosse à dents électrique clignotait, ce qui prouvait qu'elle n'était pas cassée. Cela signifiait en outre que Tante Gilda s'en servait depuis plus de trois minutes. En principe, on devait s'arrêter quand les trois minutes étaient écoulées. Mais Tante Gilda, dont le sens de l'hygiène était célèbre, n'avait aucune envie de s'arrêter. Elle était couchée sur son tapis à longs poils, nue et les cuisses écartées, un genou replié sur sa lourde poitrine. La recharge au drapeau américain était posée en haut de ses grandes lèvres, à la naissance de sa délicate toison rousse. Les phalanges de la main qui tenait la brosse étaient blanches. Deux doigts de l'autre main venaient de disparaître dans son corps pour refaire lentement surface et s'y enfoncer à nouveau, cette fois plus profondément. Les paupières de Tante Gilda battaient en cadence. Elle respirait par à-coups.

La mâchoire inférieure de Roberto s'affaissa d'un seul coup. Frank Oesterberg avait raison, pensa-t-il en souriant intérieurement. L'amour était une chose dangereuse. Ce jour-là, quelques années plus tôt, Frank n'avait pas menti : les femmes avaient vraiment des dents à l'intérieur de la chatte.

Le même soir, en rentrant chez lui, le père de Roberto voulut aller se chercher une bonne bouteille de vin à la cave pour oublier les fatigues de sa journée. L'éclairage de la cave ne fonctionnait toujours pas, et il ne vit pas la veste, cette veste en acrylique bien glissant qui gisait sur une marche de l'escalier. Il marcha dessus ; pendant un instant, il exécuta un vol plané à l'horizontale, puis sa colonne vertébrale heurta les marches de pierre et il entendit un grand craquement à l'intérieur de son corps.

Après sa chute dans l'escalier de la cave, Alfred Dillinger devint hémiplégique. Heureusement, il n'était paralysé que d'un seul côté, et encore n'était-ce qu'à cinquante pour cent de ce côté-là. C'était donc « moitié moins grave », comme il avait coutume de dire, et les réconfortants qu'il s'administrait désormais du matin au soir affichaient au moins le même pourcentage. Vu que sa jambe paralysée était maintenue par une attelle, Alfred Dillinger ne pouvait se déplacer qu'à l'aide d'une béquille, et quand il se levait le matin du mauvais pied, il trouvait toujours sur sa table de chevet une bouteille dont il buvait, plein de gratitude, une première gorgée. Et il en prenait souvent une deuxième car, comme il disait, « deux précautions valent mieux qu'une ». Maintenant, il était bien placé pour le savoir.

« Salut, cow-boy », dit Gilda à Roberto qui revenait du football un soir. Il était tout crotté, en sueur, et il s'était éclaté la lèvre inférieure. (Coquelet, qui avait essayé le premier retourné acrobatique de sa vie, avait raté le ballon mais touché Roberto. « But ? » avait demandé Coquelet à Roberto qui se relevait péniblement.)

« Salut, Gilda », dit Roberto. Il enleva ses chaussures de foot et gratta la terre des crampons sur le seuil de la porte. Puis il posa ses chaussures dans le coin près du paillasson. En se relevant, il lui frôla le sein d'une épaule. Elle était tout près de lui. « Oh, pardon », s'excusa Roberto. C'était tendre et ferme à la fois. Il rougit.

Tante Gilda sourit. « Pas la peine de t'excuser, Roberto. C'est ma faute. » Elle lui passa brièvement les doigts sur le revers de la main. Un frisson brûlant et froid parcourut le corps de Roberto.

« Tu as marqué un but ? demanda Gilda avec un léger sourire au coin des lèvres.

– Euh... trois », articula Roberto. Sa lèvre enflée palpitait.

« Bien. » Sa voix avait une inflexion que Roberto n'avait encore jamais entendue. « Très bien. » Elle ne le quittait pas des yeux. Il sentait son haleine, son parfum. Comme elle avait une chemise très ouverte, Roberto évalua du regard le poids de ses seins blancs et lourds. Les taches de rousseur de son décolleté produisaient une image d'une clarté toute topographique. Roberto compta quatre boutons.

« Bon, alors, je suis en haut », déclara Tante Gilda.

Roberto fit un signe de tête. C'était donc ainsi que la chose se produisait. Tout simplement. Aussi simplement que ça. Il toussota pour s'éclaircir la voix : « Je, euh, je vais prendre une douche. »

Elle dit : « Si tu veux... »

Roberto prit une douche très longue. Il se sentait en sécurité sous la douche. Comme dans un autre monde. Un monde tout à fait à lui, dans lequel nul ne pouvait pénétrer. C'est là, dans son univers, qu'il se prépara. Il s'essuya, enfila des jeans, un T-shirt, et fit grincer l'escalier. « Me voilà », dit-il une fois arrivé en haut.

Gilda avait allumé des bougies et le radiateur. Le ronflement régulier du ventilateur lui donnait une impression de bien-être qui atténuait sa nervosité. Ses pieds nus s'enfoncèrent dans la fourrure blanche du tapis à longs poils.

« Ah, c'est toi. » Gilda était agenouillée devant sa chaîne. Elle portait un négligé noir ; le tissu sombre et d'une finesse arachnéenne voilait à peine l'éclat de ses fesses blanches. Elle posa le bras du pick-up sur le disque et attendit, la tête tournée vers lui. Le saphir crissa deux ou trois fois dans le sillon avant de faire retentir les premiers accords de *Ridin'* de Kenny Loggins.

« Tu aimes cette musique ? » Elle s'approcha lentement de lui à genoux. Roberto entrevit un mamelon rose.

« Non, dit-il d'une voix rauque. Mais toi, tu me plais.

– Mmm », approuva-t-elle. A genoux, elle se redressa, les jambes écartées. Le négligé s'envola, et Roberto vit le triangle de son sexe.

« C'est marrant, dit-elle doucement. Exactement ce qu'a dit ton père. » Sans prendre de détours, elle ouvrit la braguette de Roberto. « Ah, ah, murmura-t-elle. Gros calibre.

– C'est pas mon père », chuchota Roberto qui ne put retenir un « ouah », en fléchissant les genoux.

« Non ? dit Gilda à sa queue. Dans le fond, tant mieux, tu dois te sentir plus libre de passer à l'acte. »

Il baissa les yeux vers elle et vers sa queue énorme et palpitante qui disparut ensuite dans sa bouche. « Comme les hamsters », pensa-t-il encore. Puis, pendant deux heures, il ne fut plus en état de penser à quoi que ce soit.

« A quoi tu penses ? » lui demanda Gilda après.

Pénis, pensait Roberto. Champ de colza. Champ de colzo. Course à la nage. Il répondit : « A rien.

– C'est drôle, dit-elle. Les hommes ne pensent jamais à rien. »

Roberto aurait bien aimé s'endormir au grenier. Il se sentait bien. Il venait de devenir un homme. Mais Gilda précisa : « On s'envoie en l'air, OK ? On ne dort pas ensemble. »

Quand Roberto redescendit l'escalier aux alentours de minuit, il rencontra son père dans le couloir. Alfred Dillinger, appuyé sur ses béquilles, lui jeta un regard vide, baissa les yeux et boita vers la salle de bains sans rien dire. Il n'avait d'ailleurs rien à dire. Il était paralysé. Il ne montait plus l'escalier.

Roberto fit souvent grincer l'escalier. Il était un élève doué et Tante Gilda un bon professeur. Mais elle ne le laissait jamais dormir avec elle. Le grincement de l'escalier le raccompagnait toujours jusque dans sa chambre où il trouvait difficilement le sommeil. Il pensait à sa mère (nourricière). Et à Sonia. Il prenait souvent l'album avec les poèmes et les nouvelles de Sonia ou se contentait d'observer la corbeille en osier tapissée de chewing-gums antédiluviens. Ou bien il pensait à l'odeur des beignets que sa mère faisait. Il pensait au parfum de sa mère et à la puanteur de la chair en décomposition. Il pensait à la culpabilité et aux choses qu'il était « trop tard » pour faire. Roberto avait parfois dans la tête un vide brûlant qui lui tenait lieu de larmes. Ses glandes lacrymales étaient sérieusement bouchées.

Alfred Dillinger semblait prendre un tout autre chemin. Quand il était saoul, il lui arrivait de pleurer pendant des heures, d'une manière oppressée, haletante, et avec des sanglots. Souvent, quand Roberto commençait à s'assoupir, la lune faisait danser sur sa couverture des ombres de branches en forme de doigts et il entendait en bas des bruits sourds, comme du bois en train de jouer. C'étaient les sanglots de son père qui résonnaient dans la vieille maison et se transformaient lentement en d'autres sanglots bien plus atroces dans les rêves de Roberto.

Les années suivantes, les résultats scolaires de Roberto se stabilisèrent à un niveau moyen. Il manquait de temps, car il devait donner un coup de main à son père dans l'atelier. Il y avait un certain nombre de besognes qui n'étaient pas faciles à exécuter avec un seul bras ou une seule jambe. Et c'est ainsi, sans le vouloir et sans que son père l'ait vraiment voulu, que Roberto apprit le métier de croque-mort. A dix-huit ans, il savait déjà tout faire. Il avait appris un peu de menuiserie, quelques notions de calcul et de fiscalité qui ne nécessitaient pas deux bras ni deux jambes, mais simplement une double comptabilité. Tante Gilda l'aidait souvent à faire les comptes, disons plutôt qu'il était son assistant, car Gilda avait un diplôme de comptabilité qui lui avait permis de trouver un emploi stable dans une entreprise de matériel de bureaux.

Roberto ne voyait plus beaucoup ses amis en dehors du lycée. Seul Coquelet montrait de temps en temps le bout de son nez et l'entraînait dans des soirées ou au café. Plus la fin de sa scolarité s'approchait, plus Roberto sentait dériver loin des autres le lopin de terre sur lequel il se tenait. « Je ne suis pas comme vous, avait dit Sonia Kraal après s'être coupé les nattes et les avoir brûlées. Je suis différente. »

Roberto avait lui aussi de plus en plus le sentiment d'être différent. Pourtant, il n'aimait pas cette différence. C'était en fin de compte ce qu'il avait toujours soupçonné : il avait quelque chose qui n'allait pas. Mais quoi ?

Roberto apprit aussi le respect du client, ce qui signifiait : rester debout avec courtoisie et une certaine réserve, courber légèrement le chef face à la famille du défunt, ne pas se mettre les doigts dans le nez, ne pas bâiller ni se livrer à des plaisanteries macabres. Il apprit aussi « R et M », Restauration et Maquillage. Et il l'apprit bien, même s'il lui arrivait parfois de vomir pendant cette opération. Il y eut bien sûr quelques incidents. Un jour, par exemple, il était penché sur un client, un homme très âgé dont la mort avait été une bénédiction pour ses héritiers. Roberto commençait tout juste à fermer les lèvres du vieillard par des points de surjet, d'ailleurs avec beaucoup d'adresse ; il fit une couture si profonde qu'on ne vit aucun point pendant l'exposition du corps. Les lèvres étaient toujours un peu retroussées, ce qui donnait aux cadavres une drôle d'expression mi-sensuelle, mi-moqueuse. En exécutant ce travail, Roberto dut, comme bien souvent, lutter avec le contenu de son estomac et se pencha un peu trop vers la froide cavité de cette bouche au moment où un cancrelat, tout au fond de la gorge, repoussant la luette flétrie comme un rideau, monta sur la langue du cadavre. Roberto vomit illico. A sa grande satisfaction, il étouffa dans ce déluge le malheureux insecte, mais ensuite, il n'arriva pas à nettoyer ses cochonneries parce que l'aspirateur qu'on utilisait en pareil cas se boucha. Roberto, qui n'avait pas beaucoup de temps devant lui, maudit sa mauvaise habitude d'engloutir de la nourriture sans la mâcher et referma la bouche du client avec trois ou quatre grands points. Bien sûr, les porteurs manipulèrent ensuite le cercueil ouvert à la va-comme-je-te-pousse ; bien sûr, la tête du mort roula sur le côté ; et fatalement, le contenu de l'estomac de Roberto dégoulina le long de la joue sur l'oreiller mortuaire. Il s'ensuivit un petit scandale, et la veuve déclara avec indignation qu'elle ne serait jamais, mais alors jamais cliente chez les Dillinger et qu'elle prendrait toutes les mesures nécessaires pour éviter cela.

Mais elle omit de le faire, car les vivants remettent toujours au lendemain ce genre de choses ; et voilà comment, deux années plus tard, une offre promotionnelle à laquelle sa famille ne put rester sourde la fit atterrir malgré tout sur la table de travail de Roberto.

Celui-ci eut du mal à résister à la tentation de lui dessiner sous le nez une petite moustache à la Hitler. Mais il préféra finalement, comme elle avait un peu trop ouvert la bouche à son goût, lui suturer les lèvres à grands points, avec un fil bien épais qui se voyait de très loin. Comme la vieille, de son vivant, l'avait assommée avec ses critiques permanentes, la famille endeuillée approuva d'un sourire complice.

Roberto n'avait donc pas trop de mal à « restaurer » ses clients. Son père trouvait cela plus difficile. Car ce n'était pas l'hémiplégie qui avait fait perdre à Alfred Dillinger le goût de vivre. Il considérait cet affaiblissement physique comme l'expression symbolique de son état intérieur. Les êtres humains peuvent supporter bien des choses, jusqu'au jour où ils ne le peuvent plus. Toute la douleur qu'Alfred Dillinger avait fait taire pendant des années sortait de lui. Il ne se sentait plus que la moitié de lui-même. Et tout l'alcool du monde ne pouvait pas lui enlever son chagrin. Il se plaignait souvent d'avoir perdu en sa femme sa « meilleure moitié. » La moitié qui restait, la mauvaise, attendait la mort. Laquelle se faisait attendre. Il faut croire qu'elle avait ici-bas, en la personne d'Alfred Dillinger, un ouvrier des plus talentueux. Roberto n'apprendrait que bien plus tard à quel point son père avait du talent.

Un gâteau du passé

« Foutu temps », grogna Alfred Dillinger.

Roberto approuva. On ne voyait presque plus rien par le pare-brise. Les essuie-glaces patinaient sur la vitre opaque ; quand la Taunus qui roulait devant lui s'arrêta sur le bas-côté, Roberto fit de même. Il tourna la clé, le ronron du moteur s'éteignit.

Il avait son permis depuis six mois. En fin de semaine, il lui arrivait d'aller avec Coquelet à des soirées en pleine campagne dont ils avaient entendu parler. Le corbillard noir étincelant était toujours une attraction entre les vieilles R4, les Coccinelles et les huit cylindres en ligne que tout le monde avait.

Mais ces soirées étaient la plupart du temps nettement moins débridées que Coquelet et Roberto ne se l'étaient imaginé en parcourant nuitamment des routes nationales sous la pluie. Coquelet avait beau délirer à la lueur du tableau de bord en évoquant certaines drogues censées métamorphoser les femmes en déesses folles du sexe qui arracheraient leurs vêtements de leurs corps en chaleur et se précipiteraient sur lui et sur Roberto, le tableau qui s'offrait à leurs yeux était souvent décevant : deux filles avec des cheveux ternes et la raie au milieu, fagotées dans de longues robes informes, étaient accroupies près d'une théière, laquelle ne contenait guère que du thé. Trois bigleux regardaient en silence des couvertures de disques ou étaient plongés dans la lecture d'un livre sur les vertus thérapeutiques des minéraux. Dans le meilleur des cas, on jouait aux échecs.

La conversation donnait à peu près ceci : « Euh, qui êtes-vous, qui vous a invités ? » Ou bien : « Eh, Silke, t'as vu mon nouveau gilet d'Afghanistan ? » Ou encore : « Moins de bruit, s'il vous plaît, on joue aux échecs. »

« Bon, concluait en général Roberto après avoir acheté dans une station-service un pack de six bières qu'ils vidaient au bord de la route. Encore un week-end torride qui se termine. Moi, je rentre à la maison.

– C'est ça, c'est ça, râlait Coquelet. T'as du pot, toi, tu peux toujours aller rejoindre ta Gilda au lit. Et moi, alors ? »

Le rêve de Coquelet, qui était de faire ça à l'arrière du corbillard avec une partenaire consentante, n'était décidément pas près de se réaliser.

Il ne restait plus à Roberto qu'à passer sa vitesse en haussant les épaules et à dire : « Bah ! »

La vie, comme toujours, se déroulait ailleurs. Quelque part derrière des portes inconnues de Roberto et de Coquelet.

« Il pleut des cordes », observa Alfred Dillinger sur le siège du passager.

Roberto sursauta, perdu dans ses pensées. « Moui », dit-il. Il se cala confortablement dans son siège et contempla le monde qui s'estompait à l'extérieur. La pluie tambourinait sur la carrosserie avec une violence ininterrompue. Puis soudain, le silence. Encore quelques gouttes, flic... floc. Le ciel se déchirait déjà face à eux en montrant un coin de bleu.

Le père de Roberto cligna des yeux. « Dis donc... » Il regarda autour de lui avec agacement. « On est arrivés ? » A dix heures du matin, le dimanche, il était déjà saoul.

« Presque », dit Roberto. Il redémarra et descendit du bas-côté. L'asphalte mouillé crissait sous les pneus.

« Ce coin-là me dit quelque chose. »

Alfred Dillinger tournait nerveusement la tête dans tous les sens. Il était assis sur son siège, ou plutôt à moitié couché, ses deux membres morts étendus devant lui, ses béquilles battant près du levier de vitesses.

« Mais c'est la rue d'Anna Viola, ici.

– Oui », répondit Roberto. C'était ici que sa grand-mère habitait autrefois.

« Mais où est sa maison ?

– Tu sais bien qu'elle a été démolie.

– Comment ça, démolie ? »

Les trottoirs étaient pleins de voitures garées. Roberto ralentit, passa la marche arrière et fit un créneau. « Eh oui. » Le bras appuyé sur le dossier, il regardait derrière lui. « Ils ont construit cette maison à la place.

– Ah oui, c'est vrai ! » Alfred Dillinger se frappa le front de sa main valide. « Complètement oublié. » Il hocha la tête. Alfred Dillinger n'était pas atteint de sénilité, mais son cerveau devait payer un lourd tribut à ses beuveries continuelles. Il allait à peu près bien quand il ne buvait pas, c'est-à-dire pendant les heures de travail, selon les estimations optimistes de Roberto. Mais dès la fin de la journée ou au début du week-end, les bouchons sautaient. Du vin surtout. Du bon vin blanc. Du bon vin rouge. Un whisky par-ci par-là.

« Tu vas te tuer à force de boire comme ça, disait Roberto.

– Je l'espère bien.

– Si tu veux te suicider, il y a des méthodes plus rapides.

– Oui, mais je suis trop lâche pour les essayer. »

Roberto descendit et aida son père à sortir de la voiture. Ils regardèrent la maison. C'était une affreuse boîte à angle droit, en brique rouge, avec des balcons en béton trop massifs. Trois étages avec deux appartements chacun.

« On devrait tous les fusiller, ces architectes ! » Alfred Dillinger hocha la tête et traversa la rue clopin-clopant. « Tu te rappelles la maison de ta grand-mère ? C'était une belle maison ancienne. Aujourd'hui, on ne construit plus que de la merde. »

Roberto dut reconnaître qu'il ne s'en souvenait plus très

bien. Cela faisait plus de dix ans qu'il avait joué à l'hélicoptère dans la maison de sa grand-mère, dans la chambre du haut. Elle était toute blanche. Superbe. Eh oui, tout cela était fini. Ils s'approchèrent de l'immeuble en brique rouge dont le rez-de-chaussée abritait un centre d'action sociale principalement destiné aux personnes âgées et aux handicapés. Au-dessus de l'entrée, un calicot détrempé portant l'inscription « La voie lumineuse : tombola de bienfaisance » battait mollement au vent. (Roberto se demanda comment on pouvait appeler une institution caritative « La voie lumineuse », alors qu'au Pérou le « Sentier lumineux » consistait à estropier le plus de Péruviens possible à coups de bombes.)

A l'intérieur, la grande salle était pleine de gens de tous âges. Les personnes âgées étaient en majorité, mais il y avait aussi des jeunes en fauteuil roulant, des gens qui marchaient avec des béquilles comme Alfred Dillinger, des handicapés, des infirmes accompagnés de leur famille. On avait dressé le long des murs des tables où l'on vendait des poteries artisanales, du café et des gâteaux, des arrangements floraux et « le dessert aux fruits rouges de Randolf ». Des couronnes aux épices pour la modique somme de huit marks cinquante. On se pressait autour du stand de bière.

« Tut, tut, madame ! » Alfred Dillinger s'y rendit aussi en bousculant sans ménagement une dame en fauteuil roulant, malgré ses récriminations. Il se tourna vers Roberto. « Tous des clients potentiels, lui lança-t-il gaiement en rentrant dans un jeune homme. Vaut mieux être poli... Excuses ! »

Roberto leva les yeux au ciel. Son père était de plus en plus bizarre, il devait bien l'admettre. Sur ses vieux jours, il perdait toute dignité. En fait, il n'était pas si vieux que ça. Cinquante-cinq ans. Dans la force de l'âge, mais hémiplégique. Et alcoolique. Il fallait en prendre son parti.

Roberto abandonna son père et passa dans la véranda où une demi-douzaine de vieilles dames en fauteuil roulant bavardaient autour d'une tasse de café, abritées de la pluie par de grands parasols.

« Jeune homme, lui dit une de ces dames, est-ce que vous avez déjà un billet ?

– Un billet ? Euh, non.

– Tenez. » Elle lui en tendit un. « C'est seulement cinq marks. Pour notre tombola de bienfaisance.

– Ah bon. Et qu'est-ce qu'on peut gagner ?

– Tout ce qui est ici. » Sa main ridée et pâle désigna une table à tréteaux qui pliait sous une montagne de lots. Il y avait des bouteilles de mousseux, des gâteaux faits maison, des dictionnaires, des gants de boxe, des jeux d'échecs, des salades composées, des savons, des produits pour l'entretien des chaussures et même une télévision. Une trisomique et un garçon en fauteuil roulant avaient l'air de surveiller la table. La fille, qui jetait des regards concupiscents sur les gants de boxe, fit un sourire rayonnant à Roberto. A côté d'elle, affalé dans son fauteuil, les yeux vides, le garçon louchait lentement de gauche à droite et de droite à gauche. Il remuait comme un jouet mécanique. Il était coiffé d'un de ces bonnets renforcés de sangles de cuir que portent souvent les épileptiques pour protéger leur crâne en cas de crise. « Les profits iront à notre centre », dit la vieille dame. Elle avait les cheveux violets comme la grand-mère de Roberto. « Dépêchez-vous, la distribution des lots va commencer tout de suite.

– Bon, dit Roberto en prenant son portefeuille. Si vous y tenez.

– Pour huit marks, vous en avez deux.

– Bon, alors deux, s'il vous plaît. »

La vieille dame sourit. C'était une gentille vieille dame.

Le jardin était resté exactement comme au temps de sa grand-mère. Roberto eut pourtant l'impression qu'il avait rétréci comme une chemise que l'on a fait bouillir par erreur. A travers les arbres desséchés du fond du jardin, derrière le petit sentier qui serpentait toujours à travers les fourrés, il voyait l'entrepôt et ce garage qui avait abrité les trésors de sa grand-mère. Roberto marcha sur le gazon glissant en direction du sentier. Des pommes brunes toutes pourries jonchaient l'herbe mouillée. Leurs moisissures foncées étaient piquetées de points blancs. Étrange. Roberto n'avait pas vu de pommes moisies depuis son enfance. En tout cas pas ces points blancs.

Il passa sous les arbres qui s'égouttaient. L'air était humide et froid, avec une odeur de terre, et les doigts de Roberto étaient minces, durs et blancs. Les buissons servaient de poubelle aux canettes de bière, un préservatif usagé était enfilé sur une branche. Roberto se remémora avec nostalgie le temps où il jouait avec Coquelet près des bunkers, dans leur enfance.

Le garage lui parut minuscule. Dans son souvenir, on aurait pu y jouer au tennis. En fait, il y avait juste assez de place pour du badminton. Une quelconque entreprise de réparations électriques s'y était installée. Roberto resta un certain temps immobile ; il sentait les gouttes d'eau fraîche sur sa peau. Puis il tourna les talons et revint au centre d'action sociale où retentissaient des cris de femmes. La distribution des lots avait commencé. Son regard s'attarda encore sur les pommes moisies. Ce pommier était nouveau. Il observa le tronc noir. Qu'avait-il d'inquiétant ?

Alors, il se souvint. C'était juste à cet endroit, autrefois. (Quand cela s'était-il passé ? Dans une autre vie ? Des centaines de milliers d'années auparavant ?) C'était juste à cet endroit que son père avait creusé le trou. Le jour où Roberto avait ramassé la pendule dans la poubelle. Alfred Dillinger avait enterré quelque chose ici, juste à cet endroit où il y avait maintenant ce pommier. Mais Roberto ne savait plus ce que son père y avait enterré. Cela faisait si longtemps. Il se gratta la nuque et marcha d'un pas décidé vers la véranda. Il poserait la question à son père.

« Le quatre-vingt-neuf, criait dans son mégaphone une

quadragénaire dynamique en se prenant très au sérieux. Troisième et dernière fois. Qui a ce numéro ? »

Roberto supposait que son père était au stand de bière. Au moment où il voulait s'y rendre, une main l'attrapa par la manche.

« Jeune homme ! » La vieille dame aux cheveux violets. « Je ne vous avais pas donné le quatre-vingt-neuf ?

– A moi ?

– Vérifiez donc. »

Roberto lui fit ce plaisir.

« Alors ?

– Quatre-vingt-neuf.

– Ha ! » La vieille dame battit des mains, enchantée. « Ici ! cria-t-elle, folle de joie. Ici ! Il a le quatre-vingt-neuf ! » Et elle le poussa avec un sourire bienveillant vers la dame au mégaphone.

« Le quatre-vingt-neuf », exulta la femme au mégaphone. Elle vérifia sur la liste. « Un de nos plus beaux lots ! » cria-t-elle en s'approchant de la table. Le jeune homme dans le fauteuil roulant cessa de remuer mécaniquement la tête et se redressa. Son regard hébété était rivé sur la main de la femme. Elle prit un petit flacon sur la table des lots et le tendit à Roberto. « Le parfum qui fait rêver toutes les femmes… gagné par un homme… Chanel n° 5 ! »

Roberto remercia gentiment. Il remarqua que le garçon s'était laissé retomber dans son fauteuil roulant et alla voir son père. « Tiens, je t'ai aussi acheté un billet. »

Alfred Dillinger y jeta un coup d'œil. « Cinquante-cinq, dit-il. Juste mon âge. Ça promet ! »

Le père de Roberto gagna lui aussi. Son lot, un gâteau fait maison, était l'un des derniers prix restés sur la table ; quand la femme au mégaphone posa la main dessus, on entendit un drôle de couinement suraigu. Les gens se regardèrent avec étonnement et seulement très peu d'entre eux comprirent d'où venait ce bruit. On aurait dit le sifflement d'une chaudière cassée ou le glapissement d'une courroie de transmission qui patinait. Puis on n'entendit plus rien.

« Merci, dit Alfred Dillinger en serrant sa béquille sous son aisselle gauche pour attraper le gâteau de sa main valide. Je vais me régaler.

– OK, dit Roberto en lui prenant le gâteau. On se tire. »

Son père n'avait rien contre. Ils quittèrent le centre d'action sociale et Roberto, sur le pas de la porte, se retourna une dernière fois pour voir le jeune homme qui, dans son fauteuil roulant, montait la garde devant la table. C'était lui, Roberto en avait la certitude, qui avait poussé ce grand cri plaintif entre ses dents serrées. Maintenant, de la salive lui dégoulinait sur le menton, et une femme en costume folklorique, sans doute sa mère, le nettoyait avec un mouchoir.

« Pauvre gars, dit Roberto.

– Quoi ? demanda son père.

– Rien, rien. »

« Rien, rien », répéta Roberto un peu plus tard dans le grenier de Gilda.

« Je suppose que tu attends des remerciements d'un genre très particulier », venait de lui dire Gilda. Elle serrait le flacon de parfum comme si elle avait voulu le jeter très loin.

Roberto ferma à demi les yeux : « Qu'est-ce que j'ai encore fait ?

– Mais enfin, bon sang, Roberto, je ne suis pas une pute !

– Une pute ? Mais je n'ai fait que... » Roberto ne comprenait vraiment pas ce qu'elle voulait.

« Oui, je sais, tu n'as fait que... mais faut voir comment ! Tu restes planté là comme si tu attendais une petite gâterie en remerciement !

– Hein ? N'importe quoi !

– Je te connais ! Oh ça, je te connais très bien.

– Écoute, Gilda... » Roberto essaya de la toucher, mais elle se détourna.

« Si tu savais !

– Enfin...

– Si seulement tu savais !

– Quoi ? Si je savais quoi ? »

Elle le regarda droit dans les yeux. « Sans moi, tu ne serais même pas en vie !

– Qu'est-ce que tu racontes là ?

– Sans moi, tu serais ce qui est enterré sous le pommier.

– Le pommier ? » Roberto secoua la tête avec impatience. « Mais quel pommier ?

– Connard !

– Écoute, Gilda. » Il leva les mains. « Je ne voulais vraiment pas...

– C'est ça, dis-nous que tu ne voulais pas, maintenant ! »

Il baissa les bras, les lèvres serrées. « Oh, et puis merde, laisse tomber. » Sur ces mots, il fit volte-face et descendit bruyamment l'escalier. Les femmes ! pensait-il. Qu'aurait-il pu penser d'autre... Maintenant, il était fatigué, il se faisait tard, et il ne voyait pas pourquoi il se ferait toujours marcher sur les pieds.

Mais il était trop bouleversé pour s'endormir tout de suite. Après avoir arpenté sa chambre d'un pas lourd, il finit par aller dans la salle de bains et s'assit sur le bord de la baignoire. Il n'avait aucune envie de se brosser les dents. Il n'avait envie de rien. Il poussa un soupir. Alors qu'il s'apprêtait à revenir dans la chambre, il entendit du bruit dans la cuisine. La lumière était allumée.

« Papa ? » demanda-t-il. Il n'appelait pas souvent son père nourricier par ce nom. Seulement certaines fois. Il descendit à la cuisine. Le ronflement du réfrigérateur ouvert remplissait la pièce. Une bouteille de cognac à moitié vide était posée sur la table de la cuisine. Son père avait à côté de lui un ballon de cognac plein à ras bord et mâchonnait un peu du gâteau qu'il avait gagné. « Pouah ! fit-il en crachant les miettes sur la table, ça ne date pas d'hier ! » Il se pencha sur le gâteau en plissant les yeux.

« Bon Dieu, mais c'est qu'il y a écrit dessus “Joyeux Noël” !

– Noël ? Sans blague ? » Roberto trouvait cela amusant.

« Ils ont dû le congeler, vu qu'il était fait maison. Le père Noël a apporté ce machin, et personne n'a voulu le bouffer, c'était trop mauvais ! » Il regarda Roberto. « Essaie, c'est incroyable !

– Pourtant, il n'a pas l'air mauvais du tout. » Roberto examina le gâteau. Une vague de chaleur le parcourut et lui gonfla la tête comme un ballon.

« Mais qu'est-ce que tu as ? Tu es tout rouge. Et tout blanc, maintenant !

– “Joyeux Noël, Schillo”, lut Roberto sur le glaçage du gâteau. Signé : “Sonia”. »

Certaines choses commencent, d'autres prennent fin

La famille Wienholz habitait toujours la même maison que dix ans auparavant, quand Roberto avait vu Schillo pour la dernière fois. Roberto s'y rendit dès le lendemain et ne fut pas surpris de retrouver en la personne de l'ancien bagarreur, du champion de natation et, selon la rumeur, du violeur de Sonia, le garçon de la veille qui, de son fauteuil roulant, surveillait la table chargée de lots.

Roberto n'aurait jamais pu le reconnaître au premier coup d'œil, car la paralysie, le handicap et sans doute aussi les médicaments avaient, plus que les années, transformé le visage de Schillo jusqu'à le rendre méconnaissable. Il avait en outre le crâne rasé. Pendant la tombola, il avait bien sûr tenu à surveiller le gâteau que Sonia lui avait fait. Il n'avait pas eu le droit de le manger parce que le sucre lui était interdit, comme l'expliquait sa mère. Mme Wienholz était aussi la veille au centre d'action sociale, mais Roberto ne se souvenait pas d'elle.

« Je ne pouvais pas non plus le jeter, dit-elle. Donc je l'ai congelé. Et puis il y a eu cette tombola. Comme ça, au moins, il a pu servir à quelque chose. »

Mme Wienholz était devenue paresseuse au fil des ans et se négligeait, Roberto s'en apercevait bien. Comment aurait-on pu le lui reprocher ? La vie n'avait pas été tendre avec elle. Elle était affligée d'un fils dont elle devrait laver les fesses pendant le restant de ses jours.

« Et ce gâteau, demanda Roberto, il est arrivé à Noël ?

– Oui, quelques jours avant les fêtes.

– Vous avez l'adresse de Sonia ?

– Son adresse ? Non, non. » Elle secoua la tête. (« Mhf, mhf », fit Schillo qui était assis dans un coin sur son fauteuil roulant. Sa tête cognait contre le mur. Heureusement qu'il avait son bonnet de protection. « Mhf. »)

« Pas d'adresse ? Dommage. Est-ce qu'elle a envoyé autre chose ?

– Non, rien que des gâteaux.

– Rien que ça ? Elle en envoie souvent ?

– A Noël. Tous les ans, elle envoie un gâteau de Noël à mon fils. C'est gentil de sa part, non ?

– Euh, oui, certainement. »

Roberto n'en revenait pas.

« Depuis, euh, combien d'années ? Ça doit faire, voyons...

– Cinq ou six ans. Oui.

– Mhf, mhf.

– Arrête un peu, mon garçon, avec ce mur ! Nous avons une visite.

– Mhf.

– Vous n'auriez pas gardé l'emballage, par hasard ? L'emballage du gâteau ? A cause du cachet de la poste, je veux dire.

– L'emballage ? Non, je suis désolée. Mais je crois que c'était quelque part en Amérique du Sud. Ou en Afrique du Sud ? »

Roberto prit poliment congé. Ils avaient convenu de se revoir à la fin de l'année. Après Noël.

« A quoi penses-tu ? » demanda Gilda cette nuit-là. Roberto était couché à côté d'elle dans le noir.

« A Noël, dit Roberto.

– A Noël ?

– Oui, à un gâteau de Noël. »

Gilda se redressa. Ses seins rebondirent au vol sur le ventre de Roberto. Ils étaient encore beaux, ses seins, mais ils se fanaient lentement. Elle demanda : « Tu voudrais que je te fasse un gâteau ?

– Je n'aime pas les gâteaux.

– Tu n'aimes pas les gâteaux et tu y penses ? Je ne te comprends pas.

– C'est ça, les conflits de générations. »

Gilda sentait que Roberto était très loin d'elle et qu'il s'éloignait un peu plus chaque fois qu'il respirait. Elle s'était habituée à son souffle. Roberto était maintenant adulte et il respirait profondément. Gilda hasarda : « Si tu veux, tu peux dormir avec moi ce soir.

– Hein ? » Roberto haussa un sourcil. « Dormir ici, vraiment ? Je pensais que c'était tabou.

– Ça ne l'est plus. Enfin, si tu veux.

– Non, merci, c'est gentil. Mais je crois que je préfère dormir en bas.

– Bon, dit Gilda. Comme tu voudras. » Et elle se dit : C'est comme ça. C'est comme ça qu'une histoire se termine.

« Je suis désolée pour hier », dit-elle encore. Mais cela n'avait plus d'importance. « Je t'ai crié dessus sans raison.

– C'est pas grave. »

Cette histoire lui était donc indifférente.

Roberto se leva. « Mais hier, tu as dit quelque chose à propos d'un arbre.

– Moi ? Rien.

– Rien ?

– Non, rien. Si tu veux descendre, vas-y maintenant, s'il te plaît.

– OK. » Il prit ses affaires. « Bonne nuit. Dors bien.

– 'nuit. » Gilda ne put pas articuler grand-chose de plus. Elle retenait son souffle. Quand elle entendit que la porte de Roberto s'était refermée, elle se laissa aller. Ses larmes ruisselaient de ses yeux comme au temps de son enfance. Elle pleurait avec de longs sanglots qui lui crispaient la poitrine. Elle ne rajeunissait pas. Et elle était seule. Son univers se rétrécissait un peu plus tous les jours. Elle appuyait sa bouche sur les couvertures pour que personne ne l'entende. Elle resta ainsi toute la nuit jusqu'à ce que le jour se lève, prosaïque et blafard. Le flot de ses larmes se tarit. Et ce fut bien pire.

Le paquet arriva le 18 décembre. Mme Wienholz appela Roberto à midi ; celui-ci se mit en route dès la fin de ses cours, armé d'un bouquet de roses et d'un sac plein de friandises sans sucre pour Schillo. Il avait maintenant vingt ans et il passerait son bac en été. Le travail à l'entreprise de pompes funèbres marchait passablement. D'ailleurs, tout, dans sa vie, avait l'air de marcher passablement à ce moment-là. Comme il était mécontent de la fadeur de son existence, il ressentit une démangeaison nerveuse en appuyant sur la sonnette des Wienholz.

« Ah, c'est le jeune M. Dillinger ! s'écria Mme Wienholz. Entrez, Roberto. Schillo ! »

Schillo fut enchanté de ses friandises (il fit : « Gnhf ! »), Mme Wienholz fut enchantée de ses fleurs (« Mais il ne fallait pas ! »), Roberto n'était pas enchanté du tout (« Quelle barbe ! »).

Le gâteau était superbe, les lettres en glaçage étaient les mêmes que sur celui de l'an dernier : « Joyeux Noël, Schillo. Sonia. » La mère de Schillo voulut le mettre tout de suite au congélateur.

Roberto examina le paquet avec beaucoup d'attention, mais sans trouver d'autres indices. Le cachet de la poste était absolument illisible. On ne pouvait même pas voir la date. Une chose, tout de même : le timbre venait du Brésil.

« Le Brésil », dit Roberto. Ce mot recelait une certaine nostalgie. C'était l'étranger. « Le Brésil. »

Le Noël suivant fut aussi un fiasco pour Roberto. Le paquet venait toujours du Brésil, mais impossible de savoir de quelle ville. Le Brésil, c'était grand. A peu près cinquante fois plus grand que l'Allemagne.

Quand Roberto laissa retomber le papier sur ses genoux dans le séjour des Wienholz, Mme Wienholz lui posa la main sur l'épaule. Roberto se retourna vers elle avec surprise. Ce qui l'étonnait le plus, c'était la bonté qu'il croyait déceler dans ce geste. « Arrêtez donc de rêver, dit la mère de Schillo avec un sourire empreint de gravité. Vivez dans le présent. Maintenant. » Elle regarda Roberto d'un air encourageant et lui serra l'épaule un peu plus fermement. « Vous en êtes capable. » Elle hocha la tête avec lassitude. « Moi, je ne peux pas. Je dois m'occuper de lui. » Elle regardait Schillo. « Et lui, même s'il le voulait, il ne le peut pas. »

Roberto soupira. « Vous avez raison, dit-il en se levant. Tous mes vœux, madame Wienholz, à toi aussi, Schillo. » Sur le pas de la porte, il hésita. « Peut-être à l'année prochaine. »

Après son baccalauréat, Roberto décida de faire des études de médecine. Le métier de son père, qui était maintenant à moitié le sien, lui donnait du travail, mais Roberto résistait à tous ces cadavres qui l'attiraient. Restaurer et maquiller ne lui suffisaient plus. Il voulait maintenir des gens en vie. Il ne voulait pas aider Dieu à venir prendre les âmes dont Il se languissait.

« La médecine ? » demanda Gilda qui était encore là. Ils étaient couchés dans son lit, au grenier. « Il n'y a pas une sélection très dure avec un examen d'entrée ?

– Si, dit Roberto.

– Tu vas attendre ton tour pendant des années !

– Je vais au Portugal.

– Au Portugal ?

– Là-bas, il y a des cours préparatoires, comme en Italie. Si on les suit, les universités allemandes vous acceptent.

– Ah bon. » Le radiateur ronronnait. « Et ça dure combien de temps ?

– Deux semestres.

– Une année.

– C'est ça. »

Gilda se mit soudain à frissonner.

« Et la langue ? demanda-t-elle d'une voix atone.

– J'vais l'apprendre. »

Gilda regarda dans le vide. « Évidemment », dit-elle.

Cette fois, elle ne pleura pas. Elle n'avait plus la passion nécessaire pour cela. Elle déménagea deux semaines plus tard. Gilda ne voulait pas être celle qu'on quittait. Elle voulait quitter elle-même. Cela n'avait plus guère d'importance, bien sûr, mais elle ne pouvait pas faire autrement.

Alfred Dillinger dut embaucher un assistant pour remplacer Roberto et fut obligé de confier sa comptabilité à des mains étrangères. L'assistant répondait au nom adéquat de Lenouveau et s'acquittait bien de sa besogne. L'affaire marchait à peu près correctement, on mourait comme toujours, et la concurrence n'était pas trop gênante. Les gens devaient penser qu'Alfred Dillinger, avec sa béquille et son bras inerte, était déjà si proche des morts qu'il connaissait leurs besoins mieux que quiconque.

Coimbra était la petite ville universitaire où Roberto avait échoué. Cette ville n'était pas très animée et n'offrait guère de distractions en dehors des excursions à Lisbonne (où il ne se passait pas grand-chose non plus), des beuveries et des parties de jambes en l'air avec une condisciple portugaise ou hollandaise. Roberto apprit couramment le portugais et termina ses deux semestres avec succès, si bien qu'un an plus tard il put s'inscrire à l'université d'une grande ville proche de son domicile. Il revint juste à temps pour voir mourir Alfred Dillinger.

Le père nourricier de Roberto mourut dans son fauteuil favori, sous la véranda. Il avait une demi-bouteille de rouge à côté de lui, et Roberto crut pendant un bon moment qu'il s'était seulement assoupi. Le menton de son père s'était affaissé sur sa large poitrine ; on aurait dit un vieux fêtard alcoolique en train de cuver son vin.

Revenu depuis à peine un mois en Allemagne, Roberto avait du mal à s'y réadapter. Une dose supplémentaire d'alcool l'aida à surmonter ces moments difficiles. Il avait festoyé toute la nuit dans une traditionnelle beuverie de carabins, et, ayant passé cette épreuve avec succès, il était rentré chez lui vers midi.

Il faisait beau. Il s'était d'abord assis tranquillement à côté de son père pour écouter le chant des oiseaux et le sifflement de l'aspirine dans son verre. C'est en entendant le craquement qu'il avait compris. Un drôle de craquement, pas vraiment comme celui d'une branche, mais pas n'importe lequel non plus. Ce bruit différent de tous les autres était familier à Roberto. Il venait de la tête de son père. On l'entendait parfois quand les muscles de la mâchoire se durcissaient lors du passage à la rigidité cadavérique. Roberto l'avait déjà entendu un certain nombre de fois durant les opérations de R et M, quand les cadavres étaient encore assez frais.

Sur l'acte de décès, la cause invoquée fut un arrêt cardiaque, comme il se devait. Une mort naturelle, par conséquent, à supposer qu'il soit naturel d'être ivre mort à longueur de journée.

Alfred Dillinger, alors âgé de cinquante-sept ans, aurait fait belle figure lors de l'exposition de son corps, mais son testament stipulait clairement qu'il souhaitait léguer son enveloppe mortelle à la science. Les pratiques de la restauration et du maquillage lui étaient sans doute trop familières pour qu'il eût envie de s'y soumettre ; il devait bien se douter aussi que les médecins traiteraient son corps avec encore moins d'égards. Mais il aimait à répéter de son vivant : « Quand on est mort, on ne sent plus rien. » Il ne croyait pas au royaume des cieux, il croyait seulement à celui des vers. Lesquels parvenaient toujours à leurs fins d'une manière ou d'une autre.

Roberto se demandait pourtant si son père avait emprunté le chemin dont il lui avait parlé quand il était petit. Le chemin de la cascade, celui que prenaient tous les morts.

Que pouvait-il y avoir derrière cette cascade ?

Roberto n'eut donc pas le privilège de pouvoir préparer son père nourricier dans les règles de l'art pour son dernier repos. Il continua ses études en travaillant de temps à autre à l'entreprise de pompes funèbres. Il ne voulait pas renoncer à cette dernière, qui n'aurait d'ailleurs pas trouvé acquéreur. Lenouveau était un bon assistant, mais Roberto ne pouvait se permettre d'en embaucher un second.

Roberto avait un professeur de pathologie qui s'appelait Trutz von Urban. C'était un médecin de la vieille école qui avait fait ses études avant guerre et qui, avec ses lunettes en nickel et sa barbiche grise, cultivait la mémoire de cette époque.

« Un bon pathologiste, dit un jour le professeur en faisant grincer le parquet de l'amphithéâtre sous ses chaussures, doit avoir deux qualités essentielles. » Tout en caressant sa barbiche, il marchait autour d'une civière recouverte d'un drap qui était déjà installée quand Roberto était monté jusqu'à sa place. Sous le drap s'arrondissait indubitablement le ventre gonflé d'un cadavre.

Le professeur von Urban rejeta en arrière sa tête cramoisie et pointa en l'air deux doigts pâles couverts de poils gris. « Il doit en premier lieu jouir d'un bon sens de l'observation. » Le professeur replia un de ses doigts. « Et en second lieu, fit-il en agitant le deuxième doigt en direction de ses étudiants, il ne doit avoir peur de rien. » Sur ces mots, il arracha le drap recouvrant le cadavre dont l'âme avait déjà quitté depuis longtemps la poitrine putréfiée, comme chacun put le voir. Roberto s'en aperçut lui aussi et pâlit. Une bulle brûlante se forma dans sa tête et ne cessa d'enfler.

« Aujourd'hui, dit le professeur, chères étudiantes, chers

étudiants, nous allons séparer parmi vous le bon grain de l'ivraie. » Il vacilla un peu et certains eurent l'impression que le professeur ne tenait pas bien sur ses jambes. Avait-il bu ? Il s'appuya d'une main à sa chaire. « Je demande un volontaire. »

Dans les gradins, on se mit à toussoter et à trépigner. Personne ne tendit le bras pour faire du zèle. Personne ne se leva.

« Eh bien ? »

On se mit à chuchoter dans le fond ; Roberto comprit que les paris étaient ouverts.

« Chacun d'entre vous, mesdames et messieurs, devrait disposer de ces deux atouts élémentaires. Je répète : un sens aigu de l'observation, et n'avoir peur de rien. Faute de quoi... (le mot préféré du professeur était *faute de quoi* et il l'utilisait autant qu'il pouvait) ... faute de quoi, vous n'aurez tout de même pas perdu votre temps en suivant ce cours. Je voudrais... Aah ! voici enfin un jeune homme courageux ! »

Un peu pâle et les genoux raides, un grand blond dégingandé qui avait l'air de marcher sur des échasses descendit vers la chaire. Roberto reconnut en lui un des étudiants qui chuchotaient. Le professeur le gratifia d'une double poignée de main en secouant énergiquement de haut en bas les longs bras de l'étudiant. « Je vous félicite, voilà une décision qui ne manque pas d'audace. Vous vous targuez donc d'avoir un bon sens de l'observation ?

– Hum, hésita l'étudiant. Ouais... Oui.

– Et vous n'avez peur de rien...

– Bof, non, en principe. » Le jeune homme leva vers ses amis des yeux qui imploraient de l'aide.

« Ha ha ! Bien, bien, mon ami. » Le professeur poussa le malheureux près du cadavre. « Observez mes gestes avec attention, dit-il en se rapprochant de l'étudiant. Ensuite, vous ferez de même. Entendu ? »

L'étudiant rentra le menton et agita sa main devant son

nez. « Euh, oui », dit-il, pas très sûr de lui. Derrière le dos du professeur, il porta à ses lèvres un verre imaginaire, ce qui déclencha des murmures amusés.

« Bien. » Le professeur fronça des sourcils broussailleux et tout blancs. « Je commence. » Sur ces entrefaites, il leva une main au-dessus de sa tête et l'abattit violemment sur le cadavre en écartant les doigts, si bien qu'un doigt lui traversa la peau du ventre. Un seul cri étouffé se fit entendre dans les rangs. Le volontaire dégingandé chancela.

« Ha ! fit le professeur. Vous voyez ça ? »

Ils voyaient très bien. Le doigt du professeur était recouvert de je ne sais quel suintement du cadavre.

« Et maintenant, je vous demande toute votre attention ! »

On la lui accorda, malgré l'hébétement général. D'un seul mouvement, le professeur se passa le doigt sur les lèvres. Puis, les mains croisées derrière sa blouse blanche, il recula d'un pas, content de lui, faillit trébucher et se retint au tableau. Il ordonna à l'étudiant blond : « A vous de m'imiter. »

Les cheveux de l'étudiant semblaient avoir déjà pris la couleur blanche de ceux du vieillard. Le visage du jeune homme avait d'ailleurs perdu toutes ses couleurs. « Vous avez prétendu, lui rappela le professeur, n'avoir peur de rien. »

L'étudiant lui jeta un regard vide. Il vacilla. Puis, la main tremblante tandis qu'un murmure parcourait l'assistance, il leva le bras et prit son élan. Ses condisciples remarquèrent une tache de couleur sombre sous son aisselle. Le doigt s'abattit d'un seul coup, traversa la peau poreuse du macchabée ; le garçon retira son doigt avec un faible gémissement, regarda la glaire infecte qui le recouvrait, l'approcha de ses lèvres… et tomba à la renverse.

Le professeur, qui semblait s'y attendre, rattrapa l'étudiant avec une vigueur insoupçonnée et le fit doucement glisser jusqu'à terre.

« Il est incontestable que ce jeune homme, déclara le professeur agenouillé à sa cohorte d'étudiants, possède l'un des atouts essentiels qui font un bon pathologiste. » Il se releva, tout congestionné. « Il n'a peur de rien. On peut donc fonder sur lui certains espoirs. »

Signes de tête approbateurs dans les gradins.

« On peut cependant regretter que le second atout lui fasse défaut. En effet, si ce jeune homme avait joui d'un bon sens de l'observation, il aurait certainement remarqué lequel de mes doigts... (le professeur tendit en l'air son index) ... j'ai enfoncé dans le ventre du cadavre et lequel... (il pointa le majeur) ... je me suis ensuite passé sur les lèvres. »

Il y eut une ou deux secondes de silence. Puis les étudiants se mirent à hurler de rire en tapant des pieds dans l'amphithéâtre ; quand le malheureux volontaire revint à lui, il fut salué par des beuglements tonitruants. Des applaudissements rythmés accompagnèrent ses pas quand il regagna sa place. Les étudiants, qui n'avaient encore jamais assisté à un cours pareil, semblaient l'apprécier.

Seul Roberto ne le trouva pas à son goût. Le défunt était entièrement rasé, sans doute pour des raisons d'hygiène. Ses traits paraissaient maigres et affaissés. Roberto, qui jouissait d'un assez bon sens de l'observation, frémit soudain en se disant que ce cadavre maltraité pourrait être celui de son père nourricier. Le fait que le professeur fut suspendu de ses fonctions en raison de son état d'ébriété et de ses problèmes personnels n'apaisa en rien Roberto. Ce signe était trop évident pour être ignoré. Roberto abandonna ses études de médecine.

Il se tourna donc vers la discipline qu'il maîtrisait le mieux, à savoir le commerce des morts, et décida de reprendre les Pompes Funèbres Dillinger.

Résurrection

En général, Roberto ne trouvait pas les exhumations trop pénibles. Il était en train de polir une urne lorsque le téléphone sonna et que le conservateur du cimetière lui annonça la nouvelle.

« Hum », fit Roberto, le récepteur coincé dans son cou, en remettant en place une des lourdes urnes du modèle « Pérennité ». « S'il n'y a pas moyen de faire autrement, c'est d'accord. » Les us et coutumes du métier lui étaient familiers, il y avait bien cinq ans qu'il dirigeait l'entreprise de pompes funèbres de feu son père. On avait de tout temps pratiqué des exhumations, et Roberto était d'avis que celles-ci, quand elles étaient exécutées dans les règles de l'art, rompaient un peu la monotonie de la sinistre existence ou non-existence des morts. Il fallait construire une déviation depuis que la circulation des poids lourds embouteillait la rue principale de la ville, et la solution la plus économique était sans conteste de développer la route peu fréquentée qui était située à l'ouest du cimetière. Ces travaux nécessitaient le transfert de deux rangées de tombes, à cause de la largeur de la nouvelle route et des mesures d'insonorisation. Les morts devaient tout de même reposer en paix. Le cimetière continuerait de s'étendre à l'est et au sud, où l'espace, grâce à l'imagination d'une architecte paysagiste, était mieux aménagé que celui des rangées de tombes longeant la route. Le père de Roberto y reposait déjà, ou plutôt ce qu'en avaient laissé les équarrisseurs du cours de pathologie. Alfred Dillinger avait été enterré par la concurrence, sans exposition du corps, bien sûr. Roberto n'avait pas eu la force de s'en charger.

« Le ciel ouvre ses portes », remarqua Roberto en ouvrant son parapluie un mois plus tard, le jour dit. Il avait craché dès le début de la matinée, jusqu'à ce que le vent se lève et qu'un front de nuages noirs s'amoncelle au-dessus des spectateurs du drame. Quelques parents dont les aïeux devaient être transférés avec leurs cercueils s'étaient joints à Roberto. Ils ouvrirent tous des parapluies noirs comme en un rituel adapté à ce genre de circonstances. Soucieux de donner un caractère solennel à ce transfert, le conservateur du cimetière avait fait accrocher des rubans noirs qui flottaient sur la pelle du petit véhicule à chenilles destiné à décharger les fossoyeurs des besognes les plus pénibles.

La pierre tombale d'Hannah Dillinger avait déjà été transportée à son nouvel emplacement, et la fosse si bien déblayée que l'on apercevait le couvercle semi-mat de l'immense cercueil. La pluie tombait avec fracas, à grosses gouttes ; le ciel semblait frapper sur le cercueil de la mère de Roberto pour exiger qu'on lui ouvrît de l'intérieur.

Les fossoyeurs descendirent dans l'excavation boueuse et s'efforcèrent de passer leur corde sous le cercueil pour pouvoir le remonter. Ce travail était salissant, surtout à cause de la pluie qui fouettait le couvercle. Les quatre hommes juraient comme des charretiers. Ils n'étaient plus de la première jeunesse, et l'un d'entre eux perdit une flasque d'alcool qui tomba de la poche de sa veste. Roberto commençait à se demander si ces croulants seraient capables de hisser un cercueil aussi lourd. Les ouvriers étaient tout congestionnés quand le cercueil se souleva enfin péniblement, avec un bruit de ventouse.

« Les types étaient plus jeunes, à l'enterrement, souffla Roberto avec inquiétude à l'oreille du conservateur. Ceux-là sont carrément subclaquants. »

Le conservateur haussa les épaules. « Mon Dieu, oui », fit-il avant d'ajouter : « Que voulez-vous, c'est la vie ! » Roberto regarda ses chaussures qui commençaient à se détremper. La pluie avait formé une flaque sous ses pieds, et il se cherchait une place un peu plus au sec au moment où un cri de terreur, jaillissant de toutes les gorges, le força à lever les yeux. Il eut à peine le temps de voir un des fossoyeurs glisser et disparaître dans la fosse en poussant un hurlement suraigu. Le cercueil qui venait d'être hissé à la hauteur des hanches tomba avec fracas sur le bord de la tombe, rebondit avec un petit bruit d'éclatement et dégringola tout au fond.

Il y eut d'abord un silence total. On n'entendait que le murmure de la pluie qui s'était calmée et quelques grosses gouttes tombant des feuilles. Un merle s'envola d'un buisson en criant, des coups de marteau retentirent au loin. Puis les endeuillés se massèrent au bord de la fosse. Roberto, derrière eux, les vit se figer sur place. Avec force grattements et gémissements, le fossoyeur se hâtait de s'extraire du gouffre, les doigts poisseux. Mais personne ne lui prêtait attention. Tous les regards étaient rivés sur le contenu de la sépulture ouverte. Roberto Dillinger frémit et s'aperçut qu'il avait partout la chair de poule. Hésitant et plein de sombres pressentiments, il avança enfin prudemment de trois ou quatre pas. On le laissa passer. Il regarda dans la fosse.

Le cercueil qui gisait au fond avait éclaté. Les planches s'étaient disjointes et les clous, qui n'étaient pas encore rouillés, pointaient leurs doigts tordus vers le rectangle de ciel qui les surplombait. Les planches disloquées laissaient entrevoir un peu de terre et des vers qui se tortillaient. Le velours rouge du capiton pendait hors du cercueil et s'imbibait d'eau et de boue. Hannah Dillinger avait le corps un peu tourné sur le côté, mais tout le monde semblait attendre qu'elle se redresse enfin pour essuyer les taches de boue sur sa joue, tant elle avait l'air vivante. Seigneur Dieu, se dit Roberto. C'était autre chose que de la restauration et du maquillage !

« Il... » Roberto bredouilla. « Mon Dieu ! » Il chancelait, mais personne ne vint le soutenir. « Il l'a embaumée ! »

Elle avait encore ce sourire mystérieux qui errait sur ses lèvres quelques années auparavant, il s'en souvenait encore, lors de la veillée mortuaire. Et il fallait bien avouer qu'elle avait emporté son secret dans sa tombe. On comprenait désormais pourquoi le cercueil était si grand : le cadavre d'Hannah Dillinger n'en était pas le seul occupant. Un deuxième corps était caché sous le velours rouge du capiton. Un homme. Alors que la mère de Roberto ne montrait aucune trace de ce qui avait pu causer sa mort mais semblait tout à fait vivante, la cause du décès de l'homme n'était que trop manifeste.

Il avait avalé de travers.

L'homme n'était pas de très haute stature, bien qu'assez musclé. On ne décelait sur lui aucune trace de décomposition, il avait également dû être embaumé par le père de Roberto. La tête était si rejetée en arrière que le menton et le cou formaient une ligne droite. Le visage était défiguré par la douleur. Le pommeau d'un sabre incrusté de nacre apparaissait entre ses lèvres. Un long sabre recourbé à la lame bien aiguisée. La pointe était recouverte de sang – ou était-ce de la rouille ? Elle avait continué son chemin à travers le corps de l'homme jusqu'à l'extérieur, non loin du nombril, un peu plus à gauche. Le Grand Ubaldo avait trouvé une mort digne de lui.

Une odeur de putréfaction émanait de la tombe ; Roberto tomba à genoux et vomit. Il se rappelait le jour où son père nourricier l'avait chatouillé pendant qu'il faisait le poirier. Roberto s'était effondré, chatouilleux comme il était. Alfred Dillinger connaissait les points sensibles. Le Grand Ubaldo avait dû être chatouilleux, lui aussi.

Alfred Dillinger ne s'était donc pas contenté d'ensevelir des gens déjà morts. Il avait également tué de sang-froid. Il avait dû cacher le cadavre d'Ubaldo pendant un certain temps, sans doute dans son atelier. Jusqu'à ce que l'occasion se soit présentée de s'en débarrasser d'une manière aussi perverse que symbolique.

Roberto s'éloigna à quatre pattes de son vomi. Puis, le bras appuyé sur le nez, il descendit dans la tombe. Personne ne l'en empêcha. Tout un chacun se taisait. Il s'agenouilla près du Grand Ubaldo et lui ôta sa chaussure gauche. Ce pied n'avait pas de petit orteil. Roberto le connaissait. Il l'avait déjà vu, une nuit, quand il avait huit ans. Dans l'atelier.

La chaussure, en tombant, roula dans une flaque de vase. Roberto ne voulait qu'une chose, s'en aller. En se redressant rapidement, il croisa le regard de sa mère, le vert regard de l'empire des morts.

Elle m'appelle.

Les pensées de Roberto se dispersèrent pour se rassembler en des points de plus en plus petits et s'éloigner à nouveau les unes des autres. Il perdit conscience.

Éternités

La grande époque du cirque Petrelli était révolue. Le déclin sans doute amorcé par la disparition du Grand Ubaldo s'était poursuivi au fil des ans. Roberto avait assisté à la représentation ; elle était encore plus miteuse que le souvenir de ce cirque où sa mère l'avait emmené quand il était petit. Le Bavarois aux chiens compteurs était toujours là, mais il avait pris de l'âge, et les roquets qui aboyaient la table de multiplication étaient déjà, selon les calculs de Roberto, de la troisième génération. Les numéros d'une acrobate qui n'était plus de la première jeunesse étaient agrémentés par la présence d'un singe qui lui frottait le ventre quand elle faisait le pont. Un clown pas drôle du tout et quelques poneys bons pour l'abattoir complétaient le tableau. Les enfants s'en contentaient ; quant aux adultes, parents ou professeurs, ils se jetaient à chaque numéro des regards perplexes par-dessus les têtes des petits.

C'était maintenant le directeur du cirque qui regardait Roberto avec perplexité. « Et il n'avait pas ses papiers sur lui ? »

Roberto secoua la tête. « Les morts n'attachent guère d'importance aux passeports et autres formalités de ce genre. Eux, ils se préparent pour le grand voyage, comme on dit.

– Bien sûr, bien sûr. » Le directeur passa la langue sur sa lèvre inférieure proéminente. Il semblait réfléchir.

« Et alors ? Vous avez des papiers où ce nom est mentionné ? » Roberto était assis en face du directeur dans une roulotte qui sentait le renfermé. Mais pourquoi faut-il que les directeurs soient toujours gros ? se demandait-il. Et surtout les directeurs de cirque ?

« Bah, répondit le directeur avec un faible sourire plein de lassitude. Pour ça, il faudrait que je recherche.

– Eh bien, allez-y.

– Ça risque de durer un certain temps. » Il leva les mains et plissa le cou. Il avait un cou qui passait sans transition du menton à la poitrine. Sans doute un problème de glandes. « Ça représente un certain travail. »

Roberto perdit patience. « Écoutez, si j'ai bonne mémoire, il y a quelques années, le bruit courait qu'Ubaldo s'était fait la belle avec la caisse du cirque. Apparemment, il n'en est rien. Personne n'a l'air de repenser à cette histoire, mais ça pourrait changer très vite. Cette caisse était bien placée sous votre surveillance, non ? »

Le directeur pâlit. « Vous avez raison, dit-il le souffle court. Je vais chercher. Finalement, il vaut mieux que tout soit en ordre.

– Je ne vous le fais pas dire. »

Le directeur ouvrit un tiroir et fouilla un peu dedans. « Ah, voilà déjà quelque chose. »

Il plissa brièvement les yeux et tendit à Roberto un papier par-dessus son bureau. C'était un contrat de travail jauni entre le cirque Petrelli et un certain Irvim Ubaldo Moreira.

« Donc Ubaldo était bien son vrai nom, murmura Roberto.

– Oui, oui. » Le directeur avait maintenant les manières répugnantes d'un bigot. Roberto lui jeta un bref regard inflexible avant d'éplucher chaque ligne du contrat. Moreira avait été engagé comme avaleur de sabres, mais il était aussi chargé de monter et de démonter la tente. Il était de nationalité brésilienne.

« Brésilien, dit Roberto. J'ai toujours pensé qu'il était italien.

– Brésilien, italien, c'est du pareil au même, fit le directeur avec un sourire onctueux. Enfin, maintenant, je veux dire. » Il se mit à glousser en balançant le cou dans toutes les directions, un peu comme un dindon. « Mais ce n'est pas moi qui vais vous l'apprendre, après tout, vous êtes du métier. »

Roberto acquiesça. « Je peux prendre ce papier ?

– Faites donc, faites donc !

– Bien, merci. » Roberto se leva. « Bonne journée.

– Au revoir, au revoir ! »

Roberto descendit de la roulotte qui oscillait sous le poids du directeur. « Au revoir ! » Une main grassouillette s'agita à la porte de la roulotte et, sur un dernier sourire onctueux, la porte se referma. Roberto respira un bon coup et s'en alla d'un pas énergique. Au moment où il allait quitter le terrain du cirque, il remarqua une femme qui lui faisait des signes à la dérobée. Il s'arrêta.

« C'est à moi que vous voulez parler ?

– Viens ! » chuchota la femme en l'attirant d'un index autoritaire derrière une roulotte. « Viens là ! »

Roberto s'approcha d'elle. C'était l'acrobate au petit singe. Sans ledit singe. Elle avait passé un manteau sur son justaucorps en paillettes dorées. En la voyant de près, Roberto s'aperçut qu'elle n'était pas toute jeune. Il lui donnait cinquante ou cinquante-cinq ans.

« Eh oui, dit-elle en lisant dans ses pensées. Pas si mal pour mon âge, non ? » Elle écarta son manteau. « Vise un peu ces gambettes ! Du vrai travail de pro, comme je dis toujours. » Elle rit en toussant. Roberto fit un drôle de sourire. Il se sentait mal à l'aise. De sa petite taille, la femme jaugea Roberto. « T'es impresario ? demanda-t-elle.

– Impresario ? Non.

– Oh, zut alors, je croyais... » Elle se mordit la lèvre inférieure comme une jeune fille. « Tu sais, j'veux quitter ce cirque merdique.

– Ouais », dit Roberto. Il était un peu gêné d'être tutoyé par cette femme dont l'haleine sentait le cognac. « Ben, je suis désolé, mais là, je ne peux pas vous aider.

– J'ai écouté votre conversation, dans la roulotte, juste à l'instant. Bon, d'accord, c'est pas bien d'écouter aux portes, mais… tu sais ce que c'est. »

Roberto en savait long sur le sujet, en effet.

« J'ai toujours pensé que c'était pas Baldo qui avait fait le coup.

– Baldo ? Fait quoi ?

– Je l'appelais toujours Baldo. Mon Baldo. Il était pas du genre à partir avec la caisse. C'est quand même pas lui, non ?

– Je ne crois pas.

– Non, pas mon Baldo. Tu sais, Baldo et moi, on… » Elle brandit sous le nez de Roberto un doigt noueux où scintillait une bague. Une belle bague assez délicate ornée d'une toute petite pierre.

« C'est un diamant, dit la vieille. Il me l'a donné, ça fait déjà longtemps.

– Un vrai ?

– Je l'ai déjà mis au clou, il m'avait rapporté quatre cents marks. Il doit valoir dix fois plus.

– Alors gardez-le soigneusement.

– Faut dire qu'il était chercheur de diamants.

– Ah bon ?

– Au Brésil, le pays d'où il vient. Comme y en a des tonnes, là-bas, il en faisait la contrebande.

– La contrebande ? Vers l'Allemagne ?

– L'Allemagne, l'Europe, quoi. Il s'est jamais fait pincer. Cette caisse minable, je peux te dire qu'il avait pas besoin de la voler ! » Elle lança un regard complice à Roberto. « Mais il devait faire gaffe, il était surveillé. Ils ont toujours été derrière lui.

– Qui ça ?

– Ses commanditaires, ceux qui lui donnaient ces trucs à passer en contrebande. » Elle appuya soudain ses deux poings sur sa bouche, leva vers lui des yeux écarquillés, comme un petit enfant qui a peur d'en avoir trop dit, et ajouta : « Qu'est-ce qu'il devient, mon Baldo ? Il va revenir ? »

Roberto examina la femme et la reconnut. Vingt ans auparavant, elle avait été l'assistante du grand Ubaldo. C'était elle qui lui passait les sabres. Elle avait dû l'aimer. Et il lisait dans ses yeux qu'elle l'aimait encore.

« Eh bien, dis-le-moi ! » Ses traits durs et obstinés se firent soudain doux et tendres. « Il me disait toujours qu'il ne m'oublierait jamais. Tiens, regarde. » Elle lui tendit encore sa bague qui portait un signe gravé à l'extérieur. « Un huit renversé, dit la femme d'une voix triomphante. Ça veut dire l'éternité. Pour l'éternité. » Son bras retomba. « Il va revenir, hein ? Où il est en ce moment ?

– Je… je ne sais pas. »

Ses yeux perdirent leur éclat. Elle jeta à Roberto un regard presque hostile.

« Qui t'es, toi, au juste ? Et qu'est-ce que t'as à voir avec mon Baldo ?

– Je suis de l'assurance, dit Roberto. Simple visite de routine. » Il regarda la vieille femme et corrigea mentalement. Elle devait avoir soixante ans bien tapés. Elle avait soudain l'air si fragile, si âgée. Presque morte. Comment pouvait-elle exécuter de telles contorsions sur la piste ? Roberto essaya de prendre un ton réconfortant : « Je suis sûr qu'il reviendra. » Mais ce n'était que l'intonation typique des pompes funèbres. Là-dessus, il partit. Alfred Dillinger aurait désapprouvé cette phrase. Alfred Dillinger ne croyait pas au royaume des cieux. Il croyait au caractère définitif de la mort. Il croyait aux vers et au feu des crématoires. Peut-être aussi aux grenouilles qui faisaient des signes.

Sur ce point, sa femme ne partageait pas son avis. Comme Irvim Ubaldo Moreira, Hannah Dillinger croyait à l'éternité.

Feu d'enfer pour le royaume des cieux

C'était un tunnel. Il était seul. Les autres l'avaient devancé et ne semblaient pas s'en préoccuper. Il essaya de doubler le pas, de patauger plus vite dans l'eau qui montait. Mais il restait sur place. Il avait peur. L'atmosphère était sombre et moite ; à chaque pas, des trous le guettaient au fond de l'eau sans qu'il puisse les voir, car l'eau était noire et très opaque. Une sonnerie stridente retentit dans le tunnel. L'alarme. Cela signifiait qu'ils allaient fermer les portes. L'eau noire ne cesserait de monter jusqu'à ce qu'elle atteigne le plafond humide. Ils l'avaient oublié ; sinon, pourquoi fermer les portes ? Le cœur de Roberto battait à toute vitesse. Il tenta une dernière fois d'accélérer le pas, mais ses chaussures pleines d'eau s'enfonçaient dans la boue. Il n'avançait pas. L'alarme ne cessait de sonner. Encore et toujours. Les portes. Ils fermaient les portes. Et cette alarme qui sonnait toujours.

Roberto se réveilla. Tout étourdi, il avait l'impression d'avoir une sorte de montgolfière sur les épaules à la place de la tête. Sa main attrapa le combiné du téléphone à l'aveuglette. « Oui ? »

C'était Lenouveau.

Lenouveau ? Ah oui, Lenouveau.

Il s'agissait d'Ubaldo. D'Irvim Ubaldo Moreira. Roberto avait du mal à suivre. « Et elle s'appelle comment ? Alaquoi ? » Roberto appuya le combiné sur son oreille. Deux semaines qu'il était prostré dans son lit. Une grippe qui traînait, selon le docteur. Ou peut-être quelque chose de psychosomatique. « Psychosomatique ? s'était écrié Roberto. Vous donnez là-dedans, vous aussi ? – Oh, pas moi, avait répondu le médecin. C'est plutôt vous ! »

« Alaya.

– Quoi ?

– Alaya Moreira. C'est sa fille. Elle vient exprès du Brésil.

– Du Brésil. » Roberto contempla la montagne de couvertures sur ses genoux. Le rivage inhospitalier d'un continent étranger lui apparut. *Terra incognita*.

« Vous êtes encore là ?

– Oui, oui. » Roberto toussa pour s'éclaircir la voix. « C'est sans doute meilleur marché. Pour elle, je veux dire, si elle vient le chercher. Les transports de cercueils, ça ne coûte pas rien. » Il se laissa retomber sur son oreiller. Certes, Lenouveau se débrouillait très bien, c'était lui qui faisait tourner la boutique depuis deux semaines. Mais la fille du Grand Ubaldo ! Roberto toussa à côté du téléphone. « Bon, écoutez, préparez déjà un devis, on pourra sûrement lui organiser quelque chose. Un transfert de corps, enfin, vous voyez... Avec des flonflons, pourquoi pas, si elle a assez de sous. » Apparemment, elle n'en avait pas tant que ça.

« Elle veut le faire incinérer.

– Incinérer. Ah, bon.

– Oui.

– Et quand est-ce qu'elle arrive ?

– Elle est déjà là, dans mon bureau.

– Oh », fit Roberto.

Une heure plus tard, Roberto était au cimetière. En octobre, peu avant le coucher du soleil, les feuilles brillaient de toutes leurs couleurs au feu de la sphère écarlate. Il venait de pleuvoir, et de grosses gouttes tombaient des arbres sur la terre détrempée. Les plus proches clapotaient sourdement, les plus lointaines avec un petit bruit délicat. Roberto serra le col de son manteau autour de sa gorge et toussa. De la vapeur sortit de sa bouche. La peur de l'hiver l'envahit soudain. Les réveils dans la grisaille matinale. Se jeter sur son lit le soir, seul, sans avoir sommeil. Attendre ces rêves qu'il craignait. Des voix.

Roberto leva les yeux. Ils arrivaient. Lenouveau et Alaya. La fille d'Irvim Ubaldo Moreira, une brune filiforme au teint mat. Emmitouflée dans de gros vêtements, car elle venait d'un pays tropical où c'était déjà l'été. On avait dû lui dire qu'il ferait un froid polaire. Elle portait des après-ski et une grosse parka en duvet rouge qui, toute raide, formait sur les côtés deux ailes trop lourdes. Un grand sac bourré à craquer lui pendait sur l'épaule. Une volonté hors du commun se lisait sur son visage. Le nez était long et arqué, quoique d'une certaine beauté. Elle avait une grande bouche aux lèvres minces. Le plus frappant était ses yeux sombres, presque noirs, qui brillaient d'un éclat intérieur proche de l'exaltation.

Elle était habillée beaucoup trop chaudement, cela ne faisait pas de doute. La peau de son visage luisait, toute moite. Elle transpirait. Roberto aperçut de loin de fines gouttelettes de sueur qui perlaient sur son front et au-dessus de ses lèvres. Roberto entendit Lenouveau lui dire : « *This way, please.* » Ils se dirigèrent vers le crématorium. Roberto resta sur le côté et attendit que tous deux soient entrés dans le bâtiment. Le crématorium était un joli bâtiment en grès datant du début du siècle. Avec ses murs envahis par du lierre aux reflets rougeoyants, il était agréable, pour ne pas dire idyllique. Il ressemblait à une villa un peu trop grande, habitée par une grand-mère aux joues rouges en train de glisser dans le four une tarte aux pommes pour ses petits-enfants. Voyons, pensa Roberto. L'image du four était assez réaliste. Il se dirigea vers l'entrée réservée aux employés du crématorium. Quand il frappa, la porte s'ouvrit aussitôt avec un grincement strident. « Merci », dit Roberto avec un signe de tête au vieux chauffagiste qui referma la porte derrière lui.

« Bonjour, monsieur Dillinger.

– Tenez, avant que je n'oublie. » Roberto mit un billet de vingt marks dans la main calleuse de l'homme.

« Dieu vous le rende, monsieur Dillinger. »

Roberto le regarda. « Je crains fort que Dieu n'en demande davantage.

– Pardon ?

– Rien, rien. C'est par où ?

– Par ici. Venez. »

Il suivit le chauffagiste dans un long couloir tortueux réservé au personnel. On y voyait des reproductions encadrées de qualité médiocre. Picasso, Manet, et caetera. Toulouse-Lautrec, Van Gogh. Un tableau dont il ne connaissait pas l'auteur représentait un tapis volant. Roberto ne put s'empêcher de penser à son mouchoir à câlins. Au mouchoir magique. Aux anges brûlés. A son univers d'enfant, à ses espoirs. Et au mal qui avait envahi son monde après la mort des anges. Y avait-il une rédemption de nos péchés ? se demandait-il. Si oui, pourrait-il se racheter ? Et de quelle manière, sans indiscrétion ?

« Par ici, monsieur Dillinger ! Allez-y, pas d'hésitation.

– Merci. » Roberto franchit la porte d'acier que le vieil homme lui tenait. Ils arrivèrent dans un petit couloir qui servait aussi de dépôt. « Psst, fit le chauffagiste en entrebâillant discrètement une porte. Par ici, on peut tout voir. »

Lenouveau et Alaya Moreira attendaient dans le hall. On n'avait pas pu refuser à Mlle Moreira de se recueillir devant le corps. Certes, son père était mort depuis quelques années, mais les circonstances particulières et surtout l'état du cadavre autorisaient cette cérémonie. Roberto avait encore compulsé les instructions relatives aux obsèques sans y trouver de paragraphe interdisant cette pratique. Le funérarium imposa une seule condition : ce serait la dernière exposition de la journée, à cause de l'odeur. Laquelle était supportable, grâce aux travaux préparatoires de Lenouveau et de Dillinger, mais il valait mieux prendre ses précautions.

La porte du salon de présentation s'ouvrit, et un cortège

funèbre sortit d'un pas incertain dans le hall, des mouchoirs sous les yeux. Les gens clignaient de l'œil comme si, en sortant d'une tombe obscure, ils avaient perdu l'habitude de la clarté de la vie. En fait, ils pleuraient.

« *Not yet* », dit Lenouveau. Il retint Alaya en tendant le bras avec un geste grotesque. Son allure, très adaptée à ses fonctions, était celle d'un vieux marabout avec du plomb dans l'aile. « *We have to wait a little bit more.* » La porte de la salle d'exposition se referma.

« Qui est-ce ? »

Roberto sursauta. Il avait complètement oublié la présence du chauffagiste qui était resté près de lui pendant tout ce temps.

« Vous la connaissez ?

– Non. » Roberto secoua la tête et toussota légèrement. « C'est une cliente.

– Ah, je vois, dit le chauffeur en se grattant le lobe de l'oreille. Bon, faut que j'y aille. » Et le vieil homme disparut par une autre porte qui claqua derrière lui.

Roberto se retint de tousser. En fait, il ne savait pas vraiment ce qu'il faisait ici. Toute cette journée lui paraissait chargée de lugubres pressentiments, peut-être aussi de désirs refoulés. Ou marquée par le destin. Le destin, pensa Roberto Dillinger ; et lui qui avait cru pouvoir y échapper d'une simple secousse, le rejeter comme une couverture qui vous empêche de respirer et vous étouffe. Ce destin, il le voyait désormais parfaitement, n'avait rien d'une couverture. C'était la peau. Notre peau.

Un courant d'air glacé donna le frisson à Roberto. Un cercueil du modèle « Ministre », posé sur un chariot, traversa la porte à deux battants. C'était Lenouveau qui l'avait vendu à Alaya (bois d'if, velours rouge). Roberto se mit à songer au « Gouverneur » dans lequel il se cachait autrefois avec Sonia Kraal. (« Hou ! faisait ladite Sonia dans la tête de Roberto. Hou ! Je suis un fantôme », et elle relevait le pyjama de son père si haut qu'il pouvait tout voir.) Le chauffagiste et un assistant poussèrent le cercueil dans le petit couloir. Puis ils passèrent par une autre porte et entrèrent dans le salon de présentation. Roberto se frotta les bras ; il avait la chair de poule. Le Grand Ubaldo avait été mis à la chambre froide. Mais ce froid ne venait pas de la morgue. Il venait de l'intérieur, des os de Roberto.

Les deux hommes revinrent dans le couloir et fermèrent la porte du salon de présentation. « Et voilà. » Un monsieur très digne en costume noir ouvrit alors la porte du hall, et Alaya Moreira entra dans la salle, d'un pas hésitant, toute seule. Son énorme sac en bandoulière heurta violemment la porte. Lenouveau, qui en savait long sur le respect dû à la clientèle, ne sourcilla pas. Alaya Moreira referma la porte derrière elle en étouffant un rire triste et nerveux. L'ouverture de la Cinquième de Mahler retentit. C'était ce qu'elle avait choisi. Toute la symphonie. Deux cent cinquante marks de supplément.

« Mais qu'est-ce qu'elle fiche pendant tout ce temps ? » demanda Lenouveau.

Roberto, qui s'était approché de lui, haussa les épaules. « Bah, elle lui dit au revoir. »

Lenouveau hocha la tête. « Moi, je ne comprends pas les gens.

– Comment ça ?

– Est-ce qu'il vous est déjà arrivé de perdre quelqu'un que vous connaissiez ?

– Oui.

– Oui, eh bien, à moi aussi. Mais je n'y vais jamais. Non, je n'y suis encore jamais allé.

– Où ?

– Aux obsèques. Je n'y ai jamais assisté, sauf pour des raisons professionnelles. Strictement professionnelles. »

Roberto le regarda. « Ah bon », dit-il.

Quand la musique eut cessé, Roberto disparut à nouveau dans ses couloirs secrets. Il alla jusqu'au four crématoire dont il connaissait le chemin. Le cercueil d'Ubaldo l'y suivit de peu, hermétiquement fermé. Le chariot se rapprocha du four et le cercueil passa sur la rampe. « Et voilà, dit le vieux chauffagiste. A partir de maintenant, ça marche tout seul. » Il appuya sur un bouton, et le gouffre de l'enfer s'ouvrit dans un grand souffle. Roberto en sentit la chaleur, surtout sur ses paupières. Le cercueil, transporté automatiquement à l'intérieur, prit aussitôt feu, avant même que la porte ne se referme.

L'incinération dura quarante-cinq minutes. Roberto resta tout le temps devant le four à attendre. Il fixait le témoin de température, les appareils de réglage et autres curseurs.

« C'est tout automatique, dit le chauffagiste, on n'se salit plus les mains en le faisant. » Il rit. « Hop, on flanque le cercueil et son contenu à l'intérieur, on attend un petit moment, et l'urne sort toute seule. »

Roberto hocha la tête, perdu dans ses pensées.

« Mille degrés, dit le chauffeur. Après, il reste plus rien, pas de dents, rien de rien. C'est pas comme avec les vieux fours qu'on avait autrefois. »

Roberto dit : « Vraiment ?

– Ah, ça non ! Et l'urne, elle sort toute plombée, par ici. » Il montra une trappe. Le principe de tout ce dispositif évoquait plutôt à Roberto un distributeur de café. Il avait les yeux rivés sur le four laqué en vert wagon, tandis que des idées, pareilles à des fantômes, surgissaient des abîmes enfouis en lui. Mais il ne permit pas à ces idées de prendre la forme de mots dans sa conscience, ni aux fantômes de se muer en images.

« Ah, ça non, redit le chauffeur. Les urnes, c'est plus du tout le merdier que c'était dans le temps, quand le bazar était pas tout à fait cramé et qu'il fallait entrer dans le four avec une pelle et balancer à la poubelle tous les os qui étaient restés. » Il fit un clin d'œil complice à Roberto : nous deux, on connaît la musique. « Ou encore quand on devait rajouter de la potasse dans l'urne pour que ça fasse le poids et que personne vienne se plaindre. » Il fit un geste de dénégation en hochant vivement la tête : « Non, non, à mille degrés, on entend juste un petit bruit quand ça tombe. »

Roberto opina du bonnet. Le petit bruit en question, c'était celui du numéro d'estampille en argile réfractaire que l'on mettait toujours dans le four et qui partait aussi dans l'urne. L'argile réfractaire ne brûle jamais, même à mille degrés. En cas de doute, grâce à ce numéro d'estampille, on pouvait toujours savoir qui se trouvait à l'intérieur.

« Voilà. » Le chauffeur regarda le minuteur du four qui arrivait à quarante-cinq. « On y est presque. »

Roberto s'étira.

Puis, juste au moment où l'aiguille atteignit le chiffre quarante-cinq, le ronflement du feu cessa et le bruit mourut dans un léger crépitement. Quelques cliquetis mécaniques, une soufflerie, un raclement.

« Maintenant, le machin rentre dans l'urne, expliqua le vieux chauffeur. Vous entendez ? » Dong. « Ça, c'était le numéro d'estampille. »

Roberto acquiesça.

Puis soudain, contre toute attente, un second coup résonna dans l'urne.

Le récit de Gilda

Mais ce n'était pas tout. Car comme Alfred Dillinger (Dieu ait son âme et lui témoigne sa miséricorde) aimait à le dire de son vivant : « Primo il est difficile de faire des prédictions, et secundo particulièrement pour l'avenir. » Il répétait également « si, si, poil au zizi » chaque fois que l'on formait une phrase au conditionnel avec un « si » ; ou « le ver est dans la pomme » quand on lui parlait de vers ou de fruits. Étant donné qu'il n'avait pas été embaumé, les vers ne devaient plus avoir aucun secret pour lui, mais lui grouiller dans la rate et les intestins. Il s'était détaché de la vie terrestre et de ses vicissitudes. Là où il était, sous les mauvaises herbes du cimetière, il ne lui restait guère que les pissenlits à manger par la racine. A la différence de Roberto, qui, ce jour-là, avalerait encore des histoires indigestes et vivrait des expériences pour le moins inattendues.

Une fois qu'Alaya Moreira se fut éloignée avec son urne plombée (son sac en bandoulière présentait un renflement inquiétant), Roberto erra entre les tombes, perdu dans ses pensées. Un coup de vent balaya et fit tomber des arbres une masse de feuilles aux couleurs vives. Des rouges, des jaunes, des brunes. Roberto s'agenouilla, en ramassa une qui était particulièrement belle et s'absorba dans sa contemplation. Elle était d'une beauté parfaite ; il la garda dans sa main, prenant plaisir à toucher ses fibres. Il se demanda si l'on pouvait aussi lire l'avenir d'un arbre grâce aux nervures de ses feuilles. Peut-être plutôt son passé. De même que les cratères de Mars permettaient de spéculer sur le passé de cette planète. En observant les lignes de sa propre main, il se dit qu'il représentait lui-même, à chaque instant de son existence, la ligne de partage entre son passé et son avenir. Deux fleuves sombres qui, devant et derrière lui, se perdaient dans l'oubli et la méconnaissance.

Au vent succéda une violente averse, et Roberto admira les bulles que les gouttes produisaient en tombant dans les flaques d'eau. Autrefois, dans son enfance, ce spectacle l'avait fasciné. Maintenant, il s'efforçait d'éprouver cet étonnement, de comprendre ce miracle, mais il n'y arrivait pas. Pas très bien. Pas vraiment. Roberto Dillinger, qui avait à peine trente ans, se trouva tout à coup très vieux. Il se sentait incompris et, dans le même temps, incapable de toute compréhension. Je n'y peux rien, se dit-il. Entre la vie et lui, il n'y avait pas d'entente possible. Il était prisonnier des fils de son être, hermétiquement, de manière presque autiste, sans que sa voix puisse sortir de ce cocon ou qu'une voix extérieure puisse y pénétrer.

« Alors, cow-boy. »

Une voix avait pénétré dans son cocon, à n'en point douter. Roberto leva les yeux.

« T'as perdu ta langue ? » Gilda, sous un parapluie. Elle avait un sourire un peu forcé, pour ne pas dire timide.

« Tiens, Gilda, dit Roberto. Bonjour. » Il n'en croyait pas ses yeux.

« Tu es trempé comme une soupe, viens. » Elle se serra contre lui et l'abrita sous son parapluie.

Roberto murmura un merci.

Elle eut un grand sourire qui manquait de naturel. « Quelle coïncidence de tomber comme ça l'un sur l'autre !

– Oui. Incroyable.

– Juste ici, devant lui.

– Devant lui ? » Roberto quitta lentement le monde de ses pensées pour revenir à la réalité. Il s'aperçut alors qu'il se trouvait face à la dalle mortuaire de son père. « Alfred Herrmann Dillinger. » Jusqu'à la mort de son père nourricier, Roberto n'avait jamais su que son deuxième prénom était Herrmann. On pouvait lire sous son nom la devise que A. D. avait toujours associée à l'idée de la mort : « Hors de danger. » Roberto détourna les yeux de la tombe pour observer Gilda et crut lire sur son visage que lui-même, en tout cas, était loin d'être hors de danger, mais alors très loin.

« Pourquoi est-ce que tu me regardes comme ça ?

– Pardon. » Roberto plissa les yeux. « Euh, ça fait longtemps qu'on ne s'est pas vus.

– Je n'ai pas franchement embelli, c'est ça?

– Ne dis pas de bêtises. On vieillit tous, et alors ? Je ne vois pas où est le mal. » Il se félicita de cette formule lénifiante qui, pour être bien tournée, n'en était pas moins mensongère. Roberto avait une peur terrible de vieillir. Il redoutait la lente agonie de la vie. D'une vie qu'il n'avait pas vécue. Enfin, pas vraiment. Il se prit à penser à cette maxime, une de ces fortes pensées que l'on peut lire dans les toilettes des universités : *Y a-t-il une vie avant la mort ?*

(Que pouvait-il y avoir *avant* la cascade ?)

Il lui jeta un coup d'œil et se força à sourire. Elle portait des gants en cuir naturel vraiment élégants, et un long manteau avec des reflets gris-vert. Ses cheveux roux avaient une lueur mate. Elle eut l'indulgence de lui rendre son sourire. « Les choses ne vont pas toujours comme on voudrait, n'est-ce pas ?

– Eh oui, faut croire. »

Elle haussa les épaules. « C'est dans ces moments-là qu'on repense au temps où tout allait bien. » Elle se rapprocha de lui, la tête penchée. « Et toi ? Comment vas-tu ?

– Ça va. » Elle sentait l'alcool.

« Et tes amours ? »

Il hésita. « Pas formidable, pour le moment.

– Mmm, pour moi, c'est pareil. » Elle scruta son visage. « Est-ce que je sens l'alcool ?

– Un peu, très légèrement.

– Tu sais, je ne bois pas. Ah non, pas ça ! Sauf certains jours où, comme aujourd'hui, je ne peux pas m'empêcher de boire un coup… » Elle éclata d'un rire strident et forcé. « Eh oui, l'âge me rend neurasthénique, que veux-tu ! Mais c'est curieux, toi non plus, tu n'as pas oublié.

– Quoi ?

– La date. »

Roberto suivit son regard jusque sur la dalle où cette date était gravée. C'était vrai : ce jour était l'anniversaire de la mort d'Alfred Dillinger. Cela faisait juste cinq ans qu'il était « hors de danger ».

« Si, avoua Roberto, lui-même un peu surpris. Malheureusement, si. Je l'avais oubliée. » Il hocha la tête, ne sachant que penser de lui-même et de ce temps qui passait à une vitesse folle.

« Je…, balbutia Gilda. Je peux venir chez toi ?

– Chez moi ? Eh bien… » Roberto n'était pas préparé à cette offensive.

« On pourrait parler. »

Mon Dieu, cela faisait si longtemps. A l'époque, il était quelqu'un d'autre, et elle aussi. Il répondit : « Vaut mieux pas.

– En souvenir du bon vieux temps. Du bon temps qu'on a eu. »

Le bon vieux temps. Il la toisa, les lèvres pincées. Elle était encore bien. Une belle femme de… combien ? quarante-trois ans ? En tout cas, elle était du genre insistant.

« On pourrait boire un petit verre et se raconter des histoires.

– Se raconter quoi, au juste ?

– Je… je sais quelques trucs que je voudrais te dire.

– Quels trucs ?

– Il s'agit de toi.

– De moi ?

– De l'arbre, et de ce qui est enterré dessous. » Sa voix se fit brusquement plus ferme : « Je crois qu'il est grand temps qu'on te le dise.

– Qu'on me dise quoi ?
– La vérité.
– La vérité ?
– Allez, viens. »

L'arbre. La vérité. Quelle vérité ? Roberto fronça les sourcils puis haussa les épaules. « Je dois avoir un fond de cognac chez moi.
– Et du champagne ?
– Aussi.
– Bon, dit-elle.
– Bon », répéta Roberto, envahi par le sentiment qu'il avait eu autrefois, à l'âge de quinze ans, quand elle avait défait les quatre boutons de sa chemise.

Elle ne l'embrassa que lorsqu'il eut refermé la porte de la maison. Elle avait un goût agréable, celui d'une sorte de liqueur, et sa langue était aussi agile que par le passé. Cette fois, ils n'allèrent pas au grenier, mais dans le lit de Roberto. Ils y firent la même chose qu'autrefois.

Ensuite, Gilda commença son récit. Elle raconta tout ce qu'elle savait de cette histoire. Elle ne savait certes pas tout, mais plusieurs détails que Roberto pouvait compléter à sa guise. Gilda n'était pas une conteuse hors pair, mais Roberto avait beaucoup d'imagination. Le récit de Gilda et l'imagination de Roberto donnèrent ainsi naissance à une histoire qui correspondait presque en tout point à la réalité. La voici :

C'était l'hiver. A une époque où il y avait encore de la neige l'hiver. Cet hiver-là, trente ans auparavant, il en était tombé une grande quantité : elle recouvrait le pays entier, la ville et la maison de brique rouge au bout de la rue. Tout était propre, lisse et blanc, même la nuit. Cette nuit-là, il gelait. On ne mettait pas le pied dehors sans avoir une bonne raison de le faire.

Le vent avait formé d'étranges amas de neige autour des voitures et des haies. La neige avait un drôle de scintillement à la lumière des réverbères. Les étoiles luisaient dans le ciel noir, pures, froides. Elles paraissaient plus hautes, plus lointaines que d'habitude, or leur dimension et leur luminosité n'avaient pas changé. Elles n'étincelaient pas. Elles avaient l'air de considérer cette planète avec dédain, sans cligner de l'œil et sans la moindre compassion. Il avait neigé abondamment toute la journée, or il n'y avait pas de nuages au-dessus de la ville. Le froid de l'univers s'emparait de tout ce qu'il pouvait trouver.

Parmi toutes les choses inertes et immobiles tapies sous leur manteau de neige, une forme bougeait. Elle marchait dans la neige avec précaution en posant le pied bien à plat pour ne pas déraper sur la couche de glace recouverte par de la poudreuse encore fraîche. Elle tenait un paquet, cette femme, car c'était une femme, et chaque réverbère projetait une ombre à son tour. L'air qu'elle soufflait formait de la vapeur.

Elle s'approche, cette femme, elle traverse avec précaution la chaussée verglacée. Elle est prudente, mais pressée. Elle a le visage baissé, les yeux rivés sur ses chaussures. Elle s'approche, nous entendons son souffle. Elle entre dans la rue Kramerkoppel où la maison des Dillinger, toute en brique rouge, se dresse calmement dans son jardin. Une lampe est allumée dans le séjour. Devant, dans le rectangle de lumière, on peut distinguer de fines traces de pattes d'oiseau. Face à la remise qui sert d'atelier, un chat se faufile, à la recherche d'un abri au chaud. La lune projette des ombres bleuâtres, argentées. Des cercueils s'empilent contre le mur extérieur. Quelqu'un baisse un store, son bruit de crécelle déchire durement le silence. Au loin, un moteur de voiture. Après quelques ratés, il démarre et gronde à l'horizon. Puis, à nouveau, le silence.

Nous revoici dans la rue. Le pas précipité de la femme, sa respiration. Elle a les joues rouges. Que serre-t-elle sur sa poitrine ? Une poignée de neige que la chaleur de la lumière a fait fondre tombe du haut d'un réverbère. Elle s'arrête un instant, lève les yeux. Soudain, à la lumière du réverbère, nous voyons son visage.

Nous connaissons cette femme. C'est Hannah Dillinger. Et ce qu'elle serre contre sa poitrine est un enfant. Un bébé. Elle murmure « N'aie pas peur, mon petit » sans cesser de marcher. « Tout va bien se passer. » Elle murmure ces mots d'une voix très basse, presque inaudible. L'enfant est si bien emmitouflé que seuls ses yeux bleus de nourrisson observent en brillant le monde extérieur. Il ne fait pas de bruit.

La voici devant la maison. La porte du jardin est ouverte. Elle jette un coup d'œil autour d'elle, entre dans le jardin. Par la fenêtre du séjour, elle aperçoit son mari, assis dans son fauteuil avec un livre. La femme se précipite vers l'atelier en piétinant les empreintes d'oiseaux. Elle s'approche des cercueils d'enfant qui y sont entassés et essuie de sa manche la neige recouvrant celui du dessus. Un « Romulus » avec une poignée bien pratique. Elle prend le cercueil et le traîne jusqu'à la porte de la maison. Elle l'y dépose avec précaution et y couche son enfant. « Tout va bien se passer », chuchote-t-elle. Elle s'agenouille, embrasse le petit garçon sur le front. Puis, d'un pas hésitant, elle s'éloigne furtivement dans la rue.

Elle tourne à gauche, court de plus en plus vite vers la cabine téléphonique du bout de la rue. Elle pousse la porte, approche le combiné de son oreille : rien. Silence. « Oh, non ! » s'écrie-t-elle. Elle frappe sur la fourche qui lui sert de support : rien. Pas de tonalité. Où aller ? se demande-t-elle. Où ? Chaque minute compte. Il fait un froid sibérien, polaire. Mortel. Trop tard, pense-t-elle. Dieu ne le veut pas. Il ne suit pas mes plans. L'amour maternel au cœur, de terribles pressentiments dans la tête, elle revient en courant jusqu'à la maison. Et là, quelques pas plus loin, elle se souvient d'une autre cabine assez proche. Elle hésite, réfléchit un bref instant, décide de tenter le coup. Elle tourne à droite, court aussi vite qu'elle le peut sans se soucier de la neige et de la glace. Des ruisseaux de sueur lui coulent dans le dos, sur la poitrine, dégoulinent entre ses seins sous la laine épaisse. La cabine éclairée se dresse enfin devant elle.

Hannah se précipite pour la deuxième fois, ses mains poussent la paroi vitrée. Elle ouvre la porte, prend le téléphone : tut. Dieu merci ! Elle regarde dans son portefeuille en le plaçant sous la lumière, éparpille quelques pièces qui tintent, les enfonce dans la fente, compose le numéro. Elle entoure le combiné de son écharpe. « Pitié, dit-elle. Pitié !

– Allô ? répond Alfred. Qui est à l'appareil ?

– Il y a un cadeau pour vous, articule-t-elle à bout de souffle, en contrefaisant sa voix. A votre porte. » Elle raccroche brusquement. Puis, respirant avec difficulté, elle se laisse lentement glisser le long de la paroi vitrée.

Roberto toussa.

« T'as pris froid ?

– Un peu. »

Gilda eut un rire moqueur. « T'étais plus solide à l'époque. Il faisait un froid de canard. Et tu y es resté une demi-heure. »

Roberto la regarda.

« Sans broncher. » Gilda se retourna vers la table de chevet et but une gorgée de cognac.

Roberto examinait son dos. Ses taches de rousseur. Reliez les points de un à quarante-cinq.

« En fait, elle aurait voulu avorter.

– Hein ?

– Hannah. » Gilda parlait encore tournée vers le mur. « Elle aurait voulu se débarrasser de toi.

– Je... ne crois pas.

– Ah bon, et pourquoi ? » Gilda se retourna vers lui. Sa voix avait maintenant une intonation méprisante. « Elle était ta mère, après tout. T'as compris ça, maintenant, au moins ? Elle était bien ta mère. Si tu savais comme c'est fréquent, ce genre de choses. Un petit se met à pousser, il vous dérange. Alors on l'enlève. La plupart du temps, d'ailleurs, ça vaut mieux pour tout le monde. C'est ce que je me dis souvent quand je vois les gens autour de moi.

– Et... » La main de Roberto s'agitait nerveusement sur sa clavicule et son cou. « Qu'est-ce qui l'en a empêchée ? Pourquoi est-ce qu'ils n'ont pas pu... ?

– Je vais te dire pourquoi elle n'a pas pu. » Ses sourcils frémirent un peu. « Ton père était capable de bander comme un âne, d'accord. » Elle eut un sourire narquois. « Mais ça ne l'empêchait pas d'être aussi stérile qu'un mulet. Tu vois ce que je veux dire ? Il ne pouvait pas avoir d'enfants. Alfred n'est pas ton père. D'ailleurs, il savait qu'il ne pouvait pas être père. » Le regard de Gilda se perdit dans le vague. « Notre mère, dit-elle, enfin, ta grand-mère, était prête à le faire. Elle avait déjà préparé ses aiguilles à tricoter.

– Ses aiguilles à tricoter ?

– Ta grand-mère était faiseuse d'anges, tu ne savais pas ?

– Faiseuse d'anges ? Tu veux dire qu'elle avait... »

(Un hibou d'un blanc éblouissant dans le ciel noir de la nuit se précipite sur lui, les ailes entièrement déployées, ses grands yeux fixes, les serres ouvertes. Les serres le saisissent. Puis le bec acéré...)

« Oui, provoqué des avortements. Il fallait bien que quelqu'un s'en charge, autrefois, quand les temps étaient durs. Elle l'a fait dans les années vingt, les années trente. Il fallait que quelqu'un s'en occupe, et elle, au moins, elle le faisait bien, à ce qu'on disait. Et puis, ça ne l'a pas empêchée de nous avoir, ta mère et moi, hein ? » Elle haussa les épaules. « Qui sait, elle en a peut-être eu d'autres...

– Est-ce qu'elle a... Est-ce que toi aussi, tu as...

– Parce que je n'ai pas d'enfants, tu veux dire ? Non, pas moi, je ne ferais jamais ça. Même pas maintenant, alors qu'on a des médecins et tout et tout. A l'époque, c'était autre chose, d'ailleurs il n'y a pas si longtemps que ça. Il fallait bien se débrouiller. Non, non. » Elle secoua la tête. « Simplement, je n'ai jamais eu de chance. Avec moi, ça ne marche pas très bien. »

Roberto scrutait le plafond. « Et ce qui est enterré sous le pommier, dans le jardin de Mamie, c'est un fœtus ?

– Ça ? Non, c'est toi.
– Moi ?
– C'est ton placenta. Tu connais cette coutume de planter un arbre dessus ? »

La tête de Roberto se balança lentement. « Et toi, dit-il, tu as toujours été au courant de cette histoire…

– Tu crois peut-être que j'aurais dû le dire ? Pas si bête. Le plan avait bien marché. Et puis, en fin de compte, tu es né, non ? Tu as eu une famille, non ? »

Roberto se tut pendant longtemps avant de reprendre : « Et qui a planté l'arbre à cet endroit ?

– Je ne sais pas. Alfred ?
– Peut-être.
– Mon Dieu, c'était un brave type, je pense qu'il en aurait été capable. Enfin, je veux dire que si c'est bien lui, il aurait été du genre à planter cet arbre tout en sachant pertinemment qu'elle baisait à droite à gauche. » Elle fit mine d'avoir laissé échapper ce mot par mégarde, mais elle n'était pas très bonne comédienne. « Excuse-moi », dit-elle.

Roberto se tut, très pâle. « L'avortement, dit-il d'une voix éraillée. Comment ça s'est passé ?

– Ah, oui… » Elle se resservit à boire. « Toi, on peut dire que tu l'as échappé belle, ce jour-là. Hannah était déjà bien bourrée, complètement partie. Pour s'étourdir, tu comprends ? Nous avions tout préparé et elle était couchée sur la table de la cuisine. Au deuxième ou troisième mois. Mais alors, elle s'est mise à pleurnicher, et j'ai dit : "Attendez, on va trouver une autre solution." » Gilda se passa la main sur le front et dans ses cheveux roux en observant Roberto. « C'est moi qui ai dit ça. Maintenant, quand j'y repense… » Elle se frotta les yeux, se ressaisit brusquement, avala précipitamment une gorgée. « Je revois ça comme si c'était hier. Ta grand-mère insistait : "Allez, faut le virer, ce lardon !" Ma mère, quoi. Hannah pleurait, criait. Et Maman n'arrêtait pas de dire : "Pleure pas comme ça, faut le virer, ce lardon !" »

« Je ne peux pas ! » pleurait Hannah. Assise sur la table, elle avait enfoui son visage dans ses mains.

« Mais si, tu peux, ma petite », dit sa mère. A l'époque, elle n'avait pas encore les cheveux violets, mais gris avec quelques fils bruns.

« Non, je ne peux pas ! Je te dis que je ne peux pas !

– Et le père, qu'est-ce qu'il en pense, lui ? » demanda Gilda qui tenait encore fermement les poignets de sa sœur. Gilda avait beau être la sœur cadette, elle avait du caractère.

Hannah balançait la tête dans tous les sens, irrésolue. Elle gémissait. « Je crois que j'ai envie de vo... » Et un torrent de ce rhum qu'elle avait ingurgité déferla soudain sur la dernière syllabe et sur le sol de la cuisine.

« Tiens-lui la tête », ordonna la mère. Elle se dépêcha d'aller chercher une bassine qu'elle posa sur le vomi. Le deuxième torrent tomba dedans avec un bruit de fer-blanc.

« Et le père, alors, qu'est-ce qu'il en pense ? redemanda Gilda quand sa sœur eut fini de rendre ce qui lui restait de bile.

– Le père n'a rien à voir dans tout ça », balbutia Hannah épuisée, d'une voix rauque. Elle avait de la salive aux commissures des lèvres. « C'est mon affaire à moi. Vous avez compris, à la fin ?

– Bon, bon. » Gilda se mordit la lèvre inférieure. « Alors, attends, il faut qu'on réfléchisse. Tu le veux, cet enfant, oui ou non ?

– Oui. Non, gémit Hannah, accablée. Je ne sais pas.

– Nom de Dieu ! » Gilda secoua la tête et se tint le menton avec le pouce et l'index. Puis, brusquement, son visage s'éclaircit : « J'ai trouvé ! Oui, j'y suis. » Elle regarda sa sœur en remuant plusieurs fois la tête d'un air convaincu. « Si, si, ça devrait marcher.

– Quoi, quoi ? l'interrompit sa mère. On fait un avortement bien propre, je vois pas où est le problème. Ton mari est stérile, c'est officiellement reconnu. Alors comment pourrait-il être le père d'un enfant ?

– Tais-toi un peu, Maman ! » Gilda tapa du pied nerveusement. « Calmez-vous toutes les deux et écoutez. »

Et elle leur exposa son plan, qui n'était pas mauvais. Un plan bien ficelé. Digne de ces films qu'elle aimait. Depuis qu'elle avait rencontré son Amerloque, Gordon, elle n'avait pas envie de tragédies. Elle voulait de belles histoires avec un happy end, des contes américains à la Walt Disney. L'enfant arriverait cet hiver, pensa-t-elle. Ce serait si joli, tous ces flocons. La neige cadrerait très bien avec cette histoire. Ou des étoiles filantes, pourquoi pas ? Et la lune.

Gilda exposa donc son plan et sa mère, après s'être rebiffée au début, reconnut elle-même qu'il pourrait marcher. « Si on s'organise impeccablement. » Il faudrait une gaine. Et Alfred ne devrait pas la voir toute nue, les derniers mois.

« Le mieux, c'est que tu te disputes avec lui ; tu ne dors plus avec lui, d'accord ?

– Il ne faut pas qu'il te voie nue.

– Bah, la plupart du temps, on ne voit pas grand-chose.

– Tu dis que tu es malade, que tu as la migraine ou un truc contagieux. Les dernières semaines, tu les passes ici, chez Maman. Faut qu'on mette toutes les chances de notre côté. Quand le bébé est là, tu l'allaites et tout et tout. Évidemment, tu seras complètement crevée, après l'accouchement. Tu diras que tu es malade ou n'importe quoi de ce genre, pendant un mois environ. Le soir, tu pourras même revenir chez toi, et nous, on s'en occupera. Si tu continues à allaiter chez toi, on trouvera un truc de sage-femme. Maman, tu as été sage-femme, d'accord ?

– J'ai été faiseuse d'anges, ce n'est pas tout à fait la même chose.

– Eh bien, après l'accouchement de ta fille, tu diras que tu as été sage-femme. Un truc de sage-femme. Les hommes sont tellement bêtes... Il serait bien capable de te croire.

– Sinon, tu prends un tire-lait et tu lui donnes le biberon. C'est possible aussi. »

Il y eut un instant de silence, puis Gilda reprit la parole : « Dis, Hannah, est-ce qu'Alfred… aimerait avoir des enfants ? Enfin, je veux dire, s'il pouvait. »

Hannah murmura : « Je… je ne sais pas. Oui, je crois.

– Bon, tant mieux. »

Et voilà comment, acceptant de bon gré cette supercherie, Alfred Dillinger devint père. Ce cadeau qu'il trouva sur le seuil de sa porte un soir où il faisait un froid polaire, il le recueillit chez lui, comme on sait. Chez lui, dans la chaleur de sa maison, dans la chaleur de ses bras et de son cœur qui, à l'époque, ne s'était pas encore refroidi.

Roberto resta silencieux pendant très longtemps. Gilda finit par s'assoupir. Il la réveilla : « Faut que tu y ailles, maintenant. »

Elle regarda autour d'elle, un peu désorientée, l'air de ne pas trop savoir où elle se trouvait : « Oui, bien sûr.

– Je t'appelle un taxi.

– D'accord. »

Puis, avant de franchir la porte : « Dors bien.

– Oui, toi aussi. »

Le moteur du taxi ronflait près du trottoir.

« Et puis, fit Roberto les yeux baissés, merci.

– De quoi ? »

Il releva les yeux. « Pour ma vie.

– Ah oui… » Gilda fit un léger signe de tête. « Il n'y a vraiment pas de quoi. » Et sans se retourner une seule fois, elle traversa le jardin sur les dalles du chemin, monta dans le taxi et partit.

Roberto referma la porte et s'y adossa d'un air épuisé. Ou peut-être voulait-il s'y arc-bouter pour empêcher une nouvelle intrusion. Cela faisait des années que Roberto Dillinger s'était enfermé dans les fils de son cocon. La vie avait coulé goutte à goutte à côté de lui, avec tout ce qu'elle contenait de défis. Il avait oublié les rêves et les espoirs de son enfance. Il s'était renié lui-même en pratiquant une sorte de non-existence. En jouant à celui qui n'était pas de ce monde. Il avait eu peur.

Mais maintenant… Roberto s'éloigna de la porte, pensif, et traversa le couloir.

Il n'était peut-être pas trop tard.

Il s'affala dans le fauteuil où Alfred Dillinger avait coutume de s'asseoir, quelques années auparavant. Les vieux ressorts grincèrent sous le coussin, et, pendant un bref instant, un sentiment de satisfaction sereine envahit l'âme de Roberto.

Hannah Dillinger était bien sa mère.

Il s'étonna de ne pas éprouver de surprise. Il avait dû le sentir. Il avait trouvé sa mère. Il avait eu une mère. Une vraie mère.

(Une mère qui était morte par sa faute.)

Et il savait désormais qui était son géniteur, son véritable père. Le Grand Ubaldo. Irvim Ubaldo Moreira. Un homme qui n'avait accordé à son fils que la vie et, à deux reprises, un regard.

Roberto rongea l'ongle de son pouce.

Alaya Moreira. Elle ne savait pas qu'elle avait un demi-frère. Elle n'avait jamais vu Roberto. Elle ne connaissait même pas son existence. Leur père commun ne lui en avait certainement pas parlé. Le Grand Ubaldo avait eu un cœur de pierre. Vis-à-vis de son fils, il n'avait été qu'indifférence et rejet. Roberto sentit la colère monter en lui. Malgré tout, il y avait une occasion à saisir, et il ne la laisserait pas passer. De son vivant, son vrai père n'avait jamais daigné s'occuper de lui ni l'aider. Eh bien, se dit Roberto dont le cœur devint aussi dur que le diamant, il l'aiderait donc maintenant qu'il était mort.

Non ?

Les pensées de Roberto se brouillèrent. Était-il en train de devenir fou ? Avait-il la force nécessaire pour supporter la réalité et toutes les possibilités qu'elle recelait ? Devait-il en rester là et continuer la vie qu'il avait menée jusqu'alors ? Était-il vraiment obligé de vieillir ? De contracter une de ces maladies psychosomatiques dont son médecin ne cessait de le menacer s'il persistait à avoir une existence lugubre ? De mourir ? Les doigts de Roberto tambourinèrent sur les accoudoirs du fauteuil. Il éprouva soudain un immense dégoût de lui-même, sentiment auquel il s'était habitué depuis quelques années. Qui était-il, au fait ? Un croque-mort raté, seul, encore jeune, encore beau, soit. Jusqu'à quand ? A trente ans, il avait eu sa part de plaisir, comme on disait, mais cela remontait déjà à assez longtemps. A présent, il ne se passait plus rien. Son existence était vide. Qui aurait bien pu s'intéresser à lui ? N'incarnait-il pas le contraire de la vie ? N'était-il pas la Mort ? Lui, Roberto Dillinger, la Mort ?

Il eut un rire rauque.

Elle allait prendre fin, cette non-vie. Cette non-existence. La mort était en train de mourir, et quand la mort meurt, c'est la vie qui naît. Roberto serra les poings. Oui, se dit-il. Pour la première fois depuis des années, il s'autorisait à avoir des sentiments. Il se donnait le droit de haïr et d'aimer. Il sentait la vie déferler en lui à grands flots. Comme une cascade. Comme sept cascades. Oui. Il irait conquérir son amour qu'il avait perdu dans le temps et l'espace. Il ferait ce dont il avait eu peur toutes ces années. Il vivrait.

TROISIÈME LIVRE

Ce qui se passa sur le bateau

Mais elle s'en alla. C'était la dernière soirée avant l'arrivée à Salvador do Bahia. Elle s'éloigna. Ses talons claquèrent sur le sol, elle dit « *Boa noite* » et disparut.

Le verre de Roberto était encore à demi plein. Il le vida. Le goût était fade. Normal.

Il était le dernier client. Seul le barman sommeillait encore derrière le comptoir. Sa peau ressemblait à du cuir et son crâne chauve luisait. Roberto descendit de son tabouret. Le visage du barman s'éclaira.

« *Você tem un cigarro por mim ?* » demanda Roberto qui avait des envies de nicotine pour la première fois depuis des années.

L'homme inclina la tête en silence. Il prit un paquet de « Hollywood » sous son comptoir.

« Ollioudchi, expliqua-t-il à Roberto en rectifiant sa prononciation.

– Merci. » Roberto se força à sourire. Une poignée de monnaie pour le pourboire, et il tangua sous le pont pour regagner le cercueil poisseux de sa cabine. Un escalier, deux escaliers, trois escaliers, quatre escaliers. Après avoir verrouillé sa porte derrière lui, il s'aperçut qu'il n'avait pas de feu. Tant mieux. La fumée l'aurait étouffé. Il se débarrassa de ses vêtements, les laissa tomber par terre et se roula sur le fin matelas. Le ventilateur tournait d'un côté puis de l'autre en bourdonnant et lui soufflait sur le corps un air huileux et moite. On avait le choix : attraper une pneumonie ou risquer l'asphyxie. C'était comme cela. Il avait mal dormi durant les cinq derniers jours. Il avait été nerveux. L'exiguïté de sa cabine l'avait affolé pendant un temps, il avait dû dormir avec la lumière allumée. Maintenant, il était capable de l'éteindre. Tu n'es plus un gamin. Située à l'intérieur du bateau, la cabine n'avait pas de hublot et il y faisait aussi sombre qu'au fond de la mer.

Avait-il commis une erreur en suivant Alaya ? Il avait été si sûr de lui. Pour la première fois depuis son enfance, il s'était senti guidé par son destin. Il s'était senti puissant, comme un instrument des dieux. Le réalisateur d'un projet grandiose. Tout cela n'était-il qu'illusion ?

Après le départ du taxi de Gilda, il était resté assis dans le séjour en essayant de comprendre ce qui avait changé ce jour-là. Il était arrivé à la conclusion que le monde entier avait changé. Rien n'était plus comme par le passé. Mû par un sentiment de courage et d'espoir qu'il avait oublié depuis longtemps, il était allé chercher son classeur Sonia Kraal dans sa chambre. Il y conservait ses poèmes et quelques nouvelles qu'elle avait publiées dans le journal du lycée. Quelques photos aussi. Et sur le dessus, un lambeau de papier d'emballage. Un lambeau de papier d'emballage portant un timbre brésilien et le cachet de la poste. Ce cachet était propre et lisible. « Sete Cascatas ». Sept Cascades. Que de magie dans ce nom !

Le troisième paquet avait été le bon. Roberto avait examiné le cachet dont la date était déjà vieille de deux ans, et son œil intérieur lui avait montré avec précision la carte qu'il avait souvent consultée, ces dernières années, avec une nostalgie mêlée d'angoisse. Le Brésil. Il avait enfin pu déchiffrer le nom de la localité. L'endroit où Sonia habitait avait un beau nom et n'était pas trop grand. Il la trouverait. Oui, il la trouverait, à Sete Cascatas.

(« Il faut faire ce dont on a peur. »)

Il la trouverait, dans les lointains. Et cette fois, elle ne lui échapperait plus. Il avait l'intuition qu'il pouvait s'évader du tunnel dans lequel il rampait. S'évader du cercueil dans lequel il se voyait souvent couché, comme autrefois, quand il était enfant. (Les hautes parois sombres.) S'évader vers les lointains.

Pendant un moment atroce, Roberto crut qu'on l'avait enterré vivant. Il sursauta et se cogna la tête contre le cadre d'acier qui surplombait sa couchette. Il avait dû s'assoupir, sentir de l'humidité, et avait fait un drôle de rêve sur de l'eau souterraine qui pénétrait dans son cercueil.

Ce n'était que de la sueur. Il était plein de sueur. Un petit lac s'était formé sur son nombril. Quelle heure pouvait-il bien être ? Le réveil digital indiquait 88. 88. Apparemment trop tard. On n'entendait pas un bruit. Pas même les récriminations de cette femme dans la cabine d'à côté, ni des pas traînants dans la coursive. Rien que le ronflement des machines et l'imperceptible vibration qui animait chaque vis, chaque gramme du moindre objet présent sur le bateau. Les immenses machines qui ahanaient derrière des portes de fer hermétiquement closes pour propulser le corps rouillé et luisant de ce monstre d'acier dans l'énorme étendue noire, dans les ténèbres de l'eau et de la nuit.

Il alluma la lampe au-dessus de son lit. Un néon atténué par un abat-jour en plastique jaune pâle. Ses pieds s'abattirent sur le sol qui n'était pas frais, mais chaud et poisseux. Sortir. Il avait besoin d'air, de vent ! Il fallait qu'il voie l'Atlantique et ses lointains.

Dehors, il n'y avait pas âme qui vive. Tout le monde était déjà endormi. La lumière était allumée seulement sur le pont où les quelques hommes qui dirigeaient cette ville d'acier à travers l'océan fumaient leurs cigarettes. Roberto, lui aussi, en prit une entre ses lèvres. Une brise tiède lui caressa les cheveux. Le pont promenade était plongé dans l'obscurité. Cet environnement familier paraissait bien étrange dans la solitude de la nuit. Le pont avait tout d'un modèle réduit que des extraterrestres auraient reproduit pour l'observer.

Roberto inspira l'air chaud des Tropiques. Son regard glissa sur les formes figées. Rien ne bougeait. Tout semblait condamné à une immobilité éternelle. Les bordages d'acier, les transatlantiques, les bouées, les canots de sauvetage couverts de bâches et suspendus. Tout avait l'air d'être coulé dans un seul et immense bloc de béton.

Il se pencha au-dessus du bastingage ; les vagues soulevées par la coque du bateau retombaient en pluie argentée au clair de lune. Roberto, absorbé, se remit à songer à l'histoire qui avait commencé dans la salle à manger, quelques heures auparavant. Il avait été charmant, spirituel. Il s'était surpassé. Mais cela n'avait pas suffi. Pourtant, tout s'annonçait très bien.

Alaya Moreira s'était dirigée vers le comptoir où Roberto était assis. Elle portait une simple robe noire qui mettait en valeur sa silhouette nerveuse. Des muscles puissants jouaient sous la peau de ses cuisses et jusque sur sa mâchoire. Elle avait de petits seins fermes. « *Boa tarde* », avait-elle dit en s'asseyant près de lui. Elle ne lui avait pas demandé si la place était libre ou quoi que ce soit de ce genre.

Roberto avait fait un signe de tête, esquissé un sourire, et s'était replongé dans sa caipirinha. La surface du cocktail remuait à gauche et à droite au rythme du roulis. Il connaissait maintenant ce rythme régulier qui n'avait pas changé depuis cinq jours, quand ils avaient quitté le port de Lisbonne pour gagner le large.

L'*Estrela do Mar* se frayait un chemin d'écume dans la nuit tropicale. Sa proue qui fendait l'Atlantique indiquait le sud-ouest. Ils mettaient le cap sur Salvador, également appelée Bahia, la ville située dans la Bahia de Todos os Santos, la Baie de Tous les Saints. Salvador do Bahia, l'ancienne capitale de ce grand pays sombre qu'était le Brésil. Peuplé de grands hommes sombres qui adressaient leurs prières à tous les saints mais aussi à de sombres puissances.

« A votre avis, pourquoi me suis-je assise ici ? avait-elle brusquement demandé en portugais.

– Euh, pardon ?

– Pourquoi ? » Alaya Moreira haussa les sourcils. Sa tête se pencha vers Roberto, elle appuyait ses mains sur le comptoir comme si elle y avait caché un petit animal. « Pourquoi, selon vous, me suis-je assise juste à côté de vous ?

– Je ne sais pas, moi. » Roberto se força à sourire en faisant un geste vague qui désigna une bonne vingtaine de tabourets vides. « Peut-être parce qu'il n'y avait plus de place ailleurs ? »

Elle lui jeta un regard perçant de ses yeux lumineux, manifestement peu disposée à rire de sa plaisanterie. Le barman apparut et fit un signe de tête à Alaya Moreira. « *Pois não ?* » Roberto trouvait cette expression de plus en plus étonnante. Mot à mot, elle signifiait : « Ensuite non ? » Mais les Brésiliens comprenaient une sorte d'équivalent de « Vous désirez ? ». Alaya Moreira commanda une eau minérale.

« Je me suis assise près de vous... », dit-elle juste au-dessus du bord de son verre. Elle attendit une seconde avant de poursuivre. Une seconde qui permit à Roberto de sentir tout le mépris qu'elle avait pour lui. « ... parce que le commissaire du bord m'a dit que vous aviez pris des renseignements sur moi. »

Roberto se figea. « Moi... », commença-t-il, incapable de continuer sa phrase.

« Si vous voulez savoir quelque chose sur moi, pourquoi ne pas me le demander directement ? » Elle regarda Roberto, les yeux à demi fermés. Son regard glacé et pénétrant lui traversa les pupilles et alla se planter dans sa moelle épinière.

« Mais que vouliez-vous que je fasse ? » Roberto toussa. Il avait froid et très chaud en même temps. Il écarta les doigts. « Depuis le départ, personne ne vous a vue à bord. Vous aviez le mal de mer ? »

Pour la deuxième fois, elle fit mine de ne pas entendre ses excuses. « Pourquoi avez-vous pris des renseignements sur moi ? »

Roberto soupira et haussa les épaules. « Je…, bredouilla-t-il. Vous… vous me plaisez. Non ! » Il leva la main d'un seul coup. « Ce n'est pas le mot ! » Il la regarda droit dans ses yeux noirs. « Vous me fascinez, pour être plus exact », fit-il d'un air presque penaud.

Elle le toisa en esquissant vaguement un premier sourire.

« Vous comprenez, on est bien seul pendant ces croisières, s'enhardit Roberto. Je vous ai aperçue juste avant le départ, quand vous êtes montée à bord, et j'ai eu envie de faire votre connaissance. Mais rien à faire, vous aviez disparu. Cinq jours, cela fait cinq jours que je reste ici tout seul le soir, à essayer tous les cocktails de la carte. » Il agita la carte devant lui. « Voilà. Vous êtes satisfaite ? » Il prit son verre, le leva à sa santé et en vida ostensiblement le contenu.

Alaya Moreira sourit. La glace était déjà brisée. Roberto connaissait bien cela. Il était souvent en contact avec des parents endeuillés et devinait toujours chaque nuance de leur douleur. Tous voulaient avoir confiance en lui, en M. Dillinger. Plus d'un avait besoin qu'on lui remonte le moral. Roberto était passé maître dans l'art de satisfaire tous ces désirs. C'était aussi simple que d'appuyer sur des boutons.

« Eh bien voilà, fit Alaya d'une voix hésitante, déjà un peu plus chaleureuse, avant d'opter pour un rire coquet. Vous avez maintenant l'occasion de me voir. » Elle s'assit de travers, les reins tordus, et prit une pose avantageuse.

« Je vous en sais gré pour l'éternité », fit Roberto en montrant les dents. Il se retourna pour chercher le barman, mais sans succès.

« Vous parlez bien le portugais, dit Alaya. Où l'avez-vous appris ?

– C'est vous qui m'espionnez, maintenant.

– Je m'intéresse aux gens qui s'intéressent à moi. »

Roberto haussa les épaules. « Donc, en principe, vous devriez vous intéresser à tous les passagers masculins de ce bateau. »

Alaya encaissa ce nouveau compliment avec un bref sourire. Elle prit une cigarette dans un étui en argent qu'elle avait sorti sans qu'il s'en rende compte. « Vous fumez ? »

Roberto secoua la tête. « Rarement. »

Elle alluma sa cigarette et inspira profondément. Un rond de fumée jaillit de sa bouche et se déchira en lambeaux. Elle le jaugeait ; Roberto soutint son regard en observant avec une irritation croissante le sourire qui disparaissait de son visage et l'intensité de ce regard qui se modifiait jusqu'à le traverser comme un verre transparent.

Mal à l'aise, il agitait ses mains sur le comptoir. Il avait besoin d'une autre boisson pour garder son calme. « Est-ce que vous avez peur de l'avion ? finit-il par demander. Ou est-ce pour une autre raison que vous prenez le bateau ? »

Elle continua de le dévisager de cette étrange manière. Elle n'avait même pas l'air d'enregistrer ce qu'il disait, mais de regarder un téléviseur dont elle aurait coupé le son. Elle aurait pu se vernir les ongles ou faire n'importe quoi d'autre pendant ce temps. Un minuscule nerf trembla à la commissure de ses lèvres quand elle répondit enfin : « Oui.

– Quoi ?

– Peur de l'avion. Oui.

– Ah bon. » Roberto eut un rire nerveux. Il remarqua pour la première fois que ses pupilles avaient la taille de petites pièces de monnaie. Il se demanda si elle se droguait ou si elle était carrément folle.

« Et vous ? fit Alaya Moreira avec un signe de tête à l'attention de Roberto. Vous faites la chasse aux trésors ou vous jouez au pirate ?

– Je ne suis pas encore très décidé. » Il se gratta le revers de la main et prit un air dégagé. « Nous autres flibustiers, euh, nous sommes souvent imprévisibles.

– Ah bon. » Elle haussa les sourcils d'un air amusé. « Eh bien, j'espère que vous prendrez la bonne décision.

– Je, euh, je l'espère aussi. » Le barman entra enfin dans son champ de vision. Il lui fit un signe avec deux doigts. « Puis-je vous proposer un cocktail ? »

Il pouvait.

Quand les boissons furent servies, ils trinquèrent, burent, et la tension se relâcha enfin.

Ils en vinrent à parler des Tsontsas.

« Ma mère était indienne », dit Alaya. Roberto venait d'expliquer qu'il était allemand.

« D'Amazonie ?

– Des sources de l'Amazone. Elle venait de l'Équateur. Elle était jivaro.

– Jivaro ? Il me semble en avoir déjà entendu parler.

– Cette tribu est devenue célèbre à cause des Tsontsas qu'elle fabriquait.

– Des Tsontsas ? » Roberto jouait à enfoncer sa cuillère dans sa caipirinha. « Qu'est-ce que c'est ?

– Les Tsontsas sont des têtes réduites. On espère récupérer grâce à elles la force du défunt.

– Ah oui, des têtes réduites. J'en ai déjà vu une. Je me souviens qu'elle avait de beaux cheveux, très longs. Elles ont toujours les cheveux longs, n'est-ce pas ? »

Alaya acquiesça en tirant sur une boucle de ses cheveux brillants. « Les cheveux continuent de pousser après la mort. »

Roberto ne le savait que trop. « Les ongles aussi », dit-il.

Alaya pressa la rondelle de citron dans son verre. « Les Jivaros croient que l'âme des morts se trouve dans leurs cheveux, dit-elle. C'est pourquoi ils apportent tant de soins à la coiffure de leurs trophées. » Elle leva les yeux. « Vous avez de beaux cheveux, à propos.

– Oh ! » Roberto fit un geste de dénégation. « Mais de

noirs desseins. » Il eut un rire forcé. « C'est plutôt vous qui avez des cheveux magnifiques.

– Merci. » Elle lui sourit, puis son regard se troubla et dériva loin de lui. Elle était encore en train de se perdre dans l'infini.

Un toussotement de Roberto la ramena dans ce monde. « Et qu'est-ce qu'on met, à l'intérieur des têtes ? demanda-t-il. Après tout, elles ne sont pas plus grosses que le poing. Est-ce qu'elles sont empaillées ? »

Elle secoua la tête. « En principe, non. Elles sont creuses.

– Des têtes creuses..., dit Roberto. (Il pensait : Débilo, Crétino.)

– Ou bien elles sont remplies de sable. *Saùde.* » Le serveur avait apporté de nouvelles boissons. Ils levèrent encore leurs verres. « On retire d'abord le cerveau et les os du crâne. » Elle enleva d'un coup de langue un morceau de citron qu'elle avait sur les lèvres. « On commence bien sûr par trancher la tête, le plus près possible du tronc et des épaules.

– Ah, pour avoir assez de place pour refermer la couture en dessous.

– Exactement. » Elle acquiesça, soudain pleine d'estime pour son interlocuteur.

« Avec une scie ?

– Aujourd'hui, on s'en sert aussi.

– Aujourd'hui ?

– Oui, une scie, c'est plus pratique qu'un couteau.

– Sans aucun doute... Et comment provoque-t-on la réduction de la tête ?

– On la fait bouillir dans des sucs d'herbes et, ensuite, on la remplit de sable brûlant jusqu'à ce qu'elle devienne à peu près de la taille d'un poing.

– Donc on la dessèche, en quelque sorte.

– Oui, c'est à peu près cela. Pour terminer, on coud les paupières et les lèvres.

– Voilà une coutume bien cruelle. »

Alaya balança lentement la tête. « Ce n'est pas cruel. Au contraire, c'est un hommage rendu au mort. N'oubliez pas que l'on veut récupérer pour soi-même sa force, son âme.

– Comme dans l'amour. »

Elle approuva : « L'amour ou la mort.

– Je suis plutôt pour l'amour », déclara Roberto.

Les paupières d'Alaya se baissèrent imperceptiblement. « Moi aussi. » Elle contempla le ciel étoilé tanguant derrière une vitre qui ne reflétait plus guère que des tables vides. Puis elle le regarda, et ce fut presque romantique.

Mais elle s'en était allée.

« Bonne nuit », avait-elle dit, ses talons avaient claqué sur le sol et elle s'était éloignée. Les images de cette soirée s'estompaient dans le souvenir de Roberto. Il s'appuya en soupirant sur le bastingage. Il avait manqué sa dernière chance. Ici, dans les limites restreintes de ce bateau qu'il pouvait embrasser d'un coup d'œil. Et lui qui se voyait déjà dans la cabine d'Alaya ! Il détacha son regard des vagues qui moussaient le long de la coque et contempla la cigarette qu'il tenait encore entre ses doigts. Il la porta à ses lèvres et un souvenir resurgit en lui. Les cigarettes de coton. Une entrée de cave. Coquelet. Qu'était-il devenu, ce Coquelet ? Il ne l'avait pas vu depuis une éternité, depuis qu'il était parti dans une autre ville pour faire de vagues études d'économie. Ce bon vieux Coquelet…

Roberto tirait sur sa cigarette froide. Tout son être répugnait à revenir dans l'obscurité de sa cabine. Il s'imagina l'*Estrela do Mar* en train de s'échouer sur un iceberg ou de foncer droit sur une mine sous-marine provenant d'une ancienne zone d'affrontement et qui, au fil des ans, aurait dérivé jusque-là. Quand il ouvrirait la porte de sa cabine, la coursive se dresserait à la verticale, et la porte du fond, avec son panneau « *Staff only* », serait arrachée par des masses d'eau noire. La coursive se mettrait à ressembler à une cage d'ascenseur, à cette différence près qu'il n'y aurait pas d'ascenseur dedans. Des gens tout nus sortiraient de leurs cabines exiguës et hurleraient, se grifferaient, se frapperaient, crieraient, s'agripperaient aux montants des portes pour tenter de se hisser jusqu'en haut. Ces gens, la veille au soir, bavardaient encore avec lui de tout et de rien, sans lésiner sur les lieux communs et les politesses ; puisque ce tout et ce rien menaçaient de leur être enlevés, ils se mettraient à lui enfoncer leurs ongles dans la peau, ils voudraient se servir de lui comme d'une échelle vivante. Des femmes dont les corps nus, en temps normal, lui auraient semblé séduisants, ne seraient soudain plus que de la chair, de la viande frappant dans toutes les directions, furieuse et désespérée, l'empêchant de s'enfuir. D'adorables petits enfants, transformés en montagnes de cadavres infranchissables, lui barreraient le chemin du retour vers une vie heureuse.

(Une vie heureuse ?)

Roberto rejeta la tête en arrière pour voir le ciel. La lune était presque pleine. Les étoiles avaient aussi une luminosité qu'il ne leur avait jamais vue : c'étaient des trous aveuglants percés dans la sombre voûte du firmament et derrière lesquels l'enfer grondait en sourdine.

Une flamme jaillit près de sa figure. Il sursauta.

« Votre cigarette. Je voulais vous donner du feu. »

C'était elle. Il reconnut sa voix, puis, quand les explosions jaunes de sa cornée se muèrent en taches vertes et s'évanouirent, il aperçut son visage qui dansait et vacillait devant lui à la lumière de la flamme avant de s'immobiliser. Il était beau et grave.

Il lui enserra le poignet, l'empêcha de le retirer, la regarda à travers la flamme et inspira profondément. Elle avait des yeux très noirs. Il attendit de sentir les veines d'Alaya battre sous ses doigts pour relâcher son étreinte. « Merci. »

Pendant un instant, il fut un autre. Il avait prévu de jouer, pour quelques secondes, à l'homme de la situation. Ce sentiment était enivrant, dénué de toute angoisse. Il ne se lassait pas de la contempler.

« Je ne pouvais pas dormir. » Elle était tout près de lui, il sentait son souffle. Sous ses pieds, le métal vibrait à cause du ronflement des moteurs. La mer bruissait le long de la coque de fer.

Il lui prit l'épaule et la pressa doucement. Elle mit sa main dans la sienne. Chaude. Un frisson parcourut le corps d'Alaya. Elle retira sa main et essaya de se retenir au bastingage.

Elle regardait la mer. Elle dit quelque chose qu'il ne comprit pas. La mer murmurait en montant vers elle. Quoi ? Elle se retourna vers lui et entrouvrit les lèvres, toujours appuyée au bastingage. Dans l'air salé, son parfum lui chatouillait le nez comme un petit fanion flottant sur un mât. Elle se pencha lentement par-dessus bord. Elle tendit les bras au-dessus de sa tête, vers l'extérieur. Ses seins se soulevèrent et il faillit ne pas se rendre compte qu'elle tombait.

Il la rattrapa par les hanches.

« Vous êtes folle ou quoi ? » articula-t-il.

Au clair de lune, son visage semblait livide. Sa bouche était noire et profonde. Elle chuchota posément un ordre : « *Toma a minha boca.* »

Il le fit.

« Prends ma bouche. »

Il le fit encore.

A la porte de sa cabine, elle s'agrippa à lui en enfonçant ses doigts dans sa poitrine. Elle avait des yeux d'enfant. « Si tu m'aimes maintenant, murmura-t-elle, il faudra m'aimer toujours. »

Roberto acquiesça.

Elle ouvrit la porte. Un courant d'air siffla ; il eut l'impression d'entrer dans un temple. La lueur argentée de la lune traversait les hublots.

Elle avait la tête appuyée sur son bras, et il sentait sa main sur son ventre. Elle respirait tranquillement, régulièrement, le corps luisant de sueur. La cabine sentait le sexe. Le léger tangage faisait à peine rouler sa tête sur le biceps de Roberto. Il repoussa la bouteille de champagne et regarda la lueur verte du réveil sur la table de nuit. Trois heures et demie. Les ombres projetées par la lune erraient au rythme des vagues, s'amplifiaient puis se repliaient sur elles-mêmes, palpitant et respirant comme des êtres vivants. Roberto dégagea doucement son bras de sous la tête de la jeune femme. Curieusement, il ne se sentait pas coupable.

Il prit un oreiller et le glissa doucement sous sa nuque. Elle était encore plus belle avec les cheveux emmêlés et les yeux fermés. Roberto lui caressa la joue et la bouche où pendait un petit filet de salive qui tremblait au souffle de sa respiration.

« Alaya ? » dit doucement Roberto.

Sa respiration demeurait inchangée.

« Alaya ? » Cette fois plus fort. « Tu dors ? »

Pas de réaction. Elle dormait profondément. Roberto devait pourtant en avoir le cœur net : il lui releva la paupière avec le pouce. L'iris frémissait, tourné vers le haut, vers l'intérieur de la tête ; Roberto n'en voyait que le bord inférieur. Il avait souvent fait ce geste avec des cadavres. Mais face à un cadavre, on se sentait plus en sécurité.

Avec les demi-sœurs, ce n'était pas la même chose. Surtout quand on venait de coucher avec elles.

Il attrapa le réveil, le mit sur *alarme*. Le bruit fut strident. Alaya restait immobile sur le drap. Il éteignit l'alarme et reposa le réveil sur la table de nuit.

Bon.

Il regarda autour de lui dans la pénombre. Des portes communiquaient avec deux autres pièces. Roberto se redressa. Le bras d'Alaya, qui pesait sur sa poitrine, retomba sur le drap, inerte. Roberto laissa planer son regard sur ce corps régulier qui, pour un peu, lui aurait fait oublier son but…

C'était le moment de passer aux choses sérieuses. Il posa les pieds à terre. Un ressort du lit grinça. Il s'arrêta. Alaya ne bougeait pas. Il souleva prudemment son poids du matelas et, pieds nus sur la moquette épaisse, se dirigea vers la porte de gauche. Elle donnait sur le cabinet de toilette. Un lavabo, des WC, une douche, dans un espace minimal. Il essaya la deuxième porte coulissante qui dissimulait une sorte de vestiaire pour y déposer les bagages. Plus grand que le cabinet de toilette, avec une armoire murale recouverte d'un miroir.

Roberto ouvrit l'armoire. Quelques robes pendaient sur des cintres ; une grosse valise noire était posée sous leurs ourlets. La valise qu'elle avait péniblement tirée sur la passerelle, à Lisbonne. Roberto se rappelait qu'un monsieur d'un certain âge lui avait offert son aide pour la porter et qu'elle avait refusé.

Roberto sortit la valise de l'armoire. Un poids normal, étant donné sa dimension. Il appuya sur les boutons qui actionnaient la serrure. Rien. Verrouillée, bien sûr. Mais la clé devait bien être quelque part, et le somnifère lui donnait assez de temps pour la chercher.

Il la trouva à l'intérieur de son portefeuille, dans le tiroir de la table de nuit. Sur le lit, Alaya n'avait pas changé de position. Revenu dans le vestiaire, Roberto enfonça la clé dans la serrure et tourna. Le système de fermeture s'ouvrit avec un claquement.

Deux paquets dans des sacs en plastique fermés par du papier collant reposaient entre des bas, quelques livres et des T-shirts. Le contenu du premier paquet était allongé et rectangulaire. L'autre avait une forme ovale et la taille d'un ballon de handball.

Roberto prit le paquet ovale. Il le soupesa et le secoua pour s'assurer de son contenu, puis détacha prudemment le ruban adhésif. A l'intérieur du sac, un objet était enveloppé dans une serviette de couleur mauve. Une mesure de précaution, car le contenu était fragile. Roberto enleva la serviette d'une main tremblante. Une urne apparut. Une urne grise en terre émaillée.

Ce modèle s'appelait « Paix de l'âme », il était très demandé à cause son plombage. Souvent, en effet, les parents du défunt avouaient craindre que tout n'ait pas entièrement brûlé ; un coup d'œil indiscret, et on risquait de tomber sur un doigt familier, vaguement calciné, ou sur un autre objet du même acabit. Le plombage ne facilitait pas la tâche aux curieux.

De plus, il arrivait assez fréquemment que des voleurs ouvrent les urnes, déçus de ne pas trouver dans la cendre une alliance de vingt-quatre carats ou quelques dents en or.

Roberto avait d'ailleurs déjà entendu parler de métal fondu présent dans les urnes et qui provenait sans doute de pacemakers ou de boîtes crâniennes métalliques. Sur un vétéran de la Première Guerre mondiale qui avait survécu presque intégralement à Ypres et à Verdun (mais pas au four crématoire), on avait retrouvé, outre les quelque quatre cents grammes de cendre, cent grammes d'obus.

La croyance aux esprits et la superstition étaient aussi largement répandues. La plupart du temps, la famille voulait savoir son aïeul bien hermétiquement enfermé, pensant qu'il avait fait assez de dégâts sur terre et qu'il ne fallait pas tenter le diable.

C'est pour toutes ces raisons que le modèle « Paix de l'âme », avec sa fermeture plombée, connaissait un tel succès.

Le roulis balançait les vêtements d'Alaya dans l'armoire. Roberto étendit la serviette par terre et caressa du plat de la main l'émail froid de l'urne et son socle avec une plaque en acier gravée au nom d'« Irvim Ubaldo Moreira ». En dessous, deux dates, celle d'en haut accompagnée d'une étoile, celle d'en bas avec une croix. Roberto sourit.

Il tenait entre ses mains la cendre de son père. De son vrai père.

Après avoir vérifié d'un coup d'œil qu'Alaya dormait de

son profond sommeil aux narcotiques, il ouvrit enfin le plombage. Le couvercle céda avec un grincement. Cela sentait la cheminée éteinte, et un souvenir d'enfance jaillit encore au fond de la conscience de Roberto. Il dirigea l'ouverture vers la lumière. La cendre s'écoula du côté qu'il inclinait vers le sol...

Sete Cascatas

La gare routière de Salvador do Bahia était en banlieue ; sa froide modernité contrastait avec la ville qui donnait sur la Baie de Tous les Saints et pourrissait dans une misère pittoresque. On venait de terminer la construction d'un ensemble immobilier qui sentait encore le béton. Roberto se rendit au guichet d'« Itapimerim » et acheta un *bilhete*.

« *Pra onde ?* lui demanda l'employé.

– Sete Cascatas », répondit Roberto.

Le bus flambant neuf était de la marque Mercedes. Il avait des toilettes à bord et une *suspensão a ar*, une suspension pneumatique. On était confortablement assis, mieux que dans les bus qui sillonnaient l'Europe. Étonnant, se dit Roberto, pour un pays du tiers-monde.

Pendant le trajet, un bonhomme sympathique avec une calvitie luisante grattait sur sa guitare en chantant d'une voix douce et caressante. La lune, les étoiles, un amour enfui. A la fenêtre défilaient des palmiers, de plus en plus de palmiers. Puis des champs, des prés défrichés par brûlage. Des squelettes d'arbres morts se hérissaient dans le ciel lourd et grisâtre. Çà et là, une cabane avec quelques bananiers.

Le voisin de Roberto, un petit homme fluet, dormit pendant tout le voyage. Quand un dos-d'âne sur la chaussée lui ouvrit brusquement la bouche, Roberto s'aperçut que sa mâchoire était pleine de couronnes en or. Il remarqua au même moment que l'homme avait une cartouchière. Sans doute un chercheur d'or. Le pays que Roberto traversait était étrange et sauvage. Le bus avançait lentement à un rythme berçant, en dépassant des villages, des palmiers, des collines verdoyantes.

Roberto se réveilla au moment où le bus s'arrêta. Il entrouvrit les yeux et se renseigna auprès d'un passager qui rassemblait ses bagages. *Não, não*. Seulement la moitié du trajet. Ah. *'brigado*. Quelques personnes descendirent. La soute à bagages se referma en claquant et le bus repartit avec une secousse agréable. L'homme à la calvitie reprit sa guitare et continua sa chanson douce et suave. Une chanson d'amour. « Lala », rêvait Roberto. Il rêvait de Sonia. « Lalala. »

« *Você e Seu Roberto ?* » L'homme vint à la rencontre de Roberto sur l'allée recouverte de gravier. Il était maigre, presque décharné ; de loin, on aurait pu le prendre pour un jeune homme grisonnant avant l'heure, mais une fois près de lui, Roberto se rendit compte qu'il avait plus de soixante ans. Il avait des mouvements rapides, énergiques et saccadés comme un personnage de film muet. Roberto ne put s'empêcher d'avoir un sourire ironique.

« *Sim. Sou.* » Il posa la valise à l'entrée de la maison et épongea son front en sueur.

« *Ah, finalmente !* » Le vieil homme lui tendit une main osseuse. Ses jambes minces mais nerveuses sortaient d'un pantalon beaucoup trop court. « Enchanté. Je m'appelle Adilson. » Deux doigts secs saisirent la main de Roberto. « *Bom dia.* » L'homme montra deux rangées de dents blanches qui se chevauchaient. « Je suis pour ainsi dire inclus dans le prix. »

Roberto lui rendit son salut : « *Bom dia.* » Il sentit que l'homme avait déjà un coup dans le nez.

« Je prends votre valise. » Adilson se pencha avec empressement.

« Non, merci, refusa Roberto, je m'en charge.

– Comme vous voulez. Venez, que je vous montre la maison. » Perché sur ses longues jambes brunâtres, il le devança sur le gravier et dit en se retournant : « Vous restez combien de temps ?

– Trois semaines pour commencer. Peut-être plus.

– En vacances ? »

Que dire d'autre ? Roberto confirma : « Oui, en vacances. »

Il avait loué cette maison par l'intermédiaire d'une agence immobilière de Salvador. C'était un joli bungalow avec du parquet et une véranda garnie de fauteuils en rotin. La mer était à cent mètres, après la route et les dunes. Roberto aimait entendre ce ressac puissant et impérieux qui résonnait depuis des millions d'années et ferait encore le même bruit dans des millions d'années. Il aspira voluptueusement, à pleins poumons. L'air sentait le sel, le large, et les boules d'antimite. Des cigales chantaient, le parquet grinçait sous les semelles. Il y avait aussi un aspirateur industriel, authentiquement allemand, comme le précisa Adilson avec fierté. (« Vous ne pouvez pas imaginer tout ce que j'ai trouvé dans le sac de l'aspirateur. Des richesses, de vraies richesses. ») Le lit de la chambre à coucher était grand, en bois foncé. « Pas de moustiquaire ? s'enquit Roberto.

– Pas la peine, sourit Adilson, ici, il n'y a pas de moustiques, le vent de la mer les balaye.

– Et ça ? » Roberto prit dans sa main un long marteau qui était accroché au mur derrière le lit. Il était lourd, trois kilos environ, avec un manche de près de soixante-dix centimètres. « C'est pour un moustique qui se serait perdu ?

– Non. » Adilson cracha à sec. « C'est pour les mouches à merde.

– Il y en a dans le coin ?

– Pas autant que dans les grandes villes, mais quand même pas mal. Il y a eu une bagarre, récemment. Pour je ne sais quelle histoire de jalousie. Un type a loué les services d'un tueur à gages. Mais l'autre lui a proposé plus d'argent. Alors le tueur a voulu descendre son premier client.

– Ah bon ? » Roberto essayait de se familiariser avec les coutumes locales. Qu'est-ce qui se faisait, qu'est-ce qui était mal vu ? Apparemment, cela se faisait de tuer des gens. Dans le bus, en écoutant la conversation de deux passagers, il avait appris que les attaques de bus étaient fréquentes. Deux semaines auparavant, un jeune passager avait perdu la vie dans un incident de ce genre. Il n'avait pas supporté de voir le viol de son amie. Les bandits s'étaient montrés cléments : ils lui avaient fait sauter les deux yeux.

Ici, se disait Roberto, on prend ses désirs au sérieux, on les assouvit coûte que coûte. Un vrai eldorado pour un entrepreneur de pompes funèbres.

« Quelquefois, il y a des cambriolages, dit Adilson. Ce serait une bonne chose d'avoir un chien, sauf que je n'aime pas ces animaux. Donc j'ai mis un marteau.

– Ah, d'accord.

– Mais à part ça, sourit Adilson, on se sent parfaitement bien ici. »

Quelques jours plus tard, Roberto remarqua ce bout de papier par un pur hasard. Ou peut-être était-ce un coup du destin. Il était resté dans son hamac à boire des caipirinhas. Adilson lui avait parlé de sa mère qui était malade : il devrait aller la voir à Recife si son état s'aggravait.

Ils avaient bu un verre à sa santé.

« Combien y a-t-il d'habitants à Sete Cascatas, au juste ? » avait ensuite demandé Roberto.

Adilson avait haussé les épaules dans son style inimitable. « Personne ne le sait. Certains vous diront trois mille, d'autres trente mille. Tout dépend de la personne à qui on pose la question. Un enfant, par exemple, vous dira qu'il y en a un million. »

Et soudain, ce papier. Le vent l'avait enlevé au terrain

voisin et déposé sur la pelouse soignée du bungalow. Le terrain d'à côté était un chantier, mais, comme disait Adilson, celui qui avait commandé la construction avait manqué d'argent en cours de route. Son rêve d'avoir ses quatre murs à lui au bord de la mer n'était plus qu'un squelette en béton. Des doigts de fil de fer rouillé se tordaient vers le ciel, et le chantier à l'abandon était devenu une décharge publique. Le vent apportait toujours des ordures de là-bas, des sacs en plastique, des emballages, des journaux.

« Laisse », cria Roberto de son hamac. Adilson, en grommelant, s'était baissé pour ramasser le papier. « Attends jusqu'à demain matin, comme ça il se retrouvera chez l'autre voisin.

– Impossible. » Adilson agitait le papier. « J'ai déjà essayé de le lui expliquer, mais il ne me croit pas. Il le rejette toujours de notre côté. »

Roberto bâilla. « Qu'est-ce qu'il y a écrit dessus ? »

Adilson plissa les yeux en secouant la tête. « Je ne peux pas lire ce truc.

– Oh, dit Roberto, pardon. Tu ne sais pas lire ?

– Si, si, protesta Adilson. Je sais lire. Bon, pas si bien que ça, je ne suis pas professeur, je me débrouille... Mais ce truc-là – il fit une mimique désespérée avec ses bras –, je n'arrive pas à le lire. » Il s'approcha de Roberto et lui tendit le bout de papier.

« Hum ? fit Roberto. Voyons... C'est une langue que je ne connais pas. » Il défroissa le papier. « Ça ne ressemble à aucune langue. » Il regarda les lettres dactylographiées. « Pba, dit Roberto en postillonnant. Fgdbaheeff. »

Adilson se mit à glousser. « Donnez, dit-il, je le balance.

– Non. » Roberto commençait à s'intéresser à ce papier. « Non. » Il observa les mots les uns après les autres. « Je ne sais pas pourquoi, mais ça m'intrigue. »

Adilson haussa les épaules et alla dans la cuisine. « *Um cafezinho ?* demanda-t-il à Roberto par-dessus son épaule.

– *Sim*, accepta Roberto. *Boa idea. Boa idea.* » Il se pencha sur le papier. « Pba fgdbaheef Spba pw mfpwfm Afgzfw, lut-il, sfww, Su cpdl httfd, nhd pw mfpwfm Afgzfw pdl. »

« Bah, dit-il tout seul à voix haute. N'importe quoi ! » Il hocha la tête, froissa le papier, prêt à le jeter dans le jardin d'à côté par-dessus les buissons, lorsque, écoutant une impulsion soudaine, il se ravisa et le mit dans la poche de son bermuda.

Réveil difficile

Alaya Moreira s'était réveillée à la manière d'un vampire. La lune, en montant derrière le hublot, avait projeté un rayon argenté sur son visage. Elle avait ouvert les yeux et fixé le plafond de la cabine. Elle avait vaguement l'impression que quelque chose n'était pas normal. Elle se sentait misérable, épuisée, avec un corps lourd comme du plomb. Une rumeur ou un bourdonnement. Un aspirateur, quelques cabines plus loin. Alaya bâilla, la bouche grande ouverte, et ce bâillement lui souleva le buste : pas de roulis, rien. Pas de vibration des machines. L'*Estrela do Mar* était à quai.

« *Merda !* » articula Alaya. « *Merda !* » hurla-t-elle encore une fois en fouillant dans l'armoire sous ses vêtements. Elle trouva l'urne dont le plombage était ouvert.

« *Esse filho da puta* », siffla Alaya Moreira. Ses yeux n'étaient plus que deux fentes noires. Elle secoua l'urne et fit le serment de se venger cruellement : « *Eu o matarei !* »

Pourquoi les Japonais ont les yeux bridés et où l'on apprend à distinguer le réel de la réalité

« Pauvres Japonais », dit la fille en hochant la tête d'un air pensif. Elle avait le teint mat, peut-être seize ans, un short Adidas rouge et une chemise verte trouée aux mites. Assise sur la plage, elle enfonçait ses mains dans le sable.

« Comment ça, pauvres Japonais ? » demanda Roberto qui était installé à côté d'elle sur la plage, du côté des cabanes en tôle ondulée et des pauvres abris en terre glaise ou en feuilles de palmier. Roberto avait appris que les huttes en palmier étaient habitées par des pêcheurs. Construites plus en retrait, les cabanes en tôle ondulée appartenaient à des gens qui ne travaillaient pas. Ou qui travaillaient, mais pas assez pour assurer leur subsistance. Roberto n'arrivait pas à comprendre comment, malgré tout, ils arrivaient à survivre.

« Comment ça, pauvres Japonais ? redemanda-t-il. Ils sont riches, les Japonais. Ils fabriquent des voitures, des radios, des ordinateurs. »

Il regarda la fille du coin de l'œil. Elle avait juste l'âge où les formes minces de l'enfant commençaient à se mêler aux formes plus rondes et pleines de la femme. Elle était encore jolie. Dans deux ans environ, elle serait grosse. Elle mettrait au monde une dizaine d'enfants dont cinq mourraient en bas âge. Quelques-uns du dengue, les autres d'une de ces diarrhées banales à pleurer.

La fille continuait d'enfoncer ses mains dans le sable. « Ben oui, mais ils ne voient jamais le soleil, dit-elle.

– Moi, je viens d'Allemagne, objecta Roberto. Là-bas, le

soleil n'est pas aussi fort qu'ici, mais il brille quand même. » Il eut un petit sourire ironique. « Tu te trompes, tu sais. Au Japon, le soleil brille aussi. »

La fille faisait mine de ne pas l'entendre. « Pauvres Japonais », répétait-elle.

Roberto haussa les épaules. A quoi bon ? Son regard se perdit dans la mer. Elle était si différente pendant la journée. Si bleue, comme sur une de ces cartes postales idylliques. A droite, là où les rouleaux écumeux déferlaient dans la baie en grondant, une dizaine de jeunes gens chevauchaient déjà la crête des vagues. De ce côté, la mer était plus tranquille, avec son mugissement régulier, elle n'était pas aussi puissante. Deux poissons volants étincelèrent au soleil en un clin d'œil pour replonger aussitôt dans la fraîcheur de l'invisible.

Roberto frotta sa nuque rouge. Le soleil brûlait. Il enleva son T-shirt (« *Born to shop* ») et le posa sur le coup de soleil de ses épaules. Il examina ses orteils et nettoya le sable qui s'y était glissé. On entendait des crachotements. Un haut-parleur avec un bruit de ferraille. Il regarda autour de lui ; la fille tourna la tête vers la rue où une camionnette rouge avançait dans un sillage de poussière. Un grand haut-parleur démodé était installé sur le toit. Les mots qui en sortaient et se perdaient dans l'azur s'entrechoquaient et devançaient leur propre écho.

« Un cirque, s'écria la fille. Un cirque ! Un cirque ! »

Roberto dit : « Oui. »

La voiture disparut entre les cabanes et les collines, il ne resta plus que le crachotement du haut-parleur qui finit par s'atténuer. Le bruit de la mer, encore et toujours.

Roberto pensait à Adilson qu'il avait accompagné à son autocar en début de matinée. La maladie de sa mère s'était aggravée, et il avait dû partir en catastrophe pour la voir. A Recife. Il avait dit qu'il y resterait cinq jours. Étonné que sa mère soit encore en vie, Roberto lui avait demandé quel âge elle pouvait avoir.

« Personne ne le sait, avait répondu Adilson avec un sourire gêné. Elle était encore esclave. Et son maître ne tenait pas très bien ses registres.

– Mais si elle... » Roberto réfléchit. « Au fait, toi, tu as quel âge, sans indiscrétion ?

– J'ai soixante-neuf ans. »

Roberto émit un sifflement admiratif. « Tu ne les fais pas. » Il le pensait sincèrement. « Alors ta mère devrait avoir quelque chose comme quatre-vingt-neuf ans. Disons, au moins quatre-vingt-cinq ans. »

Adilson sourit et Roberto eut même l'impression qu'il rougissait un peu sous sa peau tannée couleur café au lait. « Officiellement, elle a quatre-vingt-dix-neuf ans.

– Quatre-vingt-dix-neuf ! » Roberto siffla à nouveau, plus fort cette fois. « Un âge canonique ! Pourquoi officiellement ?

– C'est comme ça. C'est pas ma vraie mère, tu sais ?

– Ah non ?

– Non, elle est... On l'appelle Dona Corajosa.

– Dona Corajosa. La Dame Courageuse ?

– Oui. » Adilson gloussa, à son habitude. « On dit parfois aussi Dona Cor de rosa. La Dame couleur de rose. Elle porte toujours une robe rose. Depuis, à Recife, on dit que c'est la couleur de l'espoir, le rose. Parce qu'elle porte toujours la même robe.

– Qu'est-ce que, euh, qu'est-ce qu'elle fait, ta mère ? Enfin, comment disais-tu ? Ce n'est pas ta mère, en fait.

– Elle dirige une maison. » Il réfléchit. Puis, dans un anglais approximatif : « *The Home of the Brave.*

– La Maison des Courageux ? demanda Roberto, tout heureux.

– *O lar dos corajosos.* C'est... une sorte d'orphelinat. Moi, j'étais orphelin...

– Oh.

– Jusqu'au jour où j'ai aperçu cette robe rose. J'étais encore enfant. J'avais rien à manger, pas de quoi vivre. Il y a longtemps de ça. Et puis j'ai vu sa robe rose, elle m'a pris dans ses bras, et depuis je ne suis plus orphelin.

– Tu avais quel âge, à l'époque ? »

Adilson eut un geste évasif. « C'était il y a soixante ans. Je devais avoir huit ou neuf ans. » Il regarda Roberto avec insistance. « Mais déjà, à ce moment-là, je la trouvais très vieille. Il faut dire que les enfants trouvent tous les adultes vieux. Bon, elle avait sûrement plus de trente ans. *Com certeza*. Je lui en donnais cinquante. Cinquante à coup sûr. »

Roberto eut une petite moue admirative. « Donc aujourd'hui, ça doit lui faire cent dix ans ! »

Adilson haussa les épaules. « Possible.

– Et qu'est-ce qu'elle a ? » Roberto se tortilla. « Je veux dire, cent dix ans... Peut-être tout simplement que sa dernière heure est venue ?

– Peut-être, mais j'espère que non. Pour les enfants.

– Oui, acquiesça Roberto. Les orphelins. »

Il pensait à Sonia, et un sentiment de nostalgie naquit derrière son palais. Sonia et son dirigeable, son zepppelin à trois p.

« Une opération.

– Quoi ? » Roberto cligna de l'œil.

Adilson hocha pesamment la tête. « Peut-être qu'il faudra l'opérer. Une opération, ça coûte cher, et elle n'a pas d'argent. Moi non plus. Personne n'a d'argent dans ce pays, sauf les pourris. »

Roberto toussota. « C'est partout pareil.

– Elle n'a pas d'argent pour les enfants non plus. C'est très dur pour elle. Pour nous tous. C'est la crise. »

Roberto baissa la tête.

Ensuite, en accompagnant Adilson à son car, il lui avait souhaité bon voyage et meilleure santé à sa mère. Il se débrouillerait bien tout seul, après tout il connaissait la langue, pas de problème. « Tout bleu », comme on dit au Brésil. *Tudo azul*. Et Adilson était parti dans le bus qui avait amené Roberto quelques jours auparavant.

« Pauvres Japonais. »

Roberto revint à la réalité et soupira. « Les Japonais ne sont pas pauvres, dit-il patiemment. Ils sont même très riches. »

Le regard de la fille voulait manifestement le forcer à compatir. « Mais tout ce sable dans les yeux, insista-t-elle, et pas de soleil.

– Du sable dans les yeux ?

– Oui, parce qu'ils habitent sous terre.

– Ah oui ?

– Et quand ils ressortent au grand jour, ils sont aveuglés par le soleil.

– Oh la la...

– Parce qu'ils n'y sont pas habitués. C'est pour ça qu'ils ont les yeux bridés.

– Dis-moi, petite bonne femme... » Ici, Roberto ne put s'empêcher de sourire. « Mais pourquoi est-ce que les Japonais vivent sous la terre ?

– Parce que le Japon est juste en dessous du Brésil. »

Roberto en fut tout ébahi : « Sous le Brésil ?

– Oui.

– Ah, d'accord, tu veux dire, de l'autre côté de la planète. »

La fille hocha vaguement la tête. « En dessous, dit-elle.

– Hum... » Roberto réfléchit. Il passa les doigts dans ses cheveux qui étaient maintenant assez longs et avaient des reflets blonds aux pointes. Il dit : « Tu sais... tu sais, la terre, enfin, le monde, est une sphère. »

La fille rit.

« Comme la lune. La lune est une planète, comme la terre. Enfin presque pareille.

– Ronde ? Comme la lune ? Mais on risquerait de tomber à la renverse ?

– Non, non. A cause de... euh. Non, on ne tombe pas. D'ailleurs on ne tombe pas de la lune, non plus.

– De la lune ?

– Les hommes sont déjà allés sur la lune, tu sais quand même ça, non ?

– Toi alors, t'es un drôle de type.

– Oui, t'as raison, très drôle. Mais vous avez bien une télévision, ici. »

Sur la place principale du village, là où s'arrêtaient les grands bus qui traversaient le pays, il y avait un téléviseur public. Quelques jours auparavant, Roberto s'y était promené et avait découvert avec stupéfaction que la petite maison blanche au toit bleu qu'il avait crue être une pissotière propre et bien entretenue ou un guichet local de tickets de bus était en fait un téléviseur surdimensionné. Le crépuscule avait cédé la place à la nuit, à toute vitesse, comme toujours dans cette région, et Roberto avait aperçu de loin les vibrations bleutées qui sautillaient sur les façades blanches des maisons. La moitié du village était rassemblée sur la place. Les premiers arrivés étaient assis sur les deux bancs devant la cabane, les autres accroupis ou debout autour d'eux. Certains avaient apporté quelque chose à manger ou une bière, mais tous les visages étaient tournés vers l'écran qui papillotait. Roberto s'était approché d'eux et on lui avait fait une petite place avec un sourire poli, comme à un invité que l'on accueille chez soi. Par une fenêtre découpée dans le mur et rappelant la scène d'un théâtre de marionnettes, le téléviseur scintillait à près de deux mètres, assez haut pour que les mains des plaisantins ou des spectateurs éméchés ne puissent l'atteindre. Roberto s'était toujours demandé ce que pouvaient dissimuler ces volets bleus, maintenant ouverts. Un guichet de recrutement pour une équipe nationale de basket ? Un bureau de l'association sud-américaine de vélocipédistes ? Il le savait désormais.

Il y avait ce soir-là un film de science-fiction. « *Galactica* », supposa Roberto, ce qui provoqua le rire des spectateurs étonnés et des « chut ! ».

Après les spots publicitaires qui suivirent commença l'un des films préférés de Roberto, *La Mort aux trousses* de

Hitchcock ; un quart d'heure après le début du film, alors que Cary Grant était interrogé au commissariat par le policier Orpheus Klingel, une vieille dame en robe violette à fleurs traversa la rue poussiéreuse jusqu'à la place, en traînant la savate. Elle fit tinter un trousseau de clés, s'approcha de la porte bleue de la cabane, l'ouvrit, y disparut et réapparut quelques instants après avec une petite échelle. Sans adresser le moindre regard ni un mot d'explication à la foule qui suivait ses gestes en silence et l'œil vide, elle plaça l'échelle sous la fenêtre de la télévision, monta les quatre marches, éteignit la télévision, ferma les volets bleus, redescendit, prit l'échelle, la rangea à l'intérieur de la cabane, verrouilla la porte et repartit en traînant les pieds vers l'endroit d'où elle avait surgi.

« Incroyable », dit maintenant Roberto qui riait intérieurement de ce souvenir. Il se retourna vers la fille. « Tu as sûrement déjà vu aux informations que des fusées vont sur la lune et ailleurs, dans les étoiles ? »

La fille rit, découvrant des dents étincelantes. « Mais ce ne sont que des films, s'esclaffa-t-elle en essayant d'attraper ses pieds avec ses mains. Les films, c'est pas la réalité ! » Elle se tordait de rire. « C'est pas vrai, les films. C'est... c'est comme les rêves. »

Roberto l'observa ; il voulait dire quelque chose. Il dit seulement : « Oui. »

Les rêves. Pendant un temps, il n'y eut plus que le murmure des flots. « Dis, demanda-t-il ensuite, tu connais une femme avec des cheveux dorés ?

– Des cheveux dorés ? » Elle se remit à rire, et Roberto pensa qu'elle allait encore se moquer de lui. Mais elle acquiesça, ou plutôt hocha la tête d'un air dubitatif pour faire ensuite signe que oui, en alternance. « Oui, dit-elle. Non. » Elle éclata de rire, puis s'arrêta. Elle renversa la tête en arrière et se frotta l'épaule avec son oreille. « J'en connais pas. Avant, j'en connaissais une, Elena.

– Elle est morte ?

– Oui.

– Depuis combien de temps ?

– Je ne sais pas. Elle était là quand j'étais petite. Mais plus maintenant : il n'y a plus d'Elena, maintenant.

– Où habitait-elle ?

– Je ne sais pas. Quelque part.

– Quelque part dans ce village ?

– Oui. Non. Je crois.

– Et elle était seule ?

– Non, elle avait un mari, Edson. Un torero, ajouta-t-elle avec une nuance de respect et de fierté dans la voix.

– Torero ? demanda Roberto, incrédule. Ça existe ici ?

– Bien sûr, au cirque.

– Ah oui. Et cet Edson, où est-il aujourd'hui ? »

Elle haussa les épaules.

« Dis-moi, fit Roberto très posément. Si elle est morte, ton Elena, elle est au cimetière, non ?

– Possible.

– Et le cimetière, où est-il ? »

La fille le regarda. Puis elle baissa les yeux tout en grattant le sable d'un air rêveur. « *Ta bom* », finit-elle par dire. Elle se leva. « Je vais te le montrer. »

Encore un cimetière. Roberto songeait à tous les lieux de mort auxquels sa vie était associée.

« Tu viens ? » dit la fille avec impatience ; Roberto, en short et avec son T-shirt sur les épaules, lui sourit et doubla le pas. « Oui, oui. »

Le cimetière était à cent mètres environ en montant la colline où se trouvaient les habitations des pauvres. Les plus misérables d'entre eux avaient construit leurs cabanes à l'endroit où on avait la plus belle vue sur la baie. Ce privilège avait son prix, car, comme l'expliqua la fille, la vue n'était pas toujours aussi dégagée. A la saison des pluies, les averses avaient fait bien des victimes parmi les habitants de la colline. Ceux dont on avait retrouvé le cadavre sous la boue avaient été enterrés au cimetière ; quand quelqu'un avait bien voulu s'en donner la peine, on avait enfoui leurs os sous une croix de bois.

Le cimetière était entouré d'un grand mur de pierre, mais sa position sur le versant de la colline permettait de le voir en entier. Grand comme deux terrains de football, il comportait quelques petits mausolées en béton. Cinq ou six d'entre eux étaient même franchement ostentatoires avec leurs murs couverts de carreaux jaunes et verts comme ceux des urinoirs.

Roberto contempla la mer qui s'étendait à ses pieds, bleue et arrondie à l'horizon. Très loin dans la baie, un avion bourdonnait en montant lentement dans le ciel à la verticale.

« Viens. » La fille passa le portail du cimetière, Roberto lui emboîta le pas.

Ils longèrent des rangées de tombes jusqu'à l'endroit le plus reculé du cimetière ; là, il n'y avait plus de béton, mais de simples tumulus de terre où étaient plantées des croix de bois. Le sol était jonché d'ordures, de sacs en plastique, de bouts de papier. Le vent chaud soulevait les ordures pour les déposer un mètre plus loin. Roberto demanda en plissant les yeux : « Il y a une poubelle quelque part ?

– Oui, un peu plus bas. Mais quand le vent souffle, ça déborde toujours de tous les côtés. » La fille s'arrêta de marcher.

« Alors ? demanda Roberto.

– Là-devant. » Elle désigna d'un mouvement de la tête un endroit situé le long du mur.

« Qu'est-ce que ça peut être ?

– Vérifie. Ce sont les nouvelles. Celles des dernières années. Moi, j'y vais pas. »

Roberto hésita avant de dire : « Bon, d'accord. » Il fit un pas dans cette direction et, en se retournant vers elle : « Tu as peur ?

– Oui », avoua la fille.

Après avoir passé en revue une dizaine de tumulus,

Roberto resta frappé de stupeur. Il se trouvait devant une croix de bois fichée de travers dans la terre meuble. Elle se composait de deux planches neuves clouées l'une sur l'autre et qui sentaient encore la résine. Au pied de la croix, on ne voyait pas de tumulus proprement élevé avec de la terre bien tassée. Il y avait un trou béant. Un trou si profond que Roberto, qui se trouvait à environ trois mètres du bord, ne pouvait en voir le fond. Il avala sa salive, envahi par le souvenir de sa mère. D'Ubaldo.

Ici, dans ce pays, dans ce cimetière, tout lui parut possible, d'un seul coup. La fille avait-elle peur que la tombe soit sans fond ? Qu'elle se transforme en un sombre abîme dès qu'on s'en approcherait, telle l'éternité ? Un abîme noir et sans fond, un Orcus dont émanerait à peine une discrète odeur de soufre ?

(Roberto s'imagina comment cela avait dû se passer. Quand ils descendirent le cercueil dans la fosse, ils entendirent un grondement sourd qui venait des entrailles de la terre. Puis le sol s'ouvrit sous le cercueil, et ceux qui l'entouraient se précipitèrent vers leur créateur, la Grande Bête.)

Roberto avala encore sa salive, cette fois à sec. Pour ne pas risquer de trébucher et de tomber dedans, il se mettrait plutôt à plat ventre et ramperait jusqu'à la tombe pour guetter ce qui se passait au fond. Ensuite, il prendrait un petit caillou et le laisserait tomber jusqu'en bas. Il attendrait longtemps. Un oiseau volerait peut-être au-dessus de lui en poussant un cri étrange, comme à cet instant.

(Roberto suivit des yeux cet oiseau qui cinglait vers la mer, les ailes déployées, puis il tourna la tête vers la fille. Elle était partie.)

Il attendrait longtemps, jusqu'à ce qu'on entende – ou serait-ce une illusion ? – un léger choc. Puis il verrait sa faible lueur tout au fond. Rouge.

Roberto prit son courage à deux mains et s'approcha du bord de la fosse. Un oiseau cria encore, et une noix de coco tomba quelque part avec un bruit sourd. Roberto, debout près de la tombe ouverte, regarda au fond. Il chancela.

La tombe n'avait pas plusieurs kilomètres de profondeur, comme il l'avait cru, mais environ un mètre cinquante. Il n'y avait pas de cercueil à l'intérieur.

Il frissonna. Il remarqua que tout son corps avait la chair de poule, en dépit de la chaleur tropicale. Il contourna prudemment la fosse et se pencha sur la croix posée de guingois dont il n'avait pas encore pu lire l'inscription, justement à cause de sa position inclinée.

Il respira, soulagé. Il ne savait pas trop ce qu'il s'était attendu à y lire, mais la croix ne portait aucune inscription. C'était une tombe qu'on avait préparée et qui attendait encore son « client ». Quand le client en question serait là, tout irait très vite. Au Brésil, on avait peur des morts, il l'avait souvent entendu dire.

Et on avait peur des fosses fraîchement creusées. Car on ne savait jamais à qui elles étaient destinées. Ces trous menaçants, creusés dans le monde des vivants, attendaient qu'un homme parvenu à la limite de l'existence trébuche et s'y précipite. N'importe qui pouvait être le prochain. D'où la peur de la fille. On ne s'approchait pas de ces fosses, car elles vous attiraient vers l'abîme. Et cela, Roberto lui-même l'avait senti. Il recula d'un pas et enfonça ses mains dans les poches de son bermuda. Dans sa poche droite, il avait toujours ce papier chiffonné qui était tombé dans le jardin. Il le sortit et le défroissa. Pba, lut-il. Fgdbaheef.

« Tss », se dit-il. Il hocha la tête, replia le papier d'un air sceptique et le mit dans sa poche de derrière.

Il passa les deux heures suivantes à vérifier toutes les dalles et les croix. Il ne trouva pas d'Elena ni de Sonia.

Il poussa un soupir de soulagement.

Bien sûr qu'elle pouvait aussi avoir quitté cet endroit. Après tout, le paquet de Noël était déjà vieux de trois ans. Bien sûr qu'il pouvait déjà être « trop tard ». Bien sûr.

Un X pour un U

Pba fgdbaheef Spba pw mfpwfm Afgzfw,
sfww Su cpdl httfd, nhd pw mfpwfm Afgzfw pdl.
Su cpdl, npf Su fgdbaheefw nugsfdl dbayw,
dk npf spf Nftl dbayw pdl.
Jfskba, dk nägdl Su wpbal rfwur.
Pba fgdbaheef Spba pw mfpwfm Afgzfw,
dbaywfg wkba uws dlktzfg htd jf fpwf Nftl nhg.
sfww Su cpdl mfpw httfd.
Su lhubadl hud sfw Etulfw hue,
hud sfw Nfttfw Sfpwfd fprwfw Ahhgd, shd etulfl
Uws Su cpdl pw mpg, pw mfpwfm Afgzfw,
dk npf pba pw Sfpwfm Afgzfw dfpw nptt.
Sfww pba nptt.
Pba nptt Spba, dk npf pba spf Nftl nptt,
uws spf Nftl nptt Spba uws mpba,
nptt uwd,
cfvkg spf Nftl uwd lylfl.

Roberto se pencha sur l'inscription en plissant les yeux. « Nftl, dit-il. Lylfl. »

Il s'aperçut que « Nftl » apparaissait à plusieurs reprises. « Nftl », dit-il, tout songeur. Il prit sa tasse de café, en but une gorgée : froid. « Bah ! » fit-il en se rinçant le gosier avec la caipirinha. Depuis qu'il habitait ce bungalow, il en avait toujours une à portée de la main. Il avait pris le plus grand verre qu'il avait pu trouver, et il le remplissait tous les matins avec des citrons coupés en morceaux, un peu de sucre, de la glace pilée qu'il fabriquait à partir d'énormes pains de glace qu'il cassait au marteau dans un torchon, et bien sûr avec de la cachaça. Les citrons de la veille, bien tassés, formaient le fond du verre. Vers le haut, les morceaux étaient plus frais. Roberto joua à enfoncer sa paille dans l'immense verre et sirota ce breuvage acide dont il faisait ses délices.

Il était près de deux heures du matin. Une radio s'alluma quelque part, fonctionna à plein volume pendant quelques moments avant de s'éteindre. Puis ce fut le tour d'un chien qui se mit à aboyer, suivi de quelques autres roquets. Les cigales prirent enfin la relève.

Roberto était assis dans son bureau. Ou du moins dans la pièce ainsi baptisée car elle était la seule dotée d'une table et d'une chaise posée devant, sans aucun autre meuble. Roberto avait acheté la veille une lampe à pince. Parfois, hésitant selon la tension du courant, elle vacillait ou s'éteignait complètement pendant une seconde. Il fallait en prendre son parti. Roberto gratta ses piqûres de moustiques et reprit une gorgée de caipirinha. (Adilson avait dit qu'il n'y avait pas de moustiques dans le coin. Enfin, bon.)

Il se passa la main sur le front. Nftl. Les répétitions de certaines phrases et leur structure manifestement élaborée semblaient prouver qu'il s'agissait bel et bien d'un texte et non d'une succession puérile de lettres mises bout à bout. Le l, le f et le m apparaissaient plus fréquemment que d'autres signes. Hum. Qu'en était-il du a et du f ? Mais oui ! Ce détail, il venait tout juste de le remarquer : l'emploi des majuscules. Beaucoup de mots commençaient par une majuscule. Soit c'étaient des noms propres, soit l'ensemble du texte était codé, et, en le décodant, on trouverait une langue dans laquelle beaucoup de mots s'écrivaient avec des majuscules.

Roberto se gratta le menton. (Il faudrait encore qu'il se rase.) Il connaissait en fait une seule langue avec autant de majuscules : l'allemand. Si c'était de l'allemand, ce serait un jeu d'enfant. Mais pourquoi cette langue plutôt qu'une autre ?

En allemand, la lettre e revenait très souvent. Quelle était la plus forte valeur de fréquence dans ce texte ? Roberto examina les deux premières lignes. Cinq a. Onze f. Huit w. Également huit p. Quand on remplaçait le f par un e, le second mot donnait : « egdaheee ». Hum. Le cinquième devenait « mepwem ». Soit. « Nftl » devenait « Netl ». Pas très concluant. Il fallait trouver un autre système en partant toujours du principe qu'il s'agissait d'un texte allemand. Et tous ces petits mots ? Il n'y en avait pas tellement. Par exemple ce « dk » qui revenait trois fois. Il pouvait signifier « en », « là », « le » ou « ça ». Faisons l'essai avec « in » (« en »). Le d serait alors un l et le k un n. Mais non, cela ne donnait rien. Et ce mot-là, « Su », avec une majuscule ? C'était peut-être un nom. Su comme Suzanne. Ou alors comme « tu » (« Du ») avec une majuscule. Le u serait resté, mais le S aurait remplacé un D. Ah ! Et si « dk » avait pu signifier « so », soit « comme » ! Voyons, reprenons tout dès le début.

Roberto prit un stylo et nota sous le texte dactylographié :

D = E K = N U = U

Puis, après un instant d'hésitation, il nota encore :

F = E

Il regarda le texte, mais cela ne marchait pas. Aucun mot ne contenait assez de lettres comme celles-là.

« Zut. » Roberto soupira. « Ah, dit-il à voix haute, idée. » Il se frotta la nuque. « Et si on inverse tout ? Non seulement D = S, mais aussi S = D. Peut-être que dans ce cas E = F. Voyons un peu. » Il reprit une gorgée de caipirinha et essaya de mettre en pratique sa nouvelle théorie.

Les lettres les plus importantes étaient le d, le s, le e, le f, le k et le o. Mais alors, que pouvait bien vouloir dire « etulfl » ? Ce serait plutôt « ftulel ». Admettons. Et ce « Afgzfw » ? Il donnerait « Aegzew ».

« Merde, marmonna Roberto. Ça ne suffit pas. » Il se leva brusquement, repoussa avec le creux du genou sa chaise qui se renversa. « Tout ça, c'est nul. » Il fit les cent pas dans la pièce en s'arrachant les cheveux. « Tout ce que tu fais est nul ! Nul, archinul ! » Il dit une dernière fois : « Nul ! »

Il allait tout laisser tomber, froisser le bout de papier, le jeter et s'endormir. Mais impossible de dormir, surtout à cette heure. Alors pourquoi ne pas faire une dernière tentative ? Il ramassa la chaise et se pencha à nouveau sur le papier.

« Bon, et qu'est-ce que nous avons là ? » demanda-t-il en se maîtrisant difficilement. « Nftl ! articula-t-il. Pba ! Pba ! » Il était perplexe. « Pba ? »

(Idée.)

Si Su signifiait « Tu » (« Du »), pourquoi n'y aurait-il pas aussi le mot « Je » ? « Ich » pourrait bien être ce « Pba », placé tout au début. Un « Je » au début, pourquoi pas ? « Pba » est « Ich ». Dans ce cas, « Spba » serait « Dich » (« Te ») ! Roberto saisit son stylo et écrivit avec précipitation, comme galvanisé :

P = I   B = C   A = H

Cela devait suffire. Il avait maintenant treize lettres. Il nota :

D = S	K = O	U = U	F = E	P = I	A = H
S = D	O = K	E = F	I = P	H = A	

S'il ne réglait pas le problème avec tout cela, soit il était complètement crétin et champ de colza, soit sa belle théorie ne valait pas tripette et il avait perdu son temps dans un accès de délire.

Roberto se prit à ricaner.

Cette seconde hypothèse ne l'aurait guère plus étonné que la première.

« Bon, dit-il. Ich egsch... » Il triompha. Un sch, c'était plutôt bien parti ! Continuons ! Le visage tendu et le cœur battant, Roberto nota chaque lettre l'une après l'autre. Quand il eut fini la première ligne, tout son corps était brûlant, et il avait l'impression d'avoir créé le monde. Cette première ligne était :

« Ich egschaffe Dich in mepwem Hegzew. »

Ce qui, correctement traduit, devait donner :

« Ich erschaffe Dich in meinem Herzen. »
(« Je te crée dans mon cœur. »)

« Nom de Dieu, dit Roberto dont l'euphorie céda brusquement la place à une attente nerveuse et inquiète. Nom de Dieu ! »

Le reste était simple. Roberto le déchiffra d'une traite. Puis, dans le chaos de pensées et de sensations qui l'assaillaient, il ne cessa de relire ces vers. Car c'était un poème.

Je te crée dans mon cœur
Car tu es tout ce qu'il contient.
Tu es, tel que tu fus créé, beau
comme le monde est beau.
Mais ainsi, tu ne suffirais pas.
Je te crée dans mon cœur
plus beau et plus fier qu'aucun monde.
Car tu es mon tout.
Tu jaillis des flots,
des vagues de tes cheveux flottants.
Et tu es en moi, dans mon cœur,
tel que je veux être dans le tien.
Car je veux.
Je te veux comme je veux le monde,
et le monde nous veut tous les deux
nous veut
avant de nous tuer.

Roberto se renversa en arrière. Son cœur battait contre sa cage thoracique avec la force d'un poing. Il ne put s'empêcher de penser à Coquelet. « Kitsch, aurait-il dit à propos de ce poème. Complètement kitsch. »

Le corps de Roberto se raidit. Il en était désormais certain : il n'était pas encore « trop tard ».

La voix des ténèbres

Roberto avançait péniblement dans le sable, la tête rejetée en arrière. C'était une nuit sans lune, il faisait sombre, presque noir. Il regarda dans la direction du village où quelques rares lumières étaient allumées dans les maisons, deux, trois fenêtres. Et une demi-douzaine de réverbères qui faisaient ressortir de l'obscurité des fragments vert et rose pastel. Quelque chose bougea dans la zone rose à cent ou deux cents mètres. Un chat ou un gros rat.

Soudain, toutes les lumières s'éteignirent. Roberto prit peur. Une panne de courant. Il avait l'impression d'être dans une salle de projection entièrement obscure parce que le film venait de s'interrompre. Les réverbères se dessinèrent faiblement sur sa cornée en couleurs complémentaires avant de se décomposer en points isolés et de s'évanouir. Les ténèbres et le bruit de la mer. L'écume blanche des vagues déferlantes semblait jaillir du néant pour se projeter sur un écran noir. Les étoiles correspondaient aux trous de l'écran, et Roberto eut tout à coup le sentiment qu'on l'observait à travers ces trous. Quelqu'un qui l'aurait suivi pas à pas. Ou qui aurait anticipé son parcours.

Quelle idée folle, se dit-il. Mais, ainsi cerné par l'obscurité, il n'avait plus les repères familiers qui maintiennent un être sur la ligne de crête de la lucidité pour l'empêcher de tomber à gauche ou à droite dans le cosmos de la démence. Il lui sembla soudain que ce cosmos, d'ordinaire tenu à distance par la lumière et les images colorées, venait le frôler de très près. Que ce noir dessous de notre vie avait désormais chassé toutes les visions familières pour loger dans le monde.

Roberto continua sa marche d'un pas mal assuré, avec précaution, comme s'il avait risqué à chaque instant de se cogner contre un obstacle.

Il s'arrêta. Était-ce une machine à écrire, ce crépitement sur fond de ressac ? Tac tac. Très doucement. Tatatatac. Puis, à nouveau, le murmure de la mer noire comme un four.

Les yeux de Roberto s'étaient accoutumés à l'obscurité ; ils étaient maintenant capables de discerner des nuances dans tout ce noir. Des palmiers dont les cimes hérissaient la ligne d'horizon. Et les contours des cabanes. Là ! Encore ce claquement. Pas de doute, c'était bien une machine à écrire. Intrigué, Roberto suivit ce bruit. Il quitta le sable de la plage pour marcher entre les cabanes sur un sol plus ferme. A force de rôder entre ces pauvres baraques, il se sentait un intrus. A tout moment, il s'y attendait, on pouvait l'empoigner par l'épaule et lui demander ce qu'il faisait là. Quelque chose lui heurta le nez ; il recula d'un bond.

« Merde », siffla Roberto entre ses dents. Il se toucha le nez. C'était un de ces barbelés qui lui avait écorché le bout du nez. Ici, les gens s'en servaient pour étendre leur linge. Les pointes permettaient d'économiser les pinces à linge. Les barbelés étaient accrochés assez bas, car les habitants de cette région arrivaient à peine à la hauteur du menton de Roberto. Ce dernier maudit la ménagère qui avait suspendu cette corde à linge, et se pencha pour passer en dessous. Le claquement de la machine à écrire avait cessé. Il regarda autour de lui. Plus d'électricité, d'accord. Mais pour taper à la machine, on pouvait bien avoir allumé une bougie ou autre chose… Il tourna la tête dans toutes les directions, sans voir de lumière.

En revanche, il aperçut autre chose : une des cabanes se détachait des autres, son contour falot tranchait sur l'obscurité environnante. Roberto s'approcha de cette vieille bicoque : c'était une roulotte désaffectée. Le plancher de la roulotte était posé à même la terre, les roues démontées. Roberto s'approcha silencieusement des trois marches qui montaient jusqu'à la porte.

Cette porte était entrouverte. Sur le qui-vive, Roberto écoutait. Oui, là-dedans, il y avait bien quelqu'un qui ne dormait pas. Il entendait des voix, des mots prononcés tout bas. Il s'efforçait d'écouter, mais sans rien comprendre. Parfois, il ne captait qu'une voyelle ou une sifflante. Après quelques instants, il finit par en conclure qu'une personne parlait toute seule dans cette roulotte. Une femme, apparemment. Sa voix avait un timbre monocorde et agité, comme si elle avait bu.

Puis ce fut le silence.

Un craquement se fit entendre – un lit ? – et la roulotte oscilla imperceptiblement. Roberto restait figé sur place, incapable de bouger. A l'intérieur, la femme émit un son. Un mot. Roberto pensa d'abord qu'il avait mal entendu. Mais le mot se répéta. On le dit une troisième fois. Un mot prononcé comme une question. C'était : « Champ de colza ? »

Le cœur de Roberto cessa de battre tout à coup.

On poussa une chaise, à l'intérieur. « Roberto ? »

Le monde s'arrêta de tourner pendant quelque temps. Roberto crut que le monde avait privé l'univers de toute son activité et en avait rempli un entonnoir dont le tube était enfoncé dans son propre corps. Le passé et le présent, le temps et l'espace semblaient fusionner à cet endroit, dans son corps. Roberto chancela. Un bourdonnement vibra dans ses oreilles, augmenta, devint de plus en plus puissant et s'éteignit dans un sifflement aigu et prolongé. Il braqua les yeux sur le rectangle sombre de la porte. Une main à peine visible surgit dans l'embrasure. Il la prit sans réfléchir. Elle était chaude et moelleuse, cette main qui se déroba à son étreinte.

« Sonia », dit enfin Roberto. Il avait le bout des doigts qui palpitait, et les poils hérissés sur le revers de la main. Il l'avait entendue ! Il l'avait touchée ! Ce n'était pas un rêve ! C'était la réalité.

« Sonia, articula-t-il. C'est bien toi ? »

Un instant de silence. Puis : « Oui. »

« Mon Dieu. » Merci, mon Dieu, pensa Roberto. Il éclata de rire, perdant le contrôle de son diaphragme et de ses glandes lacrymales. « Comment as-tu fait pour me reconnaître ? » Il respirait difficilement.

« A ton souffle.

– A mon souffle. » Roberto ressentait une crispation dans la poitrine. Une espèce de rire s'échappa à nouveau de ses poumons, comme un râle. « Tu en as de la mémoire. »

Trois ou quatre secondes de silence total. Le bois qui grinçait. Puis : « Tu m'as devancée.

– Devancée ?

– J'ai deviné que tu étais là. J'en ai entendu parler.

– Tu as entendu parler de moi ?

– Enfin, d'un Allemand qui posait des questions et qui cherchait une femme blonde. »

Roberto ne savait plus que penser. « Mais alors, pourquoi n'as-tu pas... ? »

Sa voix se fit cassante. « Je ne voulais pas te voir. Et puis ici, les gens pensent que je viens d'Argentine. Pour eux, tout le monde est soit argentin soit américain.

– Et pourquoi... ? » Roberto s'efforçait de comprendre. Était-il toujours pour elle ce collégien ridicule qui se cachait dans les réduits à poubelles ? Cet enfant chauve avec un bonnet de grossesse ? Sa voix trembla. « Pourquoi est-ce que tu ne voulais pas me voir ? »

Sans répondre, elle sortit de la roulotte pour se rapprocher de lui. Sa silhouette se distinguait à peine du fond noir. Son odeur. Il reconnaissait son odeur. Il voulait la prendre dans ses bras et la serrer contre lui. Il voulait rire dans son sein, y pleurer. Il voulait se réfugier en elle, loin du monde, et il voulait trouver le monde en elle. Il voulait la sauver et être sauvé par elle.

Il se ressaisit tout à coup.

« Cela fait, euh, un certain temps, dit-il, qu'on ne s'est pas vus. »

Elle lui sembla perplexe. « En tout cas, ça n'a pas l'air de te déranger, remarqua-t-elle.

– Comment ça, de me déranger ?

– Parce que… » Elle hésita. « Ah oui, il n'y a plus d'électricité.

– C'est à peine si je vois ma main devant mes yeux.

– Eh oui.

– Tu y vois quelque chose, toi ?

– Je m'y suis habituée. » La roulotte gémit quand elle déplaça le poids de son corps. « Je me suis habituée à tout.

– Ah », dit-il sans réfléchir. Il sentait que quelque chose n'allait pas. « Remarque, ce n'est pas si mal, ici, avec la mer, le soleil. » Il se força à rire. « Tu sais, j'aime les roulottes. Quand j'étais petit, mon rêve, c'était d'habiter dans une roulotte. »

Sonia ne répondit rien.

Les doigts de Roberto couraient nerveusement sur les coutures de son short. « Avant, je suis… » il voulait raconter l'histoire du barbelé, mais il s'interrompit. Cela n'avait aucun intérêt. De plus en plus mal à l'aise, il s'aperçut que la situation lui échappait. « Je, euh, j'y vois vraiment rien du tout, fit-il en désespoir de cause.

– On s'y habitue. » Elle gratta le cadre de la porte avec ses ongles. « A l'obscurité. Enfin, la nuit. Quand il y a une panne d'électricité. » Sa voix était bizarrement traînante. « Au bout de quelque temps, on ne s'en rend même plus compte. De toute façon, ici, il n'y a pas grand-chose à voir. »

Roberto ne trouva rien à répondre. Le silence qui s'ensuivit ne fit qu'accroître son malaise. Il avait envie de s'enfuir à toutes jambes.

« *Então*, dit enfin Sonia comme pour recommencer la conversation dès le début. *Você chegou, finalmente.* » Sa voix avenante, un peu forcée, montrait qu'elle essayait de se reprendre. « *Fala portuguès ?*

– *Falo*.
– Bien, dit-elle, tu n'as jamais été bête.
– Je me suis donné du mal. »
Elle soupira. « Alors, comme ça, tu as quand même fini par venir ici.
– Ben oui », fit-il sottement.
Elle eut un drôle de rire. « Je l'ai toujours su. » Sa voix avait un timbre étrange, comme si elle était venue de très loin. De très profond et de très haut. Elle était si proche de lui qu'il sentait la température de son corps. Il lutta contre l'impulsion de la prendre dans ses bras, tout simplement. Sans même s'en rendre compte, il absorbait autant qu'il le pouvait son parfum, mêlé à d'autres odeurs. L'une d'elles l'inquiétait.
Elle le repoussa. « Et moi qui espérais que tu ne me trouverais pas. » Elle s'assit sur la marche du haut et poussa un grand soupir. « Mais ce n'est pas grave. Maintenant que tu es là, tu vas m'aider à faire ce dont j'ai eu peur pendant tout ce temps. »
Roberto redescendit d'une marche. « Je ne vois pas…
– Mais si. Tu déranges. Tu es arrivé trop tôt. » Sa voix était presque inaudible. « Une heure trop tôt. » Puis, dans un murmure : « Ou des années trop tard. »
Les mots restaient en suspens dans l'espace. Roberto devinait leur importance sans pouvoir élucider leur sens.
« Qu'est-ce que tu as ? » demanda-t-il avec inquiétude.
Sonia se redressa avec un tâtonnement nerveux.
« Tu es malade ?
– T'en fais pas, je vais bien ; ça fait même longtemps que je ne me suis pas sentie aussi bien. »
Il remarqua qu'elle titubait dans le cadre de la porte. « Mais je suis à peine polie, j'aurais dû te proposer d'entrer. Viens, je t'en prie. » Elle fit un geste de bienvenue.
« Merci », dit-il.
Sonia passa des ténèbres de la nuit à l'obscurité de la roulotte. Roberto gravit la dernière marche qui grinça et la

suivit prudemment. Le bruit du bois sous les pas. Les lattes qui cèdent. Cette odeur de bois, de pourriture, de parfums. Comme autrefois, dans le grenier. Roberto se cogna contre une chaise.

« Tu n'as pas de bougies, par exemple ?

– Non, désolée. Tu peux prendre cette chaise pour toi. »

Elle l'entraîna au fond de la roulotte, tira un rideau et s'assit sur un matelas qui gémit doucement. « Mets-toi là. »

Roberto s'assit sur la chaise et se frotta les genoux d'un air inquiet. Il avait l'impression d'être dans un cercueil où il faisait tout noir. Il se rappelait le « Ministre » qu'ils avaient occupé tous les deux, mais aussi le cercueil où sa mère et le Grand Ubaldo avaient reposé ensemble. Dans le souvenir de Roberto, il était toujours « le Grand Ubaldo » et non « mon père ».

Roberto toussa nerveusement. Son désir de regarder Sonia se faisait impérieux. Il voulait voir son visage afin d'y lire ses sentiments. Et il voulait la voir, voir sa chair, sa peau, ses cheveux. Il voulait plus encore que tout cela. Il mourait d'envie d'avoir ce qu'il n'avait pu prendre et qui lui avait toujours été réservé. Il voulait la posséder. Il estimait en avoir le droit, puisqu'il avait passé sa vie à espérer ce moment. Et, il croyait le sentir, elle savait qu'il avait cet étrange droit. Un droit qu'il avait conquis ce jour-là, dans le grenier. Mais aussi la première fois, dans la rue, avec le numéro du hamster, ce numéro qui avait tué sa mère. Roberto voulait être dédommagé de cette perte. Il voulait posséder Sonia. Ensuite, il ne la laisserait plus partir.

Il gigota sur sa chaise. « Ou bien des allumettes ? demanda-t-il. Tu n'as pas d'allumettes, quelque part ?

– Non.

– Dommage. » Il frissonna. Un affreux soupçon se fit soudain jour en lui. Et si elle était défigurée ? C'était peut-être pour cela qu'elle ne voulait pas de lumière. La lèpre. Il y avait encore de la lèpre au Brésil. Elle était revenue. De nombreux cas. Il avait lu des articles là-dessus. Le fléau de l'humanité. La lèpre réapparaissait partout. Un signe avant-coureur de l'apocalypse. Mon Dieu, faites que... Il se pencha en avant d'un mouvement brusque et lui saisit à nouveau la main. Cette fois, elle le laissa faire. Il lui caressa les doigts. Ils n'étaient plus aussi lisses qu'autrefois, mais, après tout, les siens non plus. Elle avait des mains saines. Apparemment. Mais il y sentait une espèce de relâchement. Un... Peu après, elle retira sa main, et il l'entendit chercher une bouteille à tâtons. Elle but. L'odeur pénétrante de l'alcool inquiétait Roberto. Après avoir bu, elle garda la bouteille à la main.

« Alors ? dit-elle. Qu'est-ce que tu es venu faire ici ? » Les mots sortaient mollement de sa bouche et se désagrégeaient. Ils avaient une inflexion narquoise, ou tout simplement ivre. Ou les deux à la fois.

« Je... je te cherchais.

– Tu me cherchais. » Elle semblait réfléchir. « Et pourquoi ça ?

– Parce que... » Roberto dut se faire violence. « Parce que... je voulais te revoir.

– Me revoir, me revoir ! » Ce mot, dans sa bouche, rendait un son affreux. « Nous ne sommes plus des enfants, Roberto. Nous avons complètement changé. » Elle faisait une pause entre chaque phrase, comme pour lui laisser le temps de tout comprendre. Ou comme si chaque phrase lui avait beaucoup coûté. « Nous sommes des gens complètement différents. » Un glouglou de bouteille en train de se vider. « Nous ne pouvons pas nous revoir. Parce que, en fait, nous ne nous sommes jamais vus. En fait, nous ne nous connaissons pas du tout. »

Roberto était hors de lui. Comment pouvait-elle dire une chose pareille alors qu'il s'était donné tant de mal pour la retrouver ? Autant balayer ses rêves d'un geste indifférent, comme de la poussière ou des miettes. Elle n'avait pas le droit de le faire. Non, elle n'en avait pas le droit ! « Tu dis n'importe quoi ! explosa-t-il.

– Si tu veux. En tout cas, c'est mon avis. » Elle reprit une gorgée.

Roberto se tut, envahi par une détresse accablante. Il sentait bien qu'il n'était plus maître de la situation. Il savait qu'il devait répliquer quelque chose, lui proposer une image du monde, du temps et de tout qui triompherait de son fatalisme. Une image positive. Il devait trouver une expression qui les réunirait tous deux. Mais laquelle ? Son cerveau lui paraissait tantôt vide, tantôt encombré d'un bric-à-brac qu'il n'arrivait pas à trier. C'est alors qu'il eut une idée. Un fétu de paille qu'il saisit au vol dans le tourbillon de ses pensées.

« Nous chassons notre proie dans plusieurs tunnels, déclama Roberto avec hésitation. L'amour… est seulement dans les lointains. Nous… ne nous trouverons pas. Dans les lointains. » Dans l'obscurité, il eut un petit rire triomphant de timide. « Je t'ai trouvée. Dans les lointains.

– Non, fit-elle avec détermination. Tu n'as fait que ramper dans ton tunnel. » Il y avait du mépris dans sa voix. « Tu as peut-être l'impression de t'être évadé vers la liberté. Eh bien, c'est faux. Notre univers est hermétique. Tu n'as fait que continuer à rouler sur tes rails. Des rails posés depuis très longtemps, bien avant ta naissance. »

Roberto hocha la tête. « Tu crois ça, toi ? »

Elle se tut pendant longtemps. Nouveau bruit de bouteille qui se vide. Un soupir prolongé. Puis sa voix lasse, exténuée : « Comment m'as-tu retrouvée ?

– Grâce à Schillo.

– Ah oui, les gâteaux.

– Je lui rendais toujours visite à Noël.

– Comment va-t-il ?

– Mal.

– Tant mieux.

– Et toi… ? Pourquoi es-tu ici plutôt qu'ailleurs ? Qu'est-ce qui t'a amenée au Brésil, ici, dans ce village ?

– Oh, qu'est-ce que j'en sais, moi ! » Elle leva les bras et se laissa tomber sur le matelas. « Le destin. Mon tunnel. Mes rails.

– L'année où ça s'est passé, vous avez déménagé tout à coup, du jour au lendemain.

– C'était ma mère. Elle avait ce nouveau type, son copain.

– L'ingénieur.

– Oui. Nous sommes allées nous installer chez lui.

– Et toi ? Tu ne voulais pas y rester ?

– Ça m'était égal. J'étais une gamine. Je... tu te souviens peut-être qu'il m'était arrivé quelque chose.

– Oui. Schillo.

– L'ami de ma mère était en déplacement au Brésil. Je suis partie avec eux, et j'y suis restée.

– Tout simplement ?

– Non, ça n'a pas été simple. Rien n'est jamais simple. Mais j'y suis restée. Je suis restée ici.

– Et ta mère et son ami... ils ne sont pas... ?

– Ma mère vit aujourd'hui dans le sud de l'Allemagne. Dans un trou quelconque. Elle n'a pas de fric, si c'est ce que tu veux savoir. Elle n'a plus vraiment sa tête, non plus. Elle est dans un foyer. L'ingénieur, je n'en ai plus de nouvelles.

– Et le Brésil... » Roberto réfléchit, s'efforçant de démêler cette histoire. « Tu y es restée, comme ça.

– Il faut faire ce dont on a peur.

– Peur ?

– Je me suis jetée dans la gueule du loup. » Elle parlait doucement, comme dans un monologue. Roberto avait du mal à la suivre. « J'ai cherché la haine, la vengeance, et j'ai trouvé l'amour.

– Qu'est-ce que tu veux dire ?

– Je suis tombée amoureuse. »

Roberto sentit un élancement dans le cœur. « Du pays ?

– Si tu veux. » La voix de Sonia était impitoyable. « Du pays, si tu préfères. De la vie, aussi. De leur mode de vie.

– Schillo, dit Roberto en se passant la langue sur les

molaires. Mme Wienholz… elle est bien gentille, d'ailleurs. Je lui ai souvent rendu visite. » Il toussa. « Pendant longtemps. Toujours à Noël. On savait que c'était au Brésil, mais sans plus. Jusqu'au jour où nous avons enfin pu déchiffrer le cachet de la poste. Sete Cascatas.

– Et tu t'es aussitôt mis en route pour me trouver. » Elle eut une sorte de rire. « Pour me sauver.

– Oui.

– Non.

– Quoi ?

– Tu mens.

– Non, je ne mens pas. » Roberto s'énerva. « Comment peux-tu croire ça ?

– Le dernier paquet, il y a deux ans que je l'ai envoyé.

– Et alors ? » Roberto réagissait comme s'il avait été pris en faute et se le reprochait. « Bon, d'accord, il y a deux ans ! » répéta-t-il, furieux. Est-ce qu'il avait des comptes à lui rendre, après tout ? Il aurait dû venir tout de suite, peut-être ? Débarquer illico, après quinze ans de séparation, sans prendre le temps de se retourner ? Sans un sou ? Avec des dettes ? Avec la maison hypothéquée ? Se lancer dans une aventure aussi incertaine que celle-là, à la recherche d'une femme qui se fichait peut-être de lui ? Mais qu'aurait-il pu lui offrir ? Comment aurait-il pu la sauver ? Car le nerf de la guerre, c'est bien l'argent, non ? Et puis, il avait eu d'autres chats à fouetter. Oui, il avait eu mieux à faire. Quelque chose de mieux, et qui, en ce moment même, l'attendait toujours ! Parfaitement, toujours ! Et plus que jamais ! Au fond, que faisait-il ici ? Qu'attendait-il ? Il se comportait comme un abruti. Il était temps d'arriver enfin à l'âge adulte. Sonia, c'était du passé. Depuis longtemps déjà. Elle n'avait qu'à trouver son bonheur toute seule, après tout ! Comment avait-il pu se figurer qu'il l'aimait ? Quelle idiotie ! Quelle merde ! Ah ça, elle avait raison de dire qu'ils ne se connaissaient pas du tout ! Quelle bêtise, toute cette histoire !

Roberto s'apercevait que ses sentiments, longtemps tenus

en bride, se libéraient et déferlaient en désordre. Il n'avait pas l'habitude des sentiments. Ils échappaient au contrôle qu'il avait toujours exercé sur eux. Mais être furieux le soulageait. Être furieux, c'était maîtriser la situation. Avoir le dessus.

Sonia avait une voix sereine. « Trop tard, Roberto. » Il l'entendit boire un coup. « Il est trop tard. »

Roberto tomba. Il tomba de très haut. Toute sa fureur s'envola. C'était une chute dans le néant. Dans le néant, il y avait des sphères froides et mauvaises. Elles étaient semblables au monde, au ciel, à Dieu. « Le ciel – comme Alfred Dillinger l'avait appris à son fils autrefois –, le ciel est froid. Moins deux cent soixante-treize degrés. C'est le plus grand froid qui existe. Le froid de l'univers. » Roberto en avait tremblé. « Là-haut, il n'y a pas d'air ni de vie. On n'entend même pas de bruits, car l'air les emporte. Du vide noir, voilà à quoi ressemble le ciel. »

Roberto se voyait dériver dans cette étendue vide, tout nu et gelé. Sans bruit. En pleine absurdité. Autour de lui, des planètes. De grandes sphères impitoyables. Il trembla. Il avait très froid.

« Mon pauvre chéri. »

C'était Sonia qui lui posait une main sur le genou. « Tu me fais de la peine. »

Le désespoir de Roberto se mua en un espoir fou. Dans le même temps, il éprouvait une certaine honte. Il respirait par à-coups en versant difficilement quelques larmes. Il voyait sa mère qui levait vers lui ses yeux rougis. (« Tu sais, tu penses que nous sommes très forts, nous, les adultes, mais ce n'est pas vrai. Nous essayons seulement de l'être, exactement comme toi. Toi, tu es un enfant. Tant que ma mère vivait, je pouvais toujours me dire que j'étais encore une enfant. Un peu plus grande que toi, mais une enfant tout de même. Maintenant qu'elle est morte, je suis orpheline. »)

« Maintenant, c'est moi qui suis orphelin », se dit Roberto.

C'était la première fois qu'il avait cette idée et qu'il l'exprimait ainsi.

Les anges ont brûlé.

Je suis seul au monde.

N'est-ce pas ? Il posa sa main sur celle de Sonia.

« Vous me faites tous de la peine, dit Sonia.

– Qui ça, tous ? renifla Roberto.

– Vous tous. Tous les vivants. »

Ses doigts se dégagèrent de la main de Roberto. Il l'entendit boire. Il entendit le bruit du liquide qui coulait dans son corps. Un étrange calme s'empara de lui. « Tu ne devrais pas boire autant, dit-il.

– C'est un médicament.

– Même, Sonia.

– Ici, on m'appelle Elena.

– Elena. Pourquoi ? » Il pensait à d'obscures sectes dont les membres renonçaient à leur nom, ainsi qu'à leur passé et à leur identité. Mais l'explication était simple :

« Mon nom, c'est Sonia Ellen Kraal. J'en avais assez de Sonia. Alors je suis devenue Ellen. Ou Elena.

– Elena. C'est très joli aussi. » Il soupira. « Mais je préfère Sonia. » Il se demanda d'où pouvaient venir ces deux noms.

« Maintenant, il faut que tu y ailles. » Ces paroles l'arrachèrent à son calme illusoire. Pendant quelques instants, la conversation s'était déroulée presque normalement, et cela lui avait fait du bien. Il s'était senti à l'aise. Il avait eu l'impression d'être à côté de Sonia sur un canapé, dans une belle maison où ils habitaient ensemble.

« Sonia, dit-il avec insistance, sur un ton de supplication. Sonia, j'ai de l'argent. J'ai tout ce qu'il te faut. Tout ce qu'il nous faut.

– Laisse donc.

– Mais... » Son château de cartes s'effondra.

« Oublie-moi. Oublie Sonia. Oublie tout.

– Non, gémit Roberto avec entêtement.

– Crétino », dit-elle en se moquant avec douceur. Elle poussa un soupir.

Et l'espoir se mit à renaître en Roberto. Crétino. Ce mot qu'ils avaient en commun depuis l'enfance les liait d'une certaine manière. Personne d'autre qu'eux ne pouvait le comprendre. C'était comme un canapé qu'ils auraient partagé. Une maison commune. Comme le monde à deux.

Il dit doucement, d'une voix maussade mais suppliante : « Le monde nous veut tous les deux, avant de nous tuer. »

Silence.

Puis : « Donc tu l'as trouvé, celui-là aussi.

– Il était avec des ordures, il a volé dans mon jardin. J'ai tout de suite su que c'était de toi.

– Le vent du destin ! Comment ça, ton jardin ?

– J'ai loué un bungalow dans le coin.

– Monsieur le touriste roule sur l'or. Et l'autre ? Celui sur les lointains, tu l'as trouvé où ?

– Dans ta corbeille à papiers, pendant le déménagement.

– Ah oui, la corbeille à papiers. Oui. Donc toujours dans les ordures. Quel symbole…

– Ce sont des poèmes superbes.

– C'est vrai ? » Sa voix avait déjà changé quand elle demanda : « Tu trouves ? »

C'était la voix de Sonia. De la Sonia d'autrefois. Elle n'était pas douce, autrefois, la douceur n'était pas son fort. Elle était tout bonnement renversante. Pétillante, pleine de vie, pleine d'espoir. Non, pas d'espoir. Pleine de confiance. Et cela s'entendait dans sa voix. Cette voix qu'elle venait de retrouver, à l'instant. Pour la première fois, sa voix pouvait donner à penser qu'elle était pleine de vie. Roberto flaira sa chance et reprit courage : « Bien sûr que je le pense. » Et c'était vrai. « Ils ont… de la grandeur. Ils sont… je ne sais pas. Je n'ai jamais rien lu de semblable.

– C'est gentil à toi de dire ça. » Elle lui caressa le bras. Il l'entendit lui caresser le bras.

Un oiseau poussa une série de cris dissonants. Sonia se

redressa rapidement. Elle fixa le plafond, ou ce qui le surplombait, puis se laissa retomber. Roberto n'avait pas remarqué que le jour avait commencé à poindre. C'était pourtant vrai. Il commençait à y voir clair. Très faiblement, très lentement, de gros points gris se mirent à se distinguer du noir, à figurer des formes, à former des figures. Celle de Sonia. Elle était couchée sur son lit, sur le dos, et il voyait le contour de son profil. Ou plutôt il le devinait, de même qu'il devinait le flot de cheveux dorés qui reposait sur le drap. Elle avait des cheveux longs, très longs, qui lui descendaient presque jusqu'aux chevilles. Ils se turent tous les deux, Sonia était perdue dans ses pensées, et lui dans cette contemplation. A peine quelques minutes plus tard, il put voir tout son corps. Et ce corps était beau. Si beau. Si désirable. De longues jambes fines et musclées. Elle portait un short, et ses cuisses, qui s'arrondissaient régulièrement jusqu'aux hanches, au sexe et aux fesses, l'affolaient. « Viens », semblait-elle dire sans ouvrir la bouche. « Viens », semblait-elle supplier de tout son corps.

(« Viens. » Les marches de l'escalier grinçaient, il suivait ses mollets minces et ses chevilles dans des socquettes blanches. Elle avait neuf ans et pas encore de poitrine, mais des bouts de seins insolents qui pointaient comme des noyaux de cerise sous son fin pull-over rouge.)

Elle tenait la bouteille entre ses seins. Ses doigts longs, hâlés, tranchaient sur l'étiquette blanche. Son visage, son profil, un chef-d'œuvre de jeux d'ombres atténuées. Ses cheveux longs se mirent à scintiller, à briller même… Roberto frotta ses yeux fatigués, ce qui fit jaillir des éclairs verts derrière ses paupières. Lorsqu'il les rouvrit, la sécrétion lacrymale posa un léger voile sur le chef-d'œuvre qu'il admirait. Elle était si belle. Mais elle ne se laisserait pas toucher, il le sentait bien. Pas encore. Et il respectait sa volonté. Il la regardait comme un tableau, immobile qu'elle était ; seuls ses seins soulevaient la bouteille puis s'abaissaient, lentement, régulièrement. Ainsi étendue devant lui, elle était une idée. Un idéal. Une icône.

Roberto pensait qu'elle était déjà endormie, mais elle reprit la bouteille qu'elle avait gardée entre ses seins, comme un bébé. « Maintenant, va-t'en, Roberto, dit-elle. Va-t'en enfin, s'il te plaît. » Puis doucement, très doucement : « Je suis déjà trop loin. »

Elle était à deux doigts de s'endormir. Mais Roberto ne voulait pas qu'elle s'endorme. Il devait la tenir éveillée. Il sentait confusément qu'il devait l'empêcher de s'endormir. Pas question de tout gâcher, maintenant qu'une certaine familiarité s'était instaurée entre eux. « Tu ne voulais pas être écrivain ? demanda-t-il précipitamment.

– Je voulais aussi travailler dans un cirque.

– Oui, oui. Mais ton idée de devenir écrivain, c'était vraiment du sérieux. Et tu étais bonne. Tu as été bonne dès le début.

– Tu vas rire. » Elle marmonnait d'une voix lasse. « J'ai été artiste dans un cirque, j'ai travaillé avec les gens du voyage. C'était ça, mon métier.

– D'où cette roulotte ?

– D'où cette roulotte. »

Roberto observa son profil avec une tendresse pleine de sollicitude. Elle qui était si courageuse, pensait-il, ça ne l'a pas empêchée de rater sa vie. Elle a cherché sa liberté, et ce qu'elle a trouvé, c'est la misère.

Le bonheur de l'amazonétoilebleue avait pris fin ici. Il le voyait, il le sentait. Mais le bonheur pouvait toujours recommencer. Prendre un nouveau départ. Qui serait le bon, cette fois. Roberto regarda Sonia dont le corps se dessinait au jour naissant avec des contours de plus en plus distincts. Elle était couchée sur le lit, les yeux fermés, et il savait qu'elle avait besoin de lui. Il sentait qu'une grande force le remplissait, inondait sa poitrine et son corps. A ce moment-là, il eut la certitude qu'il y arriverait. Il le ferait d'abord tout seul, pour eux deux. Puis ils s'en sortiraient tous les deux, côte à côte. Ce doit être ça, se dit-il en savourant l'ivresse de cette certitude ; ce doit être le bonheur.

De sa chaise, il la regarda. « Et puis ? demanda-t-il d'une voix sereine et pleine d'espoir. Tu faisais quoi ? En tant qu'artiste, je veux dire.

– Tout. L'essentiel, c'était d'être blonde.

– Hum », fit Roberto qui essayait de se l'imaginer en funambule, en dompteuse de lions. Il pensait à la petite fille hardie qui était montée avec lui au grenier, une nuit. « Et... l'écriture ? Tu as continué à écrire ?

– Non.

– Tu tapais à la machine, je t'ai entendue ; j'ai suivi le bruit de ta machine à écrire. »

Elle soupira. « Oui, il m'est aussi arrivé d'écrire. » Sa voix n'avait aucune intonation. « Je voulais être dans un cirque, et j'ai atterri dans un cirque. Je voulais écrire, et j'ai écrit. J'ai réalisé tout ce que je voulais, non ? Que demander de plus à la vie ? C'est suffisant. »

Elle but encore.

Plongé dans son monde d'espoir, Roberto n'écoutait plus très bien ce qu'elle disait. Il dit en souriant d'un air rêveur : « Tu te souviens du jour où on s'est embrassés ? »

Elle se taisait.

« C'était dans un cercueil.

– Dans un cercueil. » Elle avait l'air de trouver ça drôle.

« Tu t'en souviens, non ?

– Bien sûr que oui, Crétino.

– On nous a dérangés, pendant ce baiser. Nous n'avons pas pu nous embrasser jusqu'au bout.

– Est-ce qu'on peut s'embrasser jusqu'au bout ?

– Je ne sais pas, mais je voudrais bien essayer.

– Quoi ?

– De t'embrasser jusqu'au bout. »

Elle se tut. Roberto sentit qu'une sorte de malaise émanait d'elle, mais aussi qu'elle en avait envie. Elle le voulait aussi ! Il le sentait bien.

« Je voudrais t'embrasser, Sonia. »

Silence.

Qu'est-ce qui la retenait ?

Il n'écouta que son courage. « Et je veux faire l'amour avec toi.

– Roberto…

– Oui ?

– Vaut mieux que tu t'en ailles. Vaut mieux que tu t'en ailles maintenant. » Sa voix s'étouffa dans un sanglot.

« Sonia. » Les mots sortaient enfin de lui. Ils avaient toujours été en lui ; il avait l'impression d'avoir passé son temps à les répéter, tout en sachant pertinemment qu'il ne les avait jamais dits. Maintenant, il le faisait.

« Je t'aime, Sonia, tu comprends ? Je t'aime ! Je t'ai toujours aimée ! Et puis je t'aimerai toujours, nom de Dieu ! Toi et personne d'autre !

– Trop tard. »

Roberto resta frappé de stupeur.

« Comment ça, trop tard ? » s'écria-t-il avec colère.

Il comprit pourquoi au moment même où il prononça le dernier mot de sa question. Ce ne fut d'abord qu'une idée, une brève irritation. Dans son agitation, il s'était levé d'un bond. La lumière du matin était maintenant plus claire. On aurait presque pu lire un journal, avec un petit effort. Il jeta un coup d'œil sur elle, brusquement épouvanté. A ce moment, l'électricité revint. La lumière s'alluma. Une lampe, dehors, projeta un cône lumineux à l'intérieur de la roulotte. La pointe du cône tomba sur le visage de Sonia.

Roberto en eut le souffle coupé. Son profil droit, ce côté qu'elle avait toujours détourné de lui, n'était pas le visage de Sonia. C'était une grimace écorchée, déchiquetée.

Il restait planté là, bouche bée, les yeux braqués sur elle. A bout de souffle, il fixait ce visage cauchemardesque sans pouvoir y croire.

« L'électricité est revenue, n'est-ce pas ? » remarqua Sonia avec amertume.

Roberto acquiesça et se rendit aussitôt compte qu'elle ne pouvait voir son signe de tête. Elle avait maintenant les paupières ouvertes. A la place des yeux de Sonia, il y avait deux bosses mates, informes et gélatineuses, jaunes, grises et rouges, qui stagnaient dans les orbites comme une crème à la vanille moisie qu'on y aurait versée. Des larmes coulaient de ces yeux morts.

« T'as compris, maintenant ? Fous le camp !

– Je… je… Sonia. Sonia, qu'est-ce qui t'est arrivé ? » Pris de panique, Roberto tremblait comme une feuille.

« Juste ce qui devait arriver. Le destin.

– Je… » Il se tordit les mains. Il s'arracha les cheveux, en déracina une bonne touffe de son cuir chevelu qui fit un bruit d'herbe sèche. Il n'éprouvait pas de douleur, pas à cet endroit. Le monde qu'il connaissait, qu'il venait d'arranger dans ses rêves, ce monde n'existait plus. Qu'y avait-il à sa place ? La peur paralysa Roberto qui respirait par saccades. « Je…, haleta-t-il. Je peux t'aider, d'une manière ou d'une autre ?

– Tu peux foutre le camp. Va-t'en, à la fin ! Laisse-moi tranquille ! » Elle but une grande gorgée ; la bouteille était maintenant à moitié vide. Roberto la regarda : les bouteilles faisaient partie du monde qu'il connaissait.

« Qu'est-ce que… c'est quoi, ce que tu bois depuis tout à l'heure ?

– Je t'l'ai dit, un médicament.

– Contre quoi ?

– Contre la vie.

– Hein ?

– T'as pas encore compris, Roberto ? » Appuyée sur son coude, elle le fixa de ses prunelles détruites. « Tu me déranges. Tu me déranges pendant ma mort. Tu me déranges pendant mon suicide.

– Quoi ? » Roberto se leva d'un bond, lui arracha la bouteille qu'il serra contre ses côtes. « Je vais chercher un médecin !

– Pour quoi faire ? »

Roberto ne savait pas pourquoi.

« Je suis en bonnes mains. »

Roberto esquissa un signe de tête affirmatif, baissa le bras qui serrait la bouteille et se rassit.

« Nous sommes dans la main de Dieu. C'est une chose que j'ai apprise. »

Roberto regarda par la fenêtre où le gris pâle du ciel virait au bleu.

« Tu me rends la bouteille ? »

Il lut ce qu'il y avait écrit sur l'étiquette : « Gardénal ». Une petite tête de mort était dessinée dans un coin.

« Regarde-moi, Roberto. Regarde mon visage. »

Roberto avait les yeux baissés.

« Cette vie, ça fait longtemps que je l'ai gâchée. A quoi bon ? Plus rien ne me retient ici, même pas toi. Tu te détournes de moi, comme tous les autres. Je ne peux même pas t'en vouloir. »

Un sanglot s'échappa de la gorge de Roberto.

« Tu me redonnes la bouteille ? »

Il la lui tendit.

Elle but, lentement, jusqu'à ce qu'il n'y ait plus qu'un petit fond. Elle s'arrêta pour reprendre sa respiration. Puis elle vida la bouteille, et il la regarda mourir.

Roberto attendit longtemps, mais elle ne revint pas à la vie. Son âme s'était envolée. Peut-être que les grenouilles lui faisaient déjà signe. Il attendit sur sa chaise, les yeux rivés sur cette mort qui était aussi la sienne. Hypnotisé comme un lapin face à un serpent. Il y resta toute la journée. Seul avec le cadavre de la femme qu'il aurait voulu aimer. Il entendait le quartier qui s'éveillait autour de lui. Il entendait les bruits du jour. Des gens qui bavardaient. Des enfants qui criaient. Des mères qui les appelaient. Mais personne ne vint frapper ou battre des mains à la porte de la roulotte. Personne ne se mit sur la pointe des pieds pour épier par la fenêtre. Le soir tombait déjà quand Roberto sortit de son engourdissement pour s'abandonner à la douleur. Il crut qu'il n'y survivrait pas, et se surprit à arracher des doigts froids de Sonia la bouteille de Gardénal pour la porter à sa bouche. Mais elle était vide. C'est seulement alors que Roberto remarqua le bureau, la machine à écrire posée dessus et une grande quantité de papiers. Une pile était soigneusement rangée près de la machine à écrire. Sous la table, il y avait encore des feuilles blanches ou noircies dans de vieux cartons de supermarché. Roberto appuya ses poings sur le bord du bureau. Une feuille était restée dans la machine, et il lut :

Fsdkw, Mhgpsk hmhsk !

Son regard glissa sur les touches. C'était donc cela : il ne vit pas le QWERTZUIOPÜ de l'ordre allemand. C'était sans doute une machine à écrire brésilienne, ou turkmène, peu importe. Sonia avait bien sûr frappé en aveugle, selon l'ordre du clavier allemand. Roberto déchiffra la première ligne de la feuille :

Edson, marido amado !
(Edson, mari aimé !)

Il faut que tu saches une chose. Je n'ai jamais aimé avant de te connaître. Et je n'aimerai plus jamais personne après toi.

Roberto ne lut pas le reste. Il arracha la feuille du rouleau et la froissa dans sa main ; les veines couraient en relief sur son avant-bras, tels des vers. Tout son corps était plein de fureur. Il se sentait frustré. Privé de ses sentiments. Oui, il éprouvait de la jalousie et se sentait trahi dans sa douleur. Cette douleur, il ne voulait pas la partager, il voulait avoir au moins cela pour lui tout seul. Il avait été privé de Sonia vivante. Il l'aurait morte, pour lui tout seul. Cette douleur lui revenait, à lui seul. Il serra le bout de papier dans sa main jusqu'à ce qu'il se réduise à une petite boule dure, puis ramollie par la sueur de sa main. La crispation de sa main gagna son avant-bras, son épaule et tout son corps. Roberto ne cessait de presser, de serrer de plus en plus fort. La douleur, désormais physique, éloignait la souffrance morale. Sa fureur s'éteignit lentement avec sa souffrance, cédant la place à un immense vide.

Roberto contempla Sonia longtemps encore, debout, le morceau de papier dans la main. Il la fixa jusqu'à ce que chaque pore de son corps laisse dans sa mémoire une empreinte indélébile comme celle d'un fer rouge.

Il la regarda fixement ; pendant tout ce temps, il traversa des éternités. Si je la regarde assez longtemps, se disait-il par exemple, si je la regarde avec assez d'intensité, avec toute la force de mon cœur et de mon être, elle va ressusciter ! Elle sera obligée de revenir à la vie. C'est une loi. Une loi de la nature. Il ne peut en être autrement. Le monde ne peut qu'exaucer mon désir, si je le veux très, très fort !

Mais le monde ne remarqua même pas les désirs de Roberto.

Peut-être que ce dernier n'avait pas voulu assez fort.

Roberto ne quitta Sonia que la nuit suivante. Il attendit la tombée de la nuit, pour ne rencontrer personne. Il se traîna sur le sable de la plage en progressant péniblement, comme s'il n'avait fait que marcher pendant des siècles et comme si l'avenir ne lui avait pas réservé de sort meilleur pour les siècles suivants.

Rêves d'amour, rêves de haine

« Roberto, souffla tendrement Alaya. Roberto Dillinger. » Elle connaissait son nom. Le commissaire de l'*Estrela do Mar* le lui avait dit. Incroyable, du reste, que ce nom ne lui ait pas mis la puce à l'oreille. C'était le nom de l'entreprise de pompes funèbres. Quelle coïncidence… Et puis un croque-mort est bien placé pour savoir ce qui brûle dans les crématoires et ce qui n'y brûle pas.

Alaya ouvrit les yeux et vit sa propre image dans le reflet de la vitre. La lumière était tamisée, les gens dormaient. Le bus se faufilait dans la nuit. Elle colla son visage à la vitre. Des palmiers défilaient, des étoiles entre leurs palmes. Une cabane avec un homme en train de fumer devant. Encore debout à une heure si tardive. Il devait être près de deux heures. Ou déjà trois ? Ils arriveraient à Sete Cascatas au lever du jour.

Alaya Moreira se tourna de l'autre côté vers son voisin, un jeune homme au crâne rasé qui dormait la bouche ouverte. Sa tête dodelinait au rythme de la marche.

Alaya regardait défiler le paysage et l'obscurité que le bus coupait en deux selon la direction de ses phares : avancer, toujours avancer… Son pull-over glissa de son épaule. Elle le releva, le coinça contre son oreille et attendit les rêves qui, à l'affût dans l'ombre, tourneraient comme toujours autour du grand amour et d'une haine plus grande encore.

Un calice de douleur

En sortant de son bungalow, Roberto ne put s'empêcher de cligner des yeux, ébloui par le soleil qui commençait déjà à décliner. Il faisait très chaud. Ou du moins, il aurait dû faire très chaud. Roberto aurait dû avoir la peau brûlante à force de s'exposer aux rayons du soleil sans la moindre protection. Il aurait dû s'abriter à l'ombre. Mais Roberto ne sentait pas la chaleur. Il ne sentait rien du tout. Il n'entendait rien non plus, hormis sa propre respiration, cet air que la faible pression de ses poumons aspirait dans la cavité de son corps. Il comprima cette cavité, l'air s'échappa. Inspirer. (Bruit du souffle.) Expirer. (Bruit du souffle.) Roberto marcha sur la pelouse qui lui sembla d'un vert irréel. Son corps était étrangement sourd, à croire qu'il était en train de rêver tout cela ou de regarder un moniteur qui lui donnait l'illusion du monde. Il avait envie d'éteindre ce moniteur, ce qui ferait disparaître le monde. Ou lui. Ou les deux à la fois. N'était-ce pas une seule et même chose ? Peut-être était-il l'objet d'une gigantesque expérience ? Le monde entier, un labyrinthe fait pour des rats. Le rat, c'était lui. Tout le monde le regardait. Des postes de commande. Des appareils de surveillance. Que ferait-il ? Irait-il à la plage ?

Bon, dit Roberto. Je vais à la plage. Ces mots rendaient un son étrangement métallique, et pourtant il ne les disait que dans sa tête. Il traversa la route poussiéreuse, franchit les buissons et les petites dunes. La plage d'un blanc éblouissant s'étendait face à lui, et, au second plan, le large. Roberto marcha droit vers la mer.

Il voulait débrancher le moniteur.

La mer était bleue et calme. Ou plutôt, elle aurait dû être calme, et Roberto aurait dû l'être aussi. Mais elle ne l'était pas, et lui non plus. Elle se contentait de projeter des points bleus sur la rétine de Roberto. D'envoyer des stimuli acoustiques dans ses oreilles et olfactifs dans son nez.

Quelques personnes étaient couchées sur la plage. Quelques touristes, pas beaucoup. Des autochtones aussi. Deux pêcheurs réparaient un filet.

Roberto sentait à peine la fraîcheur qui lui mouillait les pieds. Il avança jusqu'à ce que l'eau atteigne ses hanches. Il se laissa tomber en avant. (Bruit de l'eau, clapotis.)

La mer se referma au-dessus du crâne de Roberto. De l'eau salée lui entra dans le nez. Il sentait que la masse de son corps l'entraînait vers le fond. Il laisserait l'eau pénétrer en lui, simplement, comme dans une bouteille. Comme dans un calice. Il était un calice de douleur ; l'eau emplirait ses cavités et chasserait la douleur.

Il recracha l'eau en éternuant, remonta à la surface en toussant. Il agita les bras, s'ébroua ; il suffoquait. Sur la plage, quelques yeux regardèrent dans sa direction. Roberto avait le cœur qui battait. Et mal aux poumons. Il toussa encore plusieurs fois, à bout de souffle. Les badauds l'observaient. Soudain gêné par la situation, Roberto essaya de faire des mouvements réguliers. Il se força même à sourire, tout en doutant qu'on le verrait de si loin. On cessa de lui prêter attention ; les sens de Roberto, désormais plus lucides, se concentrèrent sur ce qui se passait à terre. Il vit que les deux pêcheurs s'étaient levés. Sans trop se presser, ils traversaient maintenant la plage vers la droite. Des cloches sonnèrent.

(« Au Brésil, on a peur des morts », entendait Roberto dans ses souvenirs. Était-ce Adilson ? « On enterre les gens le jour même. » Roberto s'était dit que c'était à cause de la température élevée et de l'humidité, facteurs susceptibles d'accélérer la décomposition.)

L'église avait beau être neuve et en béton, elle ne manquait pas de charme. Elle était située sur une hauteur, comme le cimetière que Roberto voyait aussi de la mer. Un cortège montait de l'église vers le cimetière ; il ne payait pas de mine. Même à cette distance, le cercueil avait l'air mesquin. La conscience professionnelle de Roberto ne fit qu'un bond, malgré le ridicule de la situation. Il aurait mieux fait les choses, lui. Le cercueil était bien sûr fermé. Il n'y avait sûrement pas eu d'exposition du corps. D'ailleurs, il fallait bien reconnaître qu'elle n'était plus guère montrable. Mais un bon ouvrier aurait tout de même pu arranger cela avec un peu de R et M.

Restauration et maquillage.

Quelque chose finit par éclater en lui. Et autour de lui. Le moniteur explosa et le monde fit irruption dans Roberto, dont les pensées tombèrent dans les abîmes insondables de la douleur. Les commissures de ses lèvres étaient crispées vers l'arrière, comme si un être minuscule et nerveux lui avait passé autour de la tête une bride sur laquelle il tirait de toutes ses forces. Roberto essayait de se débarrasser de cette créature et d'arracher la courroie, mais en vain. Une note plaintive s'échappa du fond de son gosier noué. Des vannes s'ouvrirent derrière ses yeux. Et il ajouta quelques larmes à la mer saturée.

Roberto pleurait à chaudes larmes. Quand il eut épuisé ses réserves de liquide, il vit que là-bas on portait en terre ce tout petit cercueil ; il crut apercevoir sa propre âme, déchiquetée et rongée comme une vieille loque, à l'arrière de son crâne.

Oui, pensa Roberto en éprouvant un apaisement soudain qui le soulagea. Oui. Il sortit de l'eau d'un pas lourd. Son short mouillé battait sur ses cuisses.

Restauration et maquillage.

Oui.

Voilà ce que Roberto ferait de son âme. De son cœur. Oui, Alfred Dillinger avait raison. Il fallait parfois améliorer l'œuvre de Dieu. Tout pouvait s'arranger.

Un monstre tricéphale réduit en bouillie les yeux bridés

Quand Alaya Moreira descendit du car, il était neuf heures du soir, et on donnait sur la place de Sete Cascatas un film catastrophe où des gens aux yeux bridés étaient réduits en bouillie par un monstre tricéphale grand comme un immeuble de plusieurs étages. Les habitants du village regardaient l'écran tantôt fascinés, tantôt avec un sourire amusé, selon leur culture ; en retirant son sac de la soute du car, Alaya entendit une exclamation sincèrement inquiète : « Pauvres Japonais !

– Pardon... » Alaya se tourna vers la fille qui prenait tant à cœur le sort des Japonais. Assise sur un banc, celle-ci jeta à Alaya un regard à la fois intimidé et surpris.

« Excuse-moi. Tu sais où il y a un hôtel, ici ? Dans quelle direction ?

– Un hôtel ? *Tem não*. Il n'y a pas d'hôtel ici.

– Ou une pension, une personne qui pourrait me louer une chambre où dormir.

– Je... Non, je ne sais pas. » La fille souriait bêtement. « Faut voir avec le monsieur qui est là, Celso. » Elle le montra d'un signe de tête, par-dessus son épaule. « Lui, il connaît peut-être un truc, je crois qu'il fait ça quelquefois. Louer des chambres, je veux dire.

– Ah bon. Le monsieur, là ? » Alaya observa l'homme qui, appuyé contre un pilier, fumait une cigarette en regardant le film, la mâchoire crispée.

« Oui, dit la fille. Celui-là.

– Merci. »

La fille remua la tête en souriant.

« Bon, je vais lui poser la question. » Alaya allait empoigner ses valises quand, à moitié penchée, écoutant une brusque impulsion, elle darda sur la fille des yeux étincelants et lui demanda : « Dis-moi… Est-ce qu'un touriste étranger ne serait pas arrivé ici, il y a une semaine environ ? »

La fille la dévisagea comme si elle avait eu en face d'elle un monstre tricéphale prêt à la réduire en bouillie.

Alaya eut un sourire hésitant. « Grand comme ça, européen. »

La fille secoua la tête en haussant les épaules. L'inconnue avait quelque chose de déplaisant. Quant à l'Allemand blond, elle l'aimait bien, il était si amusant. Cette inconnue avait beau mieux parler sa langue que ce drôle de type, elle ne lui revenait pas. « *Não*, dit-elle. *Tem não, um alemão*.

– Je n'ai pas dit qu'il était allemand, dit Alaya avec un sourire d'une suavité inquiétante. J'ai seulement dit qu'il était étranger.

– Ah bon, vraiment ?

– Mais tu as raison, cet homme est allemand. Comment le savais-tu ?

– Je… j'ai deviné.

– Tiens, tiens, deviné. Tu l'as deviné, hein ? »

La fille acquiesça péniblement. Un hurlement jaillit du téléviseur et fit sursauter le public. « Pauvres Japonais », articula-t-elle en se mordant la lèvre inférieure et en fixant d'un air craintif le sol près des pieds d'Alaya.

« Bien. » Alaya souleva sa valise. « On aura sûrement l'occasion de se revoir. » Sur ces mots, elle s'en alla trouver, en traînant sa lourde valise, l'homme qui s'appelait Celso.

Être Dieu

Cette nuit-là, le destin lui fut favorable. Il le sentit dès que le soleil se coucha derrière les collines, et se contenta d'attendre la tombée de la nuit, son alliée de toujours.

Dans l'obscurité de l'univers, les objets paraissaient étrangement plats. Or, cette nuit-là, il n'y avait pas de lune. Au-dessus de Roberto, le clocher noir de l'église se dressait dans le ciel étoilé comme un décor de film, une façade maintenue d'aplomb avec des moyens de fortune et qui pouvait à tout instant se rabattre sur son ombre. Il se hâta de dépasser la maison de Dieu et atteignit bientôt le cimetière. Nul ne pouvait entendre ses pas, le moindre bruit était couvert par le chant aberrant d'insectes nocturnes qui ne se taisaient jamais.

Le chemin était abrupt, le sol humide et glissant. Roberto surveillait la terre à ses pieds. Il avait plu dans la soirée ; de profondes rigoles sillonnaient la piste de sable que rien ne retenait sur le versant. Au bord du chemin, des palmiers bruissaient dans la brise du soir. La pluie avait rafraîchi l'atmosphère, Roberto avait la chair de poule. Ou était-ce un frisson ? Il porta sa pelle sur son autre épaule. Un chien se mit à aboyer. Il était attaché à un pieu devant une cabane que Roberto venait juste d'apercevoir. Le chien hurlait comme un damné. Il tirait sur sa laisse en suffoquant de rage. Roberto doubla le pas. Quand il se fut éloigné de quelques mètres, le chien se calma, par chance. Mais pour le retour, Roberto devrait prendre une autre route.

Dans les cent derniers mètres qui précédaient le cimetière, il n'y avait plus de cabanes. Entre les cocotiers, Roberto pouvait deviner la mer qui s'étendait toute noire au-dessous de lui ; grâce aux étoiles, il percevait nettement la courbe que décrivait la terre. Il s'arrêta un instant pour reprendre son souffle et vit une, puis deux étoiles naître à la frontière entre l'eau et l'horizon, monter et se rapprocher des autres astres dont la faible lueur éclairait le firmament.

Une fois parvenu à la porte du cimetière, Roberto la trouva ouverte. Il parcourut les rangées de petits mausolées et parvint à l'emplacement des simples croix de bois. Il l'avait vu de la plage : c'était là, dans le coin le plus reculé, qu'on l'avait enterrée. Dans la fosse déjà creusée près de laquelle il était resté, quelques jours plus tôt.

Il s'approcha du tumulus, sentit la terre fraîchement retournée qui lui parut plus humide, plus froide. Il connaissait cette odeur. C'était l'odeur de l'automne, mais dans les cimetières, on la sentait aussi l'été ; elle signifiait que l'automne d'une vie humaine avait pris fin. Après, c'était l'hiver. Pour l'éternité.

Malgré l'obscurité, il remarqua que la croix avait maintenant une inscription. Ses doigts suivirent en tâtonnant les lettres gravées.

ELENA

Seulement Elena. Roberto prit sa pelle, et le premier coup de bêche s'enfonça dans la terre en crissant.

Il avait creusé pendant longtemps en se blessant la paume des mains jusqu'à s'arracher la peau. Il s'était cassé un ongle en essayant d'ouvrir le cercueil sans l'abîmer. Il avait finalement dû employer la force, ce qui avait fait un certain bruit, mais personne n'était venu le déranger. Ensuite, il s'était rendu compte qu'il avait oublié de prendre une brouette.

Il s'était peut-être figuré qu'elle marcherait à ses côtés, une fois dégagée de son cercueil.

Il n'en fut rien.

Une étrange déception s'empara de Roberto quand il sortit le cadavre de la fosse et l'arracha aux ténèbres pour l'offrir à la lueur des étoiles. Dans la roulotte, il ne l'avait pas touchée, lorsqu'il l'avait veillée une journée entière. Maintenant, il la touchait et comprenait enfin qu'il allait devoir la transporter. Mais le destin semblait être complice et approuver son plan. Alors que Roberto, le cadavre de Sonia à ses pieds, jetait autour de lui un regard désespéré, la silhouette d'une brouette apparut sur sa rétine à moins de dix mètres, comme un mirage. Le fossoyeur avait dû la laisser traîner ici, sans doute après l'avoir utilisée pour creuser la tombe de Sonia. Dans la brouette gisait un bouquet de fleurs séchées ; Roberto se dit qu'il ferait un excellent coussin pour sa bien-aimée. Il renifla : des chrysanthèmes. Puis il posa le corps de Sonia dans la brouette qu'il poussa devant lui.

La roue en acier tournait à un rythme irrégulier et gémissait doucement. Pour descendre, Roberto fut obligé d'emprunter le même chemin qu'à l'aller, contrairement à ce qu'il avait prévu. Il voyait au loin la cabane du chien qui avait aboyé. Si Roberto avait déjà provoqué une crise d'aboiements en montant doucement la colline, que serait-ce, maintenant qu'il voulait passer près du chien avec une brouette grinçante ? Et avec un cadavre dont l'odeur, si Roberto ne la sentait pas encore, n'échapperait certainement pas à un chien ? Mais à quoi bon se tracasser ? Il n'y avait pas d'autre chemin à prendre.

Roberto se crispa à l'approche de la cabane. Sur le sentier abrupt, il dut retenir la brouette qui s'emballait comme un cheval. Il aperçut alors le chien qui le surveillait devant la cabane, les pattes raides. Roberto l'entendit renifler, flairer. Mais le chien n'aboya pas, loin de là. Tout tremblant de peur, il battit en retraite et se blottit en se faisant aussi petit qu'il pouvait. Il n'émit qu'un gémissement pitoyable et craintif, un glapissement à peine audible dont la plainte rappelait celle de la brouette. Puis ce glapissement augmenta, devint bruyant ; l'animal semblait vouloir élever un rempart sonore pour repousser le malheur qui le menaçait. Roberto remarqua que la lumière s'allumait dans la cabane, mais il était déjà loin.

C'est ainsi que Roberto, poussant devant lui la brouette gémissante qui contenait le corps de Sonia-Elena, traversa le village plongé dans la nuit. Soudain, ses longs cheveux se prirent dans la roue, et le cadavre fit un tel bond qu'il se mit à fixer Roberto de son visage aveugle, de cet affreux visage défiguré.

A ce moment, Roberto fut sur le point d'abandonner son projet, de laisser la brouette et de partir sans demander son reste. Mais il se ravisa. Il tourna la tête de Sonia de telle sorte que son profil sain regarde vers le haut, et continua de pousser sa brouette. Aux premières lueurs du jour, il était sur la route de sable qui menait à son bungalow. S'il avait alors rencontré un de ces hommes qui se lèvent tôt, un boulanger, un pêcheur, ou un ivrogne en goguette... Mais il n'y avait pas âme qui vive à la ronde, comme par un effet de la divine providence. Roberto avait la certitude que ses actes étaient en harmonie avec son destin.

Après avoir refermé derrière lui la porte de la maison, il transporta le cadavre de Sonia dans le bureau. Il s'installa comme il pouvait et se mit aussitôt à l'œuvre. Il devait d'abord la doucher. Et ensuite... Il opérait dans un état de fébrilité. Il travaillait bien, parfaitement concentré, et plus sa besogne l'absorbait, plus il était excité. C'était l'excitation de l'artiste, mieux, du créateur.

C'était aussi l'excitation du jeune héros avant sa nuit d'amour.

Les opérations qu'il devait exécuter n'avaient rien d'évident, il fut souvent contraint d'improviser et de renoncer à plusieurs choses impossibles à réaliser avec les moyens rudimentaires dont il disposait. Et pourtant, il ne lui était jamais arrivé de se sentir autant en accord avec lui-même, avec son travail, avec l'univers. Il était un instrument. Un humble instrument dans la main du destin. Mais un instrument des plus perfectionnés.

Quand Roberto s'éloigna enfin de Sonia, il frotta ses yeux rougis. Dehors, le soleil commençait déjà à décliner. Il regarda ses doigts qui tremblaient. Il était fatigué. Il avait les nerfs à vif. Il avait besoin de sommeil.

Être Dieu n'était pas de tout repos.

Il se débarrassa de ses vêtements et se laissa tomber sur son lit. Puis il se mit à rêver. Dans son rêve, il sentit qu'une grande force le remplissait, inondait son âme et son corps. Une force lumineuse et dorée. Il sut alors qu'il y arriverait. Il était fort, aussi fort que le monde. Il y parviendrait, pour eux deux. Roberto frémissait en dormant. Il rêvait qu'il était enfin heureux. Un homme heureux, tellement heureux.

L'erreur d'Edson

Edson était torero. Il affrontait des taureaux de combat au cirque « Dois irmàos ». Il les attrapait par les cornes puis se laissait projeter avec fracas contre une barrière de bois jusqu'à ce qu'ils soient affaiblis et qu'il puisse les combattre au sol. Il gagnait durement son pain, mais il avait toujours eu le dessus. C'était un homme puissant avec des muscles d'acier et des cheveux noirs et rebelles. Il avait le corps plein de balafres et des yeux fulgurants, constamment sur le qui-vive. Pour lui, la vie avait toujours été synonyme de lutte. C'était en luttant qu'il avait conquis le cœur d'Elena, et le combat lui avait fait perdre son amour. C'était la mort qui la lui avait prise, et celle-là, il n'avait pas pu l'attraper par les cornes.

La mort avait été lâche.

Edson aspirait secrètement à prendre sa revanche. Il avait aussi la nostalgie de cette tendresse qu'Elena lui avait donnée, avant et après ces moments où lui-même avait le droit de se laisser aller et d'être vulnérable. Elle lui manquait. Il était incapable d'accepter sa mort avec résignation. La mythologie brésilienne regorgeait d'histoires de ressuscités. Et les téléviseurs, sur les places de marché dans les villages, racontaient toujours de nouveaux miracles. Des miracles de la foi ou de la médecine moderne.

Quand Edson se retrouva donc face à la tombe vide de sa femme, ses pensées se mirent à tourbillonner dans sa tête, tout lui parut possible, il était prêt à tout croire. Si seulement Elena avait pu revenir le voir…

D'un autre côté, il avait aussi entendu parler de profanateurs de tombes qui déterraient des cadavres pour s'emparer de leurs alliances ou d'autres bijoux laissés aux morts. En questionnant le fossoyeur qui habitait juste à côté du cimetière, il avait hésité entre la fureur, l'attente et la superstition. Le fossoyeur avait affirmé ne rien savoir, sauf que son chien avait aboyé et poussé des gémissements pendant la dernière nuit sans lune. Et qu'il y avait cette trace sur le chemin, comme celle d'une brouette.

Edson avait suivi la trace, ce qui n'était pas une mince affaire ; il l'avait plusieurs fois perdue sur des sols plus durs et l'avait toujours retrouvée. Jusqu'à ce qu'elle débouche sur la route recouverte d'asphalte.

Mais Edson n'était pas du genre à déclarer forfait. Derrière les collines, le bleu se mêlait déjà au rose pour former un violet profond quand ses yeux se dirigèrent sur le bungalow situé près du chantier. Les fenêtres ne reflétaient pas cette lueur mauve : les volets étaient fermés. Il remarqua toutefois qu'une lumière était allumée derrière ces volets, une lueur vacillante comme celle de beaucoup de bougies. Il aperçut alors l'empreinte qui se perdait dans le gazon, un profond sillon creusé par la roue en fer d'une brouette.

Ce qu'il vit ensuite en s'approchant de la maison et en épiant ce qui se passait à l'intérieur le rendit à moitié fou. Son cœur faillit éclater de joie et d'émotion.

Elle vivait.

Elena était vivante !

Edson colla sa joue contre le volet. Une latte de bois cassée lui permettait de voir aisément ce qui se passait dans la pièce. C'était la chambre à coucher ; sur le plancher, à côté du lit, des bougies projetaient une lueur vacillante. Un homme parlait une langue étrangère ; il avait les cheveux bruns avec des mèches blondes, il était grand, et Edson lui trouva une voix gaie, pleine de familiarité. Elena était couchée sur le flanc. La courbe hardie de ses hanches s'élevait au-dessus de sa taille mince. Elle portait un short et un

T-shirt. Ses cheveux épars, tout dorés, scintillaient à la lueur des bougies.

Elle était vivante !

Que s'était-il passé ? Qu'est-ce que cela signifiait ? Après tout, cela ne comptait pas beaucoup. Pensées et sentiments jaillissaient comme un feu d'artifice dans le cerveau d'Edson. Les jambes flageolantes, il se mit à pleurer à chaudes larmes. Il se précipita vers la porte fermée et la martela de ses poings.

« Elena ! criait-il. Elena ! Ouvre ! »

Comme personne ne répondait, il enfonça la porte de deux grands coups et se précipita dans la chambre à coucher. L'étranger, comme paralysé, ne bougeait pas. Il avait les yeux braqués sur Edson qui, sans lui prêter attention, s'approcha en titubant de sa femme supposée morte. « Elena. » Il s'arrêta brusquement. Elle était plus belle que jamais. Encore plus belle qu'avant l'accident. Et son visage... Était-ce une illusion produite par la lumière des bougies ? Non. Ce visage était sain. Intact. « Elena, qu'est-ce que... ? » Edson, qui ne trouvait plus ses mots, bredouilla : « Un miracle. » En proie à une grande confusion, il se retourna vers l'homme qui s'approchait du lit.

« Vous êtes... ? demanda Edson. Qu'est-ce que... ? » Il ne trouvait pas ses mots. « Vous êtes médecin ? »

L'homme eut un demi-sourire. Il se pencha un peu en continuant de fixer Edson avec le même sourire figé.

Edson ne put soutenir son regard. Il jeta encore un coup d'œil à sa femme et s'assit avec précaution au bord du lit. Des larmes coulèrent sur ses joues. « Elena ? » Il lui prit la main. Elle était froide. « Qu'est-ce que... ? » Il tourna la tête, affolé. « Qu'est-ce qu'elle a ?

– Que voulez-vous qu'elle ait ? » Le blond parlait maintenant portugais, les yeux rivés sur lui, imperturbables. Avec un sourire pétrifié.

Edson ne savait pas trop comment se comporter avec ce gringo qui semait le trouble dans son esprit. Il secoua la tête nerveusement pour chasser cet étranger comme une idée gênante. Sa main hésitante s'approcha à tâtons du visage de sa femme. Ses yeux. C'était un miracle : elle avait retrouvé ses yeux. Edson n'en revenait pas. Mais ses yeux… Il se pencha en avant. C'étaient… L'horreur le fit frémir.

Des balles de ping-pong peintes ?

Épouvanté, il se retourna. « Hein ? balbutia-t-il. Quoi ? » Il considéra l'homme qui se trouvait juste en face de lui. Une pensée noire comme la mort surgit dans le cerveau d'Edson qui se demanda, saisi d'une peur atroce : que s'était-il passé durant cette nuit sans lune ? Cette nuit où le chien du fossoyeur avait hurlé à la mort ?

Roberto scrutait les yeux verts d'Edson. « Vous avez de beaux yeux.

– Hein ? » Edson recula le buste.

« Vous avez de très beaux yeux, très verts, on vous l'a déjà dit ? »

Le fou avait un objet lourd dans la main. Un objet qu'il tenait derrière son dos. « Qui êtes-vous ? »

Roberto prit une voix enjôleuse. « Pour toi, dit-il en souriant comme s'il s'était adressé à un petit enfant, pour toi, Edson, je suis Dieu. »

Edson comprit trop tard qu'il était tombé dans un piège. Il s'aperçut trop tard de son erreur. Il était plus petit que le gringo, certes, mais nettement plus musclé. En temps normal, se débarrasser de cet homme aurait été pour lui un jeu d'enfant. Mais il était assis sur le lit et n'avait guère la possibilité de bouger. Il vit le mouvement de son adversaire, leva le bras pour se protéger. Un choc terrible lui engourdit le bras. Edson se mordit les lèvres sans mot dire. Le gringo reprit son élan, et Edson vit le lourd marteau s'abattre sur lui en sifflant. « Va voir les grenouilles », gémit l'homme pendant que le marteau fendait l'air. Ces mots furent les derniers qu'Edson entendit. Mais comme ils étaient allemands, il ne comprit pas leur sens. Il n'entendit que leur son. Pour Edson, ce fut le son de la mort.

Roberto laissa retomber le marteau et l'accrocha au mur. Il empoigna le cadavre et le traîna loin du lit, loin de Sonia qu'il avait osé souiller. Il prit un coin de la couverture et essuya les parties de la peau qui avaient été salies.

« Voilà, dit-il à Sonia, maintenant, tu n'as plus aucune tache. Celui-là, au moins, il ne viendra plus t'embêter. » Son visage avait une expression grave et tendre. « Et moi... je suis prêt à tout oublier. Je te pardonne. » Il lui prit le menton entre le pouce et l'index. « C'est fini, il ne s'est rien passé. »

Sonia acquiesça.

« Je t'ai toujours été fidèle, dans mon cœur. A partir d'aujourd'hui, toi aussi, tu me seras toujours fidèle. »

Il la considéra en fronçant les sourcils. Ah, ces balles de ping-pong... les introduire entre l'os du front et celui de la pommette n'avait pas été une mince affaire. Tout cela sans scier le moindre os. D'ailleurs, les balles de ping-pong n'étaient pas parfaites, malgré tout le mal qu'il s'était donné pour les peindre. Il n'avait rien trouvé de mieux. Roberto se gratta la nuque. Il allait devoir la rouvrir pour les retirer.

Maintenant qu'il avait trouvé mieux.

L'erreur de Celso

Sete Cascatas était plus grande qu'il n'y paraissait à première vue, et même trop grande pour que tout le monde puisse se connaître. Mais si Roberto Dillinger y était vraiment, il avait de fortes chances d'aller à la plage. C'était donc là qu'Alaya monterait la garde. Elle venait de se choisir une place agréable à l'ombre d'un palmier oblique lorsqu'elle constata à son grand déplaisir qu'elle avait oublié sa serviette de bain. Elle n'avait pas très envie de rebrousser chemin jusqu'à sa sinistre pension, une assez grande construction en béton avec une annexe. Elle habitait dans l'annexe, et Celso avait manifestement du mal à comprendre que cette partie de la maison ne faisait plus partie de sa sphère privée.

Elle avait déjà dû deux fois l'éconduire poliment. Il était inoffensif, quoique collant. Un homme décharné, visqueux, avec une poitrine creuse, une haleine acide et un sourire hypocrite. Elle l'avait dûment sondé en usant de sa coquetterie féminine, seul moyen de soutirer des renseignements à un homme. Mais il n'avait jamais entendu parler de Roberto Dillinger.

Certes, il y avait bien deux touristes avec des sacs à dos, mais c'étaient des Américains ou des Australiens. Ils passaient leurs journées à jouer au foot sur la plage avec une noix de coco ou fonçaient dans les dunes avec leurs motos de cross. Cela dit, la fille qui avait regardé le film d'horreur le connaissait. Alaya pourrait toujours revenir la voir.

Alaya Moreira lança un demi-sourire carnassier à l'azur

du ciel. La mer était bleue comme dans un livre d'images, et la jeune femme avait très envie de se jeter à l'eau. Perdue dans ses rêves, elle contempla l'horizon où l'on apercevait au loin les voiles des bateaux de pêche. Un essaim de poissons volants jaillit des vagues dans une pluie d'étincelles. Le soleil était brûlant. Et pas de serviette. Elle reprit le chemin de la pension en soupirant.

La maison de Celso était tout sauf accueillante, avec son vilain petit jardin et ses tuyaux qui sortaient du béton. L'annexe semblait avoir été conçue par un idiot affligé de troubles du comportement, les fenêtres étaient trop petites et placées beaucoup trop haut. Elle haussa les épaules. Le lit pouvait aller, elle n'avait rien pu obtenir d'autre. Elle traversa le jardinet en enjambant une aile de voiture qui traînait au beau milieu du chemin depuis son arrivée.

Guidée par un vague pressentiment, elle attendit sur le pas de la porte. Elle fronça les sourcils. Tout était calme. Trop calme. D'habitude, on entendait le bla-bla de la télévision ou les rengaines de la radio. Alaya appuya prudemment sur la poignée de la porte et entra dans l'ombre de la maison. Après le soleil éclatant, ses yeux eurent besoin de quelques instants pour s'habituer à l'obscurité. Elle entendit le raclement d'un objet que l'on traînait par terre. Elle posa son sac de plage avec précaution. En s'appuyant doucement sur le dossier d'une chaise, elle ôta ses chaussures. Pieds nus, elle traversa sans le moindre bruit la cuisine, puis l'entrée de l'annexe.

Sa porte était entrouverte, or elle l'avait fermée en partant. A clé.

Elle entendit un bruit sourd dans sa chambre. Alaya connaissait bien ce bruit. C'était celui du couvercle de sa valise qui heurtait le bord du lit.

Elle se faufila jusqu'à la porte.

Le dos de l'homme était nu, il faisait très chaud. Ce qu'il y avait d'étonnant par cette chaleur, c'est qu'il tremblait. La peau de son dos tremblait comme la robe d'un cheval qui veut chasser une mouche. Celso avait tiré la valise de dessous le lit. Le couvercle était ouvert. Il était arrivé à l'ouvrir d'une manière ou d'une autre – avec une aiguille ! Il la tenait encore entre le pouce et l'index de sa main droite. Agenouillé devant la valise ouverte, il frissonnait. Pling. Ses doigts crispés laissèrent tomber l'aiguille.

« Mon Dieu », murmura Celso qui pensait tout haut. Glacé de terreur, il ne pouvait détacher les yeux du contenu de la valise. « Mon Dieu ! » Il respirait bruyamment, avec difficulté.

Alaya fit un pas en avant ; le plancher craqua sous ses pieds nus.

Le souffle de Celso se tut. Il restait agenouillé devant la valise ouverte, changé en statue de sel. La certitude de ce qui allait arriver décuplait son épouvante.

La voix d'Alaya était calme et sereine comme la mort : « Tu as fait une erreur, Celso. Une grave erreur. »

Quand Celso tourna vers elle sa tête penchée, la lividité cadavérique avait déjà envahi ses traits.

Comment améliorer l'œuvre de Dieu

« Roberto ? »

Le monde s'arrêta, le temps d'une pulsation.

« Oui, dit Roberto. C'est moi. Comment as-tu fait pour me reconnaître ?

– A ton souffle.

– A mon souffle. » Il entra dans la chambre à coucher. Il eut un choc en la voyant étendue sur le lit, baignant dans la lumière dorée des bougies.

« Roberto, souffla-t-elle. Alors comme ça, tu as quand même fini par venir ici. » Elle le regardait de ses yeux verts. De merveilleux yeux verts, si verts. « Je l'ai toujours su. »

Il s'assit près d'elle sur le lit. Elle portait un short et un T-shirt vert. Elle était si belle, si merveilleusement belle. « Sonia », dit-il pendant que son regard glissait sur son corps et se perdait dans ses yeux. « Sonia. Sonia.

– En portugais, cela veut dire "rêve" !

– Je sais. » Il rit. « J'ai toujours rêvé de toi. Et je t'ai cherchée partout.

– Maintenant, tu m'as trouvée.

– Dans les lointains.

– Dans les lointains. »

Il pensait à l'univers clos du grenier. Cela faisait si longtemps. Dans une autre vie. Combien de vies avaient-ils vécues depuis ? Pourtant, il avait l'impression que toutes leurs vies, en ce moment, n'en formaient plus qu'une. Il la regarda tendrement dans les yeux.

« Nous nous sommes embrassés un jour, tu te souviens ?

– Bien sûr que je m'en souviens, Crétino.

– C'était dans un cercueil.

– Oui. C'est drôle. » Elle frissonna et replia ses jambes. « Dans un cercueil. »

Il se coucha près d'elle, appuyé sur le coude. « Mais on nous a dérangés pendant ce baiser. Nous n'avons pas pu nous embrasser jusqu'au bout.

– Est-ce qu'on peut s'embrasser jusqu'au bout ?

– Je ne sais pas, mais j'aimerais bien essayer.

– Essayer quoi ? »

Il toucha timidement sa cuisse. Elle se laissa faire.

« De t'embrasser jusqu'au bout. » Il passa au-dessus d'elle, en s'appuyant sur ses bras qui tremblaient et approcha ses lèvres des siennes. Elle avait la bouche entrouverte et les yeux fermés. Il toucha du bout de la langue le coin de sa bouche. Leurs lèvres s'effleurèrent, puis il enfonça sa bouche dans la sienne ; ce fut un long baiser fougueux et sauvage.

« Je t'aime, Sonia », dit-il en se détachant d'elle. Ses cheveux d'or étaient décoiffés. Elle le regarda de ses yeux verts qui dardaient sous les paupières lourdes. « Tu ne comprends pas ? Je t'aime, je t'ai toujours aimée. »

Les mots qu'elle prononça avaient beau être doux et légers, ils effacèrent tout le poids du monde quand elle répondit à voix basse : « Je t'aime aussi, Roberto.

– Quoi ? » Un rayonnement lui éclaira le visage de l'intérieur. « Répète-le, s'il te plaît.

– Je t'aime.

– Encore une fois.

– Je t'aime, je t'aime, je t'aime ! » Elle lui ceignit le cou de ses bras et pressa son corps contre le sien en poussant un cri. Il se perdit dans ses plumes moelleuses. Ils ne se détachèrent l'un de l'autre que pour enlever leurs vêtements. C'était pour cet instant qu'ils étaient venus au monde. C'était pour cet instant qu'ils avaient enduré les souffrances de la vie. Ils étaient partis tous les deux, et chacun avait attendu l'autre pendant une vie entière. Ils s'étaient cherchés. Et ils s'étaient trouvés dans les lointains.

La nudité de Sonia était un miracle, une révélation. Du bout de ses doigts frémissants, Roberto effleura ses cuisses jusqu'à ses hanches. Elle tendit la main vers son sexe. « Tu es revenue », dit Roberto d'une voix étouffée.

Il humidifia ses doigts et lui toucha doucement le clitoris, pour l'exciter. Elle gémit et écarta les jambes…

C'était une nuit hors du commun. Un monde hors du commun. Une fusion de toutes les choses, de tous les êtres.

Ce fut une nuit que seuls les dieux auraient pu s'imaginer, et encore en rougissant.

« J'ai encore envie », dit Sonia après avoir joui une première fois. Elle se coucha sur le ventre. « Baise-moi par-derrière. » Elle s'agenouilla et écarta ses fesses palpitantes avec ses doigts. Son derrière avait une couleur de caramel et une raie blanche qui pâlissait vers l'intérieur, là où les deux hémisphères se séparaient. Il la pénétra à nouveau, s'abîma en elle, de plus en plus profond. Il se mit à gémir très fort, plus fort qu'elle.

« Attends », dit-elle en sentant qu'il allait jouir. Elle le regarda par-dessus son épaule. Sa peau moite scintillait à la lueur des bougies. « Je veux le prendre dans ma bouche.

– Oui », dit-il en le retirant de la chaleur de sa vulve. Elle s'approcha de lui, le lécha, puis ses lèvres entourèrent le gland turgescent. Il gémit.

Elle le laissa ressortir. « Je l'ai senti battre », murmura-t-elle. « C'est…, fit-elle dans un sanglot, tellement… étrange, d'avoir dans sa bouche quelque chose qui vit et qui bat. »

Roberto baissa la tête.

« C'est vraiment… très étrange. » Elle souriait. « Roberto, ajouta-t-elle presque timidement.

– Je sais, acquiesça Roberto. Comme avec le hamster, autrefois. Tu te souviens ?

– Sûr que je me souviens, Crétino. » Elle gloussa brusquement. « Sûr sûr. » Elle essuya ses larmes et ses yeux prirent une expression sérieuse. Elle le regarda, les pupilles vrillées dans les siennes. « Maintenant baise-moi, demanda-t-elle. Baise ma bouche. »

Il s'exécuta.

« Baise-moi, chéri, cria-t-elle en suffoquant. Baise-moi ! »

Il le fit. Il observait sa grosse queue qui entrait dans sa bouche et en sortait. Elle se tordait, gémissait, poussait des cris. Son vagin et son anus frémissaient sous ses doigts. Le monde nous veut, pensa Roberto. Il nous veut tous les deux, avant de nous tuer. L'espace d'un instant, il revit l'image de sa mère nue sur la table de l'atelier, en train de se frotter au prétendu cadavre, et il vit le Grand Pénis du Grand Ubaldo, son vrai père, apparaître puis disparaître entre les lèvres maternelles. Roberto sentit l'explosion arriver. « Mon Dieu ! » hurla-t-il à son créateur quand son sperme chaud inonda la cavité buccale refroidie par la mort.

Comment on meurt

Un chien aboya dans les parages ; ce bruit perçant pénétra d'une pointe acérée les images que Roberto avait dans la tête, les troubla de ses notes stridentes et n'en laissa que des ombres grises et estompées. Le volet battait à la brise tiède. Il était ouvert, et la nuit s'étendait au-dehors, derrière la moustiquaire. Un rectangle de lumière s'échappait de l'atelier improvisé ; sur la frange irrégulière de ce rectangle, le chien du voisin hurlait à la mort.

Roberto le regarda avec insistance, et il se mit à gronder sourdement tandis que ses yeux lançaient des éclairs comme les catadioptres de l'ancienne bicyclette de Roberto. Le chien transforma son grondement en halètement, puis déguerpit. Le chant des insectes emplit à nouveau la nuit, couvert à intervalles réguliers par le bruit de la mer, ce souffle de la planète. Roberto bâilla. Maintenant que tout avait déferlé sur lui, que tout avait trouvé sa voie, il éprouvait un sentiment de vide, une étrange détente. Il était presque serein. Peu importait ce qui lui était arrivé ou ce qu'il avait fait : tout cela était déjà derrière lui. Parfois, l'esprit se noie tellement dans l'horreur qu'il n'y a plus de place pour elle.

La sérénité que Roberto éprouvait était aérienne ; sur le plan physique aussi, il se sentait léger comme un chevalier débarrassé de son armure. La plante de ses pieds nus effleura le parquet. Dans la cuisine, il prit un avocat dans une coupe de fruits, rien que pour le toucher. Il le fit rouler dans sa paume, sur la table, et écouta le son creux que rendait le fruit. A l'intérieur, le noyau s'était détaché de la chair. Il était temps de le manger. Je crois que je ne mangerai plus jamais rien, se dit-il. Après tout, il devait être possible de ne vivre que d'amour et de pensées. Roberto soupira. Pour la première fois, il eut la sensation d'étouffer dans cette maison, d'y être enfermé. Il eut envie d'espace, d'une brise tiède dans la nuit, d'un vent, si faible fût-il, pour lui dire : je vais t'emmener loin, très loin d'ici.

Roberto sourit. Il se dirigea lentement vers la porte du bungalow et passa dans la véranda. Le vent était doux et chaud, caressant, presque trop suave. Les cheveux de Roberto lui chatouillaient le front. Il les coinça derrière son oreille. Combien de vies avons-nous ? se demanda-t-il en regardant le ciel étoilé du Sud, la tête renversée en arrière. Une seule, ou davantage ?

Quelle pouvait être sa mission sur cette terre ? Il leva les yeux, essaya de percer l'obscurité qui s'étendait entre les étoiles froides. Il voulait parvenir à l'endroit où devait se cacher son Créateur. Fais-moi un signe, pensa-t-il, la main appuyée sur le dossier de la chaise en rotin qui grinça en cédant de quelques millimètres. Fais-moi un signe.

Mais le ciel demeura inchangé. Pas d'étoile filante. Pas même un avion ou un satellite décrivant sa course au firmament. Rien que des étoiles et des planètes immobiles dans leur agencement vieux de plusieurs millions d'années. Cette constellation avait déjà trôné au-dessus des dinosaures, et brillerait encore au-dessus des formes de vie qui succéderaient aux hommes, aux mammifères.

Non, le ciel ne faisait aucun signe. Il était immobile. Mais sur terre, les choses bougeaient. La haie murmurait au souffle chaud de la brise nocturne. Des moustiques et des phalènes tournoyaient autour des lampes et dessinaient leurs ombres. Peut-être Roberto voyait-il d'autres ombres que celles-là. Peut-être n'en voyait-il pas. Avait-il vu un signe ? Toujours est-il qu'en rentrant au bungalow il laissa la porte ouverte.

Dans la cuisine, il se dirigea vers le réfrigérateur ouvert qui vibrait. Avait-il oublié de le fermer ? Roberto s'approcha, la poitrine jaunie par sa lumière. Des vapeurs froides se dégageaient du réfrigérateur, et un souffle glacial frôla la peau tendue sur les pommettes de Roberto. Ce souffle froid pénétra dans sa colonne vertébrale et y descendit. « Dieu, murmura-t-il en tombant à genoux. Mon Dieu ! » Ébloui, il plissa les yeux. Non, il n'avait pas la berlue : ce qu'il voyait, c'était bien la tête desséchée du Grand Ubaldo.

Il le reconnut aussitôt. Sa tête n'avait pourtant plus que la taille d'un poing et de longs fils en fermaient les paupières et les lèvres. Figé sur place, Roberto restait accroupi devant la tête réduite de son véritable père. Son père lui avait manqué toute sa vie. Il avait eu besoin de lui. Maintenant, il l'avait près de lui : dans le réfrigérateur, à côté des restes de poisson de la veille.

Soudain un petit bruit assourdi, comme un sifflement avorté. Roberto sentit une piqûre et porta la main à sa nuque.

« Si tu m'aimes maintenant, il faudra m'aimer toujours. »

Alaya.

Roberto se retourna lentement, la minuscule flèche entre les doigts. Alaya laissa retomber sa main qui tenait une petite sarbacane. Elle était en noir, et sa bouche brillait, rouge. Il referma la porte du réfrigérateur et cligna des paupières. Mais la tête, comment avait-elle pu... ? Ubaldo avait tout de même été incinéré. Il ne put réprimer un léger ricanement. Mais voyons, c'était sûr ! Dans la salle où le cadavre était exposé. Elle était restée seule. Elle lui avait tout bonnement scié la tête avant l'incinération. Sur la musique de Wagner. Non, c'était du Mahler. Mais pourquoi ? Roberto soupesa sa propre tête qui pesait des tonnes. Pour récupérer sa force ? Une sourde démangeaison monta dans le corps de Roberto. Il leva les yeux avec peine. « Qu'est-ce qu'il y a... sur cette flèche ? » Les mots sortaient péniblement de sa bouche, comme de vieux croûtons de pain mal mâchés.

Alaya eut un demi-sourire. « Je t'avais prévenu quand nous sommes allés dans ma cabine. Ce n'était pas de la plaisanterie. » Pendant un bref instant, elle eut encore un visage d'enfant, ouvert, candide, les yeux écarquillés. « Et ce que tu as fait, après, ce n'était pas de la blague, non plus. » Son regard se durcit. « Où est la pierre ?

– Il... » Roberto étouffait. Chaque mot l'encombrait, prenait trop de place. « Il... n'y a pas de pierre.

– Menteur ! » Les yeux d'Alaya jetaient des éclairs. « Tu mens ! D'ailleurs, tu as toujours menti. Je sais que la pierre était dans l'urne. Après tout, il l'avait encore dans le ventre, quand il est mort.

– Il n'y a... pas de pierre. Je l'ai... jetée. » La démangeaison disparut, cédant la place à un engourdissement général.

« Tu l'as quoi ?

– Dans la mer. » Roberto essaya de remuer un doigt. Le mouvement était lent, pénible, comme s'il avait voulu retirer une pelle d'une boue épaisse. « C'était le cœur de mon père... que je voulais. Pas sa merde. »

Roberto vit soudain l'image d'un âne d'or. Un âne qui chiait de l'or. Des diamants. Puis l'image de Sonia. Les yeux de Sonia. Le baiser de Sonia. Il murmura : « Je voulais... un cœur, n'importe lequel. (Un cœur gros comme la lune.)

– Je t'ai offert le mien. Tu n'en as pas voulu. » Elle lui lança un regard perçant. « Ton père ? Qu'est-ce que tu as dit, là ? De ton père ?

– Irvim... Ubaldo... Moreira... était mon... véritable père.

– Tu mens vraiment très mal. » Les commissures de ses lèvres frémirent. « Tu me déçois.

– Mais si... c'est vrai. Nous sommes... » Les mots étaient lourds comme des morceaux de rochers. Il arrivait à peine à les extraire de ses poumons. « Tu es ma demi-sœur. »

Alaya rejeta la tête en arrière et éclata d'un grand rire.

« Ta demi-sœur, moi ? » Elle découvrit ses dents. « Alors comme ça, j'ai baisé avec mon frère ? » Elle le regarda comme un chien en train d'exécuter gentiment un numéro de cirque. « C'est la meilleure que j'aie entendue depuis longtemps. » Ses yeux se refroidirent, mais le rire se figea autour de sa bouche, comme si elle l'y avait oublié.

« Pour en revenir au Grand Ubaldo, reprit-elle, je peux te dire qu'il avait un cœur de pierre. Tous des salauds. » Elle serra le poing autour de la sarbacane, ce qui fit ressortir ses phalanges blanches. Elle plongea ses yeux noirs dans les siens. « La pierre qu'il avait dans l'estomac était de loin la plus précieuse. C'est elle que je veux, maintenant. »

La douleur révulsa les yeux de Roberto. « Même... si je voulais, fit-il en haletant, je ne pourrais pas te la donner.

– Elle pourrait te sauver la vie. » Elle se retourna, l'air de chercher quelque chose. « Elle pourrait t'épargner des souffrances. » Puis, avec une petite moue inquiète : « De très, très vilaines souffrances. »

Elle prit sur la chaise de la cuisine une mallette qu'elle avait apportée, l'ouvrit, la posa sur le sol et l'envoya à Roberto d'un coup de pied. La mallette doublée de velours rouge avait une sorte de structure en fer qui contenait six objets sphériques ayant à peu près la taille d'un poing. Des pommes de terre chevelues y étaient rangées comme des boules de pétanque. Mais c'étaient des têtes. Des têtes humaines habilement réduites à la taille d'une pomme. Les lèvres et les paupières cousues, d'où pendaient de longs fils. Elle n'avaient rien d'humain, et pourtant elles étaient terriblement humaines.

Elles avaient quelque chose de simiesque. Roberto ne put s'empêcher de penser tout à coup à ces singes. Trois singes portant des perruques blondes. Où les avait-il vus, déjà ?

« Je... » Tout le corps de Roberto le démangeait, maintenant. Il avait beau avoir envie de se gratter, il n'y arrivait pas. Il était paralysé.

Debout près de la table de la cuisine, Alaya affectait l'indifférence. Roberto regarda dans sa direction, mais elle était loin, très loin.

« Tu avais le choix, sur le bateau. » Sa voix lui parvenait à travers une couche d'ouate. « Tu aurais dû choisir l'amour. »

Il avait choisi l'amour. Mais trop tard. Trop tard. Roberto articula difficilement : « A quoi bon l'amour…

– Alors, à quoi bon la vie… »

S'il en avait été capable, Roberto aurait approuvé.

« Ne te fatigue pas », lui dit-elle à travers un brouillard épais. Elle s'accroupit près de lui, une main sur la mallette. « Tu n'as pas voulu te donner à moi corps et âme. » Il sentait son souffle sur son visage. Brûlant. « Me donner ton amour. Alors il va bien falloir que je prenne ce dont j'ai besoin. » Elle le regardait, le triomphe morose. Roberto sentait la chaleur de son corps. C'était une étrange sensation : ses muscles étaient entièrement paralysés, mais il avait les nerfs à vif. A vif, sous un monde hostile. Un monde suspendu au-dessus de lui, grand et fatal. Un monde fait de souffrance.

Alaya : « Si tu savais combien ça rapporte, tu n'en reviendrais pas. Surtout avec les Amerloques. Ceux-là, ils donneraient n'importe quoi pour avoir une vraie tête réduite. »

Roberto émit un croassement. Il ne pouvait plus parler. Pas un mot ne s'échappait de sa gorge. Une crampe bloquait tous ses membres. Il respirait difficilement, en sifflant. Il tomba par terre, sur le côté, la tête tournée vers l'épaule, dans la position qu'il avait eue quand il était accroupi.

« C'est du poison, dit-elle d'une voix neutre. Un poison ancien qui paralyse sans tuer. » Elle appuya sur un bouton à l'intérieur de la mallette. « La mort ne sera pas aussi indolore. » Elle souleva la doublure de velours avec les têtes réduites. « Il y a encore de la place », dit-elle en désignant les trous encore vacants. La structure métallique dissimulait un espace vide. Quelque chose y brillait, un objet luisant, métallique, denté. Une scie.

La conscience de Roberto s'évada. Il se revit enfant, quand il jouait dans la rue Kramerkoppel et observait les insectes qui grouillaient entre les pavés. Sept points. Il avait beaucoup vécu. Sa mère l'appellerait bientôt pour le dîner. Il y aurait des beignets.

Alaya toisa Roberto étendu à ses pieds et lui caressa tendrement le cou avec deux doigts. « Et maintenant, serre les dents. »

Elle tenait fermement la scie, sans le moindre tremblement, et, l'espace d'un instant, Roberto vit sa propre image se refléter dans la lame. Voilà la tête qu'on a, se dit-il, quand on va mourir. Il pensa aux grenouilles qui se faisaient des signes.

La douleur, enfin. La douleur mortelle.

Ensuite, quand il ne sentit plus la douleur, il vit la cascade. Il y en avait sept exactement, sept cascades. Sete Cascatas. Si diaphanes, si resplendissantes qu'on aurait pu les croire entièrement faites de lumière. Roberto n'était pourtant pas ébloui, il ne clignait pas des yeux. Il sentait cette clarté qui pénétrait agréablement dans son corps ; rayonnant, plein de curiosité, il s'approcha en souriant de la cascade d'eau ou de lumière :

Que pouvait-il y avoir derrière la cascade ?

Quant à Alaya Moreira, elle s'employa à supprimer les traces de la mort et, du même coup, les traces de la vie de Roberto, telle la mer qui avait effacé l'empreinte de ses pieds sur la plage.

Roberto Dillinger avait parcouru un long chemin à la recherche du Graal, rien moins que cela ; il avait trouvé beaucoup moins que cela.

Dans son cercueil d'enfant, il avait souri à la lune, et son souffle s'était mis à scintiller comme du cristal. Il avait eu tant d'espoir.

Il avait été trompé, allez savoir quand ? Peut-être dès sa naissance, peut-être avant. Peut-être au début du monde.

Roberto avait cru au baiser, il avait cru qu'on pouvait s'embrasser jusqu'au bout. Il avait cru au dirigeable qui le sauverait et que nous devinons parfois, quand il plane au-dessus des nuages et nous surveille. Nous attendons l'échelle, nous nous efforçons de l'attraper et de grimper dessus pour arriver enfin. Un jour, enfin…

Et nous levons la tête pour tenter de percer les nuages qui sont toujours au-dessus de nous. Nous dressons en l'air nos doigts engourdis pour déterminer la direction du vent, et nous courons de-ci, de-là. Au fil des ans, nous nous étonnons que le dirigeable ne vienne pas, nous nous irritons de voir les nuages de plus en plus hauts chaque année. Nous nous demandons : comment cela se fait-il ? Nous nous inquiétons : l'échelle de corde sera-t-elle assez longue ? Sans nous apercevoir que nous tombons.

Pourtant, un jour, nous arriverons.

Un jour, enfin…

Nous verrons le dirigeable.

Mais sur sa carlingue argentée, une croix noire sera peinte. Car ce que nous espérons est notre mort. Tel est notre espoir. Tel est le but vers lequel notre chute nous entraîne irrésistiblement :

La Fin

Après la fin :

Le lendemain, le 11 novembre 19.., quand Adilson revint à Sete Cascatas, il ne trouva plus son client allemand. Mais il trouva dans le sac de son cher aspirateur industriel un diamant si grand et si beau qu'il ne put en croire ses yeux. Il utilisa l'argent de sa vente comme le lui indiquait une note également laissée par Roberto Dillinger dans le sac de l'aspirateur. Dona Corajosa put ainsi subir une coûteuse opération qui prolongea son parcours sur cette planète et fut bientôt, à cent un ans (selon les chiffres officiels), la doyenne de Pernambouc. Elle était à tu et à toi avec les nombreux gouverneurs qui se succédaient et venaient lui rendre visite chaque année. Elle se servit de leur appui et de sa fortune soigneusement gérée pour créer une fondation, « Le Dirigeable de Dillinger », dont le symbole était un zeppelin avec une échelle de corde descendant jusqu'à terre pour sauver les orphelins, les enfants sans courage ni espoir. De nouveaux orphelinats firent leur apparition à Recife, dans d'autres villes brésiliennes et enfin dans le monde entier. Ces maisons s'appelaient toujours « Casa dos Corajosas », « Home of the Brave » ou « Zeppelin », et étaient placées sous le patronage du « Dirigeable de Dillinger ». Chaque année, le « Jour du Dirigeable », c'est-à-dire le 10 novembre de chaque année, on parlait aux enfants de la générosité de Roberto Dillinger, et leurs cœurs étaient pleins de gratitude.

Quand on m'a proposé à moi, l'auteur de ce livre, d'acheter une tête réduite, j'ai d'abord refusé catégoriquement. C'était par une chaude soirée à São Paulo, cette ville en forme de cauchemar pétrifié, le smog attaquait les poumons ; le vendeur était un voyageur américain saoul qui venait de Seattle et s'appelait John. Un jeune homme qui s'était fait voler tout ce qu'il possédait et avait besoin d'argent. Comme il était encore en état de parler sans trop bafouiller, il me raconta l'histoire de cette tête réduite. Il me dit qu'il l'avait achetée à une très belle jeune femme, Alaya Moreira ; il avait même pris des notes qu'il consulta au cours de cette longue nuit dans un café tapageur et criard où il gagnait un peu d'argent pour rentrer dans son pays. Il tint à préciser que cette tête avait appartenu à un Allemand, exactement comme moi. A sa manière de toucher la tête réduite, je sentis tout à coup, sans me l'expliquer, qu'il disait la vérité. Ce fut donc l'histoire qui me fascina, ce fut cette légende qui me poussa à l'acheter en dépensant une somme astronomique, et plus tard à écrire ce roman.

Maintenant que ce travail touche à sa fin, je regarde une dernière fois cette tête grosse comme le poing, à la bouche et aux paupières cousues, qui trône imperturbablement sur mon bureau en face de moi. Je me demande parfois si ce n'est pas elle qui m'a donné la force d'écrire tout cela. Cette force émanait peut-être, comme le croyait Alaya, de ces cheveux décolorés pour l'éternité par le soleil et le sel. A vrai dire, il m'est aussi arrivé de rêver que la tête réduite se mettait à me parler, à me souffler toute cette histoire. J'ai souvent dû résister à la tentation de défaire les fils qui lui fermaient les yeux et les lèvres. Car je suis obsédé par l'idée que la tête pourrait ressusciter, ouvrir les yeux qui me jetteraient un regard perçant, et que sa bouche pourrait parler.

Mais je ne l'ai jamais fait.

Je n'ai jamais enlevé les fils.

Par peur.

Peur qu'il n'y ait ni cascade ni grenouilles pour me faire

signe. Peur qu'elle ne me parle de sphères, de froides sphères sans âme entre lesquelles elle dérive dans le noir, froidement, sans commencement, sans fin. Seule. Dans le néant.

Remerciements

Je voudrais remercier les personnes suivantes :

ALFRED WISSMANN, mon père, qui n'a pu aider ni son fils ni lui-même de son vivant, mais l'a fait après sa mort.
NIKOLAUS HANSEN, qui a toujours cru en moi.
JOHN, de Seattle, avec qui j'ai conclu une affaire.
ALBERTO DARLINGER, l'objet de cette affaire.
SIV BUBLITZ, pour sa main patiente et méthodique.
AMOS SCHLIACK, dont le petit geste a eu de grands effets.
SUSANNE KOCH, qui m'a montré le Brésil.
CLAUDIA HOHLWEG, avec amour.

Table

PREMIER LIVRE

DEUXIÈME LIVRE

TROISIÈME LIVRE

RÉALISATION : PAO ÉDITIONS DU SEUIL
IMPRESSION : S.N. FIRMIN-DIDOT AU MESNIL-SUR-L'ESTRÉE
DÉPÔT LÉGAL : FÉVRIER 1997. N° 25816 (37179).